KB180649

왕경룡전王慶龍傳 · 용함옥龍含玉

역주자 신해진(申海鎭)

경북 의성 출생
고려대학교 국어국문학과 및 동대학원 석·박사과정 졸업(문학박사)
현재 전남대학교 인문대학 국어국문학과 교수
BK21플러스 지역어 기반 문화가치 창출 인재양성 사업단장

저역서 『금산사몽유록』(역락, 2015)
　　　 『금화사몽유록』(역락, 2015)
　　　 『한국 고전소설의 이해』(공저, 박이정, 2012)
　　　 『한국 고소설의 이해』(공저, 박이정, 2008)
　　　 『조선후기 몽유록』(역락, 2008)
　　　 『권칙과 한문소설』(보고사, 2008)
　　　 『서류 송사형 우화소설』(보고사, 2008)
　　　 『역주 내성지』(보고사, 2007)
　　　 『조선조 전계소설』(월인, 2003)
　　　 『조선중기 몽유록의 연구』(박이정, 1998)
　　　 이외 다수의 저역서와 논문

왕경룡전王慶龍傳 · 용함옥龍含玉

초판 인쇄　2016년 10월 24일
초판 발행　2016년 10월 31일

원저자　미상
역주자　신해진
펴낸이　이대현
편　집　최용환
펴낸곳　도서출판 역락
주　소　서울시 서초구 동광로 46길 6-6(반포동 문창빌딩 2F)
전　화　02-3409-2060(편집부), 2058(영업부)
팩　스　02-3409-2059
등　록　1999년 4월 19일 제303-2002-000014호
이메일　youkrack@hanmail.net

정　가　27,000원
ISBN　979-11-5686-693-0　93810

이 도서의 국립중앙도서관 출판예정도서목록(CIP)은 서지정보유통지원시스템 홈페이지(http://seoji.nl.go.kr)와 국가자료공동목록시스템(http://www.nl.go.kr/kolisnet)에서 이용하실 수 있습니다.(CIP제어번호 : CIP2016025229)

국립중앙도서관 소장 '玉僊閨詞' 표제의 〈왕경룡전〉
1906년 대한일보 연재 버클리대소장본 〈용함옥〉

왕경룡전王慶龍傳 · 용함옥龍含玉

원저자 미상
申海鎭 역주

역락

┃ 머리말

이 책은 〈왕경룡전(王慶龍傳)〉과 〈용함옥(龍含玉)〉을 주석하고 번역한 것이다. 17세기에 지어진 것으로 일컬어지는 〈왕경룡전〉은 문인과 기녀 사이의 애정 관계를 다룬 한문 전기소설(漢文傳奇小說)로 작자를 알 수 없는 작품이다. 반면, 『대한일보(大韓日報)』에 1906년 2월 23일부터 4월 3일까지 연재된 〈용함옥〉은 30회 회장체(回章體) 한문현토본으로 금화산인(金華山人)이란 필명을 쓴 사람의 소설이다. 현재로서는 그가 정확히 누구인지 알지 못한다.

이 책의 〈왕경룡전〉은 국립중앙도서관(청구기호 : 古3736-66) 소장본으로 합철본이 아니다. 표제는 '옥선규사(玉僊閨詞)'로 되어 있다. 필사 시기가 '임진납월일(壬辰臘月日)'로 기록되어 있는지라, 그 필사 시기는 적어도 1652년 이후일 것으로 생각된다. 임형택본도 '임진팔월서(壬辰八月書)'로 되어 있어 서로 비교할 필요가 있다. 그리고 '왕경룡전'이라는 내제(內題)의 하단에 저자를 "주지번(朱之蕃)"으로 기록하면서 "명신종시인(明神宗時人)"을 부기하고 있다. 선현유음(先賢遺音)의 수록본도 저자를 주지번으로 밝히고 있지만, 결말 부분과 후지(後識) 등이 서로 다르다. 두 판본도 역시 서로 꼼꼼하게 비교할 필요가 있다. 따라서 이 판본은 전반부에 누락된 몇몇 부분이 있는 것이 흠결이기는 하나 〈왕경룡전〉의 이본사(異本史)에 있어서 독특한 위상을 점할 것으로 짐작된다. 2011년 정명기 교수가 고소설 유통사에 대한 새로운 시각을 마련하려는 논의에서 〈왕경룡전〉의 여러 이본들을 살피며 이 판본을 잠깐 언급하였을 뿐, 아직까지 본격적으로 주목되지 않은 이본이다.

〈왕경룡전〉은 이본들이 갖는 독특한 위상을 제대로 규명하기 위해서 다양한 이본들에 대해 계속적인 관심을 쏟아야 할 것이다. 이미 ≪신독재 수택본 전기집(愼獨齋手澤本傳奇集)≫의 수록 〈왕경룡전〉은 정학성 교수에 의해 역주되고 원문 교감까지 되어 2000년『역주 17세기 한문소설집』(삼경문화사, 129~237면)에 실렸으며, ≪선현유음(先賢遺音)≫의 수록 〈왕경룡전〉은 간호윤 교수에 의해 역주되어 2003년『선현유음』(이회문화사, 421~483면)에 실렸으며, 국립중앙도서관(청구기호 : 한古朝48-198)에 소장된 ≪삼방록(三芳錄)≫의 수록 〈왕경룡전〉은 이대형 교수 외 3인에 의해 역주되어 2013년『삼방록』(보고사, 15~100면)에 실렸다. 장효현 교수 외 4인에 의해 〈왕경룡전〉의 10종 이본에 대한 교감 작업도 수행되어 2007년『교감본 한국한문소설 전기소설(傳奇小說)』(고려대학교 민족문화연구원, 508~608면)에 수록되었다. 이러한 작업을 통해 이본들 사이에 작품의 의미 변화를 야기할 만한 차이는 없으며 대부분 자구의 출입 정도임이 드러났다. 그렇다면 각 이본 사이의 미세한 변화를 정밀히 좇아 그것이 의미하는 바를 탐색해야 할 것인바, 할 수만 있다면 자료 발굴도 하고 이를 번역도 할 필요가 더욱 있다 하겠다.

〈용함옥〉이 연재 당시의 형태 자료로는 재단법인 한국연구원(서울특별시 종로구 평동 소재)에 소장되어 있고, 별책의 형태로 필사된 것은 버클리대학교 동아시아도서관 아사미문고에 소장되어 있다. 이 책의 〈용함옥〉은 바로 버클리대학교 소장본인데, 대한일보에 1906년 2월 23일부터 4월 3일까지 총 30회에 걸쳐 연재되었던 한문현토 회장체(回章體) 소설을 1책으로 필사한 것이다. 그 이미지는 고려대학교 민족문화연구원 해외한국학자료센터에서 제공하고 있다.

이 필사본은 서언(緒言)이 있고, 각 회마다 5언 2구의 소제목(小題目)이 붙여져 있고, 말미에 이 소설을 논하는 기자(記者)의 평이 실려 있는데, 서언은 버클리대본에만 있다고 한다. 한국연구원에 소장되어 있는 자료도 마찬가지이지만 6회분이 누락되어 있어 참으로 안타깝다. 1회부터 22회까지 20회를 뺀 대부분은 〈왕경룡전〉을 그대로 답습한 것이나, 23회부터 30회까지는 옥단이 남만(南蠻) 토벌에서의 활약상 및 왕경룡과의 결연하는 과정을 그리는 등 그녀의 영웅적 면모를 드러내고 있다. 다시 말해, 〈용함옥〉은 〈왕경룡전〉을 개작하면서 옥단이 검술과 기지로 활약하는 남만 토벌 부분을 보탠 것이다. 따라서 〈용함옥〉은 〈왕경룡전〉의 개작을 통해 애국계몽기 신문연재소설의 개작의식 및 주제 구현의 경향성과 그

변이 양상 등을 살필 수 있는 자료이다.

이 책에 수록된 두 작품은 현재까지 발견된 한문필사본, 한글필사본, 한문현토필사본, 한문현토활판본, 한글활판본, 한문목활자본 등 모두 27종의 이본 가운데, 17세기부터 20세기 초까지 다양한 층위의 독서환경에서 그 연변의 독특한 양상을 살필 수 있을 작품이라 할 것이다.

이제, 이 책을 상재하면서 〈왕경룡전〉의 이미지 사용을 승낙해준 국립중앙도서관과 〈용함옥〉의 이미지 사용을 허락해준 고려대학교 민족문화연구원 해외한국학자료센터에 심심한 감사를 표한다. 또한 〈용함옥〉의 해제를 싣도록 해준 강원대학교 한문교육과 안세현 교수에게도 고마운 마음을 전한다. 끝으로 편집을 맡아 수고해 주신 역락 가족들의 노고에도 고마움을 전한다.

17세기의 애정전기소설이 그 이후로 전개되는 연변 양상을 살피는데 이바지할 수 있는 작품을 선별하고 역주하고자 나름대로 최선을 다하려 했지만 여전히 부족할 터이라 대방가의 질정을 청한다. 이제는 이와 관련된 작품들을 역주하고 있는 작업도 마무리해야겠다.

2016년 9월 빛고을 용봉골에서
무등산을 바라보며 신해진

▌차례

일러두기

이 책은 다음과 같은 요령으로 엮었다.

1. 번역은 직역을 원칙으로 하되, 가급적 원전의 뜻을 해치지 않는 범위 내에서 호흡을 간결하게 하고, 더러는 의역을 통해 자연스럽게 풀고자 했다. <왕경룡전>의 참고한 기존 번역서는 다음과 같다.

   정학성, <왕경룡전>, 『역주 17세기 한문소설집』, 삼경문화사, 2000, 129~187면.

   간호윤, <왕경룡전>, 『先賢遺音』, 이회출판사, 2003, 421~483면.

   이대형 외 3인, <왕경룡전>, 『三芳錄』, 보고사, 2013, 15~67면.

2. 원문은 저본을 충실히 옮기는 것을 위주로 하였으나, 활자로 옮길 수 없는 **古體字**는 **今體字**로 바꾸었다.

3. 원문표기는 띄어쓰기를 하고 句讀를 달되, 그 구두에는 쉼표(,), 마침표(.), 느낌표(!), 의문표(?), 홑따옴표(' '), 겹따옴표(" "), 가운데점(·) 등을 사용했다.

   <왕경룡전>의 표점은 다음 자료를 참고하였다.

   정학성, 『역주 17세기 한문소설집』, 삼경문화사, 2000, 189~248면.

   장효현 외 4인, <왕경룡전>, 『교감본 한국한문소설 傳奇小說』, 고려대학교 민족문화연구원, 2007, 512~608면.

4. 주석은 원문에 번호를 붙이고 하단에 각주함을 원칙으로 했다. 독자들이 사전을 찾지 않고도 읽을 수 있도록 비교적 상세한 註를 달았다. 단, 원저자의 주석은 번역문에 '협주'라고 명기하여 구별하도록 하였다.

5. 주석 작업을 하면서 많은 문헌과 자료들을 참고하였으나 지면관계상 일일이 밝히지 않음을 양해바라며, 관계된 기관과 여러분들께 진심으로 감사드린다.

6. 이 책에 사용한 주요 부호는 다음과 같다.

   1) ( ) : 同音同義 한자를 표기함.

   2) [ ] : 異音同義, 出典, 교정 등을 표기함.

   3) " " : 직접적인 대화를 나타냄.

4) ' ' : 간단한 인용이나 재인용, 또는 강조나 간접화법을 나타냄.

5) < > : 편명, 작품명, 누락 부분의 보충 등을 나타냄.

6) 「 」 : 시, 제문, 서간, 관문, 논문명 등을 나타냄.

7) ≪ ≫ : 문집, 작품집 등을 나타냄.

8) 『 』 : 단행본, 논문집 등을 나타냄.

7. <왕경룡전>과 관련된 논문은 다음과 같다.

박일용, 「번안 양상을 통해서 본 조선후가 애정소설의 특징 : <옥당춘낙난봉부>와 <왕경
　　　　룡전>, <청년회심곡>을 중심으로」, 『어문논지』 6-7, 충남대학교 국어국문학과,
　　　　1990.

송하준, 「왕경룡전 연구」, 고려대학교 석사학위논문, 1998.

정환국, 「17세기 번안·개작 전기소설의 면모 : <왕십붕기우기>와 <왕경룡전>의 경우」,
　　　　『초기소설사의 형성과정과 그 저변』, 소명출판, 2005.

엄기영, 「<왕경룡전> 이본고 : 이헌홍 소장본을 대상으로」, 『비평문학』 38, 한국비평문학
　　　　회, 2010.

정명기, 「고소설 유통에 대한 새로운 시각 : 목활자본 <왕경룡전>의 출현을 통해서 본」,
　　　　『열상고전연구』 33, 열상고전연구회, 2011.

조 영, 「인물 형상을 중심으로 본 <왕경룡전>의 번안 양상 연구」, 고려대학교 석사학위논
　　　　문 2013.

엄태식, 「금기시된 욕망과 속임수 : 애정소설과 한문풍자소설의 소설사적 관련 양상」, 『문학
　　　　치료연구』 35, 한국문학치료학회, 2015.

한문필사본 〈왕경룡전〉

역문

왕경룡전

경룡(慶龍)의 성은 왕씨(王氏)요 자는 시현(時見)으로 절강성(浙江省) 소흥부(紹興府) 사람이다. 어려서부터 총명하고 민첩하였으며 재주와 생각이 남보다 뛰어났다. 아버지 위공(魏公)은 가정(嘉靖) 말년에 벼슬이 각로(閣老)였다. 이때 경룡은 나이가 18세로 학문 하는 데에 부지런하여서 혼인에는 뜻을 두지 않고 문밖에 나가지 않으며 종일토록 책을 읽은 지 여러 해가 되었다. 공교롭게도 위공이 정사를 논하다가 임금의 뜻을 거슬러서 파직되어 고향으로 돌아가게 되었는데, 위공은 도성의 거상(巨商)에게 은자 수만 냥을 빌려준 적이 있었다. 그 상인이 때마침 강남(江南)으로 장사를 나가서 돌아오지 않았기 때문에, 위공이 길을 떠나며 경룡을 머물도록 하고 말했다.

"은자 수만 냥은 집안의 귀중한 재물이라서 일개 하인에게 그것을 징수해오도록 책임을 맡길 수 없으니 네가 받아서 오너라."

경룡이 명을 받고 뒤에 떨어져서 늙은 하인 1명을 거느리고 도성에 한 달 남짓 머물자, 상인이 비로소 돌아와서 이자까지 죄다 돌려주었다.

경룡은 곧 행장을 꾸려 마침내 절강성으로 향했는데, 서주(徐州)를 지나는 도중에 문득 그곳이 평소 번화한 곳으로 일컬어졌던 것이 생각나 한 번 구경해 보고 싶었다. 그리하여 늙은 하인에게 말했다.

"내가 지난날에는 가정의 엄한 훈계로 책에 얽매여 꽤 나이 들도록 문을 닫아걸고 집안에서 지냈다. 그래서 세상 사람들이 말하는 술집과 기생집의 사치스럽고 아름답다는 것이 과연 어떠한지 알지 못하니, 이제라도 먼 길 가던 말을 잠시 멈추고 잠깐이나마 돌아다니며 보아야겠다."

늙은 하인이 무릎을 꿇고 나와서 말했다.

"도련님, 도련님! 삼가고 하지 마십시오. 술은 사람을 미치게 하는 독이라 입에 대면 마음이 방탕해지며, 여색은 요사스러운 여우같은지라 눈에 들어오면 혼이 아찔해집니다. 도련님은 나이 어린 서생(書生)이라 의지와 사려가 확고하지 못합니다. 만약 술과 여색 두 가지가 한번이라도 마음과 눈에 들어오기만 하면 그것들이 마음을 혼란스럽게 하는 빌미가 되지 않는 경우는 거의 드무니, 보지 않는 것이 더 나을 것입니다."

경룡은 비록 그 말이 그럴듯하다고 여겼으나 스스로 생각하기를, '한 번 돌아다니며 구경한다고 해서 어찌 큰 뜻을 잃는 데에까지 이르겠는가?' 하고는 끝내 듣지 않았다. 그리하여 서관(西觀)에서부터 동관(東觀)까지 두루 차례로 보니, 청색 간판과 황금색 깃발이 꽃과 버들 사이로 은은히 비치고 연두저고리에 다홍치마를 입은 기녀들이 누대와 정자 사이에서 오고갔으며, 노랫가락 피리소리가 번갈아 연주되고 술병과 안주가 뒤섞여 낭자하였다. 경룡은 길을 따라 구경하였지만 범연히 보아 조금도 마음에 두지 않다가, 남쪽의 술집에 이르러서야 잠시 쉬려고 누각에 올라 난간에 기대어 차를 사서 마셨다.

마침 수십 보쯤 되는 곳에 유달리 높이 솟은 누각이 있었다. 누각의 아래를 보니, 큰길은 갈아놓은 듯 평평하고 강물은 매만진 듯 잔잔하였다.

더구나 멀고 가까움이 있을지라도 놀잇배가 그림 같은 나루터에 정박하여 비단 돛과 목란 상앗대가 살랑거리는 물결에 따라 나부끼고 있었다. 또 두세 마리의 백마들이 수양버들에 매였는데, 금안장에 옥굴레를 씌웠으니 날뛰고자 히히힝하며 울고 있었다. 누각의 위를 보니, 비단옷을 입은 젊은이들이 한창 잔치를 벌여 즐기고 있었다. 붉은 주렴은 반쯤 걷혀 있고 푸른 창문은 활짝 열려 있었는데, 옥 향로에 향을 살라서 푸른 연기가 안개처럼 자욱하게 서려 있었고, 황금색 술항아리에서 술을 뜨자 푸른 거품이 둥둥 떴으며, 곱게 치장한 아가씨들이 둘러앉아서 비단 휘장 속에 줄을 이루었다. 애절한 거문고소리와 호탕한 퉁소소리가 아스라이 하늘에까지 어렸으며, 아리따운 춤과 청아한 노래가 하루 내내 어지러이 펼쳐졌다.

그 가운데 젊은 아가씨 한 명이 손에 부용꽃 한 송이를 쥐고 출중하게 홀로 섰는데, 순수하게 빛나고 아름다워서 바라보니 신선과도 같았다. 경룡은 자신도 모르게 눈길이 쏠려 한번 만나보려고 했지만 한스럽게도 인연으로 삼을 것이 없었다. 우연히 누각의 아래를 보니 표주박을 파는 노파가 있어서 앞에 불러놓고 손으로 가리키며 말했다.

"저 누각 안에 있는 어떤 이가 누구요?"

노파가 말했다.

"동관(東觀)의 창기(娼妓)로 이름은 조운(朝雲)입니다. 마침 유객(遊客)들이 찾아와서 잔치를 베풀어야 하기 때문에 나와 기다리고 있는 것입니다."

말이 아직 끝나지도 않았는데, 손님들과 기생들이 각자 흩어져 돌아갔다. 경룡은 곧 은자 20냥을 노파에게 주면서 말했다.

"이 돈은 비록 약소하나 오로지 인정으로 쓰는 것이니, 노파는 나를 위해 고운 아이를 불러올 수 없겠소?"

노파는 그 돈을 받고 웃으면서 말했다.

"저 아가씨는 다른 사람을 기쁘게 하는 것이 생업이니 부르면 곧 올 것입니다. 다만 공자(公子)께서 저 아가씨를 보려는 것이 만약 그 미모 때문이라면, 저 아가씨보다 더 아름다운 아가씨도 있습니다. 곧 저 아가씨의 여동생인데, 이름은 옥단(玉檀)이고 나이는 지금 열네 살이며, 자색(姿色)이 남보다 극히 빼어나 동서 양관(兩觀)을 죄다 찾아보아도 그보다 더 빼어난 사람이 없을 것입니다. 다만 나이가 어리기 때문에 여태까지 미처 좋은 값에 팔리지 않았지만, 만약 후한 재물을 준다면 반드시 좋은 인연이 있을 것입니다."

경룡이 말했다.

"내가 한번 보고자 하는 이유는 다만 뛰어난 자색을 보려는 것일 뿐이지 합환(合歡)에 생각이 있는 것은 아니라오."

노파가 말했다.

"저는 그 아가씨와 평소에 잘 아는 사이인데다 더구나 공자(公子)의 은혜를 입어 고맙게 여기니, 감히 말씀대로 따르지 않겠습니까?"

곧장 그 집으로 들어가더니 오래도록 나오지 않았다.

경룡이 노파에게 속은 듯해 믿어야 할지 의심해야 할지 꺼림칙해 하면서 앉기도 하고 서기도 하며 고대하고 있을 즈음, 노파가 한 처녀의 손을 잡고 천천히 왔다. 다소곳한 몸가짐으로 들어오는데 광채가 사람의 마음을 움직였으며, 타고난 자태가 선녀 같은 모습인지라 조운(朝雲)보다 백배나 나으니 참으로 세상에 없는, 나라에서 제일가는 미인이었다. 자리에 앉아 아직 말도 붙이지 않았는데 곧바로 자리에서 일어서자 여러 번 노파가 만류하여 붙잡았으나, 끝내 머무르는 것을 달가워하지 않았다. 아마도 노파에게 속아서 공자가 부른다고 하여 잘못 나온 것을 부끄러워한 것이리라.

경룡은 이 절세미인을 보고서 마음에 종잡을 수 없는 정이 일어나 곧장 은자 삼천 냥을 세어 그녀의 집으로 보내며, 노파로 하여금 그녀의 어미에게 말을 전하도록 하였다.

"재물이 비록 후하지는 않으나 감히 한번 만나보려는 예물로 준비했습니다."

그 어미가 돈을 탐내어서 경룡을 맞아 집에 오게 하였다. 성대히 술자리를 차렸는데, 금빛 병풍이 서로 빙 둘렀고 수놓은 장막이 높이 걷혀 있으며, 좋은 술이 넘실넘실 술잔에 가득하였고 향기로운 음식들이 어지러이 놓여 있으며, 곱게 치장한 미녀들이 악기를 연주하였고 아리따운 기녀들이 술잔을 받들었다. 술자리를 꾸민 물건들과 즐거움을 북돋운 악기들이 죄다 지나치게 사치스러워 한낮의 잔치에 비해 갑절이나 되었다.

옥단으로 하여금 자리에 나오도록 하였는데, 옥단은 난초 같은 자태에 부끄럼을 띠었고 옥 같은 얼굴에 교태를 머금었으며, 구름 같은 머리를 빗질하여 꽃비녀로 가지런히 정리하였다. 푸른 깃으로 장식한 비단옷을 입고 천축(天竺 : 인도)의 얇은 비단 적삼을 입었으며, 붉은 깃털과 구슬 망사로 장식한 저고리를 입고 천촉(川蜀 : 사천성)의 조개무늬 비단 치마를 겹쳐 입었다. 모두 울금향(鬱金香)을 사용한 것을 입고 서용뇌(瑞龍腦)를 피워 놓은 곳에서 곱디고운 미인이 자리를 빛내니, 기이한 향기가 방에 가득하였다. 경룡이 옥단의 고운 얼굴과 꾸민 치장을 보고는 이 세상 사람이 아닌 듯해 더욱 놀라면서 기뻐하기를 금할 길 없었다.

술이 거나해지자, 경룡은 특별히 술을 한 잔 들고서 조운과 옥단에게 청하였다.

"누가 멀리서 온 길손이 이렇게 성대한 잔치를 맞을 줄 생각이나 했겠소? 좋은 술에 취할 수 있었고 신선의 음악을 들을 수 있었으니 크나큰 행운이라 할 수 있으나, 없는 것이라면 두 낭자의 멋지게 표현한 시문이라오."

조운이 자리를 옮겨 앉으며 마침내 〈제천악(齊天樂)〉 한 곡조를 지어 술을 권하였으니, 그 노랫말은 이러하다.

화양동 안을 벗어난 동자 신선이여　　　　華陽洞裏失童仙
남국으로 유배를 온 지 몇 해이런가.　　　謫來南國幾年
붉은 누각의 옥 같은 얼굴이며　　　　　　紅樓玉貌
푸른 창가의 꽃 같은 얼굴이여,　　　　　碧牕花容
모두가 공자와 좋은 인연 맺을진댄　　　　摠作公子好緣
즐기지 않고 무엇 하겠는가.　　　　　　不樂何爲
진기한 음식과 좋은 술을 보고　　　　　看桂羞瓊液
피리소리와 가야금소리를 듣네.　　　　　聽鳳管鵾絃
따뜻한 봄날의 밤이 깊어 가리니　　　　夜闌春暄
반드시 고당에서 취하여 잠들리라.　　　　會向高堂成醉眠

높은 누각에서 처음 성대한 술자리 베푸니　　高樓初設華筵
달 보며 술 마시고 노래와 춤 즐김이 끝없네.　對明樽歌舞樂而留連
멋스런 공자이며　　　　　　　　　　風流公子
얌전한 가인이여,　　　　　　　　　　窈窕佳人
백로 곁의 붉은 연꽃과 흡사할진댄　　　　恰似白鷺傍紅蓮
오늘 밤이 어인 밤인가.　　　　　　　今夕何夕
은촛대에 꽃 같은 촛불이 아롱거리고　　　花摧銀燭燄
금향로엔 연기가 꼬불꼬불 올라가네.　　　篆缺金爐烟
봄날의 운우지몽 무르익으려 하니　　　　春夢欲酣
옥비녀 금모자가 베개 가에 어지러우리라.　玉口金帽橫枕邊

경룡이 곧 화답하였으니, 이러하다.

예전에 진귀한 비서 펼치고 신선을 배우며　昔披瑤笈學神仙

금단까지 다 태우기가 몇 해이런가.	燒盡金丹幾年
동정의 난향이며	洞庭蘭香
종릉의 채란이여,	鍾陵彩鸞
달빛 아래의 인연을 어찌 알았으랴만	那知月下有緣
오늘 저녁에야 서로 만났네.	今夕相逢
백옥 퉁소를 불고	弄白玉簫
푸른 비단빛 거문고를 타네.	奏綠綺絃
술자리 무르익고 밤이 다하니	酒酣更殘
함께 누우면 의당 남교에서 잠들리라.	一枕宜向藍橋眠

한번 화려한 누각에 올라 아름다운 술자리에서	一登瓊臺綺筵
가인들을 보노라니	睹佳人
난초와 혜초가 서로 어울렸네.	蘭蕙相連
타고난 자태 아리땁고	天姿綽約
선녀의 모습 곱기도 하니	仙態宛轉
붉은 연꽃과 흰 연꽃이 어리비치는 듯하네.	疑是紅蓮暎白蓮
노랫말은 아름답고 곡조는 맑으니	詞婉調淸
구슬이 밝아 푸른 바다의 달 같은 듯하고	珠明滄海月
옥이 윤택하여 남전의 연무 같은 듯하네.	玉潤藍田烟
문득 두려워라, 이 몸이	却怕此身
신선이 되어 봉래산에 온 것인가.	羽化經到蓬萊邊

　　노래가 끝나자 옥단으로 하여금 이어 화답하게 하니, 옥단은 교태를 부리는 듯 부끄러운 듯 고개 숙인 채 응하지 않았다. 그 어미와 조운이 힘을 합쳐 권하였으나, 옥단은 사양하면서 화답하려 하지 않았다. 조운이 옥단의 소매를 잡고서 미소 지으며 간절히 권하였다.

　　"이미 도성을 기울일 만한 미색을 팔았거늘, 어찌하여 사람을 놀라게 할 노래에는 인색하단 말이냐? 속히 새로운 노래를 지어서 귀한 손님을 정신 못 차리게 하여라."

옥단이 마지못해 그 말을 따라 자리에서 일어나 옷깃을 여미고는 곧 〈모우사(暮雨詞)〉 한 곡조를 지어 노래하였다. 노랫말은 이러하다.

강에는 매화가 있고	江有梅
산에는 대나무가 있으니	山有竹
고결한 기품은 보통 풀과 같고자 하겠는가.	淸標肯同凡卉
가을에는 시들지 않고	秋不落
봄에는 피지 않으니	春不開
곧은 자태는 공연히 묵은 이끼에 의탁하겠는가.	貞姿謾托荒苔
성긴 가지는 서리 내린 뒤에 더욱 푸르고	踈枝霜後青
차디찬 꽃술은 눈 속에서 향기 짙어라.	寒蘂雪中香
꽃 찾는 길손에게 이르노니	寄語尋芳客
부디 노류장화에 비기지 마오.	莫比花柳場

노래 소리가 매우 맑고 고상하였으며 곡조 또한 구슬프고 은은하였는데, 더구나 노랫말에는 심오한 뜻이 많이 있었다. 경룡은 옥단이 함께 즐기기를 어려워할까 마음속으로 의심하고 두려워하여 마침내 그 노래에 화답해 그녀의 뜻을 보기로 하였다. 노랫말은 이러하다.

아침에도 꽃을 찾고	朝尋芳
저녁에도 꽃을 찾으니	暮尋芳
온 도성의 화초들을 죄다 훑었네.	擺盡一城花卉
동쪽에서 대나무를 묻고	東問竹
서쪽에서 매화를 묻느라	西問梅
온 산의 이끼를 밟아 뭉갰네.	踏破萬山莓苔

기원에서 신선의 의표 감상하고	淇園賞仙標
유령에서 나라의 으뜸 향을 맡았네.	庾嶺聞國香
이미 대략 두루 만끽하였으니	旣能領畧遍
장차 한 곳에만 나아가기를 바라네.	願將移一場

옥단이 그 노래를 다 듣고서야 비로소 기쁜 낯빛으로 남몰래 은근한 눈길을 보냈다. 때마침 한밤중이 되어 마음껏 즐기고 파하자, 그 집에서는 곧 옥단으로 하여금 잠자리에서 시중들게 하였다. 경룡이 잠자리에 들어 희롱하려 하자, 옥단은 매우 완강하게 사양하며 말했다.

"첩이 명을 어기는 것은 어떤 뜻이 있어서인데, 만약 강제로 합환하려 하면 죽음만이 있을 뿐입니다."

경룡이 의심나서 그 까닭을 물으니, 옥단은 크게 한숨을 쉬며 대답했다.

"첩은 본디 양갓집의 딸로 어린 나이에 부모를 여의었고 또 의지할 만한 친척도 없었는지라, 젊은 여종 한 명을 데리고 이웃마을로 다니며 구걸했습니다. 이 집의 창모(娼母 : 기생어미)가 나의 재주와 용모를 살펴서 데려다 자식으로 삼았는데, 바로 오늘처럼 몸값을 취하려는 미끼였기 때문에 첩으로 하여금 이 지경에 이르도록 했습니다. 하지만 첩은 여분(汝墳)의 여자가 지녔던 곧은 절개를 흠모하고 하간(河間)의 여자가 저지른 음란한 행실을 미워합니다. 이제 만약 공자를 한번 사랑하면 맹세코 다시는 다른 사람을 섬기지 않을 것이지만, 공자가 저를 노류장화(路柳墻花)로 여기고 한번 꺾고는 영원히 버릴까 두렵기 때문에 명을 따르지 못하는 것입니다. 조금 전의 술자리에서 부른 노랫말에서도 저의 뜻을 부쳤으니, 공자는 이미 이해하실 것으로 생각합니다. 공자의 풍모가 고상하게 빼어나고 재주가 맑고 높은 것을 뵈니 건즐(巾櫛)을 받들어 섬기고 싶지 않은 것은 아니나, 첩의 품은 생각이 이와 같으니 공자는 생각해주셔요."

경룡은 놀라고도 기뻐하면서 몸을 일으켜 경의를 표하며 말했다.

"삼가 지극한 말을 들으니 기쁜 마음을 금하지 못하겠소. 만약 본래 타고난 성품이 곧고 얌전하지 않았다면 어찌 이렇게까지 하겠소? 내가 비록 정식혼례를 치르지는 못할지라도 낭자가 한 지아비만을 따르려는 의를 지키지 못하게야 하겠소? 맹세코 낭자와 죽을 때까지 해로하겠소."

옥단이 웃으며 말했다.

"만약 그렇게만 한다면 그 은혜가 얕지 않을 것입니다."

경룡이 마침내 옥단과 함께 잠자리에 들었으니, 그 기쁨은 알만도 하리라.

경룡은 이 뒤로부터 사랑에 빠져 떠나려 하다가도 떠나지 못하면서 환락을 탐하고 취하느라 밤낮이 없었다. 늙은 하인이 틈을 내어 앞으로 나와 말했다.

"도련님은 이 늙은이가 전에 도련님께 경계했던 것을 생각지 않으십니까?"

경룡은 사실대로 말했다.

"새 정이 아직 흡족치 않아서 스스로 결단하여 떠나가기가 어려우니, 할아범은 잠시 지체해야겠네."

늙은 하인은 다른 날에 재삼 간절히 말했다.

"지난번 은자를 줄 적에 이 늙은이가 제지하고 싶지 않은 것은 아니었으나, 도련님께서 마음이 끌려 관심 쏟으시는 것을 보고는 간할 수 없다는 것을 알았기 때문에 다만 도련님께서 스스로 깨닫기를 바랐습니다. 어찌 사랑에 빠져 계속 머무르다가 이 지경에 이른단 말입니까?"

경룡은 불쾌해서 말했다.

"나는 나이가 15살을 넘었으나 아직 아내를 두지 못했다. 그런데 이 여자는 비록 창기라고 불리기는 하나 다른 사람에게 시집간 적이 없고,

난초 같은 마음과 혜초 같은 자질은 군자의 배필이 될 만하다. 더구나 함께 해로하기를 원하면서 다른 사람에게 시집가지 않겠다고 맹세했으니, 설사 좋은 중매쟁이를 시켜 아내를 구한다 하더라도 어찌 이 같은 사람을 구할 수 있겠는가?"

늙은 하인이 말했다.

"도련님의 일은 이미 결정되었습니다. 이 늙은이는 청컨대 이제 하직하고 돌아가겠습니다."

경룡이 갑자기 화를 내며 말했다.

"이 늙은아, 이 늙은아! 어찌 빨리 돌아가지 않느냐?"

곧바로 쫓아내도록 하자, 늙은 하인이 문을 나서며 탄식하였다.

"나와 그대는 모두 각로(閣老) 나리의 간곡한 명을 받고 은자 수만 냥을 거두어 돌아가는 중이었다. 뜻밖에도 도중에 요물 같은 기생이 빌미가 되어 갑자기 이런 막다른 지경에까지 이르렀구나. 은자는 아깝지 않으나, 그대가 나쁜 길에 빠진 것은 애석하구나."

미침내 길을 떠나 가다가 질강(浙江)에 아식 미지지 뭇했을 때 마침 같은 마을에 사는 장사꾼을 만나자 울면서 그에게 고했다.

"자네가 먼저 돌아가 우리 각로 나리께 아뢰어주게. 늙은 내가 변변치 못해, 도련님을 모시기 위해 뒤떨어졌는데도 바른 도리로 깨우쳐 이끌지 못하고 끝내 도련님으로 하여금 요물 같은 기생에게 홀딱 빠져 중도에서 돌아오기를 잊게 하였다네. 이미 은자도 잃은 데다 또 도련님도 잃어버렸으니 나의 죄는 죽어 마땅하다네. 장차 무슨 면목으로 돌아가 각로 나리를 뵙겠는가?"

이에 칼을 뽑아 스스로 목을 찌르니, 장사꾼이 구하려 했으나 하인은 이미 죽었다. 장사꾼은 돌아가 각로를 뵙고 그 사유를 모두 고하였다. 각로는 분하고 한스러움이 그치지 않아 샅샅이 찾아보려고 했으나, 다만 경룡이 어느 곳에 있는지를 알지 못해 성내며 욕을 할 뿐이었다.

각설. 경룡은 늙은 하인을 쫓아 보낸 후로 오로지 머물러 있을 생각만 하여 장차 그곳에서 늙어 죽으려는 듯했다. 그러나 창루(娼樓)가 번잡한 것이 싫고 유객(遊客)들이 시끌벅적한 것을 꺼려서 은자를 많이 팔아 따로 서루(西樓)를 짓기로 하였다. 옥단이 어느 날에 그가 홀로 있는 틈을 타서 고하였다.

"첩은 기생집의 천한 몸이거늘 군자께서 버리지 않으신 데다 집 한 채를 지어 첩이 있을 곳으로 삼으려고 하시니, 그 은혜가 무엇인들 더 크겠습니까? 감사한 마음이 간절합니다. 첩은 이미 군자와 함께 맹세하였으니 기꺼이 군자와 함께 같이 살고 싶지 않은 것은 아닙니다만, 공자께서 첩 때문에 본가에 죄를 짓고 사림(士林)에 허물을 끼치게 되었으니 어찌하겠습니까? 부디 장부의 마음속에 품은 장한 뜻을 펼치시고 아녀자와의 깊은 정일랑 뒤돌아보지 마십시오. 첩이 몰래 군자를 따라 가고자 하면 혹시라도 일이 누설되어 우리 집의 주인 어미가 군자에게 책망할까 두렵습니다. 설사 그들에게 통한다 하여도 공자의 집안에는 법도가 있어 예의범절이 엄숙하니 대인(大人)께서 천한 첩을 보신다면 어찌 받아들일 수 있다고 생각하시겠습니까? 공자께서 만약 첩과 함께 오래 머무르시면 또한 계획이 잘못되어 공자의 집에 계신 대인께서 첩에게 통분한 마음을 품으실까 두렵습니다. 비단 이것만을 근심하는 것이 아닙니다. 기생집은 욕심이 많은 곳으로 이해관계가 없어지면 정도 멀어지니, 주인 어미가 공자를 대하는 것이 어찌 처음과 같을 것이라고 보장하겠습니까? 공자를 위한 계책으로는 아직 다 쓰지 않은 저 귀중한 재물을 가지고서 반쯤 길을 잘못 들었다는 것을 깨닫고 고향으로 돌아가서 부모님을 뵙는 것 만한 것이 없습니다. 글을 읽고 학업을 부지런히 하여 어린 나이로 속히 과거에 급제하여서 일찌감치 요직에 올라 임금을 섬긴다면 공자께서는 입신양명의 명예가 있을 것이요, 첩은 재결합의 약속을 이룰 수 있을 것입니다. 공자께서 떠난 뒤에 첩은 마땅히 공자를 위해 죽음으로 절개를 지켜서 뒷날의 기약을 기다릴 것입니다. 첩의 어리석은 계책은 진실로 이와 같으니, 고명한 분의 헤아린 바로는 어떻게 생각하십니까?"

경룡은 그녀의 뛰어난 생각에 감복하고 훌륭한 말에 절하며 감사해 하였다. 그러나 스스로 생각건대, 데리고 가자니 난처한 일이 많이 생겨서 옥단이 말한 것과 같을 것이요, 버리고 가자니 다른 사람들이 절개를 빼앗아 옥단이 죽음에 이를까 두려웠다. 마침내 그녀의 말을 따르지 않고 공사를 시작하여 높은 누각을 우뚝하게 세웠는데 옥단과 함께 늘 지냈다. 누각이 집의 북쪽에 있기 때문에 사람들이 북루(北樓)라고 불렀다.

누각이 세워진 뒤로부터 기생어미는 경룡에게 오래 머무를 계획이 있음을 알고 아무 거리낌 없이 그를 쫓아내려는 꾀를 내었으니, 물자를 공급하는 비용을 핑계로 금은을 날마다 요구하였고, 그 수는 헤아릴 수가 없었다. 이렇게 하기를 5, 6년이 되자, 경룡의 돈주머니는 이미 바닥나서 그 요구에 댈 만한 물건이 없었고, 도리어 장차 그 집에 얹혀서 밥을 얻어먹을 판이었다. 기생어미가 옥단에게 조용히 말했다.

"왕 공자는 자산이 이미 바닥나서 더 이상 이로울 바가 없다. 네가 만약 잠시 공자를 피해 있으면 공자는 반드시 떠나가려 할 것이다. 네가 어찌 한 가난한 사내를 위해 절개를 지키느라 부질없이 비싼 몸값을 저버리겠느냐?"

옥단이 말했다.

"왕 공자는 저 때문에 겨우 몇 해를 살며 만금(萬金)을 바쳤는데, 재물이 바닥났다고 하여 버리고 등지는 것은 인정상 차마 하지 못할 일이니 어찌 감히 그렇게 할 수 있겠습니까?"

그 기생어미는 옥단을 피하게 할 수 없음을 알고서 경룡을 없애버리려고 생각하였다. 마침내 조운(朝雲)과 함께 모의하였다.

"옥단을 데려다 기른 것은 딴 뜻이 아니다. 한 번 합환(合歡)하는 값으로 천금도 많지 않다고 오히려 걱정할 판이었거늘, 이제 어찌 옥단을 헛되이 왕 공자의 물건이 되게 할 수 있단 말이냐?"

그리하여 서로 계략을 꾸미고 옥단과 경룡을 속이며 말했다.

"아무 날에 서관(西館)의 기생 아무개가 그 아들의 상복을 벗는데, 우리 집의 늙은이와 젊은이는 예의상 응당 가보아야 되니, 옥단도 따르지 않을 수 없습니다."

경룡이 어렵게 여기자, 기생어미가 말했다.

"공자가 만약 옥단을 혼자 보내기가 어렵다면, 나란히 말 몰고 함께 갈 수 있겠습니까?"

경룡이 기뻐하면서 허락하였다.

다음날 온 집안사람들이 길을 떠났다. 수십 리 쯤 가서 노림(蘆林)에 이르렀을 때, 그 기생어미가 거짓으로 놀라는 체하며 말했다.

"내가 떠나올 때에 길 떠날 채비를 급작스럽게 하여 재물을 저장해둔 곳간에 깜빡 잊고 자물쇠를 채우지 않았으니, 다소간의 재물을 누가 도둑맞지 않도록 막아주겠나?"

또 경룡에게 청하였다.

"내가 되돌아가서 자물쇠를 채워놓고 돌아오고 싶으나 늙은 할미의 근력으로는 달려갈 수가 없습니다. 공자께서 수고해주실 수 없겠습니까?"

경룡은 그 말을 조금도 의심하지 않고 마침내 가겠다고 하였다. 기생어미가 쇠 자물쇠를 주면서 말했다.

"속히 자물쇠를 채우고 돌아오십시오. 우리는 응당 이곳에 머물면서 기다리겠습니다."

경룡은 마침내 홀로 말을 타고 가는 길을 재촉하여 되돌아 달려갔다.

몇 리쯤 갔을 것으로 생각되었을 때, 기생어미는 그제야 옥단을 윽박질러 다른 길을 잡고서 달아나버렸다.

옥단은 울면서 그 기생어미에게 말했다.

"만약 왕 공자를 쫓아 보내고 싶었다면 마땅히 스스로 떠나가도록 할 것이지, 이곳까지 와서 사람을 속이다니 너무도 어질지 못한 것입니다."

마침내 스스로 수레에서 떨어지려 하자, 하인들이 부둥켜안아 구해냈다. 옥단은 또 목을 놓아 통곡하면서 말했다.

"내 평소 듣자니 이 노림(蘆林)은 도적들의 소굴이라고 하던데, 공자께서 저녁이 되어서야 돌아오면 반드시 호랑이의 아가리 속에 던져질 것입니다. 내 비록 왕 낭군을 죽이지 않았을지라도 왕 낭군은 나로 말미암아 죽게 되는 것입니다."

하인들이 그 말을 듣고 몹시 슬퍼했으며, 또한 그를 위해 눈물을 흘렸다.

각설. 경룡이 그 집에 되돌아가서 보니, 집안에는 사방의 벽만 있을 뿐이고 물건이라고는 보이지 않았으며 또 집을 지키는 하인들도 없었다. 밖으로 나와 이웃사람들에게 말했다.

"온 집안의 물건들이 흔적도 없이 아무 것도 남아 있지 않으니, 비록 이를 하인들이 한 짓일지라도 이웃사람들이 또한 어찌 모를 수 있겠습니까?"

이웃사람들이 모두 눈웃음 지으며 말했다.

"어리석구려! 공자는 당당한 장부로서 아녀자에게 속는 바가 이와 같단 말이오. 그 집은 전날 재물을 다른 곳으로 몰래 보내놓고 뒤따라 그곳으로 찾아가면서 또 공자를 중도에 공연히 되돌려 보내어 뒤쫓아 찾아갈 수도 없게 하였으니, 그것이 속임수였소. 공자는 어찌 깨닫지 못한단 말이오?"

경룡이 몹시 놀라서 어찌할 줄 모르다가 다만 재물을 몰래 보내놓은 곳이 어디인지 물었다. 이웃사람들이 말했다.

"저들은 이미 몰래 숨었는데 어찌 그 위치를 일러주었겠소?"

경룡은 더욱 분함을 견딜 수 없어 오직 옥단을 뒤쫓아 가 잡아서 따져 묻고자 했다. 노림(蘆林)으로 달려 돌아왔지만 옥단의 일행이 간 곳을 알 수가 없었다. 갈림길에서 배회하다가 날은 이미 저물어 어두워졌는데, 사방에 인가라고는 없었으며 갈대의 숲은 하늘을 가렸다. 경룡은 그래도 옥단의 일행이 반드시 멀리 가지 않았을 것으로 생각하고 마침내 노림으로 들어가 앞으로 나아갔다.

노림(蘆林)은 사람이 살지 않는 강가에 있는데, 주위가 수십 리이고 마을과는 동떨어져 있어서 도적들이 떼 지어 있었으니, 대낮이 아니고서 지나가는 자들은 으레 약탈과 살육을 당하였다. 게다가 기생집 어미가 먼저 도적과 만나 약속하였는데, 경룡의 옷과 말을 줄 터이니 그를 반드시 죽이라고 하였다. 경룡이 노림으로 들어갔다가 채 반도 지나지 못했을 때, 아닌 게 아니라 도적들이 나타나서 경룡을 붙잡아 그의 안장과 말을 빼앗고 그의 웃옷과 바지를 벗긴 뒤 죽이려고 했다. 경룡이 두 손 모아 빌고 슬피 울부짖으며 한목숨 살려줄 것을 애걸하였다. 도적 가운데 한 사람이 불쌍히 여겨서 구해주었는데, 다만 손과 발을 묶고 솜옷을 빼앗으며 별안간 그의 입을 틀어막아서 소리를 내지 못하게 할 뿐이었다. 마침내 갈대숲속으로 밀어 넣고 가버렸다.

다음날 아침에 마침 어떤 노인이 지나가다가 풀밭 속에서 숨소리가 거친 소리를 듣고 소리 나는 곳을 찾아 들어가서는 그의 결박을 풀어주고 입 틀어막은 것을 제거하였다. 한참 뒤에 깨어나자, 그 까닭을 물었고 전말을 다 말하였다. 노인이 말했다.

"아, 공자가 스스로 불러들였으니 누구를 탓하겠는가? 그렇지만 인생이 이 지경에 이르렀으니 가련하네."

곧 옷을 벗어 입혀주며 말했다.

"이곳은 기근이 들어 입에 풀칠하기도 매우 어렵네. 앞으로 수십 리쯤 가면 마을이 있는데, 걸인들이 시간을 알리는 경점(更點)을 쳐서 마을 사람들에게 밥을 얻어먹네. 자네도 그곳에 가면 아마 살 수가 있을 것이나 그렇지 않으면 자네는 죽을 것이네."

경룡은 근근이 걸어서 그 마을에 도착하니, 걸인들이 말했다.

"너는 나중에 왔으니 태연히 함께 끼일 수는 없다. 반드시 응당 3경을 치고 난 뒤에야 허락할 것이다."

경룡은 그날 밤 피곤에 지쳐 잠들고 말아서 경점을 잘못 쳤다. 걸인들은 맡은 일에 태만했다며 떼 지어 그를 때리고 내쫓아버렸다.

경룡은 굶주림에 울며 기다시피 하여 가는 곳마다 먹을 것을 구걸하면서 겨우 양주(楊州)로 굴러들어가 그럭저럭 구차히 세월을 보내고 있었다. 때마침 섣달 그믐날이 되어 관아에서 나례(儺禮)가 있었는데, 경룡이 사람들에게 품을 팔다가 맹인 광대의 노비 역할을 하게 되었다. 관아의 뜰에서 한창 연회를 하는데, 당상(堂上)의 한 관원이 호상(胡床 : 의자)에 걸터앉았다가 목을 늘이고 자세히 눈여겨보더니 물었다.

"너는 어느 지방 사람이냐? 네 이름은 무엇이냐?"

경룡이 괴이하게 여기면서 사실대로 성명과 출신지를 대답하였다. 그 관원이 놀라 곧바로 자리에서 일어나 뜰로 내려와 손을 잡고 경룡에게 말했다.

"알지 못했습니다. 도련님께서 무슨 까닭으로 비천하고 욕된 것이 이 지경에 이르렀습니까?"

울면서 그 연유를 물은 뒤에 함께 자기 집으로 돌아와 옷과 음식을 나누어주며 돌보는 정이 매우 곡진하였다. 이 관원은 바로 왕 각로(王閣老)의 예전 서리(書吏)로 성은 한(韓)씨요 이름은 언(㘊)인데, 지금은 조운 낭중(漕運郎中)으로 발탁되어 이 관아에 와 있었던 것이다. 경룡이 한언의 집에 머문 지 두서너 달 되자, 한언의 아내와 자식들이 한언에게 여러 번 하소연하였다.

"당신께서 옛 은혜를 잊지 않고서 왕랑(王郞)을 대접하는 것은 후하다고 할 만한 것입니다. 다만 이번 흉년으로 살림살이가 넉넉지 못한 데다 봉급이 줄어 처자식조차도 굶주림과 추위에 시달려 내 몸도 주체하지 못하거늘, 하물며 다른 사람을 돌볼 수 있겠습니까?"

자못 싫어하는 말이 자주 귀에 들리자, 경룡은 겨우 한언에게 작별을 고하며 말했다.

"부모님 곁을 떠난 지도 여러 해가 지나 꽤 오래되어서 돌아가고픈 생각이 날마다 간절합니다. 설령 전전하면서 구걸하더라도 역시 절강으로 돌아가 부모님을 뵙고자 합니다."

한언 역시 만류하지 못하고 약간의 노잣돈을 주었다.

경룡이 마침내 길을 떠나 먼저 관왕묘(關王廟)로 가서 장차 길흉을 점치려다가 길에서 한 노파를 만났는데, 곧 예전 누각 아래에서 표주박을 팔던 할미였다. 할미가 놀라 울며 말했다.

"공자는 귀신입니까? 사람입니까? 나는 죽었을 것으로만 생각했지 살았을 것이라고는 생각지도 못했는데, 어떻게 이곳에 와 계십니까? 첩 또한 공자의 은혜를 입은 것이 많았는지라 매번 생각이 미칠 때면 나도 모르게 눈물을 흘렸거늘, 오늘 아침에 이곳에서 서로 만날 줄 어찌 생각이나 했겠습니까? 괴이하고도 괴이합니다. 옥단 일가는 거짓으로 서관(西館)에 간 뒤 다른 객점에서 두서너 달을 머물다가 바로 원래의 집으로 돌아와 예전처럼 살고 있습니다. 다만 옥단은 당초 그 음모에 전혀 참여하지 않았기 때문에 지금까지도 원통하다 울부짖으며 슬피 울고 있습니다. 공자께서 반드시 죽었을 것으로 여기고는 맹세코 절개를 훼손하지 않으려고 항상 북루(北樓)에서만 지내며 발로 문밖 땅을 밟지 않은 지가 오래되었습니다. 만약 공자께서 이곳에 계신다는 것을 들으면 천리를 멀다 하지 않고 달려올 것입니다."

경룡은 탄식했다.

"아, 아!"

그리고 노림에서 겪었던 치욕, 굶주리고 추위에 떨며 떠돌았던 고초 등을 모두 이야기했다. 할미가 말했다.

"나는 술을 팔기 위해서 배를 타고 이곳에 왔었는데, 이제 또다시 배를 돌려갔다가 오래지 않아 또 응당 다시 돌아올 것입니다. 공자께서는 행여 갈 길을 헤아려 보고 잠시라도 머무를 수 있으시다면, 마땅히 소식을 가지고서 옥단에게 갔다가 돌아오겠습니다."

또 은자 몇 냥을 경룡에게 주며 말했다.

"바라건대 공자께서는 이것으로써 우선 머물러 기다리시는 비용으로 쓰십시오."

경룡이 말했다.

"나에게도 노잣돈이 있으니, 열흘 정도는 버틸 수 있네."

사양하며 받지 않고는 다만 종이와 붓을 찾아 잠깐 동안 옥단에게 편지를 썼다. 그 편지 이러하다.

노림(蘆林)에서 살아남은 몸이 떠돌다가 양주(楊州)에 이르렀소. 슬피 울부짖으면서 구걸하여 아직도 모진 목숨을 그대로 보전하고 있소. 늘 한탄한 것은 낭자의 박정함이 매우 심했던 것인데, 뜻밖에도 이웃 할미를 길에서 만나니 낭자가 북루에 살며 다시는 다른 남자에게 아양 떨지 않고 있다는 것을 들었소. 그러할진댄 어찌 박정할 수가 있었겠소? 그렇다면 나를 죽이려고 했던 사람이 낭자가 아님을 알겠소. 천리 머나먼 길을 서로 바라보기만 할 뿐, 돌아갈 길이 전혀 없소. 스스로 생각건대 일생 동안 어느 날에나 다시 만나겠소? 돌아가려는 배가 떠나려하니 편지 부치려는 마음이 너무나 바빠 떨어지는 눈물로 먹을 갈았거니와 떨리는 손으로 편지를 봉하여 보내오. 마음속에 가득한 슬픔을 말한들 무슨 소용이 있겠소?

모월 모일에 경룡 올림

쓰기를 마친 후에 편지를 노파에게 부치니, 노파는 그 편지를 받고 경룡과 헤어졌다. 마침내 배에 올라 서주(徐州)로 돌아가서 몰래 옥단을 만나 왕랑(王郞)의 일을 다 말하고 그 편지를 전하면서 다시 가려는 뜻을 아울러 말했다.

각설. 옥단은 이보다 먼저 노림(蘆林)에서 따로따로 헤어진 이후로 울며불며 슬퍼하면서 죽음으로 절개를 지켰다. 원래 집으로 되돌아온 후에는 곧바로 북루(北樓)에 올라갔다. 왕랑이 먹고 자던 곳임을 생각하여 왕랑이 쓰던 물건들을 어루만질 때면 저절로 목 놓아 슬피 울었고, 오랠수록 더욱 간절하여 한 번도 누각을 내려오지 않았다. 초췌한 모습으로 하루하루를 보내며 치장하고 빗질하는 것도 모두 그만두어 용모가 참담하니, 이웃사람들이 찾아와 보고서 눈물 흘리지 않는 이가 없었으며, 유객(遊客)이 지나가면서 감히 서로 찾아보지 못하였다. 이때에 이르러 왕랑이 손수 쓴 편지를 받고 왕랑이 죽지 않았다는 소식을 알고서 슬픔을 이기지 못해 머리를 움켜쥐고 오열하면서 노파에게 고마워하며 말했다.

"할멈이 편지를 가져오지 않았다면 어떻게 천상의 기별(奇別)을 지상의 사람에게 전할 수 있었겠습니까? 내일 저녁 때 응당 시비를 시켜 편지를 전할 것이니, 할멈이 또한 돌아가면 왕 공자에게 주십시오. 만약 노파로 말미암아 왕 공자를 다시 볼 수 있다면 할멈의 덕택이 아닌 것이 없으리니, 보답할 수만 있다면야 장차 분골쇄신하여 갚겠습니다. 그리고 사사로이 드나들면 남들이 의심할까 두려우니, 할멈은 다시 오지 마십시오."

마침 기생어미가 어떤 사람이 북루에 와 있는 것을 알고 창밖에서 엿보고 있었다. 옥단이 곧 이를 알아차리고서 노파에게 눈짓하며 거짓으로 꾸짖었다.

"할멈이 처음에 왕랑(王郞)을 나에게 중매하였지만, 왕랑은 불행하게도 노림(蘆林)에서 속임을 당하여 이미 까마귀와 솔개의 뱃속에 장사지냈습니다. 나는 스스로 절개 지킬 것을 깊이 맹세하여 죽음으로써 기약했으니, 할멈도 불쌍히 여기고 슬퍼해야 할 것입니다. 그런데도 도리어 교묘하고 그럴듯한 말로 또다시 어떤 놈에게 중매하려 한단 말입니까? 어찌 할멈의 불량스러움이 이런 막다른 지경에까지 이를 줄 알았겠습니까?"

노파도 거짓으로 대답하였다.

"나는 낭자가 청춘으로 헛되이 늙는 것을 가련하게 여겼기 때문에 치장하고 빗질하도록 하여 다시금 새 즐거움을 보게 하려 했을 뿐인데, 어찌 낭자는 나를 심하게 욕보인단 말이오?"

기생어미가 그 말을 듣고 창을 밀치며 들어와 말했다.

"할멈의 말이 옳다. 너는 어찌 생각을 하지도 않고 되레 사람을 욕보인단 말이냐?"

그 말에 꼬리를 이어서 반복하여 설득했지만, 옥단은 대답하지도 않고 쓰러져 누웠다. 잠시 후에 이웃 노파와 기생어미 모두 누각에서 내려와 가버렸다.

다음날 낮에 옥단이 홀연 누각에서 내려와 그 기생어미에게 가서 말했다.

"한밤중까지 자지 못하고 베갯머리에서 깊이 생각해보니, 어제의 말씀은 역시 대단히 일리가 있습니다. 여자가 기생집에서 길러졌으니, 어찌 순결을 지키는 정조(貞操)를 생각하겠습니까? 장대(章臺 : 화류가)의 버들은 수많은 사람들이 다투어 꺾는 것을 스스로 달게 여겼으니, 현도(玄都)의 꽃이라도 어찌 수많은 말들이 짓밟는 것을 싫어하겠습니까? 황금안장을 한 준마(駿馬)라도 오직 부르는 곳으로 달려가고, 비단이불과 구슬자리라도 끌어당기는 것에 따라서 머무는 것입니다. 비록 한번 웃음에 천금은 얻지 못하더라도 또한 오릉(五陵 : 번화가)의 전두(纏頭 : 화대)는 바라볼 수 있으니, 한편으로는 내 몸을 영화롭게 하고 다른 한편으로는 우리 집안을 부유하게 하면 이는 바로 부모가 기뻐하는 바입니다. 그러나 불행하게도 지난번 왕랑(王郎)을 만나 정이 든 지 여러 해이어서 하루아침에 갈라 떨어지기가 인정과 사리에 자못 부끄러웠는지라, 혹시라도 살아 돌아와 옛 인연이 이어지기를 바랐습니다. 이제는 때가 지나고 해가 바뀌었는데도 소식이 영영 끊어졌으니, 왕랑이 죽은 것이 확실합니다. 세월은 흐르는 물과 같아서 예쁜 얼굴을 그대로 두지 않으니, 뒷날에 백발이 되면 후회해도 돌이킬 수가 없습니다. 설령 왕랑이 다시 살아온다 해도 어찌 다시 사랑해주겠습니까? 청춘이 더 늙기 전에 홍루(紅樓)에서 비싼 값을 받고 싶습니다."

그 기생어미가 매우 기뻐하며 말했다.

"네가 미혹되었다가 스스로 돌이켰으니 우리 집안의 복이다."

말하면서 기뻐하고 즐거워 마지않았다.

옥단은 북루(北樓)로 돌아가 몰래 편지를 쓰고, 사사로이 간직해둔 은자 백 냥을 꺼내어서 시비로 하여금 칠흑 같은 밤을 틈타 이웃 노파에게 가지고 가도록 하며 말을 전했다.

"할멈은 몸과 마음을 다해 애를 써서 만금(萬金) 같은 이 편지를 전해주십시오. 지금 보내는 은자 중에서 할멈은 그 반을 가지고 나머지 반은 왕랑에게 주어서 며칠을 지낼 수 있도록 해주십시오."

이웃 노파는 그 편지와 물건을 품에 넣고 배를 빌려 양주(楊州)에 도착하였다. 경룡이 굶주림을 참아가며 기다린 지 이미 보름이 지났다. 노파가 그 편지와 물건을 전하자, 경룡은 손수 쓴 글씨를 보고 흐느끼며 편지 봉투를 뜯으니, 그 편지는 이러하다.

지아비를 등진 사람 옥단이 재배하고 아룁니다.

첩이 처음에는 비천한 몸으로 기생집[娼樓]에서 공자(公子)를 그르쳤고 나중에는 교묘한 계책으로 노림(蘆林)에서 공자를 속였습니다. 첩이 비록 그 사이에서 어떠한 관여도 하지 않았다 할지라도, 그간의 일은 실로 첩이 매개된 것입니다. 스스로 생각건대 재앙을 받게 한 장본인이니 누가 화근(禍根)이겠습니까? 마땅히 한번 죽음으로써 거듭 저지른 잘못을 은애로 갚아야 하나, 다만 일편단심만이라도 지니고 있음은 저 밝은 태양에게 질정할 수 있습니다. 혹시라도 공자께서 만에 하나 화를 모면했다면 비천한 첩이 뒷날일망정 실정을 말씀드릴 수 있을 것으로 생각했기 때문에 감히 자결하지 못하고 욕되게도 지금까지 살아왔지만, 이처럼 손수 쓴 편지를 이웃 노파가 전하여 공자께서 노림에서 어육이 되지 않았음을 알고 기생집에서 후회하게 될 줄 어찌 생각이나 했겠습니까? 한편으로는 기쁘고 또 한편으로는 슬퍼서 더욱더 눈물을 삼킬 뿐입니다. 첩에게 계책이 있사오니 옛 은혜를 갚을 수 있을 것입니다. 공자께서는 모월 모일에 몰래 서주(徐州)에 도착하여 재빨리 관왕묘에 들어가 탁자 아래에 숨고서 첩이 오기를 기다려주십시오. 한마디 말조차 천리를 가는 법이라 임시변통일지라도 그 기회를 잃을까 두려우니, 깊이 비밀에 부치시고 약속을 어겨 일이 그르치지 않게 하십시오. 공자께서 매우 위급한 상황에 처했다는 소식을 들었으므로 우선 급하게 쓰실 돈을 보내드립니다.

모월 모일 옥단 재배

경룡은 편지를 다 본 뒤에 은자를 팔아 여장을 준비하고 날짜를 헤아려서 길을 떠나 남몰래 서주에 당도하였다. 약속한 날짜가 되자, 몰래 관왕묘에 들어가 옥단이 말한 대로 똑같이 하였다.

각설. 옥단은 노파를 보낸 뒤로부터 얼굴을 단장하고 옷을 치장하여 태연하게 웃고 떠들면서 어쩌다 이웃 마을에까지 놀러 다니기도 하니 북루(北樓)에 머무르는 것이 드물었다. 같은 고을에 거상(巨商)으로 조씨(趙氏) 성을 지닌 자가 있었다. 나이가 비록 이미 많을망정 일찍부터 옥단의 재주와 용모를 사모해왔기 때문에, 이제 옥단이 절개를 버렸다는 소문을 듣고 한번 합환(合歡)을 이루고자 천금을 기생어미에게 주었다. 기생어미가 그것을 받고 옥단에게 권유하니, 옥단이 마침내 허락하고 그와 기약하면서도 다만 보름 뒤에 만나기로 하였다. 그 기생어미가 그 까닭을 묻자, 옥단이 미소 지으며 말했다.

"내가 지난날에 왕 공자(王公子)와 정이 깊어서 함께 맹세하고 약속하며 이를 천지신명께 고했습니다. 이제 맹세를 지키지도 않은 채 다른 사람에게 가자니 마음에 부끄러움이 생겨 관왕묘(關王廟)에 가서 길일을 택해 맹세를 파기하고자 하기 때문에 기일을 이와 같이 늦추었을 뿐입니다."

기생어미도 그 말을 따랐다. 옥단은 마침내 목욕재계하고 관왕묘에 가면서 몰래 금은 수백 냥을 품고 갔다. 관왕묘 밖에 이르자 종자(從者)들에게 말했다.

"내가 맹세를 파기하는 말을 고할 때에 숨겨야 할 바가 많이 있어 너희들에게 알려지게 할 수는 없으니, 너희들은 여기에 남아 기다리면서 모름지기 다른 사람들도 들어오지 못하게 하라."

이내 관왕묘에 들어가 관왕에게 절하고 탁자 아래로 다가가서 왕 공자를 불렀는데, 경룡이 탁자 아래에서 나오자 옥단이 탁자 앞에 있었다. 오래 만나지 못하다가 다시 만난 감회를 어찌 금할 수 있겠는가. 저도 모르게 부여안고 통곡을 하니, 옥단이 다급하게 제지하며 말했다.

"혹시라도 나를 따라온 사람들로 하여금 들어서 알게 한다면 오늘 당할 화(禍)는 노림(蘆林)에서 겪은 것보다 심할 것이니 삼가고 삼가십시오."

이어서 지난날의 원통함을 털어 놓았다.

"당시 서관(西館)으로 가다가 첩과 공자가 함께 간사한 계략에 빠졌지만, 첩이 공자를 속인 것도 있으니 무엇 때문이겠습니까? 몇 달 전에 주인 어미가 첩으로 하여금 잠시 피하도록 하여 공자가 스스로 떠나가도록 하려 하였습니다. 첩이 매우 굳게 거절했으면서도 그때 공자께 고하지 않았던 것은 공자의 마음이 번뇌에 빠질까 두려웠기 때문입니다. 그래서 첩은 혼자 알고 있으면서 다만 금석(金石) 같은 뜻을 굳게 하려 했을 뿐, 어찌 매우 흉악한 계략이 노림에 이를 줄 생각이나 했겠습니까? 공자께 고하지 않고 먼저 처리한 것은 첩이 공자를 속인 죄이니 만 번 죽는다 하더라도 어찌 속죄할 수 있겠습니까? 이미 지나간 일이니 말해도 소용 없습니다. 청컨대 기묘한 계책으로 앞길을 열고자 합니다."

즉시 금은과 비밀 계책을 주면서 "이리이리 하십시오." 말하고는, 경룡으로 하여금 도로 탁자 아래에 숨게 하였다. 그리고 종자들을 불러 관왕에게 나란히 전하고 동시에 밖으로 나가버렸다.

경룡은 곧 이웃 고을의 저자로 돌아가 그 금은을 팔아 비단옷을 사서 입고 준마를 사서 탔다. 또 빈 가죽상자 200개를 사서 돌로 가득 채우고 황금자물쇠로 잠가 두니 금은보화가 들어있는 것 같은 모양이었다. 마부를 고용하고 말 100필을 세내어 짐을 싣고서 먼저 가게하고 경룡은 뒤에서 서주의 지경으로 들어갔는데, 옥단의 집으로 향하며 남쪽에서 북쪽으로 가 마치 도성을 향하는 듯했다. 옥단의 집이 있는 거리에 도착하니, 이웃사람들이 경룡을 보고서 모두 놀라고 괴이하게 여겼는데 길을 가득 메우고 인사하며 말했다.

"공자께서 한번 가시고는 그림자나 소리조차 전혀 접할 수 없었는데, 오늘 어디서 오시는지 모르겠습니다만 어떻게 이 수많은 재물을 누리신단 말입니까?"

경룡이 말했다.

"그대들은 이백(李白)의 시를 듣지 못했습니까? '하늘이 나에게 재주를 줌은 반드시 쓰임이 있으리니, 천금이란 다 흩어져도 또다시 돌아오리라.'고 했습니다. 이제 마침 북경으로 정혼하러 가야하기 때문에 방금 절강(浙江)에서 오는 길입니다."

많은 사람들이 모두 칭찬하며 감탄하였다. 기생집의 사내종들도 서로 다투어 바라보다가 집으로 달려가서 이를 알렸다. 옥단이 그들의 말을 듣고 거짓으로 놀라는 척하며 말했다.

"아, 왕 공자가 죽지 않았으니 어찌 맹세를 깨트리고 다른 사람에게 시집갈 수 있겠는가?"

마침내 북루로 달려가서 목을 매자, 시비들이 기생어미를 불러 목숨을 구하고 제지할 수 있었다.

경룡이 옥단의 집을 지나면서 돌아보지도 않고 가버리자, 기생어미와 조운(朝雲)은 갖옷과 말 및 재물과 보화가 성대함을 엿보고서 남몰래 서로 의논하였다.

"옥단은 도련님이 죽지 않은 것을 알고 맹세 깨트린 것을 후회하여 자결하려는 데까지 이르렀으니, 이후로는 필시 재가하지 않으려 할 것이다. 만약 이번 재물을 놓치면 다시는 소득이 없을 것이니, 저 무심한 공자를 정다운 말로 잘 구슬리면 반드시 옥단을 잊지 못하고 다시 돌아올 것이다. 이를 통해 그 재물을 차지하는 편이 낫겠다."

마침내 뒤쫓아 말고삐를 붙잡고 말했다.

"공자, 공자님! 어찌 무정함이 이와 같단 말입니까? 노림(蘆林)에서 한 번 헤어진 뒤로 공자께서 어느 곳에 계신지 알지 못하여 날마다 돌아오기를 바랐지만, 끝내 소식이 없어서 온 집안의 노소(老少)가 울부짖으며 하루하루를 보냈습니다. 생각지도 않게 오늘 공자를 다시 볼 수 있게 되었지만, 문 앞을 지나면서도 들어오지 않으시니 무엇 때문입니까?"

경룡이 고삐를 당기면서 대답했다.

"이것이 참으로 무슨 말이오? 처음에 내가 기생집[娼樓]에서 미혹되어 재물을 탕진하고도 집으로 돌아가지 않았기 때문에 그대들이 노림(蘆林)에서 나를 속이고 기필코 제거하려 하였지만, 복록과 경사가 다하지 않아서 하늘의 음덕으로 도적을 만나고도 죽지 않았소. 고향으로 돌아가 가업에 힘쓰다가 좋은 아내를 얻으려고 했는데, 마침 마땅한 곳이 있어 고향에서 가는 길을 잡아 나선 것이니 이를 버릴 수는 없소. 그대 집을 방문했다가 겪었던 불행을 아직도 한탄하거늘, 어찌 그대의 딸을 찾았다가 다시 욕을 당하겠소?"

기생어미가 소리를 내어 거짓으로 울며 말했다.

"지난번 노림(蘆林)의 입구에서 곳간에 자물쇠 잠그지 않은 것을 비로소 깨달아 공자께 청하여 보내놓고, 우리들은 참으로 오랜 시간을 기다렸지만 날이 이미 저물고 말았습니다. 공자께서 틀림없이 돌아오지 못하리라고 생각한 데다, 마을과는 동떨어져 사방에 의지할 곳이 없어서 부득이 노림을 떠나 가까운 객점을 잡고 투숙하며 공자께서 다음날 오시기를 기다렸습니다. 어찌 공자께서 밤을 무릅쓰고 말을 달려 돌아와 곧바로 노림으로 들어가서 도적의 수중에 떨어질 줄 생각이나 했겠습니까? 그 다음날에도 공자를 기다렸지만 오시지 않았기 때문에 공자의 자취를 찾지 않은 곳이 없었습니다. 여러 날을 배회하였지만 어떤 계책도 세울 수가 없어 슬퍼하며 집으로 돌아오니, 집안에 간직해두었던 것들이 텅 비어 남아있지 않는데 필시 이웃사람들과 집 지키던 노비들이 한 짓이었을 것입니다. 그러나 재물과 보화를 도둑맞은 것은 한탄하지 않고, 오직 공자께서 살았는지 죽었는지를 걱정했습니다. 비록 노파가 어질지 못할망정 여전히 공자를 그리워하며 울부짖었는데, 하물며 옥단은 죽기를 맹세하고 절개를 지킴이겠습니까. 밤낮으로 울고 눈물 흘리며 북루(北樓)에 지내면서 내려오지 않은 지가 2년입니다. 공자께서 만약 이웃마을 사람들에게 물어보시면 또한 입증될 것입니다. 우리 집안이 공자를 그리워한 것은 간절했다고 할 수 있습니다. 그런데도 공자께서는 어찌 핑계하는 말씀이 이와 같으십니까? 만약 옥단과의 인연이 이미 다하여 다시 돌볼 수가 없다고 말하신다면 괜찮습니다. 어찌하여 결코 잊을 수 없는 말을 몹시 기다리던 사람에게 더한단 말입니까?"

경룡이 거짓으로 승낙하며 말했다.

"어미의 말이 이와 같다면 당연히 옥단을 만나 다시 물어보겠소."

그리하여 말을 돌려 그 집으로 갔다. 기생어미와 조운은 스스로 계략이 성공했다고 여겼고, 마을 사람들은 모두 경룡의 어리석음을 비웃었다.

경룡이 문 앞에 이르자, 기생어미가 맞이하여 대청에 오르게 하고 옥단을 부르며 나와서 뵈라고 하였다. 옥단은 나오지 않으려는 것 같이 말했다.

"누가 왕 공자를 불렀습니까? 저 분이 비록 억지로 오셨겠지만, 어찌 노림의 한을 잊고서 예전과 똑같이 즐거워할 수 있겠습니까? 뵙지 않고 보내는 것만 못합니다."

기생어미가 안으로 들어와서 직접 밖으로 나오기를 권하자, 옥단이 말했다.

"저 분은 각로(閣老)의 아들로서 기생집에 잘못 걸려들어 겨우 몇 해를 지내면서도 만금을 죄다 주었으니 후했다고 할 수 있습니다. 그런데 그 은혜가 작지 않음을 생각지 않고 도리어 버려서 사지에 빠지도록 했으나, 저 공자께서는 다행히도 살아나서 다시 부귀를 누리고 있습니다. 그가 비록 말하지 아니해도 제가 부끄러워서 어찌 서로 마주하겠습니까?"

기생어미가 말했다.

"내가 둘러대는 말로 구슬려서 그도 의혹이 풀어졌으므로 이곳에 왔거늘, 어찌 이처럼 지나치게 생각하느냐?"

옥단이 말했다.

"사람이 목석이 아닐진댄, 어찌 노림에서 거의 죽을 뻔한 사실이 있었는데도 갑자기 그 원한을 잊을 수 있겠습니까?"

경룡도 옥단이 오래도록 나오지 않자 자리에서 일어나 가려는 것처럼 하였다. 기생어미가 더욱 간절히 옥단에게 권하자, 옥단이 말했다.

"어머니는 내가 억지로 나가기를 원하신다면 모름지기 한 가지 계책을 써서 왕 공자를 속인 연후에야 나갈 것입니다."

기생어미가 말했다.

"무슨 계책이냐?"

옥단이 말했다.

"공자께서 전날에 주셨던 금은 및 공자께서 장만하셨던 완상품[器玩]을 죄다 앞에 벌여놓아야 할 것입니다. 또 성대한 술자리를 베풀고 축수하면서 말하기를, '집안의 재물과 보화는 예전에 죄다 잃어버렸지만, 오직 공자께서 주신 금은과 완상하셨던 기물(器物)들만은 마침 옥단이 북루의 그 자리에다 이미 감추어 두었기 때문에 간직될 수 있었으니 공자의 복이 아닐 수 없습니다. 집안을 망친 뒤에도 여전히 이 물건들을 남겨두고 차마 팔지 않은 것은 공자께서 뒷날 찾아오실 것을 기다렸기 때문이었습니다. 우리 집안이 공자를 기다린 것은 지극했다고 할 만한 것입니다. 그런데 공자께서 도리어 노림에서의 의도치 않은 일로 의심하십니까? 이것들을 가지고 축수하기를 원합니다.'라고 하면, 저 분도 반드시 분을 풀고 도리어 재물을 줄 것입니다. 그렇게 되면 옛날 재물로써 새로운 재물을 낚는 향기로운 미끼가 될 것입니다."

기생어미는 매우 옳게 여겨 곧 연회를 베풀고 재물을 벌여놓았으니,

옥단의 말대로 똑같이 하였다.

옥단은 그제야 밖으로 나와 공자에게 절을 하였을 뿐, 여전히 등지고 앉아서 감히 바로 마주하지 못했다. 경룡이 그 까닭을 물으니, 옥단이 말했다.

"공자께서는 노림에서 의도치 않은 것을 알지 못하고 제가 속였다고 의심하여 문 앞을 지나면서도 돌아보지 않으셨는데, 첩이 무슨 면목으로 공자를 마주하겠습니까?"

경룡이 술잔을 들고 웃으며 말했다.

"지난번 화(禍)를 만났을 때는 의심과 여한이 없지도 않았으나, 오늘 주인어미의 정성스러움이 매우 지극한 것을 보니 나도 모르게 묵은 여한이 죄다 사라졌소."

또 기생어미와 조운(朝雲)에게 축수하면서 심히 정성스럽게 권하자, 기생어미 모녀는 자기들이 부린 간계에 기뻐하고 밤새도록 술자리에 참여하여 실컷 즐기면서 술을 마셨다. 옥단은 이보다 먼저 남몰래 시비로 하여금 경룡에게 술을 따를 때면 물을 섞어서 올리게 하였고, 게다가 경룡은 주량이 한량없어서 취하지 않을 수 있었다. 그러나 기생어미와 조운은 마음껏 술을 마시다가 잔뜩 취해 부축하여 안으로 들어갔다.

경룡과 옥단은 그 재물과 보화와 완상품들을 죄다 거두어서 북루에 있는 침소로 돌아갔다. 반기는 정과 격조했던 회포는 하룻밤에 다 풀 수 없는 것이어서 지칠 줄 모르고 잠들지 못하니, 황홀하기가 꿈을 꾸는 듯했다. 경룡이 마침 병풍 사이를 보니, 옥단이 손수 지은 절구시(絶句詩) 1수가 있었다.

북루의 봄날은 또다시 황혼이 지니　　　　　　　　北樓春日又黃昏
붉은 수건이 다 젖도록 눈물 훔치네.　　　　　　　濕盡紅巾拭淚痕

머리 돌리나니 노림엔 까막까치 어지러워   回首芦林烏鵲亂
어디서 넋이라도 부를 수 있을지 모르겠네.   不知何處可招魂

그 시에 담긴 말뜻이 슬프고 원망한 것을 보고 저도 모르게 눈물을 흘렸다. 즉시 붓을 잡고 화답하여 병풍에 썼다.

옛 벗 대청에 오르자 날은 이미 저무니   舊客登堂日已昏
등불 켜고 서로 마주보며 눈물 훔치네.   點燈相對拭淚痕
노림에서의 비바람 이제 이와 같으니   蘆林風雨今如許
응당 넋이 돌아오지 못했다면 서글펐겠네.   惆悵應存未返魂

때가 한밤중이 되어 사방을 둘러보아도 사람이라고는 없었다. 옥단이 한번 탄식하는 소리를 내면서 경룡에게 말했다.

"공자께서는 재상 집안의 천금 같은 자식으로서 마땅히 선대의 가업을 이어야 하는데도, 한 기녀를 만나 미혹되어 자기 자신을 돌아볼 줄 모르고 여러 해를 계속 머무르면서 만남을 죄다 써버리고는 끝내 너없이 귀중한 몸으로 예측치 못한 재앙에 떨어지고 말았으니, 비록 죽지는 않았다고 말할 수 있으나 그 액운은 몹시 참혹하였습니다. 잘 알지 못합니다만 이 은밀한 기회를 엿보고 저 재물과 보화를 거두어서 본가로 돌아가 부모님을 뵙는다면 부모님의 노여움도 어느 정도 누그러뜨릴 수 있을 것이며, 끝내 경박한 행동을 했다는 오명을 씻을 수 있을 것입니다."

그리고 부축해 자리에서 일어나 눈물을 흘리며 서로 마주했다. 마침내 슬픈 노래를 지어 이별을 하니, 그 곡조는 〈만정방(滿庭芳)〉이었다. 그 노랫말은 이러하다.

마음속 깊은 정 아직 펴지도 못했는데　　　　深情未攄
청명한 달밤은 다하려 하니　　　　　　　　清夜將闌
이 인생 어느 날에나 다시 기쁘리오.　　　　此生何日重歡
노림이 심히도 가까우니　　　　　　　　　　蘆林孔邇
어찌 고식적 기회라도 잃을 수 있으리오.　　安可失機關
아아, 도련님이 한번 떠나시면 거울 대하여도　嗚呼良人一去對明鏡
언제나 외로운 난새가 되리니 잘 돌아가소서.　長作孤鸞好歸去
오로지 서책에만 마음을 쏟으시고　　　　　　專心黃卷
부디 젊은 미인은 생각지 마시어요.　　　　　愼勿憶紅顔

좋은 시절 어느 때에나 있으리까.　　　　　　佳時在何時
편하지 못한 만 리나 되는 먼 길　　　　　　萬里風塵
한번 가면 돌아오기 어려우리니.　　　　　　一去難還
서글피 서로 보면서 머리 희도록　　　　　　恨相看髮白
변치 말자고 함께 맹세하였어라.　　　　　　共誓心丹
이제부터 북루엔 사람이 없을 것인저　　　　自此北樓無人
날이 저물도록 외로이 난간에 기대리니,　　　日之夕孤倚闌干
아득한 강남 소식 누가 전해주려나　　　　　邈江南消息誰傳
바라고 바라보지만 청산이 많을세라.　　　　望望多靑山

경룡이 곧 화답하였다.

천릿길을 살아 돌아왔다가　　　　　　　　　千里生還
한밤중에 이별하려 하니　　　　　　　　　　半夜將離
한마음이 슬픔과 기쁨으로 어지럽네.　　　　紛紛一心悲歡
말안장 얹고 떠나려 하니　　　　　　　　　　紅鞍欲動
울창한 관문에 흰 구름이 오락가락하네.　　　白雲迷楚關
그저 옥퉁소 한 쌍을 짊어지고　　　　　　　虛負一雙玉簫

진대를 바라보니 어느 때나 난새 타려는가.　　望秦坮幾時乘鸞

그대 옷자락 부여잡고 차마 놓지 못하니　　摻子裾不忍相釋

장사는 붉던 얼굴이 창백해지누나.　　壯士凋朱顔

비록 금석 같은 약속이 있었을지라도　　有約雖金石

다시 만날 길이 전혀 없으니　　無路重逢

어느 날에나 돌아올 수 있을런가.　　何日得還

도리어 철석같은 마음 재가 되고　　却怕石腸成灰

옥 같은 얼굴이 시들까 두렵네.　　玉貌消丹

세월이 빠르다지만 얼마나 지나야 하려나　　隙駒流年幾許

애처로이 마주하고 난간에서 눈물 흘리네.　　慘相視涕淚欄干

혹시 죽지 않고 옛 인연 다시 이으려면　　倘未死再續舊緣

바다를 굴리고 또 산을 옮겨야 하리라.　　轉海更移山

이윽고 이웃집 닭소리가 들리는데 푸른 등잔불도 이미 꺼지려는 듯 희미하였다. 옥단은 시비로 하여금 공지의 종자(從者)를 몰래 불러오두록 하고 가죽상자를 죄다 가져오게 하여 그 안의 돌을 쏟아내고는 기생어미가 축수한 금은 및 완상품과 아울러 자신이 몰래 간직했던 보물들을 그 속에 넣고 자물쇠로 잠그면서 경룡을 돌아보며 말했다.

"제가 몰래 간직했던 패물은 다행히 강남에서 팔기만 하면 허비한 금액을 충당할 수 있을 것입니다."

급히 짐을 싣도록 하여 떠나가게 하였다. 경룡은 갈라져 헤어지는 것을 안타까워하면서 초췌한 모습으로 설움에 북받쳐 목메어 울며 옥단을 부둥켜안고서 차마 버리고 떠나가지 못했다. 옥단이 손으로 경룡을 밀어서 문밖으로 나오니, 경룡이 마지못해 서로 이별하면서 말했다.

"어느 때나 다시 만난다고 기약할 수 있겠소?"

옥단이 말했다.

"공자께서 집으로 돌아가 부모님을 뵌 뒤에는 오로지 시서(詩書)에만 뜻을 두어 훗날 과거에 급제하시고 이 고을의 자사(刺史)가 되시면 그날이 첩과 서로 만날 수 있는 날일 것이지만, 그렇지 않으시면 첩을 보기가 어려울 것입니다. 첩은 죽음으로써 도련님을 위해 절개를 지킬 것이며, 맹세코 다시는 다른 사람에게 아양을 부리지 않을 것입니다."

경룡이 헤아리건대, 기생어미는 필시 옥단의 뜻을 빼앗을 것이고 옥단은 필시 죽기로 한 약속을 지킬 것이니, 그러면 평생 다시는 만날 수 없을까 두려웠다. 이에 옥단을 끌어안고 울면서 고하였다.

"낭자가 맹세코 다른 사람에게 아양을 부리지 않겠다는 것은 지극하다고 할 만한 것이오. 그러나 주인어미에게 강제로 위협당하면 어찌할 것이오? 그러면 필시 죽은 뒤에야 끝이 날 것인데, 사람이 이 세상에 나서 한번 죽은 뒤면 어찌 다시 볼 수 있겠소? 뜻을 꺾고 절개를 굽혀서 다른 날에 다시 만날 약속을 이루는 것만 같지 못하오. 낭자는 내 말을 소홀히 여기지 말고, 지극한 소원에 부응해 주오."

옥단이 말했다.

"충신은 두 임금을 섬기지 않는데, 열녀라고 해서 어찌 유독 다르겠습니까? 만약 방편적인 길을 걷는다면 헛되이 죽지 않을 수도 있겠지만, 서로 더럽히고자 하기에 이른다면 죽음만이 있을 뿐입니다."

경룡은 이별하고 남몰래 길을 떠나 절강(浙江)으로 향했다.

옥단은 경룡을 보내고 울음을 삼키며 침소로 돌아와서 시비와 서로 짰는데, 각자 솜옷으로 입을 틀어막고 끈으로 자기 손과 발을 등에 결박 지어서 침상 아래에 거꾸러져 있었다. 그 다음날 기생집의 하인들이 경룡 일행의 마부와 말이 간곳없는 것을 발견하고 기생어미에게 와서 고했다. 곧바로 술에 취한 머리를 겨우 일으키고는 놀라 옥단의 침소로 가서 보니, 옥단 및 시비가 모두 코를 골며 까무러친 꼴로 있었다. 기생어미가 놀라 소리쳐 구하니, 한참 후에야 거짓으로 깨어나는 척하며 말했다.

"제가 어제 왕랑을 만나려고 하지 않은 것은 바로 이 때문이었습니다. 어미가 스스로 불러 맞이하였으니 누구를 허물하겠습니까? 왕랑이란 자가 비록 아무런 감정이 없다고 했을지라도 어찌 노림(蘆林)에서의 원한을 잊고 마치 흙으로 빚은 허수아비인 것처럼 있었겠습니까? 저녁 무렵 잠자리에 들어서도 합환(合歡)하지 않아 제 스스로 괴이하게 여겼는데, 한밤중이 되자 남몰래 그의 종자(從者)들을 불러 별안간 주위의 사람부터 죄다 금은보화를 뒤졌으며 저와 시비까지도 죽이려고 했습니다. 공자께서 그나마 그것을 제지하여서 다만 이렇게라도 되었을 뿐입니다. 제가 수모를 당한 것이야 설령 한스럽지 않아도 다만 재물을 잃고도 또 그대로 둔 것은 한스러우니, 그 재물을 빼앗지 않을 수가 없습니다. 제가 결박당할 때에 그들의 말을 몰래 엿든건대 우리가 뒤쫓을 것을 두려워하여 본부(本府)에 들어가서 머물다가 도망가자고 하였으니, 부디 속히 뒤쫓아 가서 잡으십시오."

기생어미는 즉시 이웃사람들을 불러 모으고, 온 집안사람들이 말을 타고 급히 달려 뒤쫓았다. 서주(徐州)의 공문(公門 : 관청의 문) 밖에 이르자, 옥단은 말에서 내려 그 기생어미를 붙잡아 끌어내리고는 공부(公府)의 서리(胥吏) 및 이웃사람들에게 외치며 고했다.

"저는 본래 양가(良家)의 자식으로 어려서 부모님을 잃었습니다. 이 할미가 저의 자색을 보고서 데려다 길렀는데, 남의 비위나 맞추게 하고 그 값을 취하여 단지 자기 집을 이롭게 하려고만 했으니 어찌 어미와 딸의 의리가 있겠습니까? 지난번 절강(浙江) 왕 각로(王閣老)의 아들 경룡이 마침 저의 집을 지나다가 저를 보고 기뻐하며 만금(萬金)을 죄다 주고 장가들어 아내로 삼고는 집을 지어 따로 살면서 장차 해로하려 하였습니다. 이 할미가 간교하게 음모와 계략을 꾸며 노림에서 죽이려고 했으나, 왕 공자(王公子)가 다행히도 그 위기를 벗어나 빈털터리로 고향에 돌아갔지만 첩을 그리는 마음이 더욱 심하여 보물을 싣고 다시 돌아왔습니다. 어제 저녁에도 이 할미가 다시 재물을 훔치고 죽이려 했습니다만, 왕 공자가 낌새를 미리 알아차리고 도망하였습니다. 그런데 이 할미는 그 재물을 얻지 못한 것을 원통하게 여겨 지금 이웃사람들을 거느리고 뒤쫓아서 장차 죽이고 재물을 빼앗으려 하였습니다. 첩이 거짓으로 함께 도모하는 것처럼 따라왔어도 실상은 관아에 고소하려고 한 것이었습니다. 이번 일의 전말은 이웃사람들이 모두 아는 바라서 숨기기가 어려울 것입니다."

이어 스스로 통곡하고 그 기생어미를 끌고서 송사에 나아가려 하였다. 이웃사람들은 본디 노림의 일을 알고 있었기 때문에 역시 지난 밤 사이의 음모를 알고서 모두 옥단이 옳고 할미가 그르다며 말했다.

"이 할미가 거짓으로 속여 말하기를, '공자가 재물을 훔쳐 도망갔다.'고 했기 때문에 우리들은 그 부탁을 듣고 뒤쫓아 와서 그 재물을 빼앗아 되찾아가려고 했습니다. 만약 사람을 죽이고 재물을 빼앗으려는 속마음을 알았다면 어찌 감히 그것을 따랐겠습니까?"

서리들도 역시 일찍이 노림에서 속였던 술수를 들은 적이 있기 때문에 모두 노파를 모질고 독살스런 도적이라며 꾸짖었다. 노파는 비록 스스로를 변명하려고 했지만, 사람들은 믿지 않고 모두 옥단에게 송사하라고 권하였다. 기생어미가 두렵고 무서워서 옥단에게 애걸하자, 옥단이 말했다.

"할미가 비록 지아비를 죽이려는 음모를 가졌을지언정 그래도 나를 길러준 은혜가 있기 때문에 일단 고소하지 않겠습니다. 할미는 나로 하여금 절개를 지킬 수 있도록 하고 끝까지 협박하지 않으시겠습니까?"

노파가 그러겠다고 하자, 옥단은 서리들에게 청해 맹세하는 글귀를 만들어 적게 하고 이웃사람들로 하여금 두루 모두 서명하도록 한 뒤에 그 서권(書卷)을 품고 집으로 돌아왔다.

북루(北樓)에 올라 다만 한 시비로 하여금 쌀을 구걸하게 하였지만, 그 주인을 받들면서 조금도 싫어하거나 괴롭게 여기지 않았다. 이 시비의 이름은 난영(蘭英)으로 역시 자색(姿色)을 지녔으나, 다른 사람과 합환(合歡)하는 것을 좋아하지 않았다. 비록 간혹 희롱하기를 구해도 응하지 않았고, 다만 옥단 낭자를 모시고 그 곁을 떠나지 않았으니 아마도 옥단이 양가의 자식이었을 때부터 데리고 온 사람인 듯하다. 기생어미는 옥단을 미워하여 장차 죽이고자 하였으나 이웃사람들이 알까 두려워 실행하지 못했다.

　전날에 거상(巨商) 조씨(趙氏)가 옥단을 탐낼 수 없음을 알고 그제야 기생어미에게 뇌물로 주었던 돈을 찾으려 했는데, 기생어미는 그 돈이 아까워서 자기들끼리 남모르게 약속하며 이래라저래라 말했다. 몇 달이 지난 후에 기생어미는 옥단을 꾸짖으며 말했다.

　"너는 왕랑(王郞) 때문에 내가 길러준 은혜를 저버리고 끝내 나를 어미로 여기지 않는다. 비록 내 집에서 살고 있을지라도 더 이상 이로울 바가 없으니, 북루를 비우고 조운(朝雲)을 살게 하는 편이 낫겠다."

　마침내 구박하여 옥단을 내쫓았다. 이보다도 먼저 기생어미는 몰래 같은 마을의 상인 집에 혼자 사는 노파에게 많은 돈을 뇌물로 주고 비밀스런 계책을 약속하였었다. 옥단이 쫓겨나게 되어 시비 하나를 거느렸지만 곤궁하고 돌아갈 곳이 없어 큰길가에서 울었다. 그 장사치노파가 길에서 만나, 그 까닭을 묻고는 거짓으로 우는 척하며 말했다.

　"나는 낭자가 곧은 절개를 지키느라 애써 쌀을 구걸하여 입에 풀칠하는 것을 늘 가련하게 여겼소. 이제 또 쫓겨났으니 어디에 의지하겠소? 만약 돌아갈 곳이 없다면, 누추하지만 내 집이라도 우선 갈 테요?"

　옥단은 머물러 살 수 있게 된 것을 기뻐하면서, 그 은혜를 받고 감사해하며 마침내 장사치노파를 따라 집으로 돌아갔다. 한 달 남짓 함께 살다가 장사치노파가 말했다.

"낭자를 보건대 지아비를 저버리지 않고 시일이 오래일수록 더욱 그리니, 마음에 실로 가련하고 측은하오. 내 낭자를 위하여 재산을 털어 마부를 고용하고 말을 세내어서 낭자를 데리고 절강(浙江)으로 돌아가게 하리니, 왕 공자(王公子)로 하여금 후하게 갚도록 하여서 도로 돌려보내줄 수 있지 않겠소?"

옥단은 그 말대로 되기를 바라고, 또 감사하며 말했다.

"혹시라도 그와 같이 될 수만 있다면 감히 힘을 다해 은덕을 갚지 않을 수 있겠습니까?"

장사치노파가 허락하였으니, 말을 빌리고 행장을 꾸려서 떠날 날을 잡아 길을 떠났다.

서주(徐州)의 경계를 벗어나기도 전에 갑자기 사람들이 떼로 몰려와서 길을 막고는 옥단을 에워싸고 몰아치면서 갔다. 옥단이 돌아보면서 장사치노파를 불렀지만, 장사치노파는 이미 있지 않았다. 이에 무리들에게 말했다.

"너희들은 무슨 연유로 나를 위협하여 데려가는 것이냐?"

무리들이 말했다.

"우리들은 거상(巨商) 조씨(趙氏)가 시키는 대로 낭자를 맞이하여 데려가는 것인데, 어찌 위협할 수 있겠소?"

옥단은 목 놓아 통곡하면서 말했다.

"나는 두 노파에게 속고 말았구나!"

그리하여 말에서 떨어지려 하자, 무리들이 다시 부둥켜안아 말에다 태웠다. 옥단이 슬피 울부짖으며 애걸하였다.

"조금만 쉬게 해주시오."

무리들이 가련하게 여겨 잠시 늦추자, 옥단은 자결하려고 생각했지만 마음대로 할 수가 없어서 이윽고 깊이 생각하기를, '내가 만약 헛되이 죽는다면 필시 지난날 도련님과의 약속을 저버릴 것이니, 일시적인 방편이나마 가서 그 기회를 살피는 것만 못하다.'고 여기고는, 마침내 소매의 비단자락을 찢고 손가락을 깨물어 피를 내어서 비단에다 글을 썼다. 몰래 난영으로 하여금 길옆의 나무숲에다 걸어놓게 하였는데, 혹시라도 지나가는 길손 중에 호사자(好事者)가 있어서 걸어놓은 것을 남쪽에 전한다면 머지않아 경룡에게 전달될 수 있을 것이다.

옥단은 붙들려서 거상(巨商) 조씨(趙氏)의 집으로 갔는데, 조씨 상인이 문밖으로 나와서 애타게 기다리다가 옥단이 오는 것을 보고 부축해 말에서 내리고는 기쁘고 안심되어 말했다.

"낭자는 이 늙은이와 역시 인연이 있구먼. 이는 실로 하늘이 준 것이지, 어찌 사람이 꾀해서 된 것이겠소?"

옥단이 거짓으로 웃는 척하며 대답했다.

"〈가던 길을 버리고〉 중도에서 길을 바꾸었으니, 역시 아름다운 기약을 이룰 수 있을 것입니다."

조씨 상인은 바야흐로 옥단이 죽음으로써 절개를 지킬 것으로 의심하다가 아양 부리는 말을 듣게 되자 저도 모르게 기뻐하였다. 옥단은 조씨 상인과 함께 같이 지내면서 담소하고 서로 기뻐하며 친근함이 그지없었다. 다만 합환(合歡)하고자 하면 사양하며 말했다.

"왕경룡이 떠나갈 때에 첩과 서로 말로써 약속하며 금년에 반드시 찾아오리라 하였지만, 만약 이 기간이 지나면 네가 다른 사람에게 시집가도 들어주겠다고 한 것을 첩도 허락해 맹세가 이루어졌습니다. 지금 이미 연말인데도 왕 공자가 오지 않아 손꼽아 헤아려보니 남은 날이 얼마 없습니다. 설령 올해에 왕 공자가 다시 온다 해도 첩이 이미 남의 집안에 들어와 있으니 어찌 감히 다시 나아갈 수 있겠습니까? 분부를 따르지 않는 것은 왕 공자와의 약속대로 마쳐서 제 마음을 속이지 않으려는 것일 뿐입니다. 새해의 새 합환이야말로 어찌 즐겁지 않겠습니까?"

조씨 상인은 옥단의 뜻을 거스르는 것이 두려워 감히 강제로 합환하지 않았다. 그러나 조씨 상인이 만약 본처에게 돌아가 자려 하면 옥단은 거 짓으로 질투하고 만류하는 척하니 사람들은 옥단이 합환하지 않으려 하는 것을 알지 못하나, 조씨 상인이 가끔씩 친구들에게 말했기 때문에 간혹 그 사실을 알기도 하였다.

마침 절강(浙江)의 상인이 와서 그 이웃에 임시로 부쳐 살며 향기로운 비단을 팔았다. 옥단은 난영으로 하여금 비단 한 필을 가져오되 후한 값으로 사게 하였다. 사운시(四韻詩) 1수를 수놓았는데, 조씨 상인은 눈이 있어도 글을 볼 줄 몰라서 아름답다고 칭찬만 할 따름이었다. 수놓기를 마치고 몰래 그 절강 상인에게 비단을 돌려주며 말했다.

"당신이 돌아가 소흥(紹興)의 왕 각로(王閣老) 집에 판다면, 반드시 어떤 젊은이가 있어서 값을 배로 주고 살 것이오."

그 절강 상인은 그 말대로 돌아가 각로의 집에 팔았다.

옥단은 두어 달 살면서 조씨 상인의 본처를 살펴보니, 비록 자색(姿色) 은 있을지언정 평소에 정조(貞操)가 없었다. 또 보니 이웃집의 무당 부부 가 이 집안과 오랫동안 서로 교유하였는데, 그 무당 남편도 역시 점잖고 바른 품행은 없이 오로지 주색만 탐하였다. 그러므로 이에 본처가 서로 만나자고 약속하는 것으로 꾸민 편지를 그녀의 필적인 것처럼 위조하여 무당 남편에게 보냈다. 또 무당남편이 쓴 것으로 꾸민 편지도 역시 그와 같이 하여서 본처에게 보냈다. 두 사람은 각각 신표(信標)로 삼았는데, 서 로 만나 간통하면서도 모두 깨닫지 못했다. 이로부터 새벽에 가고 저녁 에 오는 것을 번번이 보통 있는 일로 삼았다.

옥단은 어느 날 그들이 와서 만나는 것을 틈타 창밖에서 엿보다가 손으로 창문 종이를 뚫어 엿보고 있음을 드러내 보였다. 두 사람은 옥단이 그 남편에게 알릴까 두려워서 서로 모의하고 그 흔적을 없애려 하였다. 마침 그 남편이 외출하여 이웃집에서 자고 다음날 아침에 돌아왔다. 조씨 상인의 본처는 아주 맛있는 죽을 쑤어 그 속에 독을 넣고 자기 남편 및 옥단에게 주었다. 옥단은 막 머리를 빗고 있다가 그 죽을 보고서 독이 있을까 의심이 되기도 하고 또 자기에게만 독을 넣었을까 염려가 되기도 하였는지라, 그래서 말했다.

"그 죽이 참 맛있어 보이니, 내가 많은 것을 먹고 싶습니다."

자기에게 내어온 죽과 바꿔서 앞에다 놓고는 화장하고 빗질한다는 핑계로 꾸물거리며 먹지 않았다. 조씨 상인이 다 먹은 뒤에는 거짓으로 손을 대는 척하면서 독이 없는 자기 죽을 엎어버렸다. 조씨 상인은 이윽고 땅바닥에 쓰러져 피를 토하며 죽었다. 옥단이 뛰쳐나가 외치며 이웃사람들에게 말했다.

"본처가 무당남편과 모의하여 자기 남편을 독살하였소."

마을사람들이 엎어지며 자빠지며 모여들어 본처와 무당남편 및 옥단을 붙잡아 결박하였다. 옥단은 구멍을 뚫어 엿본 것을 말하였고, 또 남은 죽을 개에게 먹이니 개가 즉사하였다. 본처는 옥단이 절개를 빼앗긴 원한 때문에 죽에다 독을 넣었다고 말하였다. 마을사람들이 이 세 사람을 붙잡고 그 노복과 가까운 이웃들을 아울러 관아에 고발하였다. 본처 및 옥단이 서로 옳고 그름을 내세웠지만 모두 명확한 증거가 없었다. 이웃사람들 가운데 어떤 사람은 무당남편과 본처가 서로 간통한 것을 진술하였고, 어떤 사람은 조씨 상인과 옥단이 서로 합환하지 않았다는 말을 진술하였다. 마침내 의옥(疑獄 : 판결하기 어려운 사건)이 되어 관아에서 결단할 수 없었다.

각설. 경룡은 서주(徐州)에서 한밤중에 옥단과 이별한 뒤로 그 재물과 보화를 싣고 절강(浙江)을 건너 소흥(紹興)으로 돌아가니, 각로(閣老)가 경룡이 돌아왔다는 것을 듣고 크게 노해 잡아들여 몽둥이로 두들기며 말했다.

"너는 아비를 배반하고 돌아오기를 잊었으니 죽일 일이요, 주색에 빠져 몸을 망쳤으니 두 번째 죽일 일이요, 재물을 없애고 가업을 엎어버렸으니 세 번째 죽일 일이다."

경룡이 울며 대답하였다.

"돌아오기를 잊고 몸을 망친 것은 참으로 변명하기가 어렵습니다. 그러나 재물을 없애고 가업을 엎어버린 것에 이르면 그렇지 않사오니, 조금도 잃어버리지 않고 오늘 실어 왔습니다."

각로의 성품이 준엄하여 오히려 더 두들기도록 하였다. 공교롭게도 각로의 사위 이부원외랑(吏部員外郎) 조지고(趙志皐)가 일과 관계있어 마침 이곳에 와 있었다. 이 사람은 각로를 몹시 공경히 사랑하였고 또한 경룡과는 친밀히 사랑하였던 사람이다. 바야흐로 각로를 모시고 앉았다가 황급히 일어나 뜰로 내려와 손수 경룡을 부축하면서 각로에게 울며 아뢰었다.

"이 아이는 나이가 어려 여색에 홀려 스스로 속히 돌아오지 못한 것이지 어찌 부모님을 사랑하는 마음이 없었겠습니까? 오늘 돌아왔으니 그 선량한 마음을 알 수 있습니다. 하물며 그 재물과 보화를 오늘 죄다 싣고 돌아왔으니 주색으로 몸을 망치지 않은 것도 분명합니다."

각로가 그제야 두들기는 것을 멈추도록 하였다. 뜰에서 재물과 보화를 헤아려 그 수에 맞추어보니 축나지 않고 남음이 있는지라, 각로가 마음속으로 괴이하게 여겼다. 경룡이 들어가 어머니에게 절하자, 어머니가 경룡의 등을 어루만지며 울면서 그 연유를 물었다. 경룡이 사실대로 대답하면서 옥단과의 일을 자세히 말하니, 그 어머니는 탄식하며 말했다.

"그 옥단이라는 아이가 양가(良家)에서 길러지지 않은 것이 한스럽구나. 비록 며느리로 삼으려고 해도 어찌 마음대로 되겠느냐?"

몇 달이 지나자, 각로가 경룡을 질책하며 말했다.

"너는 여러 해를 창피하게도 학업을 폐했으니 다시는 공명을 바랄 수 없다. 너는 무슨 일을 하길 바라느냐? 장차 농사를 지을 것이냐, 장사를 할 것이냐?"

경룡이 그래도 글 읽기를 바라자, 각로는 곧 가까이에 있는 책을 뽑아서 가르칠 수 있을지 시험하였다. 경룡은 서주(徐州)에 5, 6년 동안 있었을 때 옥단과 오로지 글 짓는 것을 일삼았으므로 시험한 글의 뜻을 무엇이나 풀었다. 각로는 그것이 혹여 지난날 강습했던 것인가 생각하여 여러 책을 돌려가며 뽑아서 시험했는데, 시험하는 대로 강론하는 대로 꿰뚫고 통달하지 않은 것이 없었다. 각로는 비록 인정하지 않았지만, 비범함에 마음이 저절로 기뻐하여 또 문장 짓는 능력을 시험하고자 하였다. 바야흐로 문제를 내려는데 때마침 기러기가 울며 처음으로 날아온지라, 이에 이것으로 짓도록 하니, 경룡이 지었다.

어젯밤 서풍으로 기러기 떼 놀라서	昨夜西風動鴈群
공중에 점점이 흩어져 어지러이 나네.	散空千點亂紛紛
그림자는 삼경의 달밤에 청총을 지나가고	影過靑塚三更月
울음은 창오산 만 리 구름에 떨어지네.	聲落蒼梧萬里雲

꿈이 끝나니 영릉에서는 백발노인이 울고	夢罷零陵啼白首
등불 가물거리니 장신궁엔 궁녀가 흐느끼네.	燈殘長信泣紅裙
어둑해 남쪽으로 오는 편지 부치기 어렵거늘	冥冥難寄南來札
그래도 겨울옷을 북군에게 보내라 재촉하네.	猶促寒衣送北軍

각로가 읽어보고 몹시 기뻐하며 말했다.

"너의 이 시가 돌아오기를 잊었던 과오를 씻을 수 있겠다."

부인에게도 말했다.

"부인의 아들이 오래도록 돌아오지 않았던 것은 도중에서 글을 열중하여 읽었기 때문이지, 여색을 좋아한 것이 아니었소."

마침내 서루(書樓)를 지어서 지내게 하였다. 경룡은 서루에 지내면서 늘 옥단이 경계한 바를 생각하고 독서를 업으로 삼아 밤낮을 가리지 않았다.

마침 어느 날, 마을 사람이 나그네가 전하는 옥단의 비단편지를 받아서 전해주자 경룡이 그 쓰인 내용을 보니, 이러하였다.

서주(徐州)의 옥단은 소흥(紹興)의 수재(秀才) 왕경룡께 편지 보냅니다.

첩은 도련님을 보낸 뒤로 늘 북루(北樓)에서 지냈는데, 어찌 주인어미가 구박하여 내쫓을 줄 생각이나 했겠습니까? 우연히 이웃 할미를 만나 한 달 가량 머물다가 이 할미의 말을 믿고서 마침내 남쪽으로 향했지만 뜻밖에도 중도에서 남에게 위협을 당했는데, 한스러운 것은 일찍 스스로 자결하지 못하고 한갓 옛 약속만을 지키려다가 끝내 두 할미의 간악한 계략에 빠진 것입니다. 어찌 미천한 몸이 스스로 목매어 도랑에 빠져 죽는 것을 아끼겠습니까? 다만 헤어질 때 하셨던 말씀이 귀에 쟁쟁한데, 사소한 신의를 위해 행하는 것처럼 하다가 전날의 맹세를 저버릴까 두렵습니다. 이제 잠시 그 집으로 가서 그 기회를 보다가 형편이 만약 뜻대로 되면 헛되이 죽지는 않을 것이나, 몸이 더럽혀지는 지경에 이른다면 어찌 감히 구차히 살려고만 하겠습니까? 부족하나마 절구시(絶句詩) 한 수를 지어 작은 정성을 부칩니다. 시는 이러합니다.

이별한 난새가 천 리 남쪽으로 향해 날다가　　離鸞千里向南飛
구름 밖에 몰래 덫 놓였을 줄 어찌 알았으랴.　　雲外寧知暗設機
살아서 새장에 날아든 것은 되레 뜻이 있어서니　　生入雕籠還有意
마침내는 채색 깃털에 실끈 끌고 돌아가리라.　　會將彩翮製條歸

모월 모일 옥단 배

경룡이 그 편지를 보고 남의 차지가 되었음을 알고는 이미 반드시 죽었을 것으로 생각하여 저도 모르게 길이 애통해하며 침식을 모두 폐한 것이 여러 날이 되었다. 그리하여 그 시에 화운하여 스스로를 달랬으니, 이러하다.

거울 속 외로운 난새가 그림자와 함께 날다가	鏡裏孤鸞對影飛
남김없이 피 토하며 울고 오싹한 덫에 떨어졌네.	無餘啼血落寒機
아름다운 비단에다 손수 상사곡을 수놓았거늘	奇紋自作相思曲
상사곡은 강남에 왔으나 몸은 돌아오지 않았네.	曲到江南身未歸

또 지었으니, 이러하다.

짝을 잃은 원앙새 한 마리는 날다가	失侶鴛鴦一隻飛
북 따라 남 모함하는 베틀에 잘못 올랐네.	隨梭誤上錦人機
원한을 품고는 서천의 두견새로 변해	懷寃化作西川魄
지는 꽃에 피 뿌리니 돌아가려해도 가시 못하네.	血灑殘花歸不歸

그 뒤로부터 한 해가 이미 저물었다. 소식이 다시 끊기어 살았는지 죽었는지 알지 못했다. 마침 어떤 상인이 수놓은 비단을 그 집에 팔았는데, 집안사람들이 보고도 귀한 것인 줄 알지 못하고 다만 글자가 수놓아 있었기 때문에 가져와 경룡에게 보였다. 경룡은 그 시를 살펴보고 그 글자를 자세히 보고는 옥단이 지은 것만 같아 직접 상인에게 물어보니, 상인이 사실대로 대답하며 "이러이러합니다." 하였다. 그런 연후에야 경룡은 과연 옥단이 부친 것임을 알고 많은 돈을 주어 샀다. 그리하여 그 시에 차운하여 주고서 전하려 하였으나, 상인이 돌아가지 않는다고 사절하여 결국 이루지 못하였다. 옥단이 글자를 수놓은 시는 이러하다.

천 자나 되는 구름 그물에 걸린 외로운 난새가　　　雲羅千尺打孤鸞
한 번 티끌세상에 떨어져 한 해가 이미 저무네.　　一落塵寰歲已闌
푸른 깃은 모름지기 선학과 짝이 되어야 하니　　　翠羽須令仙鶴伴
금빛 깃털이 어찌 들오리들과 즐거워하겠는가.　　金毛寧與野鳧歡

비록 안개 낀 물가 따라서 아침엔 함께 노니나　　雖從烟渚朝遊並
도리어 바람 부는 가지에서 저녁엔 홀로 자네.　　却向風枝夜宿單
실끈 끌고 날개 치는 날엔 은밀히 알겠거니　　　潛識挈絛矯翮日
응당 못된 새는 쇠 탄환에 맞아 떨어지리라.　　應將惡鳥墮金丸

경룡이 화답한 시는 이러하다.

금실로 짜서 새장 만들어 고운 난새를 가두니　　金織爲籠鎖彩鸞
진대에 돌아가는 꿈이 어느 때나 끝나려는가.　　秦臺歸夢幾時闌
높은 나뭇가지 둥지에선 연리지 생각하고　　　高枝巢穴思連理
둥근 부채에 그림 그리고는 합환을 그리네.　　團扇丹靑憶合歡

천리 머나먼 맑은 음성은 하늘 밖에 아스라하니　　千里淸音天外遠
3년 내내 쓸쓸한 그림자 달빛 아래 혼자일러라.　　三秋寒影月中單
북방 기러기는 어느 날에나 소식 전해오려는가　　塞鴻何日能傳信
모산의 환약 한 알이라도 보내고자 하여라.　　欲寄茅山藥一丸

　경룡은 수놓은 시를 본 뒤에 옥단이 정녕코 조씨 상인 집에 있음을 알고서 기생어미의 간사한 계략을 분히 여기고 옥단의 원통한 마음을 가련하게 여겨 더욱더 근심과 번민으로 장차 마음에 병들게 되었다. 간혹 글을 읽는 중에도 옥단의 모습이 어렴풋이 보여 그 이름을 미친 듯이 불렀다가, 이윽고 스스로 뉘우치며 말했다.

"내가 만약 병이라도 들면 아마 곧 죽을 것이다. 그러면 어찌 다시 옥단을 만나볼 수 있겠는가?"

드디어 칼을 잡고 마음을 바로잡아 단정히 앉아서 글을 읽었는데, 만약 옥단의 모습이 눈앞에 어른거리면 이내 칼을 휘두르며 꾸짖었다.

"너는 과거에 급제하라는 말로 나를 경계하였고 다시 만나자는 맹세로 나와 기약하였으면서도 오늘 어찌하여 이처럼 만류한단 말이냐?"

여러 달이 지나서 그 병은 바로 나았다.

경룡이 학업에 힘쓴 지 3년 만에 향시(鄕試)에서 장원으로 뽑히고 또 회시(會試)에서도 장원으로 뽑히더니 마침내 장원급제하여 한림수찬(翰林修撰)이 되었다. 이때 조정에서는 서주(徐州)에서 생긴 남편 살해 의옥(疑獄)이 오래도록 판결나지 않아 어사(御史)를 파견해 조사하기를 청하자, 임금이 윤허하였다. 경룡이 그 소임 맡기를 청하여 마침내 서주에 도착하였다.

옥단은 왕경룡이 어사임을 듣고 난영(蘭英)으로 하여금 고향과 집안을 상세히 물어보게 하니, 어사가 과연 경룡임을 알게 되었다. 그러한 뒤에 몰래 편지를 써서 자기의 원통함을 아뢰고 겉봉에는 경룡의 친구가 쓴 것인 양 거짓 꾸미고는 난영을 장사꾼 여자로 변장시켜 경룡의 집안 일꾼을 통해 경룡에게 전달하도록 하였다. 경룡이 비로소 의옥을 살피려 그 공초(供招 : 진술서)를 열람하고는 죄인들을 불러놓고 말했다.

"옥단이 약탈당하고 붙잡혀 와서 합환은 한 적이 없지만, 독을 넣었다는 말은 스스로 벗어나지 않으면 안 된다. 비록 분명한 증거가 없을지라도 반드시 용서하기가 어렵다."

특별히 별옥(別獄)에 엄히 가두라고 명하면서 뜰아래에 있는 조씨 상인 본처와 무당남편 등 여러 사람들을 가리키며 말했다.

"옥단을 죽이는 것이 마땅함은 굳이 물을 것도 없거니와, 이들도 역시 형벌이 느슨했기 때문에 그 범법한 실정을 파악하지 못했으니, 오늘 반드시 엄하게 국문하여 이들을 죄다 죽이고 내일 바로 귀경해야겠다.”

급히 관아에 명하여 성대히 매질 형구를 갖추도록 하니 극히 엄숙하였다. 또 짐 꾸러미들을 방에서 밖으로 꺼내어 뜰아래에 놓게 하며 말했다.

“먼 길에 옷가지들이 필시 대부분 비와 이슬에 젖었을 것이니, 해가 중천에 떠오르기를 기다려서 응당 쬐어 말려야겠다.”

그리하여 뜰에 늘어섰던 서리와 군졸들을 문밖으로 물리고 문을 닫게 하여 다만 그 뜰에는 죄인들만 남고, 어사는 방에 들어가 점심을 먹느라 오랫동안 나오지 않았다. 그 죄인들은 뜰아래에 있으면서 사람이 없는 줄 알고 마침내 서로 의논하며 말했다.

“옥단은 죄가 있든 죄가 없든 일이 이미 결정되고 말았으니 모름지기 변명할 필요가 없다. 다만 우리들은 전보다 배로 엄하게 국문한다는데, 어찌해야 살아날 수 있겠나? 무당남편과 조씨 상인 본처의 모의를 바른 대로 아뢰어서 우리들이 풀려나는 편이 낫겠다.”

조씨 상인 본처와 무당남편이 애걸하면서 말했다.

“우리가 만약 살아나기만 한다면 마땅히 후하게 보답하겠소.”

여러 사람들은 승낙도 하고 거절도 하였다. 한참 뒤에 어사가 나와서 자리에 앉아 국문을 명하며 말했다.

“너희들은 범법한 그 실정을 숨기지 말라. 나는 이미 아무개와 아무개가 의논한 것을 알고 있다.”

여러 사람들이 서로 돌아보며 놀라고 의아해 할 즈음, 어사가 마침내 하급관리에게 명하여 짐 꾸러미 중 옷상자 두 개의 자물쇠를 열게 하니, 홀연히 두 사람이 옷상자 속에서 일어나 앉는데 한 사람은 본부(本府)의 주부(主簿)이었고 다른 한 사람은 어사 집안의 일꾼이었다. 두 사람은 죄인들을 향해 그들이 의논했던 바를 모두 말하면서, 너희들의 말은 이러이러했다고 하였다. 죄인들은 두려움과 무서움에 말문이 막혀 각기 자기

의 죄상을 자백하였다. 마침내 조씨 상인 본처와 무당남편은 목 베고 옥
단과 사람들은 풀어주며 말했다.

"죄인들을 찾아내었으니, 죄 없는 사람들은 마땅히 풀어주어야 한다."
온 고을의 사람들은 그의 지혜에 놀라고 탄복하였다.

경룡은 옥사 처리를 마치고 귀경하면서 몰래 집안 일꾼으로 하여금 말
을 내어 옥단을 태워서 돌아오도록 하였다. 이때 옥단의 나이는 25세요
경룡의 나이는 29세이었다. 귀경한 날 복명(復命)하고 집으로 돌아와 중당
(中堂)에 잔치를 베풀고 술잔을 들어 권하며 서로 위로하다가 말이 이별하
던 일에 미치자 슬픔이며 기쁨을 감당할 수가 없었다. 경룡이 먼저 율시
(律詩) 1수를 지었으니, 이러하다.

바다 구르고 산 옮겨짐은 모두 신령함이 있거늘	海轉山移摠有神
다시 보검 얻고 거울 합쳐짐이 어찌 인연 없으랴.	釖還鏡合豈無因
노림에서 죽을 뻔한 몸이 총마어사 되어 오니	芦林殘骨騎驄馬
초옥에서 살아남은 이들이 비난사리에 앉았네.	楚獄餘生丄錦茵
독서하느라 아직도 백발을 피할 수가 있고	黃卷尙能逃白髮
붉은 연분 화장하니 여전히 청춘을 띠었네.	紅鉛猶得帶靑春
서로 만난 날이 외려 예전 약속 다지는 날이라	相逢却是尋盟日
술잔 잡으니 수건 적시는 눈물 어이 금하랴.	把酒那禁淚滿巾

옥단이 눈물을 훔치고 붓을 적셔 즉시 그 율시에 화답하니, 이러하다.

꽃다운 넋이라도 원래 매신에게 의탁치 않지만	芳魂元不托梅神
예전 약속이 전생의 인연 이행함인 줄 어찌 알랴.	宿約寧知踐夙因
지난날 슬피 울부짖으며 형틀의 밧줄에 묶였더니	舊日悲呼嬰木索
오늘 아침엔 한가로이 잔치 자리에서 술 취했네.	今朝淸讌醉瓊茵

형산의 박옥 온전히 돌아옴을 뉘가 가련타 하나　　誰憐荊璧完歸國
장미꽃이 늘그막에 봄을 차지하였으니 혼자 웃네.　　自笑薇花老占春
푸른 옷자락 끌면서 물 긷고 절구질을 하리니　　　堪曳綠衣隨井臼
금루곡일랑 듣지 마소서 눈물이 수건을 적시네.　　莫聽金縷淚沾巾

경룡은 과거에 급제한 후로 각로(閣老)의 명에 쫓겨서 개씨(盖氏)의 딸에게 장가를 들어 아내로 맞이하였으나, 옥단을 그리는 마음 때문에 한 번도 동침한 적이 없어 전혀 타인인 듯했다. 이에 이르러 자기의 아내를 내보내고 옥단을 부인으로 맞이하려 하자, 옥단이 옷깃을 여미고 일어나 절하며 말했다.

"기생집의 천한 몸으로 돈을 받고 군자들에게 아첨하였으니 몸은 이미 더럽혀졌습니다. 교묘한 말과 알랑거리는 얼굴로 사람을 속이고 약속을 지켰으니 절개 또한 끝났습니다. 살아 돌아오려고 남몰래 사람을 죽이려는 일을 꾸몄으니 선하다고 할 수 있겠습니까? 오랫동안 옥중에 갇혀 있어서 세상 사람들이 비루하게 여기니 길하다고 할 수 있겠습니까? 첩이 차마 죽지 못하고 오늘에까지 이른 이유는 다만 다시 군자를 모시고 건즐(巾櫛)을 받들어 평소의 약속을 이루려 했을 뿐이기 때문입니다. 이것이 천한 저에게는 행운이고 공자께는 즐거움이겠지만, 어찌 봉비(葑菲)와 같은 미천한 것인데 제물로 올리는 빈번(蘋蘩)을 갑자기 충당할 수 있다고 하겠습니까? 하물며 부인을 보니 절조가 곧고 자태가 단아하여 집안의 여주인으로 매우 합당합니다. 만일 공자께서 헤어지고 내친다면 저 집안의 부모는 기필코 그 혼자 살려는 뜻을 빼앗으려 할 것인데, 그렇다면 부인이 다른 사람을 섬기지 않으려고 할 것은 옥단이 조씨 상인에게 아양 떨지 않으려 했던 것과 같은 것입니다. 나로써 남을 견주건대 참으로 매우 딱하고 불쌍하니, 만일 부인과 헤어진다면 첩도 마땅히 물러날 것입니다."

경룡이 그 말에 감격하여 부인을 내쫓지 않았다. 그 부인도 옥단의 은혜에 감격하여 자매처럼 대우하였다. 그런데 경룡이 그 부인을 멀리하고 옥단으로 하여금 안방을 독차지하게 하자, 옥단이 다시 이치로써 깨우쳐 부인을 멀리하고 버려두지 못하도록 하니 마침내 두 아들을 낳았고, 옥단은 세 아들을 낳았다.

지금 경룡 및 부인은 이미 죽고 옥단은 아직 살아 있다. 옥단의 두 아들과 본처의 아들은 모두 문과에 급제하여 청환(淸宦)과 현직(顯職)을 두루 거쳤다. 옥단의 한 아들은 안찰사가 되어 만력(萬曆) 기해년(1599) 연간에 동쪽으로 조선국 전라도의 남원과 순천 등지에서 왜란 정벌 전쟁을 수행하였으며, 본처의 아들 아무개는 하남도(河南道)의 포정사(布政司)가 되었다. 옥단의 또 한 아들은 국자감(國子監)의 사복(司僕)이 되었고, 급제하지 못한 아들은 무과(武科)의 진사(進士)에 합격하여 금의위(錦衣衛)의 지휘(指揮)가 되었는데, 모두 옥단의 소생이다. 한 아들은 거인(擧人)으로써 지부(知府)가 되었는데 본처의 소생이다.

대략 이와 같고 지금 다 기록하지 못한다.

〈왕경룡전〉 끝 ♣

한문필사본 〈왕경룡전〉

원문과 주석

王慶龍傳

慶龍, 姓王, 字時見, 浙江[1]紹興[2]府人也。少時聰敏, 才思過人。父魏公, 嘉靖[3]末, 位閣老[4]。是時, 龍年十八, 以勤學無意娶聘[5], 足不出門, 終日而讀者累年。會魏公, 以論事忤旨, 罷歸田里, 而魏公曾有貸銀數萬兩於都市富商。商適興販[6]江南而不返, 故魏公將行, 留慶龍語曰:"銀兩數萬, 家之重貨, 不可使一蒼頭[7]責其徵還, 汝其取來。" 龍受命落後, 率一老僕, 留京師[8]月餘, 商人乃還, 盡歸息銀。

龍卽治行李, 遂向浙江, 路次徐州[9], 忽念此地素稱繁華, 思欲一觀。乃語老僕曰:"我曩時, 家庭嚴訓, 局束於書籍, 年齒已長, 牢閉於門闌。世之所謂酒肆‧娼樓‧奢侈佳麗者, 未知果何如耶? 今欲小停征驂[10], 暫得遊覽。" 老僕跪進曰:"郎君! 郎君! 愼勿爲也。酒是狂藥, 着口心蕩, 色爲妖狐, 入眼魂迷。郎

---

1) 浙江(절강) : 浙江省. 중국 남동부 해안 지역에 있는 省. 省都는 杭州이다. 이 지역을 흐르는 錢塘江의 옛 이름인 浙江에서 지명을 따왔다. 북으로 上海와 江蘇에 인접해 있는 지역이다.
2) 紹興(소흥) : 중국 浙江省 북동부에 있는 도시.
3) 嘉靖(가정) : 명나라 世宗의 연호(1522~1566).
4) 閣老(각로) : 명나라 때 宰相을 이르던 말.
5) 娶聘(취빙) : 장가가고 시집가는 일. 곧 혼인을 일컫는 말이다.
6) 興販(흥판) : 물건을 흥정하여 팖. 곧 장사를 일컫는 말이다.
7) 蒼頭(창두) : 사내종을 이르던 말.
8) 京師(경사) : 나라의 도읍을 가리키는 말.
9) 徐州(서주) : 江蘇省의 북서쪽에 있는 지역. 옛 九州의 하나로 바다와 泰山과 淮水 사이에 있다.
10) 征驂(정참) : 먼 곳을 가는 마차나 말.

君, 年少書生, 志慮未定。若使二物, 一寓心目, 而不爲彼崇所動者幾希, 不如不見之爲愈也。" 慶龍雖然其語, 而自謂 : '一者遊觀, 豈至於喪志?' 遂不聽。乃自西觀[11], 徧閱東觀[12], 靑榜金旗, 隱暎於花柳中, 綠衣紅裳, 來往於臺榭間, 歌管迭奏, 罇爼交錯。慶龍徇道泛觀, 曾不介意, 至南酒樓, 將欲小憩, 登樓倚欄, 買茶啜之。

適於數十步許, 有特起高樓。樓下見周道[13]如砥, 平江如鍊。乃有遠近, 彩舫[14]泊於芳洲[15], 錦帆蘭槳, 蕩漾[16]飄拂。又有兩三白馬, 繫于垂楊, 金鞍玉勒, 躑躅[17]嘶鳴。見樓上紈綺年少輩, 方張宴樂。紅簾半捲, 綠窓[18]敞開, 玉爐焚香, 碧篆成霧, 金罍酒[19], 綠蟻[20]生波, 紅粉[21]擁坐, 羅幃成列。哀絲豪竹[22], 縹緲凝霄, 妙舞淸歌, 繽紛競日[23]。

其中一少娥, 手把芙蓉一朵, 超群[24]獨立, 精耀華麗, 望若神仙焉。慶龍不覺注目, 欲謀一見, 但限[25]無以爲緣。偶見樓下, 有賣瓢子老嫗, 招之前而指之曰 : "那樓中某樣者, 誰歟?" 嫗曰 : "東觀養漢的[26], 名朝雲。適〈爲遊子[27]〉來

---

11) 西觀(서관) : 이본에 따라 西館으로도 표기되나, 樓觀으로 보면 될 듯함. 이하 동일하다.
12) 東觀(동관) : 이본에 따라 東館으로도 표기되나, 樓觀으로 보면 될 듯함. 이하 동일하다.
13) 周道(주도) : 큰길. ≪시경≫〈小雅・何草不黃〉의 "높다란 짐수레들 저 큰길을 돌아다니는구나.(有棧之車, 行彼周道.)"에서 그 註에 '周道大道也.'로 되어 있다.
14) 彩舫(채방) : 놀잇배. 강물에 띄워 노니는 화려한 배를 일컫는다.
15) 芳洲(방주) : 꽃다운 물가. 풍광이 좋은 나루터 있는 물가를 일컫는다.
16) 蕩漾(탕양) : 물결이 살랑거리는 모양.
17) 躑躅(척촉) : 跳躍. 날뛰는 것을 일컬음. ≪주역≫〈姤卦・初六〉의 "약한 돼지가 날뛰고 싶은 마음이 진실하다.(羸豕孚躑躅.)"에서 나온다.
18) 綠窓(녹창) : 푸른 창. 부녀자가 거처하는 방을 일컫는다.
19) 酒(주) : 擧酒의 오기인 듯.
20) 綠蟻(녹의) : 술에 둥둥 뜬 푸른 거품. 그 모양이 마치 개미가 기어가는 것 같은 데서 나온 말이다.
21) 紅粉(홍분) : 곱게 치장한 미녀를 일컬음.
22) 哀絲豪竹(애사호죽) : 애절한 거문고소리와 호탕한 퉁소소리. 비장하게 사람을 감동시키는 음악 소리를 일컫는다.
23) 競日(경일) : 竟日의 오기. 온종일. 하루 내내.
24) 超群(초군) : 出衆. 여러 사람 가운데서 특별히 두드러짐.
25) 限(한) : 恨의 오기.
26) 養漢的(양한적) : 娼妓. 몸을 파는 천한 기생.

宴, 故出待耳." 言未已, 衆賓〉28)群妓, 各自散去。 龍卽以卄兩銀子,〈贈嫗曰：
"此物雖少, 聊以致情, 嫗能爲我〉29), 招佳兒否?" 嫗謝其贈而笑曰："〈彼以悅
人爲業, 招之卽來。 但公子30)之欲〉31)見彼娥者, 若以其美貌之故, 則美〈於斯
者, 亦存焉。 乃彼娥之少妹也, 其名〉32)玉檀, 年今十四, 姿色絶人, 討盡兩觀,
無出其右33)者。 但以年少, 時未售價, 若賂重貨, 必有好緣." 龍曰："我之所以
欲一見者, 只欲觀絶色而已, 非有意於合歡34)也." 嫗曰："我與其娥, 素相善, 況
感君之惠, 敢不唯命?" 卽投其家, 久而不出。

龍恐爲嫗所賣, 將信將疑, 或坐或立, 苦待之際, 嫗手携一丫鬟35), 緩緩而
來。 歛容入門, 光彩動人, 天姿仙態, 百勝朝雲, 眞世上所未有之國色36)也。 坐
未接語, 旋自起身, 累爲老嫗之挽執, 而竟不肯留。 盖羞被老嫗之紿, 而誤赴公
子之招也。

龍見此絶艶37), 心不定情, 卽銓銀三千兩, 送其家, 使老嫗致辭於其女之母
曰："物雖不厚, 敢備一見之贄." 其母利之, 邀慶龍至室。 盛設筵席, 金屛交回,
繡幕高褰, 玉醞瀲灩38), 香羞錯落39), 紅粧執樂, 翠黛40)奉杯。 潤席之物, 造歡

---

27) 遊子(유자) : 자기 고장을 떠나 다른 곳에 임시로 머무르고 있거나 여행 중에 있는 사람.
28) 뭉개져 여백상태로 있는 부분을 『교감본 한국한문소설 傳奇小說』(고려대학교 민족문화
연구원, 2007)의 516면 참고하여 삽입한 것임.
29) 뭉개져 여백상태로 있는 부분을 『교감본 한국한문소설 傳奇小說』(고려대학교 민족문화
연구원, 2007)의 516면 참고하여 삽입한 것임.
30) 公子(공자) : 귀한 가문의 어린 자제.
31) 뭉개져 여백상태로 있는 부분을 『교감본 한국한문소설 傳奇小說』(고려대학교 민족문화
연구원, 2007)의 516면 참고하여 삽입한 것임.
32) 뭉개져 여백상태로 있는 부분을 『교감본 한국한문소설 傳奇小說』(고려대학교 민족문화
연구원, 2007)의 516면 참고하여 삽입한 것임.
33) 無出其右(무출기우) : 극히 뛰어나서 따를 만한 사람이 없음. 右는 上의 뜻이다.
34) 合歡(합환) : 남자와 여자가 같이 자며 즐김.
35) 丫鬟(아환) : 머리를 두 가닥으로 땋아서 위로 둥글게 둘러 얹은 젊은 여자를 이름.
36) 國色(국색) : 나라 안에서 으뜸가는 미인.
37) 絶艶(절염) : 견줄 사람이 없을 만큼 아주 예쁨.
38) 瀲灩(염염) : 수면에 이는 잔물결이 햇빛에 반사되어 반짝이는 모습. 여기서는 술이 술잔
에 넘실넘실 가득 찬 모양을 일컫는다.
39) 錯落(착락) : 서로 뒤섞여 어지러움.

之具, 窮奢極侈, 又倍於日午之宴矣.

仍令玉檀就坐, 檀蘭姿帶羞, 玉貌含態, 掠削雲鬢, 整頓花鈿. 服翠羽金縷衣[41], 表以天竺[42]鈿彩[43]衫, 着紅毛珠網襦[44], 覆以川蜀[45]貝錦裙. 皆用鬱金香[46]着之, 瑞龍腦[47]薰之, 奇艶照席, 異香滿室.

龍見檀容華儀飾, 似非世上之人, 尤不勝驚悅. 酒酣, 龍特擧一爵, 請朝雲·玉檀曰 : "誰意遠客逢此勝宴? 得醉瓊液[48], 備聞仙樂, 可謂一大幸, 而所欠者, 兩娘子綺語[49]雲章[50]爾." 朝雲離席而坐, 遂製齊天樂一闋, 以侑其酒, 詞曰 :

華陽洞[51]裏失童仙,　謫來南國幾年

紅樓[52]玉貌,　碧牕花容,　摠作公子好緣

不樂何爲

看桂羞瓊液,　聽鳳管[53]鵾絃[54]

夜闌[55]春暄,　會向高堂成醉眠

高樓初設華筵,　對明歸[56]歌舞樂而留連[57]

---

40) 翠黛(취대) : 미인을 이르는 말.
41) 金縷衣(금루의) : 금실로 짜 지은 옷.
42) 天竺(천축) : 인도를 가리키는 말.
43) 鈿彩(전채) : 細綵의 오기인 듯.
44) 襦(유) : 저고리. 오늘날의 저고리보다 길어 길이가 둔부까지 내려오며, 허리에 띠를 맸다.
45) 川蜀(천촉) : 중국 四川省 서쪽에 있는 지명.
46) 鬱金香(울금향) : 울금의 꽃에서 짜낸 즙으로 만든 향. 울금은 생강과에 속하는 여러해살이 초본 식물이다.
47) 瑞龍腦(서용뇌) : 龍腦香. 열대우림에서 자라는 교목인 아비통(Apitong)의 새로 난 가지와 잎에서 樹脂를 채취해 가공한 것으로서 진한 향이 특징이다.
48) 瓊液(경액) : 좋은 술을 비유적으로 이르는 말.
49) 綺語(기어) : 아름답게 표현한 말.
50) 雲章(운장) : 君主의 御書筆跡을 이르는 말로 제왕의 문장인데, 우수한 詩篇을 지칭함.
51) 華陽洞(화양동) : 華山의 남쪽 골짜기로 隱者나 神仙들이 산다는 곳.
52) 紅樓(홍루) : 기생이 있는 술집을 이르는 말.
53) 鳳管(봉관) : 笙簫 등 악기의 美稱.
54) 鵾絃(곤현) : 鵾鷄의 힘줄로 만든 琵琶.
55) 夜闌(야란) : 밤이 깊음. 야심함.

風流公子, 窈窕佳人, 恰似白鷺傍紅蓮
今夕何夕
花催58)銀燭燄, 篆缺金爐烟
春夢欲酣, 玉□金帽橫枕邊

龍卽和之曰:

昔披瑤笈59)學神仙, 燒盡金丹60)幾年61)
洞庭蘭香62), 鍾陵彩鸞63), 那知月下有緣64)
今夕相逢
弄白玉簫65), 奏綠綺絃66)
酒酣更殘一枕, 宜向藍橋67)眠

---

56) 歸(귀) : 樽의 오기인 듯.
57) 留連(유연) : 이어짐. 계속함. 향락에 빠짐.
58) 催(최) : 摧의 오기. 蘇軾의 〈武昌西山〉 시에 "어찌 알았으랴 백발로 함께 숙직하면서, 서까래 같은 큰 초의 높은 불꽃이 꺾이는 걸 누워서 볼 줄을.(豈知白首同夜直, 臥看椽燭高花摧.)"이라고 한 데서 나온다.
59) 瑤笈(요급) : 신기한 祕書.
60) 金丹(금단) : 고대에 方士가 금이나 丹砂 정련하여 만든 靈藥. 먹으면 신선이 되어 불로장생한다고 하였다.
61) 幾年(기년) : 빠진 글자를 『교감본 한국한문소설 傳奇小說』(고려대학교 민족문화연구원, 2007)의 521면 참고하여 삽입한 것임.
62) 蘭香(난향) : 중국 전설상 선녀 杜蘭香. 洞庭湖 근방에서 修道하고 있던 張碩에게 시집가 신선술을 가르쳐주어 부부가 함께 신선이 되었다.
63) 彩鸞(채란) : 당나라 裵鉶의 傳奇 〈文簫〉에 나오는 吳彩鸞. 吳猛의 딸로 崇元觀에서 도술을 익혔는데, 唐나라 書生 文簫가 중추절을 맞아 鍾陵 西山에 놀러갔다가 서로 만나 부부되어 살다가 후에 신선이 되어 사라졌다.
64) 月下有緣(월하유연) : 달빛 아래의 인연이 있음. 남녀의 인연을 맺어준다는 月下老人을 일컫는다.
65) 弄白玉簫(농백옥소) : 秦나라 穆公의 딸 弄玉이 특히 생황을 잘 불었는데, 역시 퉁소를 잘 불었던 簫史와 결혼했다는 전설을 바탕으로 한 어구임.
66) 綠綺絃(녹기현) : 綠綺琴. 漢나라의 司馬相如가 〈玉如意賦〉를 지으니 梁王이 기뻐하여 하사한 거문고이다. 사마상여는 녹기금 소리로 청두에서 막 과부가 된 부잣집 딸 卓文君을 얻었다고 한다.
67) 藍橋(남교) : 중국 陝西省 藍田縣 동남쪽의 藍溪에 있는 다리. 당나라 裵航이 이곳을 지나다가 선녀인 雲英을 만나서 부부가 되었다.

一登瓊臺[68]綺筵，睹佳人，蘭蕙相連
天姿綽約，仙態宛轉[69]，疑是紅蓮暎白蓮
詞婉調清
珠明[70]滄海月，玉潤藍田[71]烟
却怕此身，羽化[72]經到蓬萊邊

歌罷，及令玉檀繼和，檀乍嬌乍恥，低顔不應。其母及朝雲，幷力勸之，檀以謝不能。朝雲攬玉檀之袂，笑而切勸曰："旣售傾城之貌，何吝驚人之詞? 速做新詞，以誤佳賓." 檀勉强從命，避坐歛袵，卽製暮雨詞一闋歌之。其詞曰：

江有梅，山有竹，清標[73]肯同凡卉
秋不落，春不開，貞姿謾托荒苔
踈枝霜後靑，寒蘂雪中香
寄語尋芳客[74]，莫比花柳場[75]

聲甚淸遠，調又凄婉，况其詞中多有微旨。龍恐檀難與爲歡，心自疑惧，遂和其曲，以觀其意。其詞曰：

朝尋芳，暮尋芳，擺盡一城花卉
東問竹，西問梅，踏破[76]萬山莓苔
淇園[77]賞仙標，庾嶺[78]聞國香

---

68) 瓊臺(경대) : 瓊宮瑤臺. 옥으로 장식한 궁전과 누대라는 뜻으로, 호화로운 궁전을 이르는 말.
69) 宛轉(완전) : 아름답고 고움.
70) 珠明(주명) : 明月摩尼라고도 하는데, 고운 빛이 나는 아름다운 구슬의 빛이 밝은 달과 같음을 일컫는 말.
71) 藍田(남전) : 중국 陝西省에 있는 藍田山. 아름다운 옥이 생산되는 곳이다.
72) 羽化(우화) : 羽化登仙. 신선이 되어 하늘로 올라감을 이르는 말.
73) 淸標(청표) : 용모가 단정하고 깨끗함. 고결한 품격.
74) 尋芳客(심방객) : 妓樓의 유객.
75) 花柳場(화류장) : 기생 따위의 노는계집의 사회.
76) 踏破(답파) : 너른 지역을 종횡으로 두루 걸어서 돌아다님.

既能領畧遍,　願將移一塲

檀聽其歌畢, 始開靑娥[79], 暗注秋波[80]。時夜將央, 盡歡而罷, 其家便令玉檀
薦枕[81]。龍就寢, 將欲相押, 檀辭之甚堅曰 : "妾之違命, 有意存焉, 若欲强狎,
有死而已." 龍疑問其故, 檀太息而答曰 : "妾素以良家子, 早失怙恃[82], 又無親
戚可依者, 率一少婢, 行乞於隣。此家娼母, 察我才皃, 取之子之, 正爲今日取直
之餌耳, 故使妾得至於此。然妾尙慕汝墳之貞操[83], 每恁河間之淫節[84]。今若
一媚公子, 誓不再事他人, 恐公子以我爲路柳墻花, 一折永棄, 故不能從命焉。
向者, 席間之詞, 亦寓鄙意, 公子想已理會。見公子風裁神秀[85], 才調淸高, 非
不欲奉事巾櫛[86], 而妾之所蘊若是, 公子其思之." 龍驚喜[87]起拜[88]曰 : "恭聞
至言, 不勝歡喜。若非素性貞靜[89], 何以至此? 僕雖無醮三之禮[90], 娘未守從一

---

77) 淇園(기원) : 衛나라의 淇水 가에 있던 대나무 동산. 《詩經》〈衛風·淇奧三章〉의 註에
"기수 위에는 대나무가 많아서 漢代에도 그와 같았으니 이른바 기원의 대나무가 이것이
라.(衛上多竹 漢世猶然, 所謂淇園之竹, 是也.)"고 하였다.

78) 庾嶺(유령) : 江西省 大庾縣 남쪽에 있는 大庾嶺을 가리킴. 붉은 매화와 흰 매화가 많기로
유명하여 梅嶺이라고도 한다.

79) 靑娥(청아) : 靑眼의 오기인 듯. 중국 晉나라의 阮籍이 친한 사람은 靑眼으로, 거만한 사람
은 白眼으로 대하였다는 고사에서 나온 말. 남을 기쁜 마음으로 대하는 뜻이 드러난 눈
초리를 일컫는다.

80) 秋波(추파) : 이성의 관심을 끌기 위하여 은근히 보내는 눈길.

81) 薦枕(천침) : 첩이나 기생 등이 잠자리에서 시중듦.

82) 怙恃(호시) : 믿고 의지한다는 뜻으로, 부모를 일컬음.

83) 汝墳之貞操(여분지정조) : 《詩經》〈周南·汝墳〉의 "저 汝水의 제방을 따라, 가지의 줄기
를 베노라. 군자를 보지 못한지라, 허전하여 거듭 굶주린 듯하노라.(遵彼汝墳, 伐其條枚,
未見君子, 惄如調飢.)"에서 나온 말. 汝墳은 汝水의 堤防 기슭의 땅이다. 이 시는 부인이
전쟁에 나갔던 남편이 돌아온 것을 기뻐하여 그가 돌아오지 않을 때의 사모하는 정을
노래한 것이다.

84) 河間之淫節(하간지음절) : 唐나라 柳宗元의 〈河間傳〉에서 나온 말. 河間은 땅 이름이다. 河
間 땅에 여자가 당초에는 정조를 지켰으나, 일가 여자의 꼬임에 빠져서 한번 정조를 잃
은 후에는 다시 잘못을 고치지 못하고 점점 심하여 몸을 망쳤다고 한다.

85) 神秀(신수) : 숭엄하고 빼어남.

86) 巾櫛(건즐) : 수건과 빗이라는 뜻인데, 수건과 빗을 들고 남편을 옆에서 모신다는 말. 부
인이 자신을 겸손하게 부르는 말이다.

87) 驚喜(경희) : 뜻밖의 좋은 일로 놀라고도 기뻐함.

88) 起拜(기배) : 몸을 일으켜 경의를 표함.

之義91)耶? 誓與娘子, 終得偕老." 檀笑而應曰: "若能如此, 爲賜不淺." 龍遂與檀就枕, 喜可知矣。

龍自此之後, 墮情溺愛, 欲去未去, 耽歡取樂, 靡日靡夜。老僕乘間進曰: "郎君不念老僕之前所戒於郎君者乎?" 龍以實告之曰: "新情未洽, 自難決去, 汝姑遲之." 老僕他日切諫者再三曰: "疇昔92)賂銀之際, 老僕非不欲止之, 而見郎君傾心注意, 知不可諫, 故只冀郎君之自悟。一何留連93)之, 至於此耶?" 慶龍不悅曰: "我年踰志學94), 未有室家95)。而此女, 名雖爲娼, 曾不適人96), 蘭心蕙質, 可配君子。況願與偕老, 矢靡他適, 縱使良媒求妻, 安得如此者乎?" 老僕曰: "郎君之事, 決矣。老僕請今辭歸." 龍遽怒曰: "這漢! 這漢! 胡不遄歸?" 便令驅逐, 老僕出門嘆曰: "吾與若, 俱受閣老丁寧97)之命, 收銀子數萬兩而還。不意中路, 爲妖物所祟, 遂至於此極也。銀子不足惜, 惜渠之陷於不義也." 遂引去, 行未至浙江, 適逢同里人商販者, 泣而告之曰: "汝先歸告吾閣老。老僕無狀, 陪郎君落後, 不能以道引諭, 終使郎君, 惑於妖物, 中道忘返。而旣失銀子, 又失郎君, 僕之罪當誅。將何面目, 歸拜閣老乎?" 遂拔釖自刎, 商人救之, 而僕已死矣。商人歸見閣老, 具告厥由。閣老憤恨不已, 至欲窮尋, 但未知慶龍所在何地, 怒罵而已。

却說。慶龍逐奴之後, 專意留着98), 若將終老。而厭娼樓之煩擾, 忌遊客之喧閧, 多賣銀兩, 別構西樓。玉檀, 乃於一日, 乘其獨處以告之曰: "妾以娼質,

---

89) 貞靜(정정) : 여자의 행실이 곧고 얌전함.
90) 醮三之禮(초삼지례) : 혼례식 때 신랑과 신부가 술 석 잔을 마시는 예의.
91) 從一之義(종일지의) : 한 사람을 따라야 하는 의리. 한 남편을 따른다는 말이다.
92) 疇昔(주석) : 별로 오래지 아니한 옛적. 지난번.
93) 留連(유련) : 유흥에 빠져서 집에 돌아가기를 잊음.
94) 志學(지학) : 15세를 이르는 말. ≪논어≫〈爲政篇〉의 "나는 15세에 학문에 뜻을 두었다. (吾十有五而志于學.)"에서 나온 말이다.
95) 室家(실가) : 아내.
96) 適人(적인) : 시집감.
97) 丁寧(정녕) 정성스러움.
98) 留着(유착) : 머무름.

蒙君子不棄, 欲治一室, 爲妾之所, 恩孰大焉? 感則深矣. 妾旣與君子成誓, 非不欲甘與子同處, 其奈公子以妾之故, 得罪於親庭, 貽咎於士林何? 須展丈夫之壯志[99], 勿顧兒女之深情. 妾欲潛行隨君, 則或恐事泄, 而吾家主母, 致責於君矣. 設令得達於彼而公家有法, 禮嚴儀肅, 大人[100]見賤妾, 豈謂之可畜也? 公子若與妾久留, 則又恐計謬, 而公家大人, 茹憤於妾矣. 不特有患於此也. 倡家多欲, 利盡情疎, 主母之待公子, 安保其如初乎? 爲公子計, 莫若懷彼未盡之重寶, 悟其將牛之迷途, 還鄕省親. 讀書勤業, 速取妙年坐第, 早得當路[101]事君, 則公有立揚之譽, 妾遂團圓[102]之約矣. 公子去之後, 妾當爲公子守死, 以待後期. 妾之愚計, 固如是, 高明所量, 以爲何如?" 龍服其高見, 拜昌言[103]而謝之. 自念, 若欲帶去, 則事多難處, 如檀所言, 若欲捨去, 則人必奪志, 恐檀致死. 遂不聽從, 以設其役, 大起高樓, 與檀常處. 樓在家北, 故人稱北樓.

自起樓之後, 娼母審慶龍有久留之計, 切謀欲去之, 托以供給之費, 日微金銀, 厭數無筭. 如是者五六年, 龍囊橐已罄, 無物可繼, 反將寄食於其家. 其娼母私語玉檀曰: "王公子, 資産已盡, 更無所利. 汝若少避公子, 公子必且[104]去矣. 汝豈守一貧漢, 虛負高價乎?" 檀曰: "王公子, 以女之故, 居纔數歲, 已輸萬金, 金盡棄背, 情所不忍, 何敢如此?" 其母知玉檀不可避, 思欲除去慶龍. 遂與朝雲謀曰: "取玉檀鞠育者, 非他. 一歡取直, 猶患千金之不多, 今者, 豈可以檀兒空作王公之物乎?" 乃相與設謀, 紿玉檀及慶龍曰: "某日, 西館養漢的某, 闋其子服. 吾家老少, 禮所當赴, 玉檀亦不可不從也." 慶龍難之, 娼母曰: "若公子難其獨送, 則亦可聯鑣[105]偕逝乎?" 龍喜而許諾.

99) 壯志(장지): 마음속에 품은 장한 뜻.
100) 大人(대인): 문어체에서 아버지를 높여 이르는 말.
101) 當路(당로): 요직을 이르는 말.
102) 團圓(단원): 흩어졌다가 다시 모임. 연인이 헤어질 때 둥근 거울 쪼개어 나눠 갖고 만날 때에 다시 합치는 것에서 나온 말이다.
103) 拜昌言(재창언): ≪서경≫〈皐陶謨〉의 "우가 고요의 좋은 말을 듣고는 절하며 옳다고 하였다.(禹拜昌言曰兪.)"에서 나오는 말.
104) 必且(필차): 必將과 같은 의미.
105) 聯鑣(연표): 말고삐를 나란하여 길을 가는 것을 말함.

翌日, 擧家啓行。行未數十里許, 至蘆林, 其娼母佯驚曰："吾來時, 行色[106] 忽遽, 藏財房中, 忘未得鎖. 多少財貨, 誰禁狗偸?" 乃請於龍曰："吾欲還去, 下鎖而來, 老嫗筋力, 不堪驅馳. 公子可能望勞否?" 龍不疑其說, 遂請行。娼母以金鎖授之曰："速下鎖以返. 吾當留待." 慶龍遂以單騎, 促行曰[107]走。量去數里, 娼母乃驅迫玉檀, 取他路遁去。檀泣告其母曰："若欲逐王公子, 當令自去, 到此人紿, 不仁甚矣." 遂自墜車, 僕徒擁掖而救之。檀又失聲痛哭曰："吾素聞此林盜賊之藪, 公子乘夕而返, 必投虎口矣. 吾雖不殺王郎, 王郎由我而死矣." 僕徒聞其言哀甚, 亦爲之垂淚。

却說。慶龍還到其家, 見家徒四壁, 無物見在, 又無守家奴僕。出語隣人〈曰："家間[108]東西[109], 蕩然無所有, 雖是守奴之所爲, 而隣人〉[110]亦豈不知?" 隣人皆目笑曰："癡哉! 公子堂堂丈夫, 乃爲兒女所賣若是歟! 渠家先時, 暗輸財寶於他地, 〈隨而歸之, 而又令公子中途空返, 不得跟尋[111], 其計譎矣。公子何不悟歟?" 龍驚駭[112], 罔知所措, 但問暗輸財者何地。〉[113] 隣人曰："渠旣潛匿, 豈告其方?" 龍尤不勝憤, 只欲追捕玉檀而詰之。走還蘆林, 則玉檀一行, 不知去處。岐路徘徊, 日已昏黑, 四無人烟, 蘆林蔽天。慶龍猶慮玉檀行必未遠, 遂投蘆林而前進。

蘆林者, 在江頭無人之境, 周回數十里, 閭閻隔絶, 盜賊屯聚, 非白晝而過者, 例被搶掠殺戮。況娼家母, 先以賊邀之約, 給慶龍裘馬, 使之必殺。而龍行蘆林未半, 果有賊輩執慶龍, 攘其鞍馬, 脫其衣袴, 將欲殺之。龍攢手悲號, 乞保一

---

106) 行色(행색) : 길을 떠나려고 차리고 나선 모양.
107) 曰(왈) : 回의 오기.
108) 家間(가간) : 온 집안.
109) 東西(동서) : 물건.
110) 원전에는 없는 글자들이나 『교감본 한국한문소설 傳奇小說』(고려대학교 민족문화연구원, 2007)의 536면 참고하여 삽입한 것임.
111) 跟尋(근심) : 자취를 따라서 찾음.
112) 驚駭(경해) : 뜻밖의 일로 몹시 놀라 괴이하게 여김.
113) 원전에는 없는 글자들이나 『교감본 한국한문소설 傳奇小說』(고려대학교 민족문화연구원, 2007)의 537면 참고하여 삽입한 것임.

命, 賊中有一人, 哀而救之, 只綑縛手足, 搏取衣絮, 暫塞其口, 使不得出聲而已。 遂推蘆林而去。

翌朝, 適有老翁過去, 聞草木中有氣息激激聲, 尋聲入來, 解其縛, 去其塞。 良久得甦, 問其所以然, 具陳首尾。 翁曰："吁! 公自取之, 夫誰咎乎? 然人生到此, 可憐也." 卽解衣而衣之曰："此地饑荒, 糊口極難。 前頭數十里許, 有閭里, 乞食輩, 扣更點[114]而受食於里人。 爾亦赴往, 庶可得活, 不然, 爾死矣." 龍艱難得行, 赴其里閭, 乞人等曰："爾以後來, 不可晏然同參。 必當獨扣三更, 然後可許." 龍其夜因困憊倒睡, 誤下更點。 乞食人等, 以怠職, 衆攻而黜之。

龍啼饑匍匐[115], 處處乞食, 轉入楊州[116], 苟延時月。 適値歲夕, 有儺役[117]於公府[118], 龍傭役於人, 爲優盲之奴。 方戲於庭際, 堂上有一官者, 據胡床[119]而坐, 引頸熟視而問曰："爾是何地人? 爾名甚的?" 龍怪之, 實對其名氏地方。 其官者, 卽驚起下庭, 摻手語龍曰："不知! 郎君何故賤辱之至此?" 泣問其由, 與之歸來, 分其衣食, 繾綣甚至。 此官者, 乃王閣老舊時書吏, 姓韓名㠱, 今擢爲漕運郎中, 來在此府者也。 龍居韓第數月, 韓之妻子, 屢訴於韓曰："君之不忘舊恩, 而待王郎者, 可謂厚矣。 但此荒年, 家貧俸薄, 妻孥尚且飢寒, 不閱我躬[120], 而況恤他人乎?" 頗有厭語, 頻聞於耳, 龍乃辭於韓曰："離親歲久, 思歸日切。 縱使轉展行乞, 亦欲歸覲浙江." 韓㠱, 亦不挽留, 略給行資[121]。

---

114) 更點(경점)：북과 징을 쳐서 밤의 시간을 알리는 것. 하룻밤을 5경으로 나누고, 경을 다시 5점으로 나누었는데, 경을 알릴 때는 북을, 점을 알릴 때는 징을 쳤다.
115) 匍匐(포복)：엎어지고 자빠지면서 급히 감.
116) 楊州(양주)：중국 江蘇省의 중서부에 있는 지명.
117) 儺役(나역)：儺禮. 음력 섣달 그믐날에 민가와 궁중에서 묵은해의 잡귀를 몰아내기 위하여 벌이던 의식.
118) 公府(공부)：관아.
119) 胡床(호상)：긴 네모꼴 가죽 조각의 두 끝에 네모진 다리를 대어 접고 펼 수 있게 만든 옛날 의자.
120) 不閱我躬(불열아궁)：내 몸도 주체하지 못함. ≪시경≫〈邶風·谷風〉의 "내 몸도 주체하지 못하는데 나의 후생 자손들을 걱정할 겨를이 있으랴.(我躬不閱, 遑恤我後.)"에서 나오는 말이다.
121) 行資(행자)：먼길을 오가는데 드는 비용. 노자.

龍遂登程, 先往關王廟[122], 將卜吉凶, 路上逢一老嫗, 卽昔時樓下賣瓢子者也。嫗驚且泣曰：“公子, 鬼耶? 人耶? 吾能料死, 不能料生, 緣何來此[123]這裏? 妾亦受君恩多矣, 每一念及, 不覺墮淚, 何意今朝此地相逢? 可怪! 可怪! 玉檀一家, 詐赴西館之後, 留他店數月, 乃還于家, 居之如舊。但玉檀當初專不預其謀, 故至今冤號哀泣。以公子必死, 誓不毁節, 常處於北樓上, 足不履地者, 久矣。若聞公子在此, 不遠千里而奔到。” 龍曰：“噫! 噫!” 俱道芦林之辱, 饑寒漂轉之苦。嫗曰：“我以販酒, 乘舟到此, 今且回棹, 不久又當復來。公子幸計程少留, 當以消息, 往還於玉檀。” 又以數兩銀子, 與慶龍曰：“願公子, 以此, 姑備留待之資。” 龍曰：“我亦有行資, 可支旬日。” 辭而不受, 只覓紙筆, 暫修書於玉檀曰：

蘆林餘肉, 漂到楊州。悲號行乞, 尚保頑喘。每恨娘子薄情太甚, 不圖隣母逢此路上, 聞娘子在北樓, 不復媚人云。其然, 豈其然乎? 然則殺我者, 知非娘子也。相望千里, 無路得歸。自念一生, 何日重逢? 歸舟臨發, 付書甚忙, 滴淚硏墨, 戰手緘辭。滿腔悲懷, 言之何益?

某月日, 慶龍拜.

修畢, 以付其嫗, 嫗受其書, 與慶龍別。遂登舟歸徐州, 潛見玉檀, 具道王郎之事, 傳其書牘, 而并告復去之意。

却說。玉檀, 先是自蘆林分散之後, 悲號哀泣, 以死守節。還家之後, 卽上北樓。想王郎寢食之處, 撫王郎服用之物, 輒自號哭, 久而彌切, 一不下樓。慘慘[124]度日, 俱廢粧梳, 容顏寂寞[125], 隣人之來見者, 無不泣下, 遊客之經過者, 不敢相問。至是, 得王郎手札, 知王郎不死消息, 悲不自勝, 捧頭嗚咽, 以謝嫗曰：“非嫗有信, 何以傳天上奇於地中人乎? 來日之夕, 當令侍婢傳簡, 嫗且歸付王公子。倘緣嫗, 復見王公子, 無非嫗之賜也, 所可報也, 將粉其骨。且私相出

122) 關王廟(관왕묘) : 중국 삼국시대 蜀漢의 장수 關羽를 神將으로 모신 사당
123) 此(차) : 在의 오기인 듯.
124) 慘慘(참참) : 심히 근심하는 모양. 초췌한 모양.
125) 寂寞(적막) : 놀랍고 참담할 정도로 철저히 파괴됨을 이르는 말.

入, 恐人有疑, 嫗勿復來." 會娼母知有人到北樓, 覘於窓外。檀乃覺之, 乃目嫗
而佯罵曰: "嫗初以王郎媒於我, 而王郎不幸見誑於蘆林, 已葬於烏鳶之腸矣。
妾自守深盟, 以死爲期, 嫗之所矜悼者也。而反以巧言, 復欲媒誰漢歟? 豈知嫗
之不良, 至於此極乎?" 嫗亦佯答曰: "吾憐娘子紅顔虛老, 故欲令粧梳, 更睹新
歡爾, 何娘子罵我之甚歟?" 娼母聞之, 排窓而入曰: "嫗之言是矣。汝何不思而
反罵人也?" 尾其言, 反開諭, 檀不答而頹臥。須臾, 隣嫗・娼母, 皆下樓而去。

翌日之午, 檀忽下樓, 就其母曰: "中夜不寐, 枕上思量, 昨日之言, 亦大有
理。女本娼家所養, 豈思貞操? 章坮[126]之柳, 自分十人[127]之爭折, 玄都[128]之
花, 何厭萬綺[129]之蹂? 金鞍俊馬[130], 惟所擾[131]而赴之, 錦衾瑤席, 隨所挽而留
之。雖未得一笑千金[132], 亦可睹五陵[133]之纒頭[134], 一以榮吾身, 一以富吾家,
是乃父母之所喜。而不幸向來[135], 得遇王郎, 留情屢年, 一朝分離, 情事頗惡,
或冀生還, 以續舊緣。今則時移歲變, 消息永絶, 王郎之死的矣。日月如流, 韶
顔不留, 他日白髮, 後悔莫及。縱令王郎復生, 豈復悅乎? 欲趁靑春之未暮, 以
做紅樓之高價。" 其娼母大喜曰: "汝能迷而自返, 吾家之福也。" 欣悅不已。

檀歸北樓, 潛修書札, 銓私藏銀百兩, 使侍婢乘黑夜, 抵隣母曰: "嫗其努力,

126) 章坮(장대) : 章臺. '花柳巷'을 비유적으로 이르는 말. 중국 唐나라 때 長安의 章臺街에 유
　　 명한 妓女 柳氏가 있었던 데서 유래한 말이다.
127) 十人(십인) : 千人의 오기.
128) 玄都(현도) : 중국 陝西省 長安縣 崇寧坊에 있던 隋唐시대 道觀의 이름. '章坮之柳'와 '玄都
　　 之花'는 명나라 瞿佑의 ≪전등신화≫〈翠翠傳〉에 "章台之柳, 雖已折於他人, 玄都之花, 尙不
　　 改於前度."라고 나오는 구절들을 활용한 것이다.
129) 萬綺(만기) : 萬騎의 오기.
130) 俊馬(준마) : 駿馬의 오기.
131) 所擾(소요) : 所喚의 오기.
132) 一笑千金(일소천금) : 한번 웃음에 천금의 값이 있다는 말.
133) 五陵(오릉) : 장안 북쪽에 있는 다섯 능. 한고조의 長陵, 惠帝의 安陵, 景帝의 陽陵, 武帝
　　 의 茂陵, 昭帝의 平陵을 말한다. 이 오릉 근처에 당시 부자들이 살았던 번화한 거리를
　　 의미하기도 한다.
134) 纒頭(전두) : 歌舞하는 기생이 연주나 연희를 마치면 관람한 사람이 상으로 주는 비단을
　　 이르는 말. 白居易의 〈琵琶行〉에 "오릉의 젊은이들이 전두를 다투어 하였고, 한 곡조에
　　 붉은 비단 수없이 받았네.(五陵年少爭纒頭, 一曲紅綃不知數.)"라고 한 구절이 있다.
135) 向來(향래) : 오래 지나지 않은 과거의 어느 때.

傳此萬金[136]。今送銀子, 嫗取其半, 半與王郎, 居數日." 隣嫗懷其書物, 買
舟[137]到楊州。慶龍在江頭, 忍飢待, 已踰半月矣。嫗傳其書物, 龍觀其手跡, 掩
泣開緘, 其書曰：

　　背夫人玉檀, 再拜啓。

　　妾初以陋質, 娛公子於娼樓, 後以巧計, 給公子於蘆林。妾雖無情於其間, 而
其間事, 實妾之所媒。自念厲階[138], 誰是禍胎[139]? 當拚一死, 以答重愆, 第以丹
心所存, 白日可質。或慮公子萬一脫禍, 則庶幾[140]賤妾他日陳情, 故不敢自決,
偸生至此, 豈意隣母傳此手墨, 知公子不肉於蘆林 而將悔於娼樓也? 一喜一悲,
惟增飮泣。妾有愚計[141], 可報舊恩。公子於某月某日, 潛到徐州, 徑入關廟, 伏
於卓下, 以待妾至。片言千里, 恐失機關[142], 秘之秘之, 毋令違誤! 聞公子處
涸[143]方急, 故姑送濡沫[144]之資。

　　　　　　　　　　　　　　　　　　　　　　某月某日, 玉檀再拜

　　龍觀書畢, 賣銀治行, 計日登程, 潛到徐州。至約日, 秘入關廟, 一如其言。
　　却說。玉檀自送嫗之後, 凝粧盛飾[145], 談笑自若[146], 或遊隣里, 罕處北

---

136) 萬金(만금) : 만금 값어치가 되는 귀한 편지를 뜻함. 杜甫의 〈春望〉 시에, "봉화는 석 달
　　동안 계속 오르고, 집에서 온 편지는 만금 값이네.(烽火連三月, 家書抵萬金.)" 하였다.
137) 買舟(매주) : 배를 세냄. 삯을 주고 배를 빌림.
138) 厲階(여계) : 재앙을 가져오는 실마리.
139) 禍胎(화태) : 禍根. 재앙의 근원.
140) 庶幾(서기) : 앞으로 잘 되어 갈 것 같은 정도로.
141) 愚計(우계) : 자기의 계획이나 계략의 낮춤말.
142) 機關(기관) : 機心. 때에 따라 임기응변하여 세상에 대해 이렇게 해볼까 저렇게 해볼까
　　하면서 따져보는 마음.
143) 處涸(처학) : 莊子의 涸轍鮒魚 고사에서 나온 말로, 매우 위급한 경우에 처한 것을 이름.
144) 濡沫(유말) : 《장자》〈大宗師〉의 "샘물이 말라 물고기들이 바닥 드러난 곳에서 물기를
　　끼얹고 물거품을 불어 서로 적셔 줌은 강과 호수에서 서로를 잊고 사는 것만 못하다.
　　(泉涸, 魚相與處於陸, 相呴以濕, 相以濡沫, 不如相忘於江湖.)"에서 나오는 말로, 어렵고 힘
　　들 때 서로 돕는 모습을 비유함.
145) 凝粧盛飾(응장성식) : 얼굴과 옷을 아름답게 단장하고 치장함.
146) 談笑自若(담소자약) : 걱정이 있거나 놀라운 일이 있어도 보통 때와 같이 웃고 떠들며
　　평소의 태도를 잃지 않음.

樓。同郡有大賈, 姓趙者。年雖已老, 夙慕玉檀之才色, 故今聞放節, 欲遂一歡, 以千金賂娼母。娼母受之, 勸玉檀, 玉檀遂許諾, 與之爲期, 而但期在半月之後。其母問其故, 檀笑而答曰: "我往者, 與王公子情深, 共成誓約, 告于神祇147)。今不履盟而適人, 則有愧於心, 欲往關王之廟, 卜吉破盟, 故後期如此耳." 母亦從之。檀遂齋沐, 赴關廟, 潛懷金銀數百兩而去。至廟外, 語其從者曰: "吾破盟告辭時, 多有所諱, 不可使聞於汝輩, 汝其留此等候148), 亦須辟人149)." 乃入廟, 拜關王, 到卓子下, 呼王公子, 龍從卓子下出, 檀在卓前矣。契濶之懷, 如何禁得? 不覺抱持痛哭, 檀急止之曰: "倘使吾從者, 得以聞知, 今日之禍, 有甚於蘆林, 愼之愼之!" 因敍舊日之冤曰: "當時西館之行, 妾與公子, 俱落奸謀. 而妾之欺公子者, 亦存焉, 何歟? 數月之前, 主母令妾少避, 欲公子自出去。妾拒之甚固, 而其時不告公子者, 恐公子心下煩惱。故妾自知之, 而徒堅金石之志而已, 豈意凶計至於蘆林之甚者乎? 不告公子而先處者, 是妾欺公子之罪, 萬死何續150)? 事已往矣, 言之無及。請以奇籌, 欲開前路." 卽以金銀與秘計, 授之曰: "如此, 如此." 使令慶龍還隱卓下。乃呼其從者, 列拜於關王, 而同時出去。

龍卽歸隣邑之市, 而賣其金銀, 買紈綺而服之, 駿馬而騎之。又買空皮箱二百箇, 實以石, 鎖以黃金, 若藏金寶樣。貰夫馬百匹而馱之, 使先行, 龍在後, 入徐州境, 向玉檀家, 自南而北, 如向京師然。至玉檀家巷, 隣人見慶龍, 皆驚怪, 擁道而拜曰: "公子一去, 頓無形響151), 不知今日來自何處, 享此鉅萬之財累耶?" 龍曰: "公等不聞李白152)詩乎? '天生我才必有用, 千金散盡還復來.'153)

---

147) 神祇(신기): 天神과 地祇를 말함.
148) 等候(등후): 기다림.
149) 辟人(벽인): 옛날에 신분이 높은 사람이 길을 갈 때 큰 소리를 질러 주변의 사람들로 하여금 피하도록 한 것.
150) 續(속): 贖의 오기.
151) 形響(형향): 影響의 오기.
152) 李白(이백, 701~762): 唐나라 詩仙. 자는 太白, 호는 靑蓮·醉仙翁. 杜甫와 더불어 시의 양대 산맥을 이루었다.
153) 李白의 〈將進酒〉에 나오는 구절.

今適定婚於北京, 故方自浙江而來矣." 衆皆稱歎. 娼家奴僕, 爭相望見, 奔告其家. 檀聞其言, 佯驚曰: "噫! 王公子不死, 豈可破盟而嫁人乎?" 遂趍北樓而自縊, 侍婢呼娼母, 救而得止.

龍過玉檀家, 不顧而去, 娼母與朝雲, 窺見其裘馬財寶之盛, 相與密議曰: "玉檀知郎君不死, 恨其破盟, 至欲自決, 自此之後, 必不再嫁. 若失此財, 更無所得, 彼無心公子, 以溫辭, 善解之, 則必不忘玉檀而復來矣. 不如因此圖其財." 遂追趍[154]扣馬[155]而言曰: "公子公子! 何無情若是? 蘆林一散之後, 不知公子在於何處, 日望歸來, 而竟無音信. 擧家老少, 呼泣度日. 不圖今日復見公子, 而過家不入, 何歟?" 龍轡而答曰: "是誠何言? 始余迷於娼樓, 財盡不歸, 故你等給我於芦林, 必欲除之, 而福慶未艾, 皇天陰騭[156], 遇賊不死. 還鄕治産, 欲求良妻, 方有所適, 自鄕取路, 不得捨此. 尙恨過汝門之不幸, 豈可訪你女而再辱?" 娼母放聲佯哭曰: "往者, 芦林之口, 始覺房子之不鎖, 請公子而送之, 我乃等候多時, 日已暮矣. 謂公子必不返, 而閭閻隔絶, 四無依處, 不得已捨芦林, 取近店而投宿, 以待公子翌日之臨. 豈意公子冒夜馳還, 直入芦林, 墮於賊中也? 其翌日, 待公子不至, 故跟尋公子, 無處不披. 徘徊累日, 計無所施, 慘慘還家, 則家間所藏, 蕩失無餘, 必是隣人守奴之所爲也. 而不恨財寶之見竊, 惟憂公子之存歿. 雖以奴俾[157]之無良, 猶自[158]號慕於公子, 況玉檀矢死秉節! 日夜呼泣, 在北樓不下者二年. 公子若詢於隣里, 亦可立驗矣. 吾家戀公子, 可謂切矣. 而公子何其托辭[159]如是歟? 若曰, '玉檀情緣[160]已盡, 不可更顧.'云則是. 豈以無忘之言, 加於苦待之人乎?" 龍佯諾曰: "母之言旣如是, 當見玉檀, 而更詰之." 乃旋馬[161], 就其第. 娼母・朝雲, 自以爲得計[162], 而里人皆笑龍之愚痴.

---

154) 追趍(추간): 뒤쫓음.
155) 扣馬(구마): 말고삐를 잡아 멈추게 함.
156) 陰騭(음질): 陰德. 하늘이 드러나지 않게 사람을 도움.
157) 奴俾(노비): 老孀의 오기.
158) 猶自(유자): 여전히. 아직도.
159) 托辭(탁사): 핑계를 댐. 변명을 함.
160) 情緣(정연): 남녀 간의 인연.

龍至門, 娼母迎上廳事, 呼玉檀出見. 檀若不肯出曰 : "誰招王公子? 彼雖强來, 豈忘蘆林之恨, 而一如前日之歡乎? 不如不見而送之." 娼母入來, 親自[163]勸出, 檀曰 : "彼以閣老之子, 誤落娼家, 居纔數歲, 貽盡萬金, 可謂厚矣. 而不思其恩不些, 反令棄陷於死地, 而彼公子幸而得生, 再享富貴. 渠雖不言, 吾豈靦然[164]相對乎?" 母曰 : "我以權辭[165]解之, 渠亦釋然, 故得至於此, 何過思如此?" 檀曰 : "人非木石, 豈有殆死於芦林, 而遽忘其怨哉?" 龍亦以玉檀久而不出, 若將起去. 娼母勸檀尤懇, 檀曰 : "母願我强出, 則須用一計, 以給王公子, 然後乃可." 母曰 : "何?" 檀曰 : "宜以公子前所賷金銀, 及公子所辦器玩, 盡陳於前. 又設大宴, 以壽曰, '家間財寶, 盡失於前者, 而惟公子所贈金銀·所玩器物, 適以檀旣地藏於北樓之故, 而得留焉, 無非公子之福也. 敗家[166]之後, 尚留此物, 忍而不賣者, 待公子他日之臨耳. 吾家待公子, 可謂至矣. 而公子反以芦林無情之事, 疑之乎? 請以此壽之'云, 彼必釋其憾, 而反以所賭[167]. 然則以舊財, 爲釣新財之芳餌耳." 娼母深然之, 乃設宴陳寶, 一如檀言.

檀乃出拜公子而已, 猶背面而坐, 不敢正對. 龍問其故, 檀曰 : "公子不知蘆林之無情, 疑我所紿, 過門不顧, 妾何面目, 以對公子乎?" 龍擧盃而笑曰 : "曩時造禍[168], 不無疑恨, 今見主母誠款之甚至, 不覺宿恨之盡消." 乃壽於娼母及朝雲, 勸之極懇, 娼母母女, 喜其售詐, 竟夕[169]衆宴, 盡歡而飮. 檀先時陰令侍婢, 斟酒而於慶龍, 則和水而進之, 況龍酒量無量, 得不醉. 而娼母·朝雲, 放情[170]泥醉[171], 扶入于內.

---

161) 旋馬(선마) : 말을 돌림.
162) 得計(득계) : 계략이나 계획 등이 실현됨.
163) 親自(친자) : 직접. 몸소.
164) 靦然(전연) : 부끄러워서 무안한 모양.
165) 權辭(권사) : 둘러대는 말.
166) 敗家(패가) : 가산을 탕진하여 없앰.
167) 賭(도) : 賂의 오기.
168) 造禍(조화) : 遭禍의 오기.
169) 竟夕(경석) : 밤새도록.
170) 放情(방정) : 마음껏 함.

龍與檀, 盡收其財寶·器玩, 歸寢於北樓。歡情[172]阻懷, 非一宵可盡, 亹亹[173]不眠, 況[174]若夢寐[175]。龍適見屛間, 玉檀手題一絶詩曰：

北樓春日又黃昏，　濕盡紅巾拭淚痕
回首芦林烏鵲亂，　不知何處可招魂

見其詩中辭意哀怨, 不覺墮淚。卽援筆[176]和之, 以題屛曰：

舊客登堂日已昏，　點燈相對拭淚痕
蘆林風雨今如許[177]，　惆悵應存未返魂

時夜將半, 四顧無人。檀一聲太息[178], 語於龍曰：“公以相家千金之子, 宜繼箕裘之業[179], 而見一娼女, 迷而不返[180], 留連數年, 費盡萬金, 終使不貲之身[181], 落於不測之禍, 雖曰‘不死’, 其厄孔慘[182]。不如[183]乘此秘機[184], 收彼財寶, 歸覲親庭, 則庶弛父母之怒, 終免薄行之名。” 乃扶而起之, 涕淚相對。遂製悲歌以別, 其調滿庭芳也。詞曰：

---

171) 泥醉(이취)：술에 몹시 취함.
172) 歡情(환정)：남녀가 좋아하는 감정.
173) 亹亹(미미)：지칠 줄 모르는 모양.
174) 況(황)：怳의 오기.
175) 夢寐(몽매)：잠을 자면서 꿈을 꿈.
176) 援筆(원필)：붓을 잡음. 글씨를 씀.
177) 如許(여허)：이와 같음.
178) 太息(태식)：탄식함.
179) 箕裘之業(기구지업)：키 만드는 일과 갖옷 만드는 일이라는 뜻으로, 선대로부터 내려오는 사업을 이르는 말. 곧 선대의 가업을 일컫는다.
180) 迷而不返(미이불반)：잘못하고도 고칠 줄 모름을 이르는 말.
181) 不貲之身(부자지신)：무엇으로도 비교할 수 없는 귀한 몸이라는 뜻.
182) 孔慘(공참)：몹시 참혹함.
183) 不如(불여)：不知의 오기인 듯.
184) 秘機(비기)：남이 엿보지 못할 은밀한 기회.

深情未攄,　淸夜將闌,　此生何日重歡

蘆林孔邇,　安可失機關

嗚呼良人一去對明鏡,　長作孤鸞[185]好歸去

專心黃卷[186],　愼勿憶紅顔

佳時在何時,　萬里風塵,　一去難還

悵相看髮白,　共誓心丹

自此北樓無人,　日之夕孤倚闌干

邈江南消息誰傳,　望望多靑山

龍卽和曰：

千里生還,　半夜將闌[187],　紛紛一心悲歡

征[188]鞍欲動,　白雲迷楚關

虛負一雙玉簫,　望秦坮[189]幾時乘鸞

摻子裾不忍相釋,　壯士凋朱顔

有約雖金石,　無路重逢,　何日得還

却怕石腸[190]成灰,　玉貌消丹

隙駒[191]流年幾許,　慘相視涕淚欄干

---

185) 孤鸞(고란) : 외로운 난새. 옛날 罽賓國王이 난새 한 마리를 얻었는데, 3년 동안이나 울지 않다가 어느 날 새에게 거울을 보여 주자, 제 형체를 보고는 매우 슬피 울었다는 고사에서 온 말로, 전하여 짝이 없거나 짝을 잃은 데에 비유한다.
186) 黃卷(황권) : 책을 달리 이르는 말. 예전에, 책이 좀먹는 것을 막기 위하여 종이를 황벽나무 잎으로 물들인 데서 나온 말이다.
187) 闌(난) : 離의 오기인 듯.
188) 征(정) : 証의 오기.
189) 秦坮(진대) : 秦나라 穆公이 그의 딸인 弄玉을 위하여 만들어 준 누각을 일컬음. 鳳樓라고도 한다. 蕭史가 퉁소를 잘 불어서 봉황이 우는 것 같은 소리를 내자, 목공이 음악을 좋아하는 농옥을 그에게 시집보내며 누각을 지어 주었다. 두 사람이 퉁소를 불면 봉황이 날아와서 모였는데, 그 뒤에 신선이 되어 봉황을 타고 날아갔다고 한다.
190) 石腸(석장) : 鐵石肝腸에서 나온 말. 굳센 의지와 지조가 있는 마음.
191) 隙駒(극구) : 닫는 말을 틈으로 보는 것과 같다는 뜻으로, 세월이 몹시 빠름을 비유하는 말.

倘未死再續舊緣,　轉海更移山

已而, 隣鷄一聲, 靑燈已殘. 檀急令侍婢, 潛呼公子之從者, 盡取皮箱來, 覆
其石, 以娼母所壽金銀及〈玩器〉[192], 并其私藏寶玩, 而納其中, 封鎖之. 顧謂龍
曰 : "私藏寶佩, 幸鬻於江南, 以充虛費之數." 急令駄載而去. 龍憫其分離, 慘
慘嗚泣[193], 抱扶玉檀, 不忍捨去. 檀手推龍而出門, 龍黽勉[194]相別曰 : "何時
乃有重逢之期?" 檀曰 : "公子歸覲之後, 專意詩書, 異日登第, 得刺此州, 則是妾
相逢之日, 不然, 見妾難矣. 妾則以死爲君秉節, 誓不再媚於他人." 龍計娼母必
奪玉檀之志, 檀必守以死之約, 然則平生恐不得重逢. 乃扣玉檀, 泣而告之曰 :
"娘子之誓不媚人者, 可謂至矣. 而其於主母强脅, 何? 然則必有死而後已, 人生
一死之後, 安得復見? 不如降志屈節, 以遂他日重逢之約. 娘子勿以吾言忽之,
以副至願." 檀曰 : "忠不事二, 烈豈獨異? 若有權路, 則可無徒死, 至欲相瀆, 則
有死而已." 龍別, 潛行登程, 向浙江.

檀送龍, 掩泣還枕, 與侍婢相約, 各取衣絮塞口, 以絛索背縛其手足, 俱倒於
床下. 其翌, 娼家奴僕, 見龍一行夫馬無去處, 來告娼母. 卽扶醉頭, 驚就玉檀
寢所而觀之, 玉檀及侍婢, 皆作駒駒氣絶之狀. 娼母卽驚叫而救之, 良久佯若得
甦而告曰 : "吾昨日, 不欲見王郞者, 良以此也. 母遂[195]招邀, 夫誰咎乎? 王郞
者, 雖曰無心, 豈忘蘆林之怨, 而有如土偶者[196]哉? 夕間就寢, 不與交歡[197], 私
自怪之, 至夜將半, 潛呼其從者, 奄自圍人, 盡搜金寶, 將女與婢欲殺. 公子尙止
之, 只如此而已. 女之所辱, 縱不可恨, 〈但恨〉[198]財寶又從失之, 不可不推奪

192) 원전에는 없는 글자들이나 『교감본 한국한문소설 傳奇小說』(고려대학교 민족문화연구
　　원, 2007)의 570면 참고하여 삽입한 것임.
193) 嗚泣(오읍) : 설움에 북받쳐 목메어 욺.
194) 黽勉(민면) : 부지런히 힘씀.
195) 遂(수) : 自의 오기.
196) 土偶者(토우자) : 흙으로 사람 형상을 만든 것. 외모는 사람의 형상을 가졌으나, 허수아
　　비와 같이 내면이 빈 존재를 일컫는다.
197) 交歡(교환) : 合歡. 性交함.
198) 원전에는 없는 글자들이나 『교감본 한국한문소설 傳奇小說』(고려대학교 민족문화연구

其財。女就縛時, 潛聽其語, 恐我跟追, 欲入本府而留避云, 須速追捕." 娼母遂呼隣人, 擧家乘馬, 疾馳而追之。至徐州公門外, 檀下馬, 拿其娼母而下之, 大呼於公府胥吏及隣人, 而告之曰: "我本以良家子, 少喪考妣。而此嫗見我姿色, 取而養之, 欲令悅人而取直, 只爲利家, 豈有母子之義? 往者, 浙江王閣老之子慶龍, 適過吾家, 見而悅之, 賂盡萬金, 娶以爲婦, 治第別居, 擬將偕老。此嫗巧作謀計, 殺於芦林, 王公子, 幸而得脫, 赤身還鄕, 而戀妾益深, 載寶重來。昨日之夕, 此嫗更欲攘財而殺之, 王公子知機遁去。此嫗恨未得財, 今者率隣人追趕, 將欲殺掠。妾伴若同謀而來, 實欲訟於官也。此事首尾, 隣人所共知, 而難諱者也." 因自慟哭, 而挽其娼母, 欲赴於訟。隣人等, 素知蘆林之事, 故亦信夜間之謀, 皆是檀而非嫗曰: "此嫗詐稱 '公子, 盜財而去.' 故我等應請而來, 將欲奪還。若知殺掠之情, 則豈敢從之?" 胥吏等, 亦嘗聞芦林之絀, 故皆罵嫗以獺賊。嫗雖欲自明, 人不信之, 咸勸玉檀＜入訟。娼母惶懼[199]哀乞於檀＞[200], 檀曰: "嫗雖有殺夫之謀, 尙有養我之恩, 故姑不訴訟。嫗能使我守節, 終不相脅乎?" 嫗許諾, 檀請胥吏輩, 誓貼[201]而記之, 遍使隣人, 皆署名然後, 懷其書卷, 還其家。

上北樓, 只令一侍婢乞米, 而奉其主, 小不厭告[202]。此婢名蘭英, 亦有姿色, 不喜與人交歡。雖或求押[203], 莫能相應, 只侍檀娘, 不離其側, 盖玉檀自良家所率來者也。娼母疾玉檀, 將欲殺之, 恐爲隣人所知, 而不果焉。

前日, 趙賈者知檀不可求, 乃推金賂於娼母, 娼母惜其金, 相與之陰約, 曰如此如此。居數月, 娼母叱玉檀曰: "汝以王郎之故, 背我參養之恩, 終不冒[204]我矣。雖在吾家, 更無所利, 不如空北樓而處朝雲." 遂驅迫黜之。娼母

　　원, 2007)의 574면 참고하여 삽입한 것임.

199) 惶懼(황구) : (지위나 위엄에 눌리어) 두렵고 무서움.

200) 원전에는 없는 글자들이나 『교감본 한국한문소설 傳奇小說』(고려대학교 민족문화연구
　　원, 2007)의 577면 참고하여 삽입한 것임.

201) 誓貼(서첩) : 誓帖의 오기.

202) 告(고) : 苦의 오기.

203) 押(압) : 狎의 오기.

先時, 陰與同里商家寡嫗, 賂重貨, 以密計約之。 及檀<被黜>,205) 率其一婢, 窮無所歸, 沿道而哭。 其商嫗遇於道, 問其故, 佯泣曰："吾每憐娘子行貞節, 苦乞米糊口。 今又被黜, 何所依賴? 若無所歸, 姑往陋止?" 檀喜得居停206), 拜其恩而謝之, 遂隨歸。 同居月餘, 嫗曰："見娘子, 不背所天207), 久而愈戀, 心實矜惻。 我爲娘子, 傾財賃人馬, 率娘子歸浙江, 能令王公子厚報而還送否?" 檀幸其言, 乃謝曰："倘得如此, 敢不竭力報德?" 嫗許諾, 賃馬治裝, 卜日啓行。

行未出徐州境, 忽有人群聚, 徂於路, 擁玉檀, 驅迫而去。 檀顧呼商嫗, 商嫗已無在矣。 乃謂衆曰："爾輩, 緣何脅我而歸?" 衆曰："我爲趙大賈所使, 迎娘子而歸, 何脅之有?" 檀失聲痛哭曰："吾爲兩箇老婆208)所賣." 遂墮馬, 衆復擁迫上馬。 檀悲號哀乞曰："容我少休." 衆憐之暫緩, 檀思欲自決, 不能自由, 旣以潛思209)曰：'我若徒死, 必負前約, 不如權往以省其機.' 遂裂其臂帛, 嚙指出血, 書於帛。 潛令蘭英, 掛於道左樹林, 或有過客好事者, 傳掛於南路, 未久得達於慶龍。

檀被迫歸趙賈之家, 趙賈方出門跂待210), 見檀來, 扶下馬, 喜慰曰："娘子於老漢, 亦有緣矣。 此實天與, 夫豈人謀?" 檀佯笑而答曰："中道改路, 亦遂佳期211)." 趙賈, 方以王檀守死爲疑, 得聞媚語, 不覺欣忭。 檀與趙賈同處, 談笑相悅, 極其親近。 但欲交歡, 則辭之曰："王慶龍去時, 與妾相語約, 以今年必當來訪, 若過此期, 聽汝他適, 妾亦許諾, 成誓矣。 今已歲暮, 王公子不來, 屈指而計,

---

204) 冒(모) : 母의 오기.
205) 원전에는 없는 글자들이나 『교감본 한국한문소설 傳奇小說』(고려대학교 민족문화연구원, 2007)의 579면 참고하여 삽입한 것임.
206) 居停(거정) : 머물러 삶.
207) 所天(소천) : 유교적 관념으로 아내가 남편을 이르는 말.
208) 老婆(노무) : 늙은 여자.
209) 潛思(잠사) : 마음을 가라앉히고 깊이 생각함.
210) 跂待(기대) : 발돋움하며 기다림. 애타게 기다리는 모습이다.
211) 佳期(가기) : 아름다운 기일. 서로 만나 즐거움을 나누자고 미인과 약속한 말을 말한다.

餘日無幾。設令今歲王公子重來, 妾已入他門, 豈敢復出? 所不從命者, 欲畢其約, 不期[212]吾心耳。新歲新歡, 豈不樂哉?" 趙賈恐其忤意, 不敢强狎。而趙賈若欲歸寐於舊妻, 則檀佯妬挽留, 人不知檀之不相狎, 而趙賈時語其親故, 故或得以知其事。

適有浙江商人, 來寓其隣, 賣香緞。檀令蘭英取一匹緞, 以厚價買。綉刺四韻一首, 趙賈目不知書, 惟稱美而已。綉畢, 潛還其商人曰 : "爾歸賣於紹興王閣老家, 必有少年, 倍直而買之。" 其商人如其言, 歸賣閣老家。

檀居數月, 審趙舊妻, 雖有姿色, 素無貞操。又見隣家覡夫妻, 日[213]相交遊於此家, 而其覡夫, 亦無行檢[214], 惟耽酒色。故乃僞作舊妻相邀期會之書, 依其手迹而模之, 以投覡夫。又作覡夫之書, 亦如此以投舊妻。兩人各以爲信, 而相會私通, 俱不悟矣。自此, 晨去暮來, 輒以爲常。

檀於一日, 乘其來會, 覘於窓外, 手鑽窓牖, 顯示窺見之狀。兩人恐檀告其夫, 相與謀, 欲滅其迹。會其夫出, 宿于隣家, 翌朝而返。舊妻, 以珍味作粥, 置毒於中, 進于其夫及玉檀。檀方梳頭, 見其粥疑有毒, 而又慮只毒於己, 乃曰 : "見其粥甚美, 而吾欲取其多。" 換其所進, 而置於前, 托以粧梳, 遷延不食。及其趙賈盡食後, 佯若觴[215]手而覆其無毒之粥。趙賈俄以仆於地, 嘔血而死。檀走出呼隣人謂曰 : "舊妻與覡夫作謀, 鴆殺[216]其夫。" 里人顚倒聚集, 捕舊妻與覡夫及玉檀縛之。檀告其鑽穴窺見之狀, 又以粥與哺狗, 狗卽死。舊妻, 則曰 : "檀以奪節之怨, 毒於粥。" 里人拿此三人, 并其奴僕比隣[217], 告於官。舊妻及檀, 互相辨告[218], 俱無明證。隣人, 或供覡夫與舊妻, 相奸之驗, 或<供>趙賈與檀, 未相狎之語。遂成疑獄[219], 官不能決矣。

---

212) 期(기) : 欺의 오기.
213) 日(일) : 旧의 오기.
214) 行檢(행검) : 품행이 점잖고 바름.
215) 觴(상) : 觸의 오기.
216) 鴆殺(짐살) : 鴆毒을 섞은 술을 먹여서 사람을 죽임.
217) 比隣(비린) : 가까운 이웃.
218) 辨告(변고) : 사리를 밝혀 옳고 그름을 내세움.

却說。慶龍自徐州, 半夜別玉檀之後, 輪其財寶, 渡浙江, 歸紹興, 則閣老聞其來, 大怒拿入綑打曰：“汝畔父忘歸, 一可殺也, 耽色敗財220), 二可殺也, 滅財覆業, 三可殺也.” 龍泣對曰：“忘歸敗身, 固難卞白. 至於滅財覆業, 則不然, 無欠錙銖221), 今日輪來矣.” 閣老之性嚴峻, 猶令杖之. 會閣老之女婿吏部員外郎趙志皐, 以事有關, 適到於此. 此乃閣老之所甚敬愛, 而亦與龍, 親愛者也. 方侍閣老而坐, 遽起下堂222), 手扶慶龍, 泣告曰：“此兒, 年少迷色, 自不能速歸, 豈無愛親之心? 今日之返, 可見其良心也. 况其財寶, 今盡載還, 不敗於酒色者, 亦明矣.” 閣老乃命止其杖. 計財寶於中庭, 而準之厥數, 不耗而有剩, 閣老心自怪之. 龍入拜其母, 母撫龍背, 泣問其由. 龍對之以實, 具陳223)玉檀之事, 其母歎曰：“恨其檀兒不養於良家! 雖欲爲婦, 安得乎?”

居數月, 閣老責龍曰：“汝積歲猖披, 廢其藝業, 無復望於功名. 汝願爲何事? 將爲農乎? 爲商乎?” 龍猶願讀書, 閣老乃抽座右224)之書, 試其可教. 龍在徐州五六年, 與檀專事文墨, 故所試書義, 觸處225)融解. 閣老謂其或講習於前日者, 轉抽諸書而試之, 隨試隨講, 無不貫通. 閣老雖不許可, 心自喜異, 而又欲試製述. 方欲出製226), 適有鳴鴈初來, 乃命以此賦之, 龍製曰：

昨夜西風動鴈群, 散空千點亂紛紛
影過靑塚227)三更月228), 聲落蒼梧229)萬里雲

---

219) 疑獄(의옥) : 범죄의 흔적이 뚜렷하지 않아 죄가 있고 없음을 결정하기 어려운 사건.
220) 敗財(패재) : 敗身의 오기.
221) 錙銖(치수) : 아주 가벼운 무게를 이르는 말. 옛날 중국의 저울눈에서 기장 100개의 낱알을 1수, 24수를 1냥, 8냥을 1치라고 한 데서 유래한다.
222) 下堂(하당) : 방이나 마루에서 마당으로 내려옴.
223) 具陳(구진) : 모든 것을 갖추어 자세히 진술함.
224) 座右(좌우) : 앉아 있는 자리의 오른쪽이나 몸 가까운 곳.
225) 觸處(촉처) : 어디든지. 무엇이나.
226) 出製(출제) : 出題의 오기.
227) 靑塚(청총) : 漢나라 元帝 때의 궁녀 王昭君의 무덤. 그녀가 匈奴에게 시집가서 살다가 죽었는데, 胡中에는 白草가 많은데도 유독 그녀의 무덤에는 청초가 나므로 일컫은 말이다.
228) 三更月(삼경월) : 한밤중에 비치는 달.

夢罷零陵[230]啼白首, 燈殘長信[231]泣紅裙[232]
冥冥難寄南來札, 猶促寒衣送北軍

閣老覽之, 甚喜曰："汝之此作, 足續忘歸之責矣." 言其夫人曰："夫人之子, 久而不返者, 以中道耽讀之故, 非好色也." 遂構書樓以處之. 龍居書樓, 長念玉檀之所戒, 讀書做業, 不輟晝夜.

適一日〈鄕中人〉[233], 得行子[234]所傳玉檀書帛而授之, 龍見其所書曰：

徐州玉檀, 奉寄紹興王秀才[235]慶龍.
妾送君之後, 常處北樓, 豈料主母迫而黜之? 偶因隣嫗, 得留旬月, 信此嫗言, 而遂啓南, 不意中途爲人所脅, 所可恨者, 不早自決, 徒守旧約, 而竟落於兩嫗之奸謀也. 何惜微嫗[236]以經於溝瀆[237]? 第以臨別之語, 耿耿在耳, 若行小諒[238], 恐負前盟. 今將權赴其家, 以觀其機, 勢若可綉, 則不可徒死, 至若相瀆, 則豈敢偸生? 聊占一絶, 以寓微悁. 詩曰：

離鸞千里向南飛, 雲外寧知暗設機

---

229) 蒼梧(창오)：蒼梧山. 중국 湖南省 寧遠縣 동남쪽 경계에 있는 산으로, 舜임금이 남쪽으로 순행하다가 죽었다고 전하는 곳.
230) 零陵(영릉)：晉恭帝를 가리킴. 司馬德文으로 東晉 安帝의 동생이다. 陶淵明(365~427)이 〈述酒〉詩를 지었는데, 南朝 宋太祖인 劉裕에게 420년 선위하고 그에 의해 시해당한 진 공제를 애도하는 내용이다.
231) 長信(장신)：長信宮. 漢나라 成帝 때에 班婕妤가 소박을 당하고 거처하던 곳. 성제에게는 반첩여와 趙飛燕이라는 두 아리따운 후궁이 있었는데, 성제의 총애가 시간이 흐르면서 조비연에게 기울자 반첩여는 자신의 처지와 심정을 〈怨歌行〉으로 지었다고 한다.
232) 紅裙(홍군)：붉은 빛깔의 치마라는 뜻으로, 미인 등을 일컬음.
233) 원전에는 없는 글자들이나 『교감본 한국한문소설 傳奇小說』(고려대학교 민족문화연구원, 2007)의 593면 참고하여 삽입한 것임.
234) 行子(행자)：길을 가는 사람. 나그네.
235) 秀才(수재)：미혼 남자를 높여 이르던 말.
236) 微嫗(미구)：微軀의 오기.
237) 經於溝瀆(경어구독)：스스로 목매어 익사한다는 뜻으로, 개죽음을 비유해 이르는 말.
238) 若行小諒(약행소량)：≪논어≫〈八佾篇〉의 "어찌 보통사람들이 작은 신의를 지켜 도랑에서 스스로 목을 매어도 모르는 것과 같겠는가.(豈若匹夫匹婦之爲諒也, 自經於溝瀆而莫之知也.)"에서 나오는 구절.

生入雕籠還有意, 會將彩翮製絛歸

某月日, 玉檀拜.

龍見其書, 知爲人所占, 謂已必死, 不覺長慟, 寢食俱廢者累日。乃和其詩, 以自遣[239]曰：

鏡裏孤鸞對影飛, 舞餘[240]啼血落寒機
奇紋自作相思曲, 曲到江南身未歸

又曰：

失侶鴛鴦一隻飛, 隨梭誤上錦[241]人機
懷冤化作西川魄[242], 血灑殘花[243]歸未歸

自此之後, 歲已暮矣。消息復絶, 生死莫知。適有商人, 賣綉緞於其家, 家人見而不知貴, 只以綉字之故, 持示於龍。龍審其詩, 詳其字, 疑是玉檀所作. 親問於商人, 商人以實對曰："如此如此." 然後, 龍果知玉檀所寄, 買以重貨。乃次其韻, 欲付贈, 商人謝以不歸, 遂不果焉。檀綉字詩曰：

雲羅[244]千尺打孤鸞, 一落塵寰[245]歲已闌
翠羽[246]須令仙鶴伴, 金毛寧與野禽歡

---

239) 自遣(자견)：스스로 자기 마음을 위로함.
240) 舞餘(무여)：無餘의 오기인 듯.
241) 錦(금)：貝錦. 아름다운 비단을 짜듯 남을 중상하는 말을 꾸며내는 일. ≪시경≫〈小雅·巷伯〉의 "형형색색으로 비단 무늬 짜듯 했구나. 참소하는 말을 꾸며낸 자여, 너무나 심하였도다.(萋兮斐兮, 成是貝錦. 彼譖人者, 亦已大甚.)"에서 나오는 말이다.
242) 西川魄(서천백)：杜甫의 〈杜鵑〉에 "西川有杜鵑, 東川無杜鵑."에서 나오는 말로, 西川은 蜀 땅을 가리키니 蜀魄, 전국시대 蜀王 望帝인 杜宇의 혼백이 붙어 있다는 두견새를 말한다.
243) 殘花(잔화)：늦은 봄날 마지막 작별을 고하는 꽃을 말함.
244) 雲羅(운라)：하늘을 가득 덮은 구름. 天羅地網과 같은 뜻으로 하늘이 펼쳐놓은 땅의 그물로 아무리 발버둥을 쳐도 헤어 나올 수 없는 그물망으로도 쓰인다.
245) 塵寰(진환)：마음에 고통을 주는 복잡하고 어수선한 세상.

雖從烟渚朝遊並，　却向風枝夜宿單

潛識擊條矯翮日，　應將惡鳥墮金丸

龍所和詩曰：

金織爲籠鎖彩鸞，　秦臺歸夢幾時閑

高枝巢穴思連理[247]，　團扇丹靑憶合歡[248]

千里淸音天外遠，　三秋寒影月中單

塞鴻何日能傳信，　欲寄茅山[249]藥一丸

龍見綉詩之後, 審檀之定在趙賈家, 憤娼母之奸計, 憐玉檀之寃懷, 尤用憂懣, 將成心瘁。或讀書之際, 依俙[250]見檀, 而狂叫其名, 旣而自悔曰："吾若成疾, 殆將死矣。安得復見玉檀乎?" 遂釖定心, 端坐讀書, 若檀眩於目中, 則乃揮刀而叱曰："汝以登第之言戒我, 重逢之誓寄[251]我, 今何以挽我如是耶?" 數月, 厥疾乃瘳。

龍力業三年, 得選於解元[252], 又中會元[253], 終得壯元及第, 爲翰林修撰。時朝

---

246) 翠羽(취우) : 曹植의 〈洛神賦〉에 "밝은 구슬을 캐기도 하고, 비취새의 깃을 줍기도 한다.(或採明珠, 或拾翠羽。)"라고 한 데서, 부녀자들의 봄놀이하는 것을 일컫기도 하나, 여기서는 옥단이 자신을 가리키는 말로 쓰임.

247) 連理(연리) : 連理枝. 뿌리와 줄기가 서로 다른 두 나무의 가지결이 서로 붙어서 하나가 된 것을 이르는 말. 부부간의 두터운 애정을 비유한다.

248) 團扇丹靑憶合歡(단선단청억합환) : 漢成帝의 후궁 趙飛燕이 長信宮에서 지었다는 〈怨歌行〉의 첫머리에 "지금 막 제나라의 흰 비단을 자르니, 희고 깨끗하기가 서리와 눈 같아라. 재단하여 합환의 부채를 만들었나니, 둥글고 둥근 것이 밝은 달과 같아라.(新裂齊紈素, 皎潔如霜雪。裁爲合歡扇, 團團似明月。)"라는 말을 염두에 둔 표현인 듯.

249) 茅山(모산) : 한나라 때 茅盈이 그의 아우인 茅固·茅衷과 함께 句曲山에 들어가 모두 득도하여 신선이 되었으므로 모산이라고 부른다고 함.

250) 依俙(의희) : 안개 같은 것에 잠겨 희미하게 어렴풋해진 모양.

251) 寄(기) : 期의 오기.

252) 解元(해원) : 鄕試의 우등 합격자. 향시는 지방에서 실시하던 1차 과거이다.

253) 會元(회원) : 會試의 우등 합격자. 회시는 初試 급제자가 모여 치르던 2차 과거이다.

廷, 徐州殺夫疑獄, 久而不決, 請遣御史考之, 上愈允. 龍求爲其任, 遂到徐州.

玉檀聞王慶龍爲御史, 使蘭英詳問鄕里族氏, 知御史果爲慶龍. 然後, 潛作書陳其寃, 封皮詐爲慶龍親舊書樣, 使蘭英爲商女, 因慶龍家丁達之. 龍始按獄, 閱其供辭[254], 招罪人等曰:"玉檀被掠而來, 未嘗交歡, 置毒之言, 不可自逭. 雖無明驗, 必難赦也." 特命嚴囚於別獄, 而指舊妻巫夫等諸人於庭下曰:"玉檀當誅之, 固不可問, 此輩亦以緩刑之故, 不得其政[255], 今日必須嚴鞫, 盡殺此輩, 明日便可回京." 亟命公府[256], 盛設敲掠之具, 極其嚴肅. 又命行李諸具, 自房而搬出, 置於庭下曰:"遠行, 衣服諸具, 必多雨露之沾濕, 待日方中, 當曬之." 乃屛列庭吏卒於門外而闔之, 只留罪人於其庭, 御史入房點食, 久而不出. 其罪人輩在庭下, 知無人, 遂相議曰:"玉檀, 有罪無罪, 事已決矣, 不須卞矣. 但我輩倍前嚴鞫, 何以得活? 不如直告巫夫・舊妻之謀, 而吾等得釋也." 舊妻・巫夫哀乞曰:"我若得生, 當以厚報." 諸人或諾, 或否. 良久, 御史出坐命鞫曰:"汝等莫諱其情. 吾已知某也某也之所議." 諸人相顧驚訝之際, 御史遂命下吏, 鑰開行李中兩衣籠, 忽二人, 自籠中起坐, 其一本府主簿, 其一御史家丁. 兩人相向罪人, 俱說其所相議曰:"汝等之所言, 如是如是." 罪人, 惶懼語塞, 各伏其罪. 遂誅舊妻及巫夫, 放玉檀諸人曰:"罪人斯得, 無辜當釋." 一府之人, 驚服其智.

龍按獄畢, 回京師, 潛令家丁, 給馬載玉檀以歸. 時檀年二十五, 龍年二十九矣. 到京之日, 復命[257]以歸, 設宴中堂[258], 擧酒相慰, 語及睽離[259], 不堪悲喜. 龍先成一律曰:

海轉山移摠有神, 釖還[260]鏡合豈無因

---

254) 供辭(공사):죄인이 범죄 사실에 대해 진술한 말.
255) 政(정):情의 오기.
256) 公府(공부):官衙.
257) 復命(복명):명을 받들어 어떤 일을 처리한 결과를 보고함.
258) 中堂(중당):본채의 한가운데 방.
259) 睽離(규리):서로 등져 떨어짐.

芦林殘骨騎驄馬[261], 楚獄[262]餘生上錦茵

黃卷尙能逃白髮, 紅鉛猶得帶靑春

相逢却是尋盟日, 把酒那禁淚滿巾

檀拭淚濡毫, 卽和其律曰：

芳魂元不托梅神, 宿約寧知賤[263]水因[264]

舊日悲呼嬰木索[265], 今朝淸讌[266]醉瓊茵

誰隣[267]荊璧[268]完歸國, 自笑薇花老占春

堪曳綠衣[269]隨井臼[270], 莫聽金縷[271]〈淚〉[272]沾巾

---

260) 釖還(도환) : 楚나라 昭王의 명으로 干將과 그의 아내 鏌鋣가 龍泉劍과 太阿劍을 만들었
는데, 사라진 그 검들을 700년 후 晉나라 武帝 때 張華가 雷煥의 도움으로 豐城縣에서
얻은 것을 일컬음.

261) 驄馬(총마) : 漢나라의 桓典이 관리를 탄핵하는 御史가 되었을 때 항상 '驄馬'를 타고 다
니면서부터 어사를 상징하는 대명사가 됨.

262) 楚獄(초옥) : 後漢의 明帝 때 楚王 英이 모반한 옥사. 이때 억울하게 연루되어 죽거나 유
배된 자가 수천 명이나 되었으며, 옥에 갇힌 자가 무수히 많아 여러 해 동안 판결하지
못하고 있었는데, 寒朗이 侍御史가 되어 그들의 무고함을 알고 명제에게 간언하여 풀려
나게 되었다.

263) 賤(천) : 踐의 오기.

264) 水因(수인) : 夙因의 오기. 숙인은 전세의 인연을 가리킨다.

265) 木索(목색) : 죄인을 얽어 묶는 형구.

266) 淸讌(청연) : 淸平 무사함을 말함.

267) 隣(인) : 憐의 오기.

268) 荊璧(형벽) : 楚나라 卞和가 荊山에서 얻어 勵王에게 바친 璞玉. 박옥은 아직 아름답게
다듬지 않은 옥이다. 그런데 여왕과 武王에게 바쳤다가 평범한 돌을 바쳤다 하여 기군
망상죄로 각기 발꿈치를 잘렸지만, 끝내 文王에게 바쳐서 흠집 하나 없는 훌륭한 옥으
로 인정받았다고 해서 和氏之璧이라 일컬어진다. 형산의 박옥보다는 화씨의 벽으로 더
잘 알려졌는데, 전국시대 趙나라의 藺相如가 이 화씨지벽을 秦나라에 가지고 갔다가 뺏
기지 않고 온전히 가지고 돌아왔다 하여 完璧이라 한다.

269) 綠衣(녹의) : 푸른 옷이란 뜻으로, 첩을 가리키는 말. 《詩經》〈邶風·綠衣〉는 衛莊公이
첩에게 미혹되어 부인 莊姜이 어질면서도 불행하게 된 것을 비유한 노래로, 朱子가 綠
色은 間色으로 천하다고 하였다.

270) 井臼(정구) : 물을 긷고 절구질을 하는 일이라는 뜻으로, 살림살이에 애씀을 이르는 말.

271) 金縷(금루) : 金縷曲. 남자의 욕정을 부추기며 유혹하는 노래. 唐나라 때 金陵의 소녀 杜
秋娘이 15세에 李錡의 妾이 되었는데, 일찍이 이기를 위해 詞를 지어 노래하기를 "그대
에게 권하노니 금루의를 아끼지 말고, 모쪼록 젊은 시절을 아끼시기를. 꽃이 피어 꺾을

龍登第之後, 迫於閣老之命, 聘冠盖族某氏女爲妻, 而以念檀之故, 一未嘗同寢, 絶若他人焉。至是, 欲去其妻, 以檀爲婦, 檀歛袵起拜曰: "娼家賤質, 受直媚君, 身已累矣。巧言令色, 瞞人守約, 節亦畢矣。欲圖生還, 陰謀殺人, 可謂善乎? 久在縲絏[273], 爲世所鄙, 可謂吉乎? 妾之所以忍而不死, 以至今日者, 徒欲更待君子, 得奉巾櫛, 以遂平生之約而已。是可謂賤妾之幸矣, 而公子之樂也, 豈以葑菲[274]之微, 遽充蘋蘩[275]之奉乎? 況見內子, 貞操雅態, 甚合家母。若公子離而黜之, 彼家父母, 必奪其志, 然則內子之不欲事於他人者, 猶檀之不欲媚於趙賈也。以我方人, 誠甚矜惻, 若離內子, 妾亦當退." 龍感其言, 遂不逐之。厥婦亦感玉檀之恩, 待之如姊妹。然龍疎其內子, 使檀專房, 檀又以理諭之, 俾不踈廢, 遂生二子, 玉檀生三子。

今慶龍及妻已卒, 檀猶在世。檀之二子, 妻之一子, 俱登文科, 歷職淸顯[276]。檀之一子, 爲按察使, 萬曆己亥年間, 監東征役[277]於朝鮮國全羅道南原・順天等府, 妻之一子名某, 爲河南道布政司。檀之又一子, 爲國子監司僕[278], 末一子, 中武進士, 爲錦衣衛指揮, 同檀所生也。一子擧人[279]爲知府,

---

만하면 곧바로 꺾어야지, 꽃 없는 때에 공연히 가지만 꺾지 마소서.(勸君莫惜金縷衣, 勸君須惜少年時. 花開堪折直須折, 莫待無花空折枝.)" 하였다는 이야기가 당나라 杜牧의 〈杜秋娘詩〉序文과 自註에 나온다.

272) 원전에는 없는 글자이나 『교감본 한국한문소설 傳奇小說』(고려대학교 민족문화연구원, 2007)의 605면 참고하여 삽입한 것임.

273) 縲絏(누설): 예전에, 죄인을 묶을 때에 쓰는 노끈을 이르던 말. 죄인을 옥중에 매어 둔다는 의미이다.

274) 葑菲(봉비): ≪시경≫〈邶風・谷風〉의 "순무나 무를 캐는 것은 뿌리만을 위한 것이 아니다.(采葑采菲, 無以下體.)"에서 나온 말.

275) 蘋蘩(빈번): 마름과 쑥이라는 뜻으로, 귀하진 않아도 정성껏 올리는 祭物을 비유할 때 쓰는 말. ≪춘추좌씨전≫ 隱公 3년에, "진실로 확실한 신의만 있다면……빈번과 蘊藻 같은 변변치 못한 야채와 나물이라도……귀신에게 음식으로 올릴 수가 있고, 왕공에게도 바칠 수가 있다.(苟有明信……蘋蘩蘊藻之菜……可薦於鬼神, 可羞於王公.)"라는 말이 나온다.

276) 淸顯(청현): 淸宦과 顯職. 청환은 지위와 봉록이 높지 않으나 뒷날에 높이 될 자리를, 현직은 높고 중요한 직위를 일컫는다.

277) 東征役(동정역): 중국에서 임진왜란을 부르는 말.

278) 司僕(사복): 유학의 강의를 맡아 보던 벼슬.

妻之所生也。

大畧如此, 今不盡記耳。

王慶龍傳 終

＼

---

279) 舉人(거인) : 중국 漢나라 때에 지방관에 의하여 조정에 추천된 사람.

한문필사본 〈용함옥〉

역문

용함옥

서언

천지사방에서 예나 지금이나 영웅과 열사는 말할 것도 없거니와 문장가와 풍류객들은 일찍이 여색에 빠져 차마 떠나지 못하고 그 뜻을 잃은 자가 많이 있지 아니한 적이 없으니, 아! 탄식할 일이다. 그러나 옥 낭자의 정숙한 남다른 절조에 이르러서는 색계(色界)에서 우뚝하여 그지없이 뛰어나다고 이를 만 하였으니 같은 부류로서 귀결시켜서는 아니 된다. 그러므로 호시자는 그 사실을 전하여 항상 찬미하는 뜻을 탐구하며 세상 사람 중 여색 좋아하는 자들을 거듭 경계하노니, 옥 낭자와 같은 사람은 아닌 게 아니라 천고에 드물게 있지 않겠는가.

제1회
위공은 은자를 거두어 오도록 명하였고, 노복은 노류장화를 찾는 것에 대하여 간하였다. (魏公命收銀, 奴僕諫看花)

각설。절강성(浙江省)의 소흥부(紹興府)는 산천이 수려하고 인물이 명석하며 풍습이 양호하여 예부터 강남(江南)으로써 명성을 날린 곳이다. 지체가 높은 왕씨 집안에 재능이 출중한 젊은이가 있었으니, 그 이름을 경룡(慶龍)이라 한다.

그의 아버지 위공(魏公)이 뛰어난 공업과 두터운 명망으로 가정(嘉靖) 말년에 벼슬이 각로(閣老)에 이르렀는데, 마침 정사(政事)를 논하다 임금의 뜻을 거슬러서 파직되어 고향으로 돌아간 지가 여러 해가 되었다. 그의 부인 척씨(戚氏)와 함께 기를 자식이 없음에 느꺼워 서로 길게 탄식만 늘어놓을 뿐이었다. 어느 날 꿈에 짙은 푸른색의 용이 품속으로 들어왔고 우연하게도 임신하여 빼어난 사내아이를 낳으니, 이로 말미암아 그 이름을 경룡이라고 지어주었던 것이다. 태어나면서 얼굴은 관옥(冠玉) 같이 고왔고 이마는 튀어나왔으며, 총명하고 민첩하였으며 재주와 생각이 남보다 뛰어났다.

위공은 일찍이 임금으로부터 하사받은 황금 100근을 동시(東市)의 거상(巨商)에게 빌려준 적이 있었는데, 그 거상이 양주(楊州)로 장사를 나가서 돌아오지 않았다. 위공이 가족을 동반하고 홀가분한 마음으로 길이 소흥부로 돌아가서 고향에 은거하여 여생을 마치려는 계획을 하였는데, 이때 경룡의 나이가 18세였다. 학문하는 데에 부지런하여 문밖에 한 발짝도 나가지 않은 지 여러 해가 되었을 때, 위공이 명하였다.

"동시(東市)의 거상에게 빌려준 은자(銀子)를 거두어들여 종사(宗社)와 자손을 위하는 계책으로 삼아야 하는데, 하인으로 하여금 징수해 돌아오도록 해서는 아니 될 것이니 네가 거두어서 오너라."

경룡이 명을 받아서 늙은 하인 1명과 검푸른 나귀를 타고 출발해 도성에 도착하였는데, 한 달 남짓 머물자 거상이 그제야 돌아와서 이자까지 돌려주었다.

경룡이 행장을 수습하여 마침내 절강성으로 향했는데, 서주(徐州)를 지나는 도중에 문득 그곳이 평소 번화한 곳으로 일컬어졌던 것이 생각나 한 번 구경해 보고 싶었다. 그리하여 늙은 하인에게 말했다.

"내가 집안에 있을 때에는 가정의 훈계가 엄중해 책에 얽매여 꽤 나이 들었는데도 문을 닫아걸고 세상과 담을 쌓았다. 그리하여 세상에서 말하는 화롯불이 이글거리는 기생집의 호방하고 화려한 풍류객(風流客)이나 야유랑(冶遊郎 : 주색에 빠진 사람)을 한 번도 눈으로 보지 못했으니, 먼 길 타고 가던 말을 잠시 멈추게 하여 잠깐이나마 돌아다니며 보는 것이 어떨지 모르겠다."

늙은 하인이 무릎을 꿇고 나와서 말했다.

"도련님, 도련님! 삼가고 하지 마십시오. 술은 사람을 미치게 하는 약이라 입에 대면 마음이 방탕해지며, 여색은 요사스러운 여우같은지라 눈에 들어오면 혼이 아찔해집니다. 도련님은 한창나이의 서생(書生)이라 의지가 확고하지 못합니다. 만약 술과 여색 두 가지가 한번이라도 마음과 눈에 들어오기만 하면 그것들이 마음을 혼란스럽게 하는 빌미가 되지 않는 경우는 거의 드무니, 보지 않는 것이 더 나을 것입니다."

경룡이 응당 그 말을 받아들여야 했는데도 스스로 생각하기를, '한 번 돌아다니며 구경한다고 해서 어찌 큰 뜻을 잃는 데에까지 이르겠는가?' 하고는 끝내 늙은 하인의 말을 듣지 않았다. 그리하여 서관(西館)에서부터 동관(東館)까지 두루 보았다.

제2회
동관에서 조운과 즐기고, 남루에서 옥 낭자를 보았다.
(東館宴朝雲, 南樓見玉娘)

경룡이 동관과 서관 두 관을 두루 보니, 청색 깃발과 황금색 간판이 꽃과 버들 사이로 은은히 비치고 연두저고리에 다홍치마를 입은 기녀들이 누대와 정자 사이에서 오고갔으며, 노랫가락 피리소리가 번갈아 연주되고 통술이 낭자하였다. 경룡은 길을 따라 구경하였지만 범연히 보아 조금도 마음에 두지 아니하다가, 남루(南樓)에 이르러서야 잠시 쉬려고 누각에 올라 난간에 기대어 차를 사서 마셨다.

마침 수십 보쯤 되는 곳에 유달리 높이 솟은 누각이 있었다. 누각의 아래를 보니, 큰길은 갈아놓은 듯 평평하고 강물은 비단 같이 맑았다. 더구나 멀고 가까움이 있을지라도 놀잇배가 꽃다운 물가에 정박하여 비단 돛과 목란 상앗대가 넘실대는 물결에 따라 삐걱대고 있었다. 또 두세 마리의 백마들이 수양버들에 매였는데, 금안장에 옥굴레를 씌웠으니 날뛰고자 히히힝하며 울고 있었다. 누각의 위를 보니, 비단옷을 입은 젊은이들이 한창 잔치를 벌이고 즐겼다. 붉은 주렴은 반쯤 걷혀 있고 비단 창문은 활짝 열렸는데, 옥 향로에 박쥐향 살라서 푸른 연기가 안개처럼 자욱하게 서렸고, 황금색 술항아리에서 장미술을 뜨자 푸른 거품이 둥둥 떴으며, 곱게 치장한 아가씨들이 달처럼 하여 비단 휘장 속에 숲을 이루었으며, 애절한 거문고소리 호탕한 퉁소소리가 아스라이 하늘에까지 어렸으며, 아리따운 춤과 청아한 노래가 하루 내내 어지러이 펼쳐졌다.

그 가운데 젊은 아가씨 한 명으로 하여금 손에 부용꽃 한 송이를 쥐고 출중토록 우뚝 서서 그리워하는 바가 있는 듯이 하게 하니, 찬란히 빛나는 화려한 촛불 같아 하늘의 선녀를 바라보는 듯했다. 경룡은 자신도 모르게 눈길이 쏠려 한번 만나보려고 생각했지만 한스럽게도 인연으로 삼을 것이 없었다. 우연히 누각의 아래를 보니 표주박을 파는 노파가 있어서 경룡이 앞에 불러놓고 은근히 손으로 가리키며 말했다.

"저 누각 안에 있는 저 낭자는 누구요?"

노파가 말했다.

"동관(東館)의 창기(娼妓)로 이름은 조운(朝雲)입니다."

말이 아직 끝나지도 않았는데, 손님들이 각자 흩어져 돌아갔다. 경룡은 곧 손가방에서 20냥짜리 은자 한 덩어리를 꺼내어 노파에게 주면서 말했다.

"이 돈은 비록 약소하나 애오라지 인정으로 쓰는 것이니, 노파는 나를 위해 고운 아이를 불러올 수 없겠소?"

노파는 그 돈을 받고 웃음을 머금으면서 절하며 말했다.

"저 아가씨는 다른 사람을 기쁘게 하는 것이 생업이니 부르면 곧 올 것입니다. 다만 공자(公子)께서 저 아가씨를 보려는 것이 단지 그 미모 때문이라면, 저 아가씨보다 더 아름다운 아가씨도 있습니다. 곧 저 아가씨의 여동생인데, 그 이름은 옥단(玉檀)이고 나이는 지금 열네 살이며, 자색(姿色)이 남보다 극히 빼어나 동서 양관(兩觀)을 죄다 찾아보아도 그보다 더 빼어난 사람이 없을 것입니다. 다만 나이가 어리기 때문에 여태까지 미처 좋은 값에 팔리지 않았지만, 만약 후한 재물을 준다면 반드시 좋은 인연을 얻을 수 있을 것입니다."

경룡이 말했다.

"내가 한번 보고자 하는 이유는 다만 뛰어난 자색을 보려는 것일 뿐이지 합환(合歡)에 생각이 있는 것은 아니라오."

노파가 말했다.

"저는 그 아가씨와 평소에 잘 아는 사이이니 마땅히 한번 그 뜻을 타진해보려니와, 더구나 공자(公子)의 은혜를 입어 고맙게 여기니 감히 말씀대로 따르지 않겠습니까?"

곧장 그 집으로 들어가더니 오래도록 나오지 않았다.

경룡이 노파에게 속은 듯해 믿어야 할지 의심해야 할지 꺼림칙해 하면서 앉기도 하고 서기도 하면서 머리를 들어 의심스레 바라보았다. 갑자기 앵두꽃 숲속에서 한 줄기 불빛이 비치자, 경룡이 놀라 예리한 눈으로 보니 노파가 한 처녀의 손을 잡고 천천히 왔다. 다소곳한 몸가짐으로 들어오는데 광채가 사람의 마음을 움직였으며, 타고난 자태가 선녀 같은 모습인지라 조운(朝雲)보다 백배나 나으니, 참으로 세상에 아직까지 있지 않은, 나라에서 제일가는 미인이었다. 향기로운 바람이 한바탕 일더니 자리에 앉아서 아직 말도 붙이지 않았는데 곧바로 몸을 일으키자, 여러 번 노파가 만류하여 붙잡았으나 끝내 머물러 있기를 달가워하지 않았다. 아마도 노파에게 속아서 공자가 부른다고 하여 잘못 나온 것을 부끄러워한 것이리라.

제3회
금촛대 아래서 새 노래로 화답하였지만, 옥단은 잠자리에서의 합환을 거절하였다.(金燭和新詞, 玉枕拒合歡)

경룡은 이 절색미인을 보고서 마음에 종잡을 수 없는 정이 일어나 곧장 은자 삼천 냥을 세어 그녀의 집으로 보내며, 노파로 하여금 미인의 어미에게 말을 전하도록 하였다.

"재물이 비록 전중(典重)하지는 않으나 감히 한번 만나보려는 예물로 준비했을 뿐입니다."

그 어미가 돈을 탐내어서 경룡 공자를 맞이하니, 경룡이 그 집에 이르렀다. 성대히 술자리를 차렸는데, 금빛 병풍이 서로 빙 둘렀고 수놓은 장막이 높이 걷혀 있으며, 좋은 술이 넘실넘실 술잔에 가득하였고 향기로운 음식들이 어지러이 놓여 있으며, 곱게 치장한 미녀들이 악기를 연주하였고 아리따운 기녀들이 술잔을 받들었다. 술자리를 꾸민 물건들과 즐거움을 북돋운 악기들이 죄다 한낮의 잔치에 비해 지나치게 화려하고 사치스러웠다.

옥단이 눈썹만 엷게 그리고 자연스럽게 화장하고는 조용히 자리에 나왔는데, 난초 같은 자태에 부끄럼을 띠었고 옥 같은 얼굴에 교태를 머금었으며, 구름 같은 머리를 빗질하였고 꽃비녀로 가지런히 정리하였다. 푸른 깃으로 장식한 비단옷을 입고 천축(天竺 : 인도)의 얇은 비단 적삼을 입었으며, 붉은 깃털과 붉은 망사로 장식한 저고리를 입고 천축(川蜀 : 사천성)의 조개무늬 비단 치마를 겹쳐 입었다. 모두가 울금향(鬱金香)을 사용하고 서용뇌(瑞龍腦)를 피워 놓은 곳에서 곱디고운 미인이 자리를 빛내니, 기이한 향기가 방에 가득하였다. 경룡이 옥단의 고운 얼굴과 꾸민 치장을 보고는 이 세상 사람이 아닌 듯해 저도 모르게 더욱 놀라면서 기뻐해 마지않았다.

술이 거나해지자, 경룡은 죽엽주를 술잔에 가득 채우고서 조운과 옥단에게 청하였다.

"누가 멀리서 온 길손이 이러한 선계에 이를 줄 생각이나 했겠소? 좋은 술을 마실 수 있었고 잠깐이나마 신선의 음악을 들을 수 있었으니 평생의 행운이라 할 수 있으되, 다만 없는 것이라면 두 낭자가 멋지게 표현한 시문이니, 이것을 한스럽게 여긴다오."

조운이 자리를 옮겨 앉으며 마침내 〈제천악(齊天樂)〉 한 곡조를 지어 술을 권하니, 경룡이 곧 화답하였다. 그리고 옥단으로 하여금 이어 화답하게 하니, 옥단은 교태를 부리는 듯 부끄러운 듯 고개 숙인 채 응하지 않았다. 그 어미와 조운이 힘을 합쳐 권하였으나, 옥단은 사양하면서 화답하려 하지 않았다. 조운이 옥단의 소매를 잡고서 간절히 권하며 말했다.

"이미 도성을 기울일 만한 미색을 팔았거늘, 어찌하여 사람을 놀라게 할 노래에는 인색하단 말이냐? 속히 새로운 노래를 지어서 귀한 손님을 즐겁게 하여라.”

옥단이 마지못해 그 말을 따라 자리에서 일어나 옷깃을 여미고는 곧 〈모우곡(暮雨曲)〉 한 곡조를 지으니, 노랫말은 은은하게 좋은 맛이 있었다. 경룡은 옥단이 함께 즐기기를 어려워할까 마음속으로 의심하고 두려워하여 마침내 그 노래에 화답해 살며시 그녀의 뜻을 보기로 하였다. 옥단이 그 노래를 다 듣고서야 비로소 기쁜 낯빛으로 은근한 눈길을 수시로 경룡 공자의 눈가에 보내오니, 경룡도 말처럼 달리는 뜻과 원숭이처럼 설레는 마음이 안절부절 옥단의 신변을 오고갔다. 때마침 한밤중이 되어 마음껏 즐기고서 술자리가 끝나 흩어졌다. 그 기생어미가 옥단으로 하여금 잠자리에서 시중들게 하였다. 경룡이 비단 잠자리에 들어 양대지몽(陽臺之夢 : 합환)을 이루려 하자, 옥단은 매우 세차게 사양하며 말했다.

“첩이 명을 어기는 것은 어떤 뜻이 있어서인데, 만약 강제로 합환하려 하면 죽음만이 있을 뿐입니다.”

경룡이 의심나서 그 까닭을 물으니, 옥단은 크게 한숨을 쉬며 대답했다.

“첩은 본디 양갓집의 딸로 어린 나이에 부모를 여의고 또 기년복(朞年服)을 입지도 못한 채 늙은 여종 한 명을 데리고 저자거리로 다니며 구걸했습니다. 이 집의 창모(倡母 : 기생어미)가 나의 재주와 용모를 살펴서 데려다 자식으로 삼았는데, 바로 오늘처럼 몸값을 취하려는 미끼였기 때문에 첩으로 하여금 이 지경에 이르도록 했습니다. 하지만 첩은 여분(汝墳)의 여자가 지녔던 곧은 절개를 흠모하고 하간(河間)의 여자가 저지른 음란한 행실을 미워합니다. 이제 만약 공자를 한번 사랑하면 맹세코 다른 사람에게 시집가지 않을 것이지만, 공자가 저를 노류장화(路柳墻花)로 여기고 한번 꺾고는 영원히 버릴까 두렵기 때문에 감히 명을 따르지 못하는 것입니다. 조금 전의 술자리에서 부른 노랫말에서도 저의 뜻을 부쳤으니, 공자도 이미 이해하실 것으로 생각합니다. 공자의 풍모가 고상하게 빼어나고 재주가 맑고 높은 것을 뵈니 건즐(巾櫛)을 받들어 섬기고 싶지 않은 것은 아니나, 첩의 품은 생각이 이와 같으니 공자는 생각해주셔요."

제4회
아름다운 낭자가 일편단심을 맹세하였고, 늙은 하인은 다섯 가지의 죄를 간하였다.(嬌娘誓一心, 老僕諫五罪)

경룡은 옥단의 말을 듣고 놀라고도 기뻐하면서 일어나 절을 하며 말했다.
"삼가 천금 같은 말을 들으니 기쁘고 즐거운 마음을 금하지 못하겠소. 만약 본래 타고난 성품이 곧고 얌전하지 않다면 어찌 이렇게까지 하겠소? 내가 비록 정식혼례를 치르지는 못할지라도 낭자가 한 지아비만을 따르는 의를 지키게 하겠소. 맹세코 옥 낭자와 죽을 때까지 해로하겠소. 서로가 맹세를 배반하면 신명께서 저곳에 계실 것입니다"
옥단이 웃으며 말했다.
"만약 그렇게만 한다면 함께 한 마음으로 맹세합시다."
마침내 함께 잠자리에 들었으니, 물고기와 물이 잘 화합해 어울리는 그 즐거움을 알만도 하리라.
경룡은 이 뒤로부터 마음껏 사랑에 빠져 떠나려 하다가도 떠나지 못하면서 환락을 탐하고 취하느라 밤낮이 없어 돌아갈 생각을 아예 잊었다. 늙은 하인이 틈을 내어 앞으로 나와 말했다.
"도련님은 이 늙은이가 도련님께 충고를 드렸던 것을 생각지 않으십니까?"
경룡은 사실대로 말했다.
"새 정이 아직 흡족치 않아서 스스로 정을 떼어버리기가 어려우니, 할

아범은 잠시 지체해야겠네."

늙은 하인은 다른 날에 재삼 간절히 말했다.

"지난번 은자를 줄 때에 이 늙은이가 제지하고 싶지 않았던 것은 아니었으나, 도련님께서 마음이 끌려 관심 쏟으시는 것을 보고는 간할 수 없다는 것을 알았기 때문에 다만 도련님께서 스스로 깨닫기를 바랐습니다. 줄곧 사랑에 빠져 계속 머무르다가 이 지경에 이른단 말입니까? 어찌 이 늙은이를 생각지 않으시는 것입니까?"

경룡은 기뻐하지 않은 기색을 보이며 말했다.

"나는 나이가 15살을 넘었으나 아직 아내를 두지 못했다. 그런데 이 여자는 이름이 기적에 올랐으나 몸을 더럽힌 적이 없고, 난초 같은 마음과 혜초 같은 자질은 군자의 배필이 될 만하다. 더구나 함께 해로하기를 원하면서 다른 사람에게 시집가지 않겠다고 맹세했으니, 설사 좋은 중매쟁이를 시켜 아내를 구한다 하더라도 이런 사람을 구할 수가 있겠는가?"

늙은 하인이 말했다.

"도련님! 부친의 명이 있는데도 돌아가지 않으시니 첫 번째 죄요, 부모님께 고하지 아니하고 아내를 취하니 두 번째 죄요, 즐거워하며 돌아갈 줄을 잊었으니 세 번째 죄요, 중대한 재물을 헛되이 썼으니 네 번째 죄요, 주색을 탐하느라 원대한 뜻을 잃었으니 다섯 번째 죄이라, 이 늙은이는 감히 도련님과 함께 할 수 없어서 청컨대 이제 하직하고 돌아가겠습니다."

경룡이 갑자기 화를 내며 말했다.

"이 놈의 축생아! 어찌 빨리 돌아가지 않느냐?"

곧바로 좌우에 있는 사람들로 하여금 쫓아내도록 하자, 늙은 하인이 문을 나서며 탄식하였다.

"나와 그대는 모두 각로(閣老) 나리의 간곡한 명을 받고 은자 2만 냥을 거두어 돌아가는 중이었다. 뜻밖에도 도중에 요물 같은 기생이 빌미가 되어 갑자기 이런 막다른 지경에까지 이르렀구나. 은자는 아깝지 않으나, 도련님께서 나쁜 길에 빠진 것은 진실로 한스럽구나."

마침내 길을 떠나 가다가 마침 절강(浙江)에서 같은 마을에 사는 장사꾼을 만나자 울면서 그에게 고했다.

"자네가 마땅히 나를 대신해서 우리 각로 나리께 돌아가서 아뢰어주게. 늙은 내가 변변치 못해, 도련님을 잘 모시지 못했으니 나의 죄는 만번 죽어 마땅하다네."

이에 칼을 뽑아 스스로 목을 찌르니, 장사꾼이 구하려 했으나 구하지 못했다. 장사꾼은 돌아가 각로를 뵙고 그 사유를 모두 고하였다. 각로는 분하고 한스러워 샅샅이 찾아보려고 했으나, 다만 경룡이 어느 곳에 있는지를 알지 못해 성내며 욕할 뿐이었다.

경룡은 늙은 하인을 쫓아 보낸 후로 오로지 머물러 있을 생각만 하여 장차 그곳에서 늙어 죽고 돌아오지 않으려는 듯했다. 그러나 창루(娼樓)가 번잡한 것이 싫고 유객(遊客)들이 시끌벅적한 것을 꺼려서 따로 서루(書樓)를 북원(北園) 아래에다 지었다. 비록 웅장하고 화려하지 않을지라도 가슴속이 매우 맑고 시원하였으며, 누각이 온통 울긋불긋하고 뜰이 꽃과 돌로 가득하여 마치 봄바람의 연자루(燕子樓) 그대로였다. 경룡은 옥단 낭자와 함께 술잔을 잡고 문장을 논하며 달을 마주하고 거문고를 배워 족히 진심으로 즐거워하였다. 봄철에는 꽃이 피고 가을철에는 달이 뜨며, 아침에는 구름이 되고 저녁에는 비를 내리면서 세월이 빠르게 흘러 몇 해가 이미 바뀌었다.

제5회

옥단 낭자는 좋은 말을 올렸고, 조운은 남몰래 계략을 꾸몄다.
(玉娘進善言, 朝雲獻密計)

옥단이 이에 어느 날 그가 한가로운 틈을 타서 정색하여 고하였다.

"첩은 기생집의 천한 몸이거늘 외람되게도 군자께서 버리지 않으신 데다 따로 집 한 채를 지어 첩이 살 곳으로 삼으려고 하시니, 그 은혜는 무엇인들 더 크겠습니까? 감사한 마음이 간절합니다. 첩은 이미 군자와 함께 마음이 하나가 되기로 맹세하였으니 기꺼이 군자와 함께 같이 살고 싶지 않은 것은 아닙니다만, 공자께서 첩 때문에 본가에 죄를 짓고 사우(士友)에게 허물을 끼치게 되었으니 어찌하겠습니까? 부디 장부의 마음속에 품은 장한 뜻을 펼치시고, 아녀자와의 깊은 정일랑 뒤돌아보지 마십시오. 첩이 군자를 따라 몰래 가고자 하나 주인 어미에게 거절당할까 두렵습니다. 게다가 공자의 집안에는 예의범절이 있고 법도가 있어 집안의 가르침이 엄숙하니, 대인(大人)께서 천한 첩을 어찌 받아들일 만하다고 할 리가 있겠습니까? 공자께서 만약 첩과 함께 오래 머무르며 서로 잊지 못하면 공자의 집에 계신 대인께서 공자에게 노여움이 쌓일까 두렵습니다. 또 기생집은 이해관계가 없어지면 정도 멀어지니, 주인 어미가 공자를 대하는 것이 어찌 처음과 같겠습니까? 공자를 위한 계책으로는 아직 다 쓰지 않은 저 재물을 가지고서, 반쯤 길을 잘못 들었다는 것을 깨닫고 고향으로 돌아가서 부모님을 뵙는 것 만한 것이 없습니다. 글을 읽고 학업을 부지런히 하기를 밤낮 가리지 않고 힘써 어린 나이로 속히 과거에 급제하여서 일찌감치 푸른 구름이 어른거리는 낙수(洛水)의 다리에 오르면 공자께서는 입신양명의 명예가 있을 것이요, 첩은 재결합의 약속을 이룰 수 있을 것이니, 이것이 어찌 양쪽 모두 온전히 할 계책이 아니겠습니까? 공자께서 떠난 뒤에 첩은 마땅히 공자를 위해 죽음으로 절개를 지켜서 뒷날의 기약을 기다릴 것입니다. 첩의 어리석은 계책은 진실로 이와 같으니, 고명한 분의 헤아린 바로는 어떻게 생각하십니까?"

경룡은 그녀의 뛰어난 생각에 감복하고 훌륭한 말에 절하며 감사해 하였다. 그러나 스스로 생각건대, 데리고 가자니 훼방을 놓는 일이 많이 생겨서 옥단이 경계했던 것과 같을 것이요, 〈버리고 가자니〉 다른 사람들이 절개를 빼앗아 옥단이 죽음에 이를까 두려웠다. 마침내 그녀의 말을 따르지 아니하며, 이내 그 누각을 북루(北樓)라 부르면서 실컷 기뻐하고 즐거워하였다.

이 뒤로부터 기생어미는 공자가 오래 머무를 계획이 있음을 알고 물자를 공급한다는 계획을 핑계로 금은을 날마다 요구하였다. 이렇게 하기를 5, 6년이 되자, 경룡의 돈주머니는 이미 바닥나서 그 요구에 댈 만한 물건이 없었고, 도리어 장차 그 집에 얹혀서 밥을 얻어먹을 판이었다. 기생어미가 옥단에게 조용히 말했다.

"왕 공자는 자산이 이미 바닥나서 더 이상 이로울 바가 조금도 없다. 네가 만약 잠시 피해 있으면 공자는 반드시 떠나가려 할 것이다. 어찌 한 가난한 사내를 위해 절개를 지키려고 부질없이 비싼 몸값을 저버릴 수가 있겠느냐?"

옥단이 말했다.

"왕 공자는 저 때문에 만금(萬金)을 바쳤는데, 재물이 바닥났다고 하여 서로의 정을 등지는 것은 인정상 차마 하지 못할 일이니 어찌 감히 그렇게 할 수 있겠습니까?"

그 기생어미는 옥단이 피하지 않을 것을 알고서 계략을 쓰려고 생각하여 조운(朝雲)에게 물었다.

"옥단을 데려다 길렀을 때는 한 번 합환(合歡)하는 값으로 받을 때 천금도 많지 않다고 오히려 걱정할 판이었거늘, 이제 어찌 옥단을 헛되이 왕공자의 물건이 되게 할 수 있단 말이냐?"

조운이 깊이 생각해 하나의 계략을 찾아내어 이러이러하라고 하니, 기생어미는 이내 옥단과 경룡을 속이며 말했다.

"아무 날은 서관(西館)의 의붓딸이 효복(孝服 : 喪服)을 벗는 날인데, 우리 집의 늙은이와 젊은이가 예의상 응당 가보아야 되니, 옥단도 가지 않을 수 없습니다."

경룡이 어렵게 여기자, 기생어미가 말했다.

"그렇게 할 수 없다면 함께 갈 수 없겠습니까?"

경룡이 기뻐하면서 허락하였다.

다음날 온 집안사람들이 길을 떠났다. 수십 리 쯤 가지 못해서 누군가가 노림(蘆林)의 입구라고 하자, 그 기생어미는 계략을 실행하여 죽여야 할 곳임을 알았다.

제6회 누락

제7회
창해촌을 다니며 빌어먹었고, 다행히 표주박 파는 노파를 만났다. (行乞滄海村, 幸逢賣瓢媼)

그 마을에 시간을 알리는 경점(更點)을 쳐 마을 사람들에게 밥을 얻어

먹어야 하리니, 자네가 만약 그곳에 가면 아마 살 수가 있을 것이나 그렇지 않으면 반드시 굶어 죽을 것이라고 하였다. 누가 천금 같은 귀공자가 하루아침에 거지될 줄 생각이나 했겠는가. 경룡이 그 말을 듣고 그 은혜에 감사하고는 근근이 걸어서 그 마을에 도착하니, 만호나 되는 인가가 있는 번화한 도회지이었다. 그러나 바닷가 마을의 수적(水賊)들이 종종 침입해와 약탈하자, 마을의 부호(富豪)가 밤에 경비하는 곳을 설치하고 시간 알리는 경점(更點)을 치는 일로써 밥을 빌어먹는 사람들을 모아 그 일을 감당하도록 하였다. 경룡이 찾아가서 그 일을 할 수 있기를 애걸하자, 걸인들이 말했다.

"나중에 온 자가 우리 패거리에 함께 끼일 수는 없으니, 너는 반드시 응당 3경을 치고 난 뒤에야 식패(食牌)를 받을 수 있을 것이다."

경룡이 수락하고 그 경소(更所)에 찾아갔는데, 그날 밤 피곤에 지쳐 깊이 잠들고 말아서 경점을 잘못 쳤다. 걸인들이 맡은 일에 태만했다며 그를 때리고 내쫓아버렸다.

경룡은 굶주림에 울며 기다시피 하여 이리저리 먹을 것을 구걸하면서 겨우 양주(楊州)로 굴러들어가 사람들에게 동냥하며 구차히 세월을 보내고 있었다. 때마침 섣달 그믐날이 되어 관아에서 나례(儺禮)가 있었는데, 경룡이 사람들에게 품을 팔다가 맹인 광대의 노비 역할을 하게 되었다. 관아의 뜰에서 한창 연희를 하는데, 당상(堂上)의 한 관원이 호상(胡床 : 의자)에 걸터앉았다가 목을 늘이고 자세히 눈여겨보더니 괴이하게 여기고 물었다.

"너는 어떤 사람이냐?"

경룡이 앞으로 나아가 사실대로 성명을 대답하였다. 그 관원이 놀라 곧바로 자리에서 일어나 뜰로 내려와 아연실색해 손을 잡고 경룡에게 말했다.

"생각지도 못했습니다. 도련님께서 무슨 까닭으로 비천하고 욕된 것이 이 지경에 이르렀습니까?"

울면서 그 연유를 물은 뒤에 함께 자기 집으로 돌아와 옷과 음식을 나누어주며 돌보는 정이 매우 곡진하였다. 이 관원은 바로 왕 각로(王閣老)의 예전 서리(書吏)로 성은 한(韓)씨요 이름은 언(偃)인데, 지금은 조운 낭중(漕運郎中)으로 발탁되어 이 관아에 와 있었던 것이다. 경룡이 한언의 집에 머문 지 두서너 달 되자, 한언의 아내가 여러 번 한언에게 하소연하였다.

"당신께서 옛 은혜를 잊지 않는 것은 후덕하다고 할 만한 것입니다. 다만 이번 흉년으로 살림살이가 넉넉지 못한 데다 봉급이 줄어 처자식조차도 굶주림과 추위에 시달려 내 몸도 주체하지 못하거늘, 어느 겨를에 내 뒷일을 돌아보겠습니까?"

자못 싫어하는 말이 자주 귀에 들리자, 경룡은 마침내 한언에게 작별을 고하며 말했다.

"부모님 곁을 떠난 지도 여러 해가 지나 꽤 오래되어서 집 생각이 날마다 간절합니다. 전전해서라도 돌아가 부모님을 뵙고자 합니다."

한언 역시 만류하지 못하고 노잣돈을 마련해 주었다.

경룡이 마침내 길을 떠나 먼저 관왕묘(關王廟)로 가서 장차 길흉을 점치려다가 길에서 한 노파를 만났는데, 곧 예전 누각 아래에서 표주박을 팔던 할미였다. 할미가 놀라 울며 말했다.

"왕 공자는 귀신입니까? 사람입니까? 나는 죽었을 것으로만 생각했지 살아 있을 것으로 생각지도 못했는데, 어떻게 금일까지 생명을 보전할 수 있었습니까? 첩은 공자의 두터운 은혜를 입었는지라 매번 생각이 미칠 때면 나도 모르게 눈물을 흘렸거늘, 뜻밖에도 오늘 아침에 이곳에서 서로 만났으니 하늘이 내려주신 바가 아니겠습니까? 옥단 일가는 거짓으로 서관(西館)에 간 뒤 산속의 객점에 숨어 있다가 공자가 이미 노림(蘆林)

에서 죽었을 것으로 생각하고 바로 원래의 집으로 돌아와 예전처럼 살고 있습니다. 다만 옥단은 그 음모에 전혀 참여하지 않았기 때문에 지금까지도 원통하다 울부짖으며 슬피 울고 있습니다. 공자께서 반드시 죽었을 것으로 여기고는 맹세코 절개를 훼손하지 않으려고 항상 북루(北樓)에서만 지내며 발로 누각 밖으로 나가지 않은 지가 오래되었습니다. 만약 공자께서 이곳에 계신다는 것을 들으면 천리를 멀다 하지 않고 달려올 것입니다."

경룡이 "아, 아!" 탄식하고 목이 메어 흐느끼며 노림에서 겪었던 치욕, 굶주리고 추위에 떨며 떠돌았던 고초 등을 모두 이야기했다.

제8회
공자의 편지를 기쁘게 받았고, 거짓으로 노파의 말을 꾸짖었다.
(喜接公子書, 佯罵老嫗言)

할미가 말했다.

"나는 술을 팔기 위해서 배를 타고 이곳에 왔는데, 이제 또다시 배를 돌려갔다가 오래지 않아 또 응당 다시 돌아올 것입니다. 공자께서는 행여 갈 길을 헤아려 보고 잠시라도 머무를 수 있으시다면, 마땅히 소식을 가지고서 옥단에게 가 알리겠습니다."

또 은자 몇 냥을 경룡에게 주며 말했다.

"바라건대 공자께서는 우선 머물며 기다리시는 비용으로 쓰십시오."

경룡이 또한 노잣돈이 있어 열흘 정도는 버틸 수 있다면서 사양하며 받지 않고는 마침내 종이와 붓을 찾아 옥단에게 편지를 써서 노파에게 부쳤다. 은근하게 신신 부탁하였으니, 답장을 받아서 서둘러 돌아와 나의 소망을 흔쾌히 위로해달라고 하였다. 노파가 그 편지를 절하고 받고는 경룡과 눈물을 흘리며 작별하고서 배를 타고 서주(徐州)로 돌아갔다. 남몰래 옥단을 만나서 왕 공자의 일을 말하고는 그 편지를 전달하며 아울러 다시 돌아간다는 뜻을 고하였다. 옥단이 손수 왕 공자의 서찰을 받아 손으로 뜯어보니, 그 편지는 이러하다.

> 노림(蘆林)에서 살아남은 몸이 떠돌다가 양주(楊州)에 이르렀소. 슬피 울면서 구걸하여 아직도 모진 목숨을 그대로 보전하고 있소. 늘 한탄한 것은 낭자의 박정함이 매우 심했던 것인데, 뜻밖에도 이웃 할미를 길에서 만나니 낭자가 깊이 북루에 살며 다시는 다른 남자를 접대하지 않고 있다는 것을 들었소. 그렇다면 나를 죽이려고 했던 사람이 낭자가 아닌 것이오. 천리 머나먼 길을 서로 바라보기만 할 뿐, 만나볼 길이 전혀 없소. 스스로 생각건대 이 세상에서 어느 날에나 다시 만나겠소? 돌아가려는 배가 떠나려하니 편지 부치려는 마음이 너무나 바빠 떨어지는 눈물로 먹을 갈았거니와 떨리는 손으로 편지를 봉하여 보내오. 마음속에 가득한 슬픔을 말한들 어찌 없어지겠소? 오직 바라건대 옥같이 고운 얼굴을 각별히 돌보소서.
>
> 모월 모일에 죽지 않은 경룡이 옥 낭자에게 고함

겉봉에는 방경 향안하(芳卿香案下)라 쓰여 있었다. 옥단은 반도 다 읽지 못하고 두 눈에 눈물이 흘러내려 편지지를 이미 다 적셨고, 목구멍이 메여 감히 우는 소리를 내지 못했다. 비로소 왕 공자의 생사 여부를 알고서 거의 천상의 소식 같아 노파에게 감사의 뜻을 표하며 말했다.

"할멈의 신의가 있지 않았다면 어떻게 천리나 되는 곳에서 물에 빠진 사람의 기별을 들을 수 있겠습니까?"

곧 구름무늬의 비단 1단을 꺼내어 그 성심성의를 감사해 하며 주고는 조용하게 은밀히 부탁하였다.

"내일 저녁 때 응당 시비를 시켜 편지를 전할 것이니, 할멈이 또 가지고 돌아가십시오. 만약 노파로 말미암아 왕 공자를 다시 볼 수 있다면 할멈의 덕택이 아닌 것이 없으리니, 보답해야 할 것인데 분골쇄신한다 해도 시원치 않을 것입니다. 그리고 사사로이 드나들면 남들의 의심을 살까 두려우니, 할멈은 다시 오지 마시기 바랍니다."

마침 기생어미가 어떤 사람이 북루에 와 있는 것을 알고 창밖에서 엿보고 있었다. 옥단이 이를 알아차리고서야 노파에게 눈짓하면서 거짓으로 꾸짖었다.

"처음에 왕랑(王郎)을 나에게 중매하였지만, 불행하게도 왕랑이 노림(蘆林)에서 속임을 당하여 이미 까마귀와 솔개의 뱃속에 장사지내졌습니다. 나는 스스로 절개 지킬 것을 깊이 맹세하여 죽음으로써 기약했으니, 할멈도 불쌍히 여기고 슬퍼해야 할 것입니다. 그런데도 도리어 교묘한 말로 또다시 어떤 놈에게 중매하려 한단 말입니까? 어찌 할멈의 불량스러움이 이런 막다른 지경에까지 이를 줄 알았겠습니까?"

노파도 거짓으로 대답하였다.

"나는 낭자가 청춘으로 헛되이 늙는 것을 가련하게 여겼기 때문에 빗질하고 치장하도록 하여 새 즐거움을 보게 하려 했을 뿐인데, 어찌 낭자는 나를 심하게 욕보인단 말이오?"

기생어미가 그 말을 듣고 창을 밀치며 들어와 말했다.

"할멈의 말이 옳다. 너는 어찌 생각을 하지도 않고 되레 사람을 욕보이는 것이 이같이 무례하단 말이냐?"

또 그 말에 꼬리를 이어서 반복하여 설득했지만, 옥단은 입을 다물고 대답하지도 않은 채 이불을 덮어쓰고 누웠다. 이웃 노파와 기생어미가 탄식하며 누각에서 내려왔다.

제9회

북루에서 내려와 달콤한 말로 꾀었고, 배를 빌려서 혈서를 보냈다.(下樓誘甘言, 買舟致血書)

다음날 낮에 옥단이 홀연 북루에서 내려와 그 기생어미에게 가서 말했다.

"한밤중까지 자지 못하고 베갯머리에서 깊이 생각해보니, 어제의 말씀은 대단히 일리가 있습니다. 저는 본디 기생집에서 길러졌으니, 어찌 순결을 지키는 정조(貞操)가 있겠습니까? 장대(章臺 : 화류가)의 버들은 수많은 사람들이 다투어 꺾는 것을 스스로 달게 여겼으니, 현도(玄都)의 복사꽃이라도 어찌 수많은 말들이 짓밟는 것을 싫어하겠습니까? 황금안장을 한 준마(駿馬)라도 오직 부르는 곳으로 달려가고, 비단이불과 구슬자리라도 끌어당기는 것에 따라서 머무는 것입니다. 비록 한번 웃음에 천금은 얻지 못하더라도 또한 오릉(五陵 : 번화가)의 전두(纏頭 : 화대)는 바라볼 수 있으니, 한편으로는 내 몸을 영화롭게 하고 다른 한편으로는 우리 집안을 부유하게 하면 이는 바로 부모가 기뻐하는 바입니다. 그러나 불행하게도 지난번 왕랑(王郎)을 만나 정이 들어서 하루아침에 갈라 떨어지기가 인정과 사리에 자못 부끄러웠는지라 혹시라도 살아 돌아와 옛 즐거움이 이어지기를 바랐습니다. 이제는 때가 지나고 해가 바뀌었는데도 소식이 영영 끊어졌으니, 왕랑이 죽은 것이 확실합니다. 세월은 흐르는 물과 같아서 예쁜 얼굴을 그대로 두지 않으니, 뒷날에 백발이 되면 후회해도 돌이킬 수가 없습니다. 설령 왕랑이 다시 살아온다 해도, 어찌 다시 사랑하여 이전의 인연을 잇겠습니까? 청춘이 더 늙기 전에 홍루(紅樓)에서 비싼 값을 받고 싶습니다."

그 기생어미가 매우 기뻐하며 말했다.

"네가 미혹되었다가 스스로 돌이켰으니 우리 집안의 복이다."

말하면서 기뻐해 마지않았다.

옥단은 북루(北樓)로 돌아가 몰래 편지를 쓰고, 사사로이 간직해둔 은자 백 냥을 꺼내어서 시비로 하여금 칠흑 같은 밤을 틈타 노파에게 가지고 가도록 하며 말했다.

"할멈은 노력해서 이 편지를 전해주시되, 함께 보내는 은자는 할멈이 그 반을 가지고 나머지 반은 왕랑에게 주어서 몇 달을 머무를 수 있게 해주십시오."

노파는 그 편지를 품에 넣고 배를 빌려 양주(楊州)에 도착하니, 경룡이 강가의 나루 근처에 머물러 굶주림을 참아가며 기다린 지 이미 보름이 지났다. 노파가 그 편지를 전하자, 경룡은 손수 쓴 글씨를 보고 흐느끼며 편지 봉투를 뜯으니, 한 폭의 새하얀 비단에 손가락을 깨물어 피로 씌어 있었다. 그 편지는 이러하다.

지아비를 등진 옥단이 왕랑에게 재배하나이다.

첩이 처음에는 비천한 몸으로 기생집[花樓]에서 공자(公子)를 그르쳤고 나중에는 교묘한 계책으로 노림(盧林)에서 공자를 속였습니다. 첩이 비록 그 사이에서 어떠한 관여도 하지 않았다 할지라도, 그간의 일이 매우 사나워진 것은 첩이 매개된 것입니다. 스스로 생각건대 재앙을 받게 한 장본인이니 누가 화근(禍根)이겠습니까? 마땅히 한번 죽음으로써 거듭 저지른 잘못에 은애로 갚아야 하나, 일편단심만이라도 지니고 있음은 저 밝은 태양에게 질정할 수 있습니다. 혹시라도 공자께서 만에 하나 화를 모면했다면 비천한 첩이 뒷날일망정 실정을 말씀드릴 수 있을 것으로 바랐기 때문에 자결하지 못하고 욕되게도 지금까지 살아왔지만, 어찌 이웃 노파가 이처럼 손수 쓴 편지를 전할 줄 생각이나 했겠습니까? 공자께서 노림에서 어육이 되지 않았음을 알고 기생집에서 후회하고 있으니, 한편으로는 기쁘고 또 한편으로는 슬퍼서 오직 눈물만 삼킬 뿐입니다. 대저 계책이 있사오니 옛 은혜를 갚을 수 있을 것입니다. 공자께서는 모월 모일에 몰래 서주

(徐州)에 도착하여 재빨리 관왕묘에 들어가 탁자 아래에 숨고서 첩이 오기를 기다려주십시오. 한마디 말조차 천리를 가는 법이라 고식적일지라도 그 기회를 잃을까 두려우니, 깊이 숨기시고 삼가시어 약속을 어기지 않도록 하십시오. 공자께서 매우 위급한 상황에 처했다는 소식을 들었으므로 우선 급하게 쓰실 돈을 보내드립니다.

옥단 재배

경룡은 편지를 다 본 뒤에 슬픔과 기쁨이 교차하여 취한 듯도 하고 미친 듯도 하였다.

제10회
향을 사르고 관왕묘에 배례를 올린 뒤, 말을 타고서 북루를 지나갔다.(焚香拜南廟, 騎馬過北樓)

은자를 팔아 길 떠날 채비를 하고 날짜를 헤아려서 길을 떠나 남몰래 서주에 당도하였다. 약속한 날짜가 되자 몰래 관왕묘에 들어가 옥단이 말한 대로 똑같이 하였다.

옥단은 노파를 보낸 뒤로부터 얼굴을 단장하고 옷을 치장하여 태연하게 웃고 떠들면서 어쩌다 이웃 마을에까지 놀러 다기기도 하니 북루(北樓)에 머무르는 것이 드물었다. 같은 고을의 거상(巨商) 조씨(趙氏)는 나이가 비록 이미 많았으나 일찍부터 옥단의 재주와 용모를 사모해오다가 옥단이 절개를 버렸다는 소문을 듣고 한번 보고자 천금을 그 기생어미에게 주었다. 기생어미가 그것을 받으며 기뻐하고 옥단에게 아양을 떨도록 권유하니, 옥단이 마침내 허락하고 그와 기약하였다. 그 기약을 보름 뒤로 잡는지라 그 기생어미가 괴이하게 여기고 그 까닭을 묻자, 옥단이 미소 지으며 대답했다.

"내가 지난날에 왕 공자(王公子)와 정이 자못 깊어서 함께 약속하고 맹세하며 이를 천지신명께 고했습니다. 이제 맹세를 지키지도 않은 채 다른 사람에게 시집가자니 마음에 부끄러움이 생길 뿐만 아니라 천지신명의 벌이 있을까 두려워 관왕묘(關王廟)에 가서 길일을 택해 맹세를 파기하고자 하기 때문에 기일을 이와 같이 늦추었을 뿐입니다."

기생어미도 그 말을 따랐다. 옥단은 마침내 목욕재계하고 관왕묘에 가면서 이름난 향과 금촛대라며 거짓 핑계를 대고 몰래 금은 수백 냥을 품고 갔다. 관왕묘 밖에 이르자 종자(從者)들에게 말했다.

"내가 맹세를 파기하는 말을 고할 때에 숨겨야 할 바가 많이 있어 다른 사람들에게 알려지게 할 수는 없으니, 너희들은 여기에 남아 기다려라."

다른 사람들도 들어오지 못하게 하면서 관왕묘에 들어가 제단에 오르고는 향로에 향을 피우고 공손하게 절하기를 마친 뒤 탁자 아래로 다가가서 왕 공자를 부르며 "이곳에 계시지 않습니까?" 하였다. 경룡이 탁자 아래의 비단 휘장 뒤에서 기어 나오자, 옥단이 탁자 앞에 꼼짝 않고 서 있었다. 죽든 살든 함께하자 했건만 오래 만나지 못하다가 다시 만난 감회를 어찌 금할 수 있겠는가. 저도 모르게 부여안고 통곡을 하니, 옥단이 다급하게 제지하며 말했다.

"혹시라도 나를 따라온 사람들로 하여금 듣게 한다면 오늘 당할 화(禍)는 노림(蘆林)에서 겪은 것보다 심할 것이니 삼가고 삼가십시오."

이어서 지난날의 원통함을 털어 놓았다.

"당시 서관(西館)으로 가다가 첩과 공자가 함께 간사한 계략에 빠졌지만, 첩이 공자를 속인 것도 있습니다. 그때가 며칠 앞으로 다가오자, 기생어미가 첩으로 하여금 잠시 피하도록 하고 공자를 떠나보낼 작정이었습니다. 첩이 매우 굳게 거절했으면서도 감추고 공자께 고하지 않았던 것은 공자의 마음이 번뇌에 빠질까 두려웠기 때문입니다. 그래서 첩은 혼자 참고 있으면서 다만 금석(金石) 같은 뜻을 굳게 하려 했을 뿐, 어찌 흉악한 계략이 노림에 이르러 해독을 입힐 줄 생각이나 했겠습니까? 공자께 고하지 않고 먼저 처리한 것은 첩이 공자를 속인 죄이니 만 번 죽는다 하더라도 어찌 애석하겠습니까? 이미 지나간 일이니 말해도 소용없습니다. 청컨대 기묘한 계책으로 앞길을 열고자 합니다."

즉시 금은과 비밀 계책을 주면서 "이리이리 하십시오." 말하고는, 공자로 하여금 도로 탁자 아래에 들어가게 하였다. 그리고 종자들을 불러 제전 아래에서 나란히 절하고는 함께 돌아 가버렸다.

경룡은 곧 이웃 고을의 인가가 모인 곳으로 달려가 그 금은을 팔아 비단옷을 사서 입고 준마를 사서 탔다. 또 빈 가죽상자 수백 개를 사서 돌로 가득 채우고 황금자물쇠로 잠가 금은과 온갖 비단으로 채운 꾸러미처럼 하였다. 마부를 고용하고 말 100필을 세내어 짐을 싣고서 먼저 북루 큰길로 가게 하였다. 경룡은 극히 화려하게 장식하고 금 안장을 얹은 말을 옥 채찍으로 거들먹거리며 채찍질하는데, 온갖 꽃들이 만발하고 봄바람이 불어 마음이 툭 트였다. 옥단의 집으로 향하다가 남쪽에서 북쪽으로 가서 마치 도성을 향하는 듯했다. 옥단의 집이 있는 거리에 도착하였는데, 이웃사람들이 모여 있다가 경룡이 가는 것을 보고는 말이 용과 같으며 무거운 짐수레가 구름처럼 모여 있는 것에 놀라 길을 가득 메우고 줄지어 인사하며 말했다.

"공자께서 한번 가시고는 그림자나 소리조차 전혀 접할 수 없었는데, 오늘 어디서 오시는지 모르겠습니다만 어떻게 이 수많은 재물을 누리신단 말입니까?"

제11회
이웃사람들은 경룡의 부유함을 부러워하였고, 늙은 기생어미는 경룡의 말고삐를 잡고서 말했다.(隣人羨龍富, 老娼叩馬言)

경룡이 말했다.

"그대들은 이백(李白)의 시를 듣지 못했습니까? '천금이란 다 흩어져도 또다시 돌아오리라.'고 했으니, 어찌 괴이할 수가 있겠습니까? 이제 마침 북방으로 정혼하러 가야하기 때문에 방금 절강(浙江)에서 오는 길입니다."

많은 사람들이 모두 부러워하고 칭찬하며 감탄하였다. 기생집의 사내 종들도 다투어 서로 바라보다가 집으로 달려가서 이를 알렸다. 옥단이 그들의 말을 듣고 거짓으로 놀라는 척하며 얼굴빛이 달라져 말했다.

"아, 왕 공자가 죽지 않았으니 어찌 맹세를 깨트리고 다른 사람에게 시집갈 수 있겠는가?"

마침내 북루로 달려가서 향기 나는 수건을 당겨 목을 매자, 시비들이 기생어미를 급히 불러 목숨을 구하고 제지할 수 있었다.

경룡이 헌칠한 풍채로 거들먹거리며 채찍질하여 옥단의 집을 지나면서 돌아보지도 않고 가버리자, 기생어미와 조운(朝雲)이 갖옷과 말 및 재물과 보화가 성대함을 엿보고서 남몰래 서로 의논하였다.

"옥단은 도련님이 죽지 않은 것을 알고 맹세 깨트린 것을 후회하여 자결하려는 데까지 이르렀으니, 이후로는 필시 재가하지 않으려 할 것이다. 만약 이번 기회를 놓치면 다시는 소득이 없을 것이니, 저 무심한 공자를 정다운 말로 잘 구슬리면 반드시 옥단을 잊지 못하고 다시 돌아올 것이다. 이를 통해 그 재물을 차지하는 편이 낫겠다."

마침내 공자가 가는 길로 뒤쫓아 가서 말고삐를 붙잡고 말했다.

"공자, 공자님! 어찌 무정함이 이와 같단 말입니까? 노림(蘆林)에서 한 번 헤어진 뒤로 공자께서 어느 곳에 계신지 알지 못하여 날마다 돌아오기를 바랐지만, 끝내 소식이 없어서 온 집안의 노소(老少)가 울부짖으며 하루하루를 보냈습니다. 생각지도 않게 오늘 공자를 다시 볼 수 있게 되었지만, 공자께서는 얼마나 깊이 한스러워 문 앞을 지나면서도 들어오지 않으신단 말입니까?"

경룡이 고삐를 당기면서 대답했다.

"이것이 참으로 무슨 말이오? 처음에 내가 기생집에서 재물을 탕진하고도 집으로 돌아가지 않았기 때문에 소나 기를 너희 같은 무리들이 노림(蘆林)에서 나를 속이고 기필코 제거하려 하였지만, 복록과 경사가 다하지 않아서 하늘의 음덕으로 도적을 만나고도 죽지 않았소. 고향으로 돌아가 가업에 힘쓰다가 좋은 아내를 얻으려고 했는데, 마침 마땅한 곳이 있어 고향에서 가는 길을 잡아 나선 것이니 이를 버릴 수는 없소. 그대 집을 지나가다가 겪었던 불행을 아직도 한탄하거늘, 어찌 다시 찾아갔다가 또다시 욕을 당하겠소?"

기생어미가 목 놓아 크게 울며 말했다.

"지난번 노림(蘆林)의 입구에서 곳간에 깜빡 잊고 자물쇠 잠그지 않은 것을 비로소 깨달아 공자께 청하여 보내놓고, 우리들은 여러 날을 기다렸지만 날이 이미 저물고 말았습니다. 공자께서 돌아오지 못하리라고 생각한 데다, 사방을 찾아 헤맸지만 사방에 의지할 곳이 없어서 부득이 노림을 떠나 가까운 객점을 잡고 투숙하며 공자께서 다음날 오시기를 기다렸습니다. 어찌 공자께서 밤을 무릅쓰고 말 달려 돌아와 곧바로 노림으로 들어가서 도적의 수중에 떨어질 줄 생각이나 했겠습니까? 공자의 자취를 따라서 찾느라 찾지 않은 곳이 없었습니다. 여러 날을 배회하였지만 어떤 계책도 세울 수가 없어 슬퍼하며 집으로 돌아오니, 집안에 간직해두었던 것들이 텅 비어 남아있지 않았는데 필시 이웃사람들과 집 지키던 노비들이 한 짓이었을 것입니다. 그러나 재물과 보화를 도둑맞은 것은 한탄하지 않고, 오직 공자께서 살았는지 죽었는지를 걱정했습니다. 비록 노파가 어질지 못할망정 오로지 저절로 이와 같았을 뿐이거늘, 하물며 옥단은 죽기를 맹세하고 절개를 지킴이겠습니까. 밤낮으로 울부짖고 눈물 흘리며 북루(北樓)에 지내면서 내려오지 않은 지가 2년입니다. 공자께서 만약 이웃마을 사람들에게 물어보시면 또한 입증될 것입니다. 우리 집안이 공자를 그리워한 것은 간절했다고 할 수 있습니다. 그런데도 공자께서는 어찌 그리도 잘못 아신 것이 이와 같으십니까? 만약 옥단과의 인연이 이미 다하여 다시 돌볼 수가 없다고 말하신다면 괜찮습니다. 어찌하여 결코 잊지 못할 말을 몹시도 기다리던 사람에게 더한단 말입니까? 삼가 공자를 위해 취하지 않겠습니다."

경룡이 거짓으로 승낙하며 말했다.

제12회
옥단 낭자가 기이한 계책을 바치고, 벽루에서 큰 연회를 베풀었다.(玉娘獻奇計, 碧樓設大宴)

"어미의 말이 이와 같다면 당연히 옥단을 만나 다시 물어보겠소."

그리하여 말을 돌려 그 집으로 갔다. 기생어미와 조운은 스스로 계략이 성공했다고 여겼지만, 마을 사람들은 모두 경룡이 찾아가는 것의 우둔하고 미련함을 비웃었다.

경룡이 문 앞에 이르자, 기생어미가 맞이하여 누각에 오르게 하고 옥단으로 하여금 나와 보게 하였다. 옥단은 나오지 않으려고 하며 말했다.

"누가 왕 공자를 불러 오게 했습니까? 저 분이 비록 억지로 오셨겠지만, 어찌 노림의 한을 잊고서 예전과 똑같이 즐거워할 수 있겠습니까? 뵙지 않고 보내는 것만 못합니다."

기생어미가 안으로 들어와 몇 번이고 권유하고 오가며 차마 떠나지 못하여 얼굴빛이 푸르락누르락 하자, 옥단이 말했다.

"저 분은 위풍당당한 공경(公卿)의 아들로서 기생집에 잘못 걸려들어 겨우 몇 해를 지내면서도 만금을 죄다 흩었으니 후했다고 할 수 있습니다. 그런데 그 은혜를 생각지 않고 도리어 사지에 빠지도록 했으나, 저 공자께서는 다행히도 온전히 살아나서 다시 부귀를 누리고 있습니다. 그가 비록 말하지 않더라도 제가 부끄러워서 어찌 서로 마주하겠습니까?"

기생어미가 말했다.

"내가 둘러대는 말로 구슬려서 그도 의심하던 것이 얼음 녹듯 풀어졌기 때문에 이곳에서 만났거늘, 너는 어찌 이와 같이 고집 피운단 말이냐?"

옥단이 말했다.

"사람이 목석이 아닐진댄, 어찌 노림에서 거의 죽도록 속인 사실이 있는데도 갑자기 그 원한을 잊을 수가 있겠습니까?"

경룡도 옥단이 오래도록 나오지 않자 자리에서 일어나 가려는 것처럼 하였다. 기생어미가 더욱 간절히 옥단을 권하며 매우 조급해 하자, 옥단이 말했다.

"어머니는 내가 억지로 나가기를 원하신다면 모름지기 한 가지 계책을 써서 왕 공자를 속인 연후에야 나갈 것입니다."

기생어미가 말했다.

"무슨 계책이냐?"

옥단이 말했다.

"공자께서 전날에 주셨던 금은 및 공자께서 장만하셨던 완상품[器玩]을 앞에 벌여놓아야 할 것입니다. 또 성대한 술자리를 베풀고 공자에게 축수하면서 말하기를, '집안의 재물과 보화는 예전에 죄다 잃어버렸지만, 오직 공자께서 주신 금은과 완상하셨던 기물(器物)들만은 마침 옥단이 북루의 그 자리에다 깊이 감추어서 다행히도 남아있으니 공자의 복이 아닐 수 없습니다. 집안을 망치는 고난에도 여전히 이 물건들을 남겨두고 차마 팔지 않은 것은 공자께서 뒷날 찾아오실 것을 기다렸기 때문입니다. 우리 집안이 공자를 기다린 것은 지극했다고 할 만한 것입니다. 그런데도 공자께서 도리어 노림에서의 일로 의심하십니까? 이것들을 가지고 축수하기를 원합니다.'라고 하면, 저 분도 반드시 분을 풀고 도리어 재물을 줄 것입니다. 그렇게 되면 옛날 재물로써 새로운 재물을 낳는 향기로운 미끼가 될 것입니다."

기생어미는 매우 옳게 여겨 곧 연회를 베풀어 재물을 춘벽루(春碧樓)에 벌여놓고 접대하며 환영하기를 옥단의 말대로 똑같이 하였다.

옥단은 그제야 밖으로 나와 공자에게 절을 하였을 뿐, 여전히 등지고 앉아서 감히 바로 마주하지 못했다. 경룡이 그 까닭을 물으니, 옥단이 말했다.

"공자께서는 노림에서 의도가 없었다는 것을 알지 못하고 제가 속였다고 의심하여 문 앞을 지나면서도 돌아보지 않으셨는데, 첩이 무슨 면목으로 공자를 마주하겠습니까?"

경룡이 술잔을 들고 웃으며 말했다.

"지난번 화(禍)를 만났을 때는 의심과 여한이 없지도 않았으나, 오늘 주인어미의 정성스러움이 매우 지극한 것을 보니 나도 모르게 묵은 여한이 죄다 사라졌소."

또 기생어미와 조운(朝雲)에게 축수하면서 심히 정성스럽게 권하자, 기생어미와 조운은 자기들이 부린 간계에 기뻐하고 밤새도록 술자리에 참여하여 실컷 즐기면서 술을 마셨다. 옥단은 이보다 먼저 시비와 약속하여 경룡에게 술을 따르도록 하였고, 기생어미와 조운이 마음껏 술을 마시다가 잔뜩 취해 부축하여 침실 안으로 들어갔다.

경룡과 옥단은 그 재물과 보화를 죄다 거두어서 북루에 있는 침소로 돌아갔다. 격조했던 회포와 반기는 정이 하룻밤에 다 풀 수가 없는 것이어서 미친 듯도 하고 취한 듯도 하며 꿈같은 듯도 하고 잠자는 듯도 하여 푸른 난새와 붉은 봉황이 기뻐하며 사랑을 탐할 뿐이었다.

제13회
봄날 밤에 사랑노래를 화답하고, 새벽녘에 이별의 한을 하소연 하였다. (春夜和情詞, 曉天訴別恨)

경룡이 마침 병풍 사이를 보니, 옥단이 손수 지은 절구시(絶句詩) 1수가 있었다. 그 시는 이러하다.

북루의 봄날은 또다시 황혼이 지니	北樓春日又黃昏
붉은 수건이 다 젖도록 눈물 훔치네.	濕盡紅巾洗淚痕
머리 돌리나니 노림엔 까막까치 울며 흩어져	回首蘆林烏啼散
어디서 넋이라도 부를 수 있을지 모르겠네.	不知何處可招魂

경룡이 그 시에 담긴 말뜻이 슬프고 원망한 것을 보고 저도 모르게 눈물을 흘리며 즉시 붓을 잡고 화답하여 썼다.

옛 벗 대청에 오르자 날이 또 저무니	舊客登堂日又昏
등불 켜고 서로 마주보며 눈물 훔치네.	紅燈相對拭淚痕
노림에서의 비바람 이제 꿈만 같으니	蘆林風雨今如夢
나무마다 봄꽃은 이미 넋이 돌아왔네.	萬樹春花已返魂

때가 한밤중이 되어 사방을 둘러보아도 사람이라고는 없었다. 옥단이 한번 탄식하는 소리를 내면서 말했다.

"공자께서는 재상 집안의 천금 같은 자식으로서 마땅히 선대의 가업을 이어서 위로는 국가의 일을 보좌하고 아래로는 가문의 명성을 떨어트리지 않는 것이 공자의 본분이거늘, 한 기녀를 만나 미혹되어 자기 자신을 돌아볼 줄 모르고 여러 해를 계속 머무르면서 만금을 죄다 써버리고는 끝내 더없이 귀중한 몸으로 예측치 못한 재앙에 떨어지고 말았으니, 비록 죽지는 않았다고 말할 수 있으나 그 액운은 몹시 참혹하였습니다. 이 기회를 엿보는 것만 못하니, 저 재물과 보화를 거두어서 본가로 돌아가 부모님을 뵙는다면 부모님의 노여움도 어느 정도 누그러뜨릴 수 있을 것이며, 끝내 경박한 행동을 했다는 오명을 면할 수 있을 것입니다."

그리고 부축해 자리에서 일어나 눈물을 흘리며 서로 마주했습니다. 마침내 슬픈 노래를 지어 이별을 하니, 그 곡조는 만정방(滿庭芳)이었다.

마음속 깊은 정 아직 펴지도 못했는데	深情未攄
청명한 달밤은 새벽이 되려 하니	淸夜曉
이 인생 어느 날에나 다시 서로 기쁘리오.	此生何日重相歡
노림이 심히도 가까우니	蘆林孔邇
어찌 고식적 기회라도 잃을 수 있으리오.	安可失機關
아아, 도련님이 떠나시면 거울 대할 때마다	嗚呼良人一去對明鏡
언제나 외로운 난새가 되리니 잘 돌아가소서.	長作孤鸞好歸

오로지 서책에만 마음을 쏟으시고　　　　　專心黃卷
부디 젊은 미인은 생각지 마시어요.　　　　愼勿憶紅顔

좋은 시절 어느 때에나 있으리까.　　　　　佳期在何時
편하지 못한 만 리나 되는 먼 길　　　　　萬里風塵
한번 가면 돌아오기 어려우리니.　　　　　一去難還
서글피 서로 보면서 머리 희도록　　　　　恨相看白髮
변치 말자고 함께 맹세하였어라.　　　　　共誓心丹
이제부터 북루엔 사람이 없을 것인저　　　自此北樓無人
외로이 난간에 기댄 것을 보리니,　　　　見孤倚欄干
아득한 강남 소식 전하기 어려워　　　　　江南消息難傳
바라고 바라보지만 청산이 많을세라.　　　望望多靑山

경룡이 이어 화답하니, 그 곡조는 이러하다.

천릿길을 살아 돌아왔다가　　　　　　　千里生還
한밤중에 이별하려 하니　　　　　　　　半夜將離
한마음이 슬픔과 기쁨으로 어지럽네.　　　紛紛一心悲歡
기쁘게 말안장 없고 떠나려 하니　　　　歡征鞍欲動
울창한 관문에 흰 구름이 오락가락하네.　白雲迷楚關
그저 옥퉁소 한 쌍을 짊어지고　　　　　虛負一雙玉簫
진대를 바라보니 어느 때나 난새 타려는가.　望秦臺幾時乘鸞
그대 옷자락 부여잡고 차마 놓지 못하니　摻子裾不忍相釋
장사는 붉던 얼굴이 창백해지누나.　　　壯士凋朱顔

비록 금석 같은 약속이 있었을지라도　　有約雖金石
다시 만날 길이 전혀 없으니　　　　　　無路重逢
어느 날에나 돌아올 수 있을런가.　　　何日得還

도리어 철석같은 마음 재가 되고	怕石腸成灰
옥 같은 얼굴이 시들까 두렵네.	玉貌消丹
세월이 빠르다지만 얼마나 지나야 하려나	隙駒流年幾廻
서로 마주할수록 난간에서 눈물 흘리네.	添相看淚欄干
혹시 죽지 않고 옛 인연 다시 이으려면	倘未死再續前緣
바다를 굴리고 또 산을 옮겨야 하리라.	轉海更移山

이윽고 새벽에 이웃집 닭소리가 들리는데 푸른 등잔불도 이미 꺼지려
는 듯 희미하였다. 옥단이 급히 시비(侍婢)로 하여금 공자(公子)의 종자(從
者)를 몰래 불러오도록 하고 가죽상자를 죄다 가져오게 하여 그 안의 돌
을 버리고는 기생어미가 축수한 금은 및 완상품과 아울러 자신이 몰래
간직했던 보물들을 그 속에 넣고 손대지 않은 듯 자물쇠로 잠그면서 가
는 길을 가게하며 경룡에게 말을 타도록 청하였다. 경룡이 차마 버리고
떠나가지 못하여 초췌한 모습으로 설움에 북받쳐 목메어 울며 옥단을 부
둥켜안고서 흐느껴 울기를 그치지 않았다. 옥단이 손으로 경룡을 밀어내
니, 경룡이 애써 서로 이별하며 말했다.

"어느 때에야 다시 만나는 기약을 할 수 있겠소?"

옥단이 말했다.

"공자께서 집으로 돌아가 부모님을 뵌 뒤에는 오로지 글 읽는 데에만
뜻을 두어 과거에 급제하시고 이 고을의 자사(剌史)가 되시면 그날이 첩과
서로 만날 수 있는 날일 것이지만, 그렇지 않으시면 첩을 보기가 또한 어
려울 것입니다."

제14회

스스로 호랑이를 사로잡을 계책을 부리고, 일부러 길러준 은혜에 대한 까마귀의 일을 소송하였다.(自行縛虎計, 故作訟鳥事)

"첩은 마땅히 죽음으로써 절개를 지킬 것이며, 맹세코 다시는 다른 사람에게 아양을 부리지 않을 것입니다."

경룡은 옥단의 절개가 쇠나 돌 같이 굳은 줄 알지만 기생어미가 강제로 옥단의 뜻을 빼앗을 것이고 옥단이 필시 죽기를 각오하여 따르지 않을 것이니, 그러면 평생 다시는 만날 수 없을까 두려워 옥단의 손을 부여잡고 울면서 고하였다.

"낭자가 맹세코 다른 사람에게 시집가지 않겠다는 것은 내가 알지 못하는 것이 아니나, 주인어미에게 강제로 위협당하면 어찌할 것이오? 그러면 필시 죽은 뒤에야 끝이 날 것인데, 사람이 이 세상에 나서 한번 죽은 뒤면 어찌 다시 볼 수 있겠소? 나의 소견으로는 뜻을 꺾고 절개를 굽혀서 다른 날에 다시 만날 약속을 이루는 것만 같지 못하오. 옥 낭자는 범연히 듣지 말고, 지극한 소원에 부응해 주오."

옥단이 말했다.

"충신은 두 임금을 섬기지 않는데, 열녀라고 해서 어찌 유독 다르겠습니까? 만약 권모술수가 있다면 진실로 헛되이 죽지 않을 수도 있습니다. 이 몸을 염려할 필요는 없을 것입니다."

경룡은 마침내 서로 이별하니 새벽하늘에 별이 드문드문 빛나서 한스런 마음이 만 겹이었다. 경룡이 남몰래 길을 떠나 마침내 절강(浙江)으로 향하여 갈 것이었다. 옥단은 경룡을 보내고 곧 떠나려 하면서 탄식하였다.

"청산이 떠나보내는 길을 가로막고 나무가 듬성듬성한 숲조차 일이 잘 되도록 도와주지 않는다는 한 구절은 나를 위해 준비된 말이로구나."

얼굴 가리고 울며 누각에 오르고는 시비와 서로 약속했는데, 각자 솜옷으로 입을 틀어막고 끈으로 자기 손과 발을 등에 결박 지어서 침상 아래에 거꾸러져 있었다. 그 다음날 기생집의 하인들이 경룡의 일행이 아득히 간곳없는 것을 발견하고 기생어미에게 와서 고했다. 기생어미는 곧바로 술에 취한 머리를 겨우 일으키고 놀라서 옥단의 침소로 가 보니, 옥단 및 시비가 모두 코를 골며 까무러친 꼴로 있었다. 기생어미가 놀라 소리쳐 구하니 한참 후에야 깨어났는데, 얼른 찻물을 떠먹이자 정신을 차리고 말했다.

"제가 어제 왕랑을 만나려고 하지 않은 것은 바로 이 때문이었습니다. 어미가 스스로 불러 맞이하였으니 누구를 허물하겠습니까? 왕 공자가 비록 아무런 감정이 없다고 했을지라도 어찌 노림(蘆林)에서의 원한을 잊고 마치 흙으로 빚은 허수아비인 것처럼 있었겠습니까? 저녁 무렵 잠자리에 들어서도 합환(合歡)하지 않아 제 스스로 괴이하게 여겼는데, 한반중이 되자 남몰래 그의 종자(從者)들을 불러 죄다 금은보화를 뒤졌으며 저와 시비까지도 모두 죽이려고 했습니다. 공자께서 그나마 그것을 제지하여서 다만 이렇게라도 되었을 뿐입니다. 제가 수모를 당한 것이야 한스럽다고 할 수 없으나 다만 재물을 잃고도 또 그대로 둔 것은 한스러우니, 그 재물을 빼앗지 않을 수가 없습니다. 제가 결박당할 때에 그들의 약속을 잠시 엿들건대 우리가 뒤쫓을 것을 두려워하여 동쪽으로 본부(本府)에 들어가서 머물다가 도망가자고 하였으니, 부디 속히 뒤쫓아 가서 잡으십시오."

기생어미는 두루 이웃사람들과 가노(家奴)들을 불러 모아 말을 타고 급히 달려 뒤쫓았다. 서주(徐州)의 공문(公門 : 관청의 문) 밖에 이르자, 옥단은 재빨리 말에서 내려 그 기생어미를 붙잡아 끌어내리고는 공부(公府)의 서리(胥吏) 및 이웃사람들에게 외치며 고했다.

"저는 본래 양가(良家)의 딸로 어려서 부모님을 잃었습니다. 이 할미가 저의 자색을 보고서 데려다 길렀는데, 남의 비위나 맞추게 하고 그 값을 취하였으니 어찌 어미와 딸의 의리가 있겠습니까? 지난번 절강(浙江) 왕 각로(王閣老)의 아들 경룡이 마침 저의 집을 지나다가 저를 보고 기뻐하며 만금(萬金)을 죄다 주고 장가들어 아내로 삼고는 집을 지어 따로 살면서 장차 해로하려 하였습니다. 이 할미가 간교하게 음모와 계략을 꾸며 노림에서 죽이려고 했으나, 왕 공자(王公子)가 다행히도 그 위기를 벗어나 빈털터리로 고향에 돌아갔지만 첩을 그리는 마음이 더욱 심하여 보물을 싣고 다시 돌아왔습니다. 어제 저녁에도 이 할미가 다시 재물을 훔치고 죽이려 했습니다만, 왕 공자가 날이 저물었을 때에 낌새를 미리 알아차리고 도망하였습니다. 그런데 이 할미는 그 재물을 얻지 못한 것을 한스럽게 여겨 지금 이웃사람들을 거느리고 뒤쫓아서 장차 죽이고 재물을 빼앗으려 하였습니다. 첩이 거짓으로 함께 도모하는 것처럼 따라왔어도 실상은 관아에 고소하려고 한 것이었습니다. 이번 일의 전말은 이웃사람들이 모두 아는 바이라서 숨기기가 어려울 것입니다."

이어 스스로 통곡하고 그 기생어미를 끌고서 송사에 나아가려 하였다.

제15회
쌀을 구걸하여 괴로움을 견디며 절개를 지켰고, 돈을 뇌물로 주고 비밀스런 계책을 약속하였다. (乞米守苦節, 賂金行陰計)

이웃사람들은 본디 노림의 일을 알고 있었기 때문에 역시 지난 밤 사이의 음모를 알고서 모두 옥단이 옳고 할미가 그르다며 말했다.

"〈이 할미가〉 거짓으로 속여 말하기를, '왕 공자가 재물을 훔쳐 도망 갔다.'고 했기 때문에 우리들은 응당 그 부탁을 듣고 뒤쫓아 왔거니와, 만약 사람을 죽이고 재물을 빼앗으려는 속마음을 알았다면 어찌 감히 그 것을 따랐겠습니까?"

서리들도 역시 일찍이 노림에서 속였던 술수를 들은 적이 있기 때문에 모두 노파를 모질고 독살스런 도적이라며 꾸짖었다. 노파는 비록 스스로 를 변명하려고 했지만, 사람들이 믿지 않고 모두 옥단에게 송사하라고 권하였다. 기생어미가 두렵고 무서워서 애걸하자, 옥단이 말했다.

"할미가 비록 지아비를 죽이려는 음모를 가졌을지언정 그래도 나를 길 러준 은혜가 있기 때문에 아직 고소하지 않겠습니다. 할미는 나로 하여 금 절개를 지킬 수 있도록 하고 끝까지 협박하지 않으시겠습니까?"

노파가 그러겠다고 하자, 〈옥단은〉 서리들에게 청해 맹세하는 글귀를 만들어 적게 하고 이웃사람들로 하여금 모두 서명하도록 한 뒤에 그 서 권(書卷)을 품고 집으로 돌아왔다.

북루(北樓)에 올라 다만 시비로 하여금 쌀을 구걸하여 조석을 바치게 하고 기생어미에게는 기대지 못하게 하니, 그 시비도 고생하며 가까스로 쌀을 구걸하여 주인을 받들면서 조금도 싫어하거나 괴롭게 여기지 않았 다. 이 시비의 이름은 난영(蘭英)으로 역시 자색(姿色)을 지녔으나, 다른 사 람과 합환(合歡)하는 것을 좋아하지 않았다. 간혹 희롱하기를 구해도 응하 지 않았고, 다만 옥단 낭자를 모시고 그 곁을 떠나지 않았으니 아마도 옥 단이 양가의 자식이었을 때부터 데리고 온 사람인 듯하다. 기생어미는 옥단을 미워하여 응당 죽이고자 하였으나 이웃사람들이 알까 두려워 실 행하지 못했다.

전날에 거상(巨商) 조씨(趙氏)가 옥단을 탐낼 수 없음을 알고 그제야 기생 어미에게 뇌물로 주었던 돈을 찾으려 했는데, 기생어미는 그 돈을 돌려주기가 아까워서 자기들끼리 남모르게 약속하며 이래라저래라 말하며 단단히 단속했다. 몇 달이 지난 후에 기생어미는 옥단을 꾸짖으며 말했다.

"너는 왕랑(王郞) 때문에 내가 길러준 은혜를 저버리고 끝내 나를 어미로 여기지 않는다. 비록 내 집에서 살고 있을지라도 더 이상 이로울 바가 없으니, 북루를 비우고 조운(朝雲)을 살게 하는 편이 낫겠다."

마침내 구박하여 옥단을 내쫓았다. 기생어미는 이보다도 먼저 몰래 같은 마을의 장사치 노파에게 많은 돈을 뇌물로 주고 비밀스런 계책을 약속하였었다. 옥단이 쫓겨나게 되어 시비 하나를 거느렸지만 곤궁하고 돌아갈 곳이 없어 큰길가에서 울었다. 그 장사치노파가 길에서 만나자, 그 까닭을 묻고는 거짓으로 우는 척하며 말했다.

"나는 낭자가 곧은 절개를 지키느라 애써 쌀을 구걸하여 입에 풀칠하는 것을 늘 가련하게 여겼소. 이제 또 쫓겨났으니 어디에 의지하겠소? 만약 돌아갈 곳이 없다면, 누추하지만 내 집이라도 우선 가서 쉬는 것이 모르겠지만 어떻겠소?"

옥단은 머물러 살 수 있게 된 것을 기뻐하면서, 그 은혜를 받고 감사해하며 마침내 장사치노파를 따라서 함께 집으로 갔다. 한 달 남짓 함께 살다가 장사치노파가 말했다.

"낭자를 보건대 지아비를 저버리지 않고 시일이 오래일수록 더욱 그리니, 마음에 실로 가련하고 측은하오. 내 낭자를 위하여 재산을 털어 마부를 고용하고 말을 세내어서 낭자를 데리고 절강(浙江)으로 돌아가게 하리니, 왕 공자(王公子)로 하여금 후하게 갚도록 하여서 도로 돌려보내줄 수 있지 않겠소?"

옥단은 그 말대로 되기를 바라고, 또 감사하며 말했다.

"혹시라도 그와 같이 될 수만 있다면 감히 힘을 다해 은덕을 갚지 않을 수 있겠습니까?

제16회
악랄한 손길 속에 속임수가 있었고, 거짓 태도로 즐겁고도 기쁘게 지냈다.(毒手中欺詐, 假面做歡喜)

장사치노파가 큰소리로 허락하였으니, 사람을 사서 행장을 꾸리고 떠날 날을 잡아 길을 떠났다. 어느 지경에 도착하니 무리들이 길가에 숨어 있다가 길을 막고는 옥단을 에워싸고 몰아치면서 갔다. 옥단이 돌아보면서 장사치노파를 불렀지만, 장사치노파는 이미 보이지 않았다. 옥단이 이에 무리들에게 말했다.

"너희들은 무슨 연유로 나를 위협하여 데려가는 것이냐?"

무리들이 말했다.

"우리들은 거상(巨商) 조씨(趙氏)가 시키는 대로 낭자를 맞이하여 데려가는 것이오. 어찌 위협해 갈 수가 있겠소?"

옥단은 목 놓아 통곡하면서 말했다.

"나는 보살핌을 받은 노파에게 속고 말았구나!"

그리하여 말에서 떨어지려 하자, 무리들이 다시 말에 오르라고 협박하여 벌떼처럼 에워싸서 앞섰다. 옥단이 슬피 울부짖으며 애걸하였다.

"조금만 쉬게 해주시오."

무리들이 가련하게 여겨 말을 멈추어 잠시 늦추자, 옥단은 자결하려고 생각했지만 마음대로 할 수가 없어서 이미 깊이 생각하기를, '내가 지금 헛되이 죽는다면 지난날 도련님과의 약속을 부질없이 저버릴 것이니, 일시적인 방편이나마 가서 그 기회를 살피는 것만 못하리라.' 여기고는, 마침내 소매의 비단자락을 찢고 몰래 난영으로 하여금 길옆의 나무숲에다 걸어놓게 하였는데 혹시라도 지나가는 길손 중에 호사자(好事者)가 있어서 남쪽 길에 널리 전하여 퍼뜨려 머지않아 경룡에게 전달되어 자기의 소식을 알려주기 위한 것이었다.

옥단은 붙들려서 거상(巨商) 조씨(趙氏)의 집으로 갔는데, 조씨 상인이 문밖으로 나와서 애타게 기다리다가 옥단이 오는 것을 보고 부축해 말에서 내리고는 기쁘고 안심되어 말했다.

"낭자는 이 늙은이와 역시 인연이 있구먼. 이는 실로 하늘이 준 것이지, 어찌 사람이 꾀해서 된 것이겠소?"

옥단이 거짓으로 웃는 척하며 대답했다.

"〈가던 길을 버리고〉 중도에서 길을 바꾸었으니, 역시 아름다운 기약을 이룰 수 있을 것입니다."

조씨 상인은 옥단이 죽음으로써 절개를 지킬 것으로 크게 의심하고 염려하다가 아양 부리는 말을 듣게 되자 저도 모르게 기뻐하였다. 옥단은 조씨 상인과 함께 같이 지내면서 담소하고 서로 기뻐하며 친근함이 그지 없었다. 다만 합환(合歡)하고자 하면 사양하며 말했다.

"왕 공자가 같이 있을 때에 첩과 서로 말로써 약속하며 금년에 반드시 찾아오리라 하였지만, 만약 이 기간이 지나면 네가 다른 사람에게 시집가도 들어주겠다고 한 것을 첩도 허락해 이미 맹세가 이루어졌습니다. 지금 왕 공자가 오지 않고 남은 날이 얼마 없습니다. 설령 새해에 왕 공자가 다시 온다 해도 첩이 이미 남의 집안에 들어와 있으니 어찌 따를 수 있겠습니까? 분부를 따르지 않는 것은 왕 공자와의 약속대로 마쳐서 제 마음을 속이지 않으려는 것일 뿐입니다. 새해의 새 합환이야말로 어찌 즐겁지 않겠습니까? 첩으로 하여금 군자를 섬기게 하면 다시금 그 마음 따르기를 금석처럼 하리니, 부디 저의 마음을 빼앗지 않으면 군자의 복이 될 것입니다."

조씨 상인은 옥단의 뜻을 거스르는 것이 두려워 감히 강제로 합환하지 않았다. 그러나 〈조씨 상인이〉 만약 본처에게 돌아가 자려 하면 옥단은 거짓으로 질투하고 만류하는 척하니 사람들은 옥단이 합환하지 않으려 하는 것을 알지 못하나, 조씨 상인이 가끔씩 친구들에게 말했기 때문에 간혹 그 사실을 알기도 하였다.

마침 절강(浙江)의 상인이 그 이웃으로 와서 향기로운 비단을 팔았다. 옥단은 난영으로 하여금 비단 한 필을 가져오되 후한 값으로 사게 하였다. 사운시(四韻詩) 1수를 수놓았는데, 조씨 상인은 눈이 있어도 글을 볼 줄 몰라 글의 뜻을 알지 못하여 아름답다고 칭찬만 할 따름이었다.

제17회
조씨 상인이 독약을 마시도록 계략을 세웠는데, 초옥처럼 의옥이 되었다. (趙賈中毒計, 楚獄成疑案)

수놓기를 마치고 몰래 그 절강 상인에게 비단을 돌려보내며 말했다.

"당신이 모름지기 이것을 지니고 소흥(紹興)의 왕 각로(王閣老) 집으로 돌아가면, 반드시 어떤 젊은 공자가 있어서 값을 후하게 치르고 살 것이니 당신은 모름지기 어기지 말아야 할 것이며, 그 값은 당신 스스로 가지도록 하오."

그 절강 상인은 고마워하고 곧장 소흥을 향하여 떠났다.

옥단은 두어 달 살면서 조씨 상인의 본처를 살펴보니, 비록 자색(姿色)은 있을지언정 평소에 정조(貞操)가 없었다. 또 보니 이웃집의 무당 부부가 이 집안과 날마다 서로 교유하였는데, 그 무당 남편도 역시 점잖고 바른 품행은 없이 오로지 주색만 탐하였다. 옥단이 이에 본처가 서로 만나

자고 약속하는 것으로 거짓 꾸민 편지를 그녀의 필적인 것처럼 위조하여 무당 남편에게 보냈다. 또 무당남편이 쓴 것으로 꾸민 편지도 본처에게 보냈다. 두 사람은 각각 신표(信標)로 삼았는데, 서로 만나 간통하면서도 모두 깨닫지 못했다. 이로부터 새벽에 가고 저녁에 오는 것을 번번이 보통 있는 일로 삼았다. 옥단은 어느 날 그들이 와서 만나는 것을 틈타 창 밖에서 엿보다가 엿보고 있음을 드러내 보였다. 두 사람은 옥단이 그 남편에게 알릴까 두려워 서로 모의하여 옥단을 죽여서 입을 막으려고 하였다. 본처가 말했다.

"옥단을 비록 죽일지라도 늙은 남편이 여전히 남아 있으면 마음이 스스로 편치 못하니, 옥단을 죽인 힘으로 그 늙은 남편까지 제거하면 어찌면 장래를 위한 계책이 아니겠습니까?"

무당남편이 말했다.

"함께 제거하는 것이 낫겠소."

함께 모의하자마자, 조씨 상인이 외출하여 다른 곳에서 자고 다음날 아침에 돌아왔다. 조씨 상인의 본처는 아주 맛있는 죽을 쑤어 그 속에 독을 넣고 자기 남편에게 주었다. 옥단은 막 머리를 빗고 있다가 그 죽의 색깔을 보고서 독이 있을까 의심이 되기도 하고 또 자기에게만 독을 넣었을까 염려가 되기도 하였는지라, 그래서 말했다.

"그 죽의 냄새가 참 맛있어 보이니, 내가 많은 것을 먹고 싶습니다."

자기에게 내어온 죽과 바꿔서 조씨 상인 앞에다 놓고는 화장하고 빗질한다는 핑계로 꾸물거리며 먹지 않았다. 조씨 상인이 다 먹은 뒤에는 거짓으로 손을 대는 척하면서 자기의 죽을 땅에 엎어버렸다. 알지 못하는 사이에 어느덧 조씨 상인은 이미 땅바닥에 쓰러져 피를 토하며 죽었다. 옥단이 뛰쳐나가 외치며 이웃사람들에게 말했다.

"본처가 무당남편과 모의하여 자기 남편을 독살하였소."

마을사람들이 엎어지며 자빠지며 모여들어 본처와 무당남편 및 옥단을 붙잡아 결박하였다. 옥단은 구멍을 뚫어 엿본 것을 말하였고, 또 남은 죽을 개에게 먹이니 개가 그 자리에서 즉사하였다. 본처는 옥단이 절개를 빼앗긴 원한 때문에 죽에다 독을 넣었다고 말하였다. 마을사람들이 이 세 사람을 붙잡고 그 노복과 가까운 이웃들을 아울러 관아에 고발하였다. 본처 및 옥단이 서로 옳고 그름을 내세웠지만 모두 명확한 증거가 없었다. 이웃사람들 가운데 어떤 사람은 무당남편과 본처가 서로 간통한 것을 진술하였고, 어떤 사람은 조씨 상인과 옥단이 서로 합환한 적이 없다는 말을 진술하였다. 마침내 의옥(疑獄 : 판결하기 어려운 사건)이 되어 관아에서 결단할 수 없었다.

각설. 경룡은 서주(徐州)에서 한밤중에 옥단과 이별한 뒤로 그 재물과 보화를 거두고 절강(浙江)을 건너 소흥(紹興)으로 돌아가니, 각로(閣老)가 경룡이 돌아왔다는 것을 듣고 크게 노해 잡아들여 몽둥이로 두들기며 꾸중했다.

"너는 아비를 배반하고 돌아오기를 잊었으니 첫 번째 죽일 일이요, 주색에 빠져 몸을 망쳤으니 두 번째 죽일 일이요, 재물을 없애고 가업을 엎어버렸으니 세 번째 죽일 일이다."

경룡이 울며 대답하였다.

"돌아오기를 잊고 몸을 망친 것은 참으로 변명하기가 어렵습니다. 그러나 재물을 없애버린 것에 이르면 그렇지 않사오니, 조금도 잃어버리지 않고 오늘 실어 왔습니다."

각로의 성품이 본래 준엄하여 오히려 더 두들기도록 하였다. 각로의 사위 이부원외랑(吏部員外郞) 조지고(趙志皐)가 공적인 일로 이곳에 와 있었다. 곧 각로를 몹시 공경히 사랑하였던 사람이다.

제18회

절강의 부모에게 인사하였고, 서주에 시로 쓴 편지를 부쳤다.
(浙江拜爺孃, 徐州寄詩札)

조 원외(趙員外)는 바야흐로 각로를 모시고 앉았다가 황급히 일어나 뜰로 내려와 손수 경룡을 부축하면서 각로에게 울며 아뢰었다.

"이 아이는 나이가 어려 여색에 홀려 스스로 속히 돌아오지 못한 것이지, 어찌 부모님을 사랑하는 마음이 없었겠습니까? 오늘 돌아왔으니 그 선량한 마음을 알 수 있습니다. 하물며 그 재물과 보화를 오늘 죄다 싣고 돌아왔으니 주색계에 빠지지 않은 것도 분명합니다."

각로가 그제야 두들기는 것을 멈추도록 하였다. 뜰에서 재물과 보화를 헤아려 그 수에 맞추어보니 축나지 않고 남음이 있는지라, 각로가 마음속으로 괴이하게 여겼다. 경룡이 들어가 어머니에게 절하자, 어머니가 경룡의 등을 어루만지며 울면서 말했다.

"네 얼굴을 본 지가 오래되었구나. 어찌 그리도 돌아오는 것이 지체되었느냐?"

경룡이 사실대로 대답하면서 옥단과 있었던 전말을 자세히 말하니, 그 어머니는 탄식하며 말했다.

"그 옥단이라는 아이가 양가(良家)에서 길러지지 않았으니, 비록 며느리로 삼으려고 해도 어찌 마음대로 될 수 있겠느냐?"

몇 달이 지나자, 각로가 경룡을 질책하며 말했다.

"너는 여러 해를 창피하게도 전적으로 학업을 폐했으니 다시는 공명을 바랄 수 없다. 농사를 지을 것이냐? 장사를 할 것이냐? 너는 무슨 일을 하길 바라느냐?"

경룡이 그래도 글 읽기를 바라자, 각로는 곧 가까이에 있는 책을 뽑아서 가르칠 수 있을지 시험하였다. 경룡은 서주(徐州)에 있었을 때 옥단의 충고를 받아들여 오로지 글 짓는 것을 5, 6년 동안 일삼았으므로 시험한 경전(經典)과 사서(史書)의 뜻을 무엇이나 이해하여 통하지 않는 것이 없었다. 각로는 그것이 혹여 평소에 강습했던 것인가 의심하여 여러 책을 돌려가며 뽑아서 시험했는데, 시험하는 대로 강론하는 대로 물 흐르듯이 술술 외웠다. 각로는 비록 인정하지 않았지만, 마음이 저절로 비범함에 기뻐하여 또 문장 짓는 능력을 시험하고자 하였다. 바야흐로 문제를 내려는데 때마침 기러기가 울며 날아온지라, 이에 이것으로 짓도록 하니, 경룡이 즉시 자리로 나아가 글을 짓고서 무릎을 꿇고 올렸는데, 글씨체가 용과 뱀이 꿈틀거리듯 거리낌 없었다. 그 시는 이러하다.

어젯밤 서풍으로 기러기 떼 놀라서	昨夜西風動鴈群
공중에 점점이 흩어져 어지러이 나네.	散空千點亂紛紛
그림자는 삼경의 달밤에 청총을 지나가고	影過靑塚二更月
울음은 창오산 만 리 구름에 떨어지네.	聲落蒼梧萬里雲
바둑 끝나니 영릉에서는 백발노인이 슬퍼하고	棊罷零陵悲白首
등불 가물거리니 장신궁엔 궁녀가 흐느끼네.	燈殘長信泣紅裙
어둑해 남쪽으로 오는 편지 누가 부쳤는가	冥冥誰寄南來札
오로지 겨울옷을 북군에게 보내라 재촉하네.	唯催寒衣送北軍

각로가 읽어보고 몹시 기뻐하며 말했다.

"너의 이 시가 돌아오기를 잊었던 과오를 씻을 수 있겠다."

안채로 들어가서 부인에게도 말했다.

"부인의 아들이 오래도록 돌아오지 않았던 것은 도중에서 글을 열중하여 읽었기 때문이지, 여색을 좋아한 것이 아니었소."

마침내 서루(書樓)를 지어서 지내게 하였다. 경룡은 서루에서 몇 년 동안 지내며 늘 옥단이 경계한 바를 생각하고 독서를 업으로 삼아 밤낮을 가리지 않았다.

마침 어느 날에 마을 사람이 옥단의 비단편지를 받아서 전해주자, 경룡이 그 편지를 보니, 이러하였다.

서주(徐州)의 옥단은 삼가 소흥(紹興)의 수재(秀才) 왕경룡께 편지를 보냅니다. 첩은 도련님을 보낸 뒤로 늘 북루(北樓)에서 지냈는데, 어찌 기생어미가 구박하여 내쫓을 줄 생각이나 했겠습니까? 우연히 이웃 할미를 만나 몇 달 가량 머물다가 이 할미의 말을 잘못 믿고서 마침내 남쪽으로 향했지만 뜻밖에도 중도에서 남에게 위협을 당했는데, 이 또한 첩이 일찍 스스로 자결하지 못하고 한갓 옛 약속만을 지키려다가 두 할미의 간악한 계략에 잘못 빠진 것입니다. 어찌 미천한 몸이 도랑에 빠져 죽는 것을 아끼겠습니까? 다만 헤어질 때 하셨던 말씀이 귀에 쟁쟁한데, 사소한 신의를 위해 행하는 것처럼 하다가 전날의 맹세를 저버릴까 두렵습니다. 이제 잠시 그 집으로 가서 그 기회를 보다가 형편대로 처신할 것이니 공자께서는 양해하소서. 부족하나마 율시(律詩) 한 수를 지어 작은 정성을 부칩니다. 시는 이러합니다.

이별한 난새가 천 리 남쪽으로 향해 날다가   離鸞千尺向南飛
구름 밖에 몰래 덫 놓았을 줄 어찌 알았으랴.   雲外寧知暗設機
살아서 새장에 날아든 것은 되레 뜻이 있어서니   生入雕籠還有意
마침내는 새로운 깃털에 실끈 끌고 돌아가리라.   會將新翮掣條歸

             모월 모일 옥단은 서주에 있으면서 재배하나이다.

제19회

수놓은 시에 화운하며 병이 들었고, 어사가 되어 의옥을 살폈다.
(和繡詩成疾, 作御史按獄)

경룡이 그 편지를 보고 옥단이 남의 차지가 되었음을 알고는 이미 반드시 죽었을 것으로 생각하여 저도 모르게 길이 애통해하며 침식을 모두 폐한 것이 여러 날이 되었다. 그리하여 그 시에 화운하여 스스로를 달랬으니, 그 시는 이러하다.

거울 속 외로운 난새가 거울과 함께 날다가	鏡裡孤鸞對鏡飛
남김없이 피 토하며 울고 오싹한 덫에 떨어졌네.	無餘啼血落寒機
아름다운 비단에다 손수 상사곡을 수놓았거늘	奇紋自作相思曲
상사곡은 강남에 왔으나 그림자와 함께 날아갔네.	曲到江南對影飛

짝을 잃은 원앙새 한 마리는 날다가	失侶鴛鴦一隻飛
북 뒤따라 남 모함하는 베틀에 잘못 올랐네.	逐사誤上錦人機
원한을 품고는 서주의 두견새로 변해	怨懷化作徐州魄
지는 꽃에 피 뿌리며 돌아가려도 가지 못하네.	血灑殘花歸未歸

그 뒤로부터 한 해가 이미 저물었다. 소식이 이미 끊기어 살았는지 죽었는지 알지 못했다. 마침 어떤 상인이 수놓은 비단을 그 집에 팔았는데, 집안사람들이 보고도 귀한 것인 줄 알지 못하고 다만 글자가 수놓아 있었기 때문에 가져와 경룡 공자에게 보였다. 경룡은 그 시를 살펴보고 그 글자를 자세히 보고는 옥단이 지은 것으로 의심하여 그 상인을 불러 물어보니, 상인이 사실대로 대답하며 "이러이러합니다." 하였다. 경룡은 끝내 옥단이 부친 것임을 알고 많은 돈을 주어 샀다. 그리하여 그 시에 차

운하여 주고서 전하려 하였으나, 상인이 돌아가지 않는다고 사절하여 결국 이루지 못하였다. 옥단이 글자를 수놓은 시는 이러하다.

천 리나 되는 구름 그물에 걸린 외로운 난새가   雲羅千里打孤鸞
한 번 티끌세상에 떨어져 한 해가 이미 저무네.   一落塵寰歲已闌
푸른 깃은 다시금 선학과 짝이 되어야 하니   翠羽復令仙鶴伴
금빛 깃털이 어찌 들오리들과 즐거워하겠는가.   金毛寧與野鳧歡

비록 안개 낀 물가 따라서 아침엔 함께 노니나   雖從烟渚朝遊並
도리어 바람 부는 가지에서 홀로 들판에 자네.   却向風枝野宿單
실끈 풀고 날개 치는 날엔 은밀히 알겠거니   潛識鮮條矯翮日
응당 못된 새는 쇠 탄환에 맞아 떨어지리라.   應將惡鳥墮金丸

경룡이 화답한 시는 이러하다.

쇠 울타리로 새장 만들어 고운 난새를 가두니   金柵爲籠鎖彩鸞
진대에 돌아가는 꿈이 어느 때나 끝나려는가.   秦臺歸夢幾時闌
높은 나뭇가지 둥지에선 연리지 생각하고   高枝巢穴思連理
둥근 부채에 그림 그리고는 합환을 그리네.   團扇丹靑憶合歡

천리 머나먼 기쁜 눈길은 하늘 밖에 아스라하니   千里靑眼天外遠
2년 동안 쓸쓸한 그림자 달빛 아래 혼자일러라.   二秋寒影月中單
북방 기러기는 어느 날에나 소식 전해오려는가   塞鴻何日能傳信
모산의 환약 한 알이라도 보내고자 하여라.   欲寄茅山藥一丸

경룡은 수놓은 시를 본 뒤로 옥단이 정녕코 조씨 상인 집에 있음을 알고서, 기생어미의 간사한 계략을 분히 여기고 옥단의 원통한 마음을 생각하여 더욱더 근심과 번민으로 문득 마음에 병들게 되었다. 간혹 글을 읽는 중에도 옥단의 모습이 어렴풋이 보여 그 이름을 미친 듯이 불렀다가, 이윽고 스스로 뉘우치며 말했다.

"내가 만약 병이라도 들면 아마 곧 죽을 것이다. 어찌 다시 옥단을 만나볼 수 있겠는가?"

드디어 칼을 잡고 마음을 바로잡아 단정히 앉아서 글을 읽었는데, 만약 옥단의 모습이 눈앞에 어른거리면 이내 칼을 휘두르며 꾸짖었다.

"너는 과거에 급제하라는 계획으로 나와 작별하였고 다시 만나자는 맹세로 나와 기약하였으면서도 어찌하여 오늘 이처럼 어지럽힌단 말이냐?"

여러 달이 지나서 그 병은 바로 나았다.

경룡이 학업에 힘쓴 지 3년 만에 향시(鄕試)에서 장원으로 뽑히고 또 회시(會試)에서도 장원으로 뽑히더니 마침내 장원급제하여 한림수찬(翰林修撰)이 되었다. 이때 조정에서는 서주(徐州)에서 생긴 남편 살해 의옥(疑獄)이 오래도록 판결나지 않아 어사(御史)를 파견해 조사하기를 청하자, 경룡이 그 소임 맡기를 청하였다.

옥단은 어사가 내려오는 것을 듣고 경룡 공자인가 의심하여 난영(蘭英)으로 하여금 고향과 집안을 상세히 물어보게 하니, 나이는 비슷하나 또한 상세히 알지 못하여 매우 답답하였으나 어찌할 수가 없어서 단지 하늘만 쳐다볼 뿐이었다.

제20회

어사는 민정을 수집하였고, 난아가 그 행색을 알아보았다.
(繡衣採民情, 蘭娥識行色)

　명황제(明皇帝)가 특명으로 왕경룡을 서주의 직지어사(直指御史)로 삼으시고 이어 자수의(紫繡衣) 한 벌과 금마패(金馬牌) 한 조를 하사하시며 관리들의 강등과 승진, 범죄 조서의 심리와 판결, 죄인의 살리고 죽이는 일 등을 모두 스스로 알아서 결단하라 하셨다. 어사는 어명을 받아 사은숙배하고는 곧 그날로 출발해 가고 또 가서 서주(徐州) 지경에 도착하여 백성들의 고통이나 어려움을 찾아가 살피고 관리들의 행정을 탐문하였다. 두루 빠짐없이 다닌 지 몇 달 만에 북루(北樓)와 가까운 곳에 당도하여 멀리 바라보니 비취색 용마루며 채색 담장, 버들 핀 언덕이며 꽃 사립문 등은 그대로 예전과 같으나, 다만 옥단의 음성을 들을 수가 없고 모습을 볼 수가 없으니 회포가 자못 언짢았다.

　서주의 의옥(疑獄) 가운데 미결로 있는 일을 탐문하자, 시골 늙은이가 탄식하며 말했다.

　"기생 옥단이 곧은 절개를 애써 지키다가 기생어미의 간악한 계략에 잘못 빠져서 조씨 상인의 집에 머물게 되었다. 그러나 옥단은 몸을 더럽히지 않으며 연꽃이 진흙에 물들지 않듯이 하여 지조가 더욱 굳었고, 마지못해 교태를 부리고 아양을 떨면서 헛되이 세월을 보냈다. 조씨 상인의 처가 남편을 살해한 사건에 연루되어 능히 해명하지 못하고 고초를 겪은 지가 지금까지 3년이다. 이제 듣자니 조정에서 흠차어사(欽差御史)를 내려보내어 옥사를 처리하도록 했다고 하는데, 의옥을 명확히 판결할지 알지 못하겠지만 그 옥석을 가려내야 할 것이다."

곁에 있던 사람이 제지하며 말했다.

"우리들은 어부나 나무꾼 부류이니 어찌 조정의 일을 알겠는가? 노인은 또한 상세히 알지 못하고 단지 풍문으로 전해들은 말뿐이니 매우 이치에 맞지 않은 것 같다."

어사는 다른 곳까지 이리저리 물어 보며 그 사건을 수소문하여 들었는데, 사방에서 말하는 것이 전반적으로 모두 같았다. 어사가 깊이 무죄임을 생각하고는 더욱 극도로 분노하고 고뇌하다가 곧 따르던 사람을 시켜 방목(榜木)에다 '내일 서주 어사가 사건을 조사하겠다.'고 크게 써서 서주 성문 위의 누각에 걸도록 하였다. 이보다 먼저, 해결하지 못한 것을 심리하기 위해 옥관(獄官), 명사관(明査官), 사핵(査覈)과 순무(巡撫) 등의 관원에게 아무 날 서주 관아에 모이라고 명하여서 마패를 찍어 보냈고 모일 기일까지 이미 정해졌다.

어사가 밤에 서주의 감옥으로 들어가서 은량(銀兩)을 간수에게 뇌물로 주며 애타게 간절히 청하였다.

"옥에 갇혀 있는 옥단은 내가 은혜를 입은 집의 처자이다. 몸을 파는 기생이 된 뒤로 소식을 들을 수가 없다가, 이제 듣건대 옥에 갇혀 있다 하는지라 서글픈 회포를 금할 수 없어 얼굴을 한 번 보고 약간의 음식 값이라도 내놓아 일시적이나마 곤궁한 처지를 도와주려고 하니, 너그러운 마음을 베풀어주기 바란다."

간수가 허락하고 어사를 인도하여 몰래 보게 하였는데, 옥단이 쑥대강이에 귀신같은 얼굴로 경룡 공자를 언뜻 보니 해진 옷에 부서진 갓을 쓴 것이 누더기를 기운 구차한 차림새이어서 눈뜨고 차마 볼 수 없는지라 엉엉 눈물을 흘리며 말했다.

"공자께서는 어찌 이와 같이 곤궁하단 말입니까? 첩의 원통함을 어디서 씻어내고 하늘에 떠 있는 해를 보겠습니까?"

경룡이 말없이 한참 있다가 소매에서 은자(銀子) 3, 4냥을 꺼내어 직접 주며 말했다.

"저자에서 구걸하여 얻은 돈이 이 정도에 불과하지만, 며칠 동안 변변치 않은 음식이라도 갖추기 바라오."

옥단이 받지 않으며 말했다.

"첩은 지금도 공자께서 주신 금가락지 1개를 가지고 있습니다. 몸에다 숨긴 것이 그대로 있으니 시장에 팔아 봄옷 1벌을 사 입으시면 첩이 비록 죽는다 해도 눈을 감을 수가 있을 것입니다."

어사가 말했다.

"대장부가 비록 곤궁하나 그래도 여기저기 다니면서 구걸하면 의지와 기개는 자유로움이 활발할 수 있거니와, 가련하게 저 옥에 갇힌 사람이 주는 물건을 어찌 가지고 가서 새 봄옷을 살 수 있단 말이오?"

시원스레 받지 않고 가버리자, 옥단은 그 행색을 보니 아득하고 더 한층 슬프고 처량하여 눈물이 뚝뚝 떨어졌다. 난영이 곁에서 말했다.

"공자의 행색이 〈저럴지라도〉 반드시 부귀할 것입니다. 어제 서주성 위의 방목(榜木)을 보는데 '내일 서주 어사가 사건을 조사하겠다.(明日徐州御史按事)'는 8글자가 걸려 있었으니, 아마도 공자께서 하신 것인 듯합니다."

옥단이 말했다.

"그것을 어떻게 안단 말이냐?"

제21회

관아에서 옥안을 대대적으로 검열하였고, 상자 속에서 말을 자세히 듣게 하였다.(府下大閱獄, 籠中細聞語)

난영이 대답하였다.

"그 안색을 보면 밝고 윤택한 황자색이며, 그 말투를 들으면 굉장히 시원스레 활기차니 반드시 걸인의 모습은 아닌지라, 원컨대 낭자께서는 단지 매우 반갑고 기쁜 소식을 기다리십시오."

차설(且說). 어사가 다음날 서주부(徐州府)에 나타나 공적인 자리를 크게 열고 조사관(調査官)들을 모이도록 청하면서 관아 앞에 고을 사람들과 노인장들을 대거 모아놓고 바야흐로 공개 재판을 하였다. 어사가 먼저 재판 조서에 기록된 죄인의 진술 내용을 열람하고 죄인들을 심문하자, 죄인들이 말했다.

"옥단이 약탈당하고 붙잡혀 와서 조씨 상인과 합환은 한 적이 없음은 온 고을 사람들이 모두 알지만, 독을 넣었다는 사건에 대해서는 스스로 해명하지 못하고 또한 분명한 증거도 없으니 있는 사실 그대로 말할 수가 없습니다."

어사도 역시 자세히 캐어물을 계책이 없었는지라 곧 별옥(別獄)에 엄히 가두라고 명하면서 조씨 상인 본처와 무당남편 등을 가리키며 말했다.

"옥단은 먼저 죽이는 것이 마땅하니 군이 물을 것도 없거니와, 이들도 역시 느슨한 형벌로는 그 범법한 실정을 파악할 수 없으니, 오늘밤에 반드시 혹독한 형벌로 엄중하게 국문하여 실정을 파악해 이 의옥을 명쾌하게 판결을 하고 내일 바로 처리 결과를 보고해야겠다."

급히 관아에 명하여 성대히 매질 형구를 갖추도록 하니 극히 엄숙하였다. 또 짐 꾸러미들을 방에서 밖으로 꺼내어 뜰아래에 놓게 하며 말했다.

"먼 길에 옷가지들이 필시 대부분 비와 이슬에 젖었을 것이니, 햇볕에 쬐어 말려서 곧 돌아갈 차비를 해야겠다."

그리하여 서리와 군졸들과 곁에서 듣고 있던 사람들을 문밖으로 물리고 문을 닫게 하여 다만 그 뜰에는 죄인들만 남고, 어사는 누각에 올라 장막을 드리우고 나오지 않았다. 그 사건에 관련된 죄인들은 빈 뜰에 사람이 없는 것을 엿보고 마침내 서로 의논하며 말했다.

"옥단은 죄가 있든 죄가 없든 죽는 것이 이미 결정되고 말았으니 말할 필요가 없다. 다만 우리들은 무당남편의 뇌물과 관련하여 지금까지 발뺌하며 온갖 어려움을 겪으면서도 아직 솔직하게 진술하지 않았지만, 오늘 밤에 전보다 배로 엄하게 국문하면 어찌 살아날 수 있겠나? 바른대로 아뢰어서 우리들이 다행히 풀려나는 편이 낫겠다."

조씨 상인의 본처와 무당남편이 애걸하면서 말했다.

"우리가 만약 살아나기만 한다면 마땅히 온 집안의 재물로 특별한 은혜를 보답할 것이니, 바라건대 솔직하게 진술하지 않아 의혹에 싸인 안건으로 돌려주시면 옥사는 반드시 이루어지지 않을 것이오. 크나큰 은덕 드리우기를 바라오."

여러 사람들은 승낙도 하고 거절도 하였다. 한참 뒤에 어사가 나와서 자리에 앉아 국문을 명하며 말했다.

"너희들은 범법한 그 실정을 숨기지 말라. 나는 이미 아무개와 아무개가 서로 의논한 말을 알고 있으니, 죄는 이미 사실대로 진술하였기 때문에 죄안에 대해 이미 명쾌하게 결단이 내려졌다."

여러 사람들이 서로 돌아보며 놀라고 의아해 할 즈음, 어사가 햇볕에 쬐고 있던 짐 꾸러미 중 옷상자 두 개의 자물쇠를 열게 명하니, 홀연히 두 사람이 각기 옷상자 속에서 나오는데 한 사람은 본부(本府)의 주사(主

事)이었고 다른 한 사람은 어사 집안의 일꾼이었다. 두 사람은 죄인들을 향해 그들이 의논했던 바를 모두 말하면서, 너의 말은 이러이러하였고 저의 말은 이러이러했다고 하였다. 죄인들은 두려움과 무서움에 말문이 막혀 각기 자기의 죄상을 자백하였다. 마침내 조씨 상인 본처와 무당남편은 목 벨 것을 선고하였고 옥단 등 죄인과 관련된 사람들은 풀어주며 말했다.

"죄인들을 찾아내었으니, 죄 없는 사람들은 마땅히 풀어주어야 한다."

관리들 및 온 고을 사람들은 그가 적발한 것이 귀신같음에 감복하였다.

제22회

황준예에게 상금을 주었고, 시에 화답하도록 원앙루에 잔치를 베풀었다. (出金賞俊猊, 和詩宴鴛鴦)

어사가 옥사 처리하기를 이미 그치고 옥단 등 관련 사람들을 풀어주었다. 관련 사람들 중에 황준예(黃俊猊)라고 불리는 자는 조씨 상인의 가까운 이웃으로 억울하게 갇혔으나 본디 의협심이 있는 사내였다. 옥단이 조씨 상인의 부인에게 속은 것은 기생어미의 간악한 계략에서 나온 것임을 익히 알고, 이에 굳게 결심하여 옥사의 실정에 대한 근본 원인을 아뢰고자 하였는데, 어사가 본부 자사(本府刺史) 오백규(吳白圭)에게 살펴보게 하였다.

자사가 공적인 자리를 크게 열고 황준예의 하소연을 들으며 살피니, 황준예의 하소연은 이러하였다.

"이번 옥사가 비록 이미 명쾌하게 판결났으나, 다만 그 악초(惡草)만 제거하고 그 근본을 제거하지 못하면 반드시 장차 다시 좋은 벼와 상서로운 풀들을 해칠 것입니다. 당초에 옥단이 장사치 노파에게 속아서 아주 큰 의혹에 싸인 안건을 야기한 것은 기생어미의 간악한 계략에 나온 것입니다. 지금 만약 그 악을 제거하지 못하면 그 해를 제거하지 못할 것이니, 원컨대 그 기생어미와 장사치 노파를 치죄하여서 그 뿌리를 제거하소서."

자사가 이에 하급관리로 하여금 그 기생어미와 장사치 노파를 압송해 오도록 하여 장사치 노파를 엄히 고문하자, 장사치 노파가 자백하였다.

"기생어미가 은자(銀子) 30냥을 주며 옥단을 속여 조씨 상인에게 정조를 빼앗기도록 하라고 저에게 요구하였습니다. 단지 일시적인 욕심의 불길이 치솟아 그 계교를 행하려 했을 뿐이지 별달리 범한 것이 없습니다."

이에 기생어미를 고문하니, 기생어미가 벗어나지 못할 줄 알고 노림(蘆林)의 계략부터 옥단에게 행했던 일까지 자초지종을 남김없이 자백하였다. 자사가 곧 죄를 판단하여 결정을 내렸는데, 두 가지 죄가 함께 발각되었으니 종신 징역에 처하고, 장사치 노파는 곤장 100대를 친 뒤에 석방하였다. 또 황준예에게는 은자 20냥을 상으로 주며 말했다.

"네가 굳게 결심하고 고발하여 백성을 위해 해악을 제거하였으니 너의 의협심을 상주노라."

자사는 이에 어사에게 보고하였다. 어사가 처리 결과를 보고하기 위해 길을 떠나려 하자, 자사가 전별하는 잔치를 공북루(拱北樓)에서 베푸니, 이날 군현(郡縣)의 사람들이 다 모였다.

자사는 먼저 옥단이 잊으려 해도 잊을 수가 없는 어사와의 약속이 있음을 알고서 이에 그 아름다운 인연을 맺어주려고 별도로 원앙루(鴛鴦樓)에 자리를 만들었다. 또 동서의 두 기생들로 하여금 앞에서 접대하도록 하고 옥단을 이 누각에 오도록 청하여 어사와 서로 만나게 하였다. 어사는 자사의 호의를 알아차렸고, 눈에는 옥단을 그리워 애태우는 마음이 있어 누각에서 만나보니 묵은 한이며 새 기쁨이 교차하는 것을 금할 수가 없었다. 어사가 술잔을 들어 권하며 먼저 율시(律詩) 1수를 지어 지난날의 정을 위로하였으니, 그 시는 이러하다.

바다 구르고 산 옮겨짐은 모두 신령함이 있거늘	海轉山移總有身
다시 보검 얻고 거울 합쳐짐이 어찌 인연 없으랴.	釵還釖合豈無因
노림에서 죽을 뻔한 몸이 총마어사 되어 오니	蘆林殘骨乘驄馬
초옥에서 살아남은 혼들이 비단자리에 앉았네.	楚獄餘魂上錦茵
독서하느라 아직도 백발을 피할 수가 있고	黃卷尙能逃白髮
붉은 연분 화장하니 여전히 청춘을 띠었네.	紅鉛猶帶得青春
서로 만난 날이 외려 예전 약속 다지는 날이라	相逢却是尋盟日
술잔 잡으니 수건 적시는 눈물 어이 금하랴.	把酒那禁淚滿巾

옥단이 눈물을 훔치고 붓을 적셔 즉시 그 율시에 화답하며 백옥 술잔을 들어 권하였으니, 그 시는 이러하다.

꽃다운 넋이라도 원래 매신에게 의탁치 않지만	芳魂元不托梅神
예전 약속이 전생의 인연 이행함인 줄 어찌 알랴.	宿約寧知踐舊因
지난날 슬피 울부짖으며 형틀의 밧줄에 묶였더니	舊日悲呼嬰木索
오늘 아침엔 한가로이 잔치 자리에서 술 취했네.	今朝淸宴醉瓊茵
형산의 박옥 온전히 돌아옴을 뉘가 가련타 하나	誰憐荊璧完歸國
장미꽃이 늘그막에 봄을 차지하였으니 혼자 웃네.	自笑薇花老占春
푸른 옷자락 끌면서 물 긷고 절구질을 하리니	堪曳綠衣隨井臼
금루곡일랑 듣지 마소서 속절없이 수건 적시네.	莫聽金縷謾沾巾

제23회

조서를 받들어 정남군 지휘도어사가 되었고, 전쟁을 시작했으나
크게 패하였다.(奉詔都指揮, 開戰大敗衂)

어사는 옥단과 함께 술을 따르고 시에 화답하며 동서의 관기(官妓)로
하여금 노래하면서 춤을 추게 하여 기쁨과 즐거움을 지극하게 하니, 양
관아의 기생들은 모두 옥단이 곧은 의지와 고고한 절개를 목숨 걸고 더
욱 단단히 하여 마침내 귀한 집의 자제를 다시 만나는 데에 이르러 부귀
누리는 것을 우러러 공경하고 부러워하며 기뻐하지 않음이 없었다. 이날
자사는 잔치가 끝나자 수레와 말을 대단히 신경 써서 따르는 사람들이
구름 같았다.

마침 막 떠나려는 즈음에 역사(驛使)가 어명을 받들어 조서(詔書)를 전달
하니, 어사가 향안(香案)을 차리고 4번 절한 후에 꿇어 앉아서 읽었다. 그
조서는 이러하다.

  지금 남만(南蠻)이 복종하지 않아 장차 정벌하러 나아가도록 명하려는데, 짐
  이 서주어사(徐州御史) 왕경룡에게 특명하여 정남군지휘도어사(征南軍指揮都御史)
  로 삼노니 곧바로 운남(雲南)으로 향하여 육군(六軍)을 전진시키고 후퇴시키는 것
  을 그대가 모두 관할해 남방을 어루만져서 왕화(王化)에 복종케 하고 돌아오라.
  힘쓰라.

원래 어사가 서주의 옥사 처리를 마치고 옥사 처결한 사유를 신속히
조정에 보고하면, 황제가 대단히 감탄하여 칭찬하시고 크게 쓰려 하였다.
그런데 운남의 오랑캐 추장이 그 부락을 거느리고 남방을 침범해 관리들
을 살해하고 백성들을 약탈하며 성지(城池)를 빼앗아 점거하자, 호응하여

반란을 일으킨 것이 모두 42군(郡)이요 남만의 군대가 10여 만 명이라 변방의 봉화가 날마다 다급하였다. 황제께서 신하들을 크게 통솔하시면서 양회총독(兩淮摠督) 화진(花珍)에게 군대를 출동시켜 정복하라 명하시고, 이어 왕경룡을 지휘도어사(指揮都御史)로 삼아 진무하라 명하셨다. 어사가 어명을 받들어 곧 운남으로 향하자, 옥단도 따랐다.

어사는 이에 고아대독(高牙大纛) 깃발을 펄럭이며 행군하고 행군한 지 30일이 되어서야 비로소 운남 경계의 근처에 도달하였다. 양회군(兩淮軍)이 이미 당도하여 진(陣)을 치고 진지를 구축하였지만 전투가 자주 불리하여 바야흐로 구원병을 청하려 할 때, 총독 화진이 왕경룡 어사의 행차가 도착하였음을 듣고 여러 군대의 장수와 군졸이 교외에서 절하고 맞았다. 어사가 군례(軍禮) 받기를 다 마치고 남만을 정벌하는 계책을 묻자, 총독이 있는 힘을 다해 말했다.

"지세가 불리하며 인심이 복종하지 않아 싸워야 할지 화친해야 할지 적당하지가 않아서 승리를 거두고 있지 못하니, 원컨대 어사는 뛰어난 계책으로 지휘하여 편의대로 승부를 결정지으시오."

어사는 그 말을 받아들이고 별관에 물러나 쉬면서 수행자들로 하여금 남만 진영의 동정을 탐문케 하였다.

며칠 만에 남만의 군대가 병영을 활짝 열고 전쟁의 시작을 알리는 글을 투하하며 북을 치면서 고함을 질러 그 소리에 천지가 진동하자, 황제의 군대도 크게 떨쳐 일어났다. 남만의 장수 목눌아(木訥兒)는 만 명의 장부도 당하지 못할 용기가 있어 온몸에 갑옷을 두르고 개산부(開山斧)를 걸머쥐고 철준마(鐵駿馬)에 앉아 진영 앞에서 용맹을 떨치며 좌우 양쪽을 둘러보니 기세가 사나운 호랑이 같았다. 황제의 군대가 감히 적에게로 향하지 못하였거늘, 목눌이 연달아 삼진(三陣)을 패배시키고 손수 여덟 장수[八將]를 목 베어서 승승장구하였다. 선봉이 꺾이고 중군(中軍)이 무너져

도망치자 황제의 군대는 30리를 퇴각하여 막게 되니, 총독이 크게 우려하고 근심하여 어사에게 의논하기를 청하자, 어사 말했다.

"내가 오늘의 전세를 보니 지모로는 이길 수 있을 것이나 힘으로는 맞설 수가 없소. 총독은 모름지기 보루를 높이 쌓고 성벽을 견고히 하여 그들의 기세를 누그러뜨려야 할 것이오."

제24회
옥단이 능히 진언하였고, 상여호 장수는 조서를 전하지 못하였다.(玉娘能進言, 虎將不傳詔)

어사가 지모로 이길 계책을 깊이 생각하느라 지도를 책상 위에 펼치고 밤새도록 불 밝혔다. 그런데 마치 근심하고 한탄하는 기색이 있는 듯하자, 옥단이 곁에서 있다가 나오며 말했다.

"가까이서 보니, 상공(相公)께서 안색이 전날보다 꽤 좋지 않습니다. 무슨 근심거리가 있는지 알지 못하지만, 승리를 보장하는 좋은 계책이 과연 어느 셈법에서 나온단 말입니까?"

어사가 말했다.

"지도를 살펴보니 산천이 매우 험하고 기후와 풍토가 불편하여 나아가고 물러나는데 적당하지 않으며, 남만의 군대가 사납고 막강한데다 유리한 지형을 먼저 차지하여 승리하기가 어려운 형편인지라, 이 때문에 깊이 근심한다오."

옥단이 말했다.

"예로부터 남만(南蠻)의 풍속이 사납고 탐욕스러워 이곳을 보면 나아가고 강한 것을 만나면 물러나서, 들고나는 것이 일정하지 않고 이기고지는 것을 상관하지 않은지라, 나라를 위해 변경지역을 걱정해야 하는 것은 북호(北胡)보다도 심하였습니다. 이 때문에 마복파(馬伏波)가 남쪽으로 월상(越裳)을 정벌하고는 먼저 위엄과 무력을 과시하고 나중에 은혜를 베풀다가 구리기둥을 푯말로 세우고 돌아왔으며, 제갈무후(諸葛武侯 : 제갈량)는 남쪽으로 맹획(孟獲)을 정벌할 때 5월에 노수(瀘水)를 건너 불모지로 깊숙이 들어가면서 7번이나 사로잡았다 도로 놓아주니 남쪽사람이 다시는 배반하지 않았다고 합니다. 이로써 보건대 남만은 마음으로 복종시킬 수 있지만 힘으로 승리할 수 없나이다. 첩에게 보잘것없는 소견이 있으니, 남월왕(南越王) 위타(尉佗)의 고사에 의거하여 상공(相公)은 임금의 명령이라고 속여 투항토록 해 그들로 하여금 황제의 위령(威靈)에 감복하고 소굴로 돌아가 지키게 하면 남방은 더 이상 걱정이 없을 것입니다. 상공께서는 어찌 시험하지 않으십니까?"

어사가 말했다.

"책략이 비록 매우 기묘하지만 그 임무를 감당할 사자(使者)가 없으니, 이것이 어려운 것이오."

옥단이 말했다.

"황제의 군대가 먼 곳에서 이르러 날랜 장수[猛將]들이 숲을 이루고 지혜로운 선비[智士]들이 구름처럼 모였으니, 어찌 그 임무를 맡을 일개 사자가 없을 수 있겠습니까?"

어사가 그 말을 그럴 듯하게 여겨서 몰래 진무하는 조서를 작성하는 김에 금함(金函)을 차려 두었다.

다음날 아침 총독과 함께 대영(大營)에서 회견하는데 문무 장수들이 10겹으로 좌우에 둘러 있었고, 쇠북소리 3번 울리자 지휘도어사와 양회총독은 서로 인사를 마쳤다. 어사가 이어 군사들에게 말했다.

"벌레 같은 저 남만(南蠻)이 왕화(王化)에 복종하지 않으니 조정이 비록 장수에게 명하여 군사를 출동시켜서 무력과 위엄을 떨치도록 했으나, 성스러운 천자께서는 인류의 참화를 근심하시어 특별히 진무하라는 조서를 내리시고 외람되이 나로 하여금 귀의시켜 복종토록 도모하라 하시었다. 지금 우선 사자(使者)를 보내어 남만의 군진에 조서(詔書)를 먼저 보내려 하니, 지혜와 용기를 겸하고 말을 잘하는 자 1명을 뽑아서 조서와 금함(金函)을 공손히 전하라."

총독이 참모장으로 하여금 그러한 사람을 뽑게 하자 1명의 대장을 거명해 보이니 곧 상우춘(常遇春)의 손자 상여호(常如虎)이었다. 용기가 태산도 흔들 수 있고 풍채가 당당하였는지라, 어사는 크게 기뻐하고 군영(軍營)의 문까지 나가 전송하였다.

상여호는 남만의 진영 앞까지 가서 대포 한 발을 쏘고 크게 소리질렀다. "남만의 왕은 성스런 황제의 조서를 공손히 받들라."

그러자 갑자기 남만의 진영으로부터 한바탕 방자(梆子) 소리 울리더니 화살이 빗발처럼 쏟아졌다. 상여호가 어찌할 도리가 없음을 알고서 한마디 말도 붙여보지 않고 뒷걸음질하며 돌아왔다. 어사와 총독이 그 광경을 보고 자못 번뇌하였다.

제25회
패전하여 안남을 지켰고, 칼춤을 추며 남만의 궁으로 들어갔다.
(敗績守安南, 舞釖入蠻宮)

남만의 군대가 진영(陣營)의 문을 활짝 열고 벌떼처럼 몰려와 꾸짖으며 싸움을 걸어오니, 적의 기세가 심히 걷잡을 수 없었다. 총독이 여러 군사들에게 물었다.

"누가 싸우러 나가서 저 기세를 꺾을 수 있겠느냐?"

좌우의 선봉이 그 소리에 응하며 싸우러 나가 몇 번 싸우기도 전에 갑자기 미친 듯이 바람이 크게 일어 모래가 날리고 돌멩이가 굴렀으며, 호랑이와 표범, 무소와 코끼리 같은 동물들의 수많은 무리도 황제의 군대를 에워싸니, 회군(淮軍)은 흙더미가 무너지는 듯하고 기왓장이 부서지는 것과 같아 몹시도 혼란스러워 선두와 후미가 서로 맞지 않았다. 총독이 이에 안남(安南)으로 퇴각해 패잔병들을 수습하니 거의 절반으로 줄었다. 어사가 총독에게 말했다.

"얼마 전에 보루를 높이 쌓고 성벽을 견고히 하여 그들의 기세를 누그러뜨리려야 한다고 말한 것은 참으로 까닭이 있었소. 어찌하여 칼날을 무릅쓰며 패전한단 말이오?"

총독이 말했다.

"성스런 조서를 받들지 아니하고 왕화를 거스르며 횡포를 부리니 화친하기에 적당하지 아니하고, 싸우기에도 또한 어려우니 장차 어찌해야 적을 물리치겠습니까?"

어사가 말했다.

"전세를 보아가며 도모하고 기미에 따라서 응하시오."

마침내 별관(別館)으로 물러나 옥단과 마주하며 말했다.

"조서를 받들고 간 사람은 남만의 진영에 들어갈 수가 없고, 어제 또 대군이 무너져 황제의 군대가 안남으로 퇴각하여 지키니 조금도 마음 놓을 수 없는 절박한 순간이라, 이를 장차 어찌해야 한단 말이오?"

옥단이 말했다.

"첩에게 한 계책이 있습니다. 옛날에 조말(曹沫)은 비수를 가지고 제(齊)

나라의 단상에 오르고, 화원(華元)은 검을 차고 초(楚)나라 진영에 들어가서 모두 그 공을 이루었습니다. 오늘날의 전세가 남만의 날카로운 기세를 대적할 수가 없으니, 첩이 비록 재주가 없지만 석 자 추련도(秋蓮刀)로 칼춤을 추다가 곧바로 남만 왕궁으로 들어가 성스런 조서를 널리 알리겠습니다. 다행히 왕화에 귀의하면 병란의 기운을 거두어들일 수 있을 것이오, 그렇지 않으면 남만 왕의 머리를 취하고서 진영 앞에서 호령하면 남만의 군대가 반드시 싸울 마음이 없을 것이어서 창을 거꾸로 들고 항복하리니, 상공께서는 글귀의 뜻이 어떠한가를 자세히 살피지 않으셨습니까?"

어사가 말했다.

"그 계책은 아주 기묘하오. 그대가 언제 능히 검술을 배워서 이런 위험한 계책을 낸단 말이오?"

"첩이 북루(北樓)에 있을 때 공손(公孫)이라는 여자 도사를 만나 신선술을 배워서 터득해 백원(白猿)으로도 변할 수가 있고 보라매[蒼鷹]로도 될 수가 있으니, 바라건대 상공(相公)은 염려하지 마소서."

어사가 크게 기뻐하며 허락하니, 옥단이 한 필의 베로 온몸에 감아 조서를 깊이 숨기고 두 손으로 용문검(龍文劍)을 쥐고서 일어나 춤추며 여러 번 돌았다. 갑자기 한 줄기의 흰 무지개가 생기면서 섬뜩한 빛이 가득해 등골이 오싹하여 침범할 수가 없었다.

옥단이 곧바로 남만의 왕궁에 들어가자, 남만 왕 독록아(禿鹿兒)가 여러 추장(酋長)들과 대응할 계책을 상의하고 있었다. 갑자기 한 줄기 섬뜩한 빛이 흰 무지개 속에서 번쩍번쩍 다가와서 남만 왕을 마음대로 내리누르자, 팔다리는 마비된 채 눈이 휘둥그레지고 가슴이 두근거렸다. 옥단이 그 본래의 모습으로 변하여 나타나 검을 짚고 매섭게 꾸짖으며 말했다.

"너는 남쪽 먼 곳의 번복(藩服)으로 황제의 교화를 받지 아니 하고 군사를 일으켜 국경을 침범하여 황제의 군대와 맞서니, 황제의 군대는 맹장(猛將)이 천 명이오 용감한 병사가 백만 명이라 소굴을 쓸어버릴 수 있도다. 그러나 대명황제(大明皇帝) 폐하께서는 어진 덕이 하늘과 같으시어 인륜이 매우 참혹할까 걱정하시고 특별히 성스런 조서를 내리셨거늘, 남만의 장수가 왕화를 거스르며 받아들이지 아니하니 그 죄가 만 번 죽어 마땅하도다. 나는 지휘도어사(指揮都御史)의 명을 받들고 성스런 조서를 공손히 받들어 가지고 이곳에 왔다. 그러니 남만 왕은 조서를 공손히 받고 군대를 철수해 돌아가 복종하면 천자께서 마땅히 남쪽 변방[南服]을 하사하여 영원토록 복록을 누리게 할 것이거니와, 그렇지 않으면 다섯 걸음 안에 너의 우두머리를 베어 북궐(北闕) 아래에 걸어놓을 것이니, 너는 선택하고 스스로 따르라."

남만 왕이 한참 동안 그 말을 듣고는 이내 시신(侍臣)들에게 명하여 대장의 장막 안에 향탁(香卓)을 배설하고 북쪽을 향해 무릎 꿇어 조서를 받았다.

제26회
남만 왕이 왕화에 귀순하였고, 양회의 군대는 개선가를 불렀다.
(蠻王歸王化, 淮師唱凱歌)

그 조서는 이러하다.

아아! 너 남만 왕은 신하가 되어 남쪽 변방을 복속시켜 산모(山茅)처럼 사소한 것에서부터 해침(海琛)과 같이 매우 진귀한 것에 이르기까지 오랫동안 그 직무를 다하였거늘, 갑자기 왕화를 거스르며 제멋대로 무기를 들고 황제의 군대와 맞서니, 오직 짐이 밤낮으로 나랏일을 애쓰면서도 매우 참혹할까 염려하여 사자(使者)를 보내어 진무하고 깨우치게 하였도다. 군대를 철수하고 항복하면 너의 자손들은 당연히 큰 복을 누릴 것이며, 멈추게 하지 않고 복종하지 않으면 무기를 거두어서 깨끗하게 소탕하는 직무를 못하게 하겠는가. 너는 후회하는 지경에 이르지 않도록 하라.

남만 왕이 경건히 읽기를 마치고서 잔치를 베풀어 대접하고 머리를 조아리며 사죄하였다.

"천신(天神)이 번거롭게 임하여 이 성스런 조서를 내리니, 직책을 맡은 것이 오랑캐의 풍속이라 할지라도 감히 성스런 덕화를 복종하지 않고 영원한 세월 동안 황제의 은혜를 받을 수 있겠습니까?"

한편으로 사례하는 글[謝表]을 지어 올리기 위해 옥단으로 하여금 돌아가게 하고, 또 한편으로 무관 추장(武官酋長)으로 하여금 부절(符節)을 들고 역말을 타고 가서 8명의 오랑캐 추장들을 소환하라 하였다. 옥단이 몸에 사표(謝表)를 지니고 칼춤을 추며 하늘로 올라 가버렸다. 남만 왕은 후비(后妃)와 여러 신하들과 함께 하늘을 향해 수없이 절하며 신선의 위령을 돌려보내고, 다만 8명의 오랑캐 추장들이 항복의 예를 행하지 않을까 염려하였다. 이에 400명의 추장들과 천리마(千里馬)를 타고 곧장 전쟁터로 향하여 장사(壯士)들을 크게 먹이고 신속하게 날마다 성채(城寨)를 지원하며 곧바로 왕의 대영(大營)으로 달려가서 도어사의 휘하에 사죄 청하기를 바랐다.

옥단이 어사에게 돌아가 보고하며 그 전말을 일일이 열거하고 그 사표(謝表)를 올리니, 어사가 크게 기뻐하여 말했다.

"남방이 평정되었소."

즉시 군영(軍營)을 통할하도록 하여 크게 군대의 위엄을 차리고, 어사가 총독과 서로 만나서 남만 왕이 귀순하여 복종하는 것의 다행스러움을 이야기하며 또 말했다.

"남만 왕이 필시 스스로 와서 사죄할 것이오."

말이 다 끝나기도 전에 군영의 문을 지키던 장졸이 들어와 고했다.

"남만 왕이 옥을 입에 물고 스스로 손을 묶어 대장기 아래서 용서를 빌고 있습니다."

어사가 이에 장막 안으로 들이라 명하여 친히 직접 풀어주고 예를 갖추어 손님으로 우대하였다. 남만 왕이 감사함을 이기지 못하고 42군(郡)이 약탈한 재물 보화와 소와 말, 그 성지(城池)와 인민들 모두 도로 바치며 사죄를 청하니, 어사가 이에 위로하고 타일러 달랬다.

"귀순하여 항복하는 것을 가상히 여겨 특별히 이전의 허물을 용서하노라. 마땅히 황제께 아뢰어서 그 남쪽 변방[南服]을 봉하여 대대로 왕이 되게 하리로다."

남만 왕이 사례하고 머리를 조아리며, 조서를 전한 엄청난 신력(神力)을 지닌 이를 보고자 하였다. 어사가 옥단을 불러 서로 보게 하라 하니, 남만 왕이 이에 황금 100근과 명주(明珠) 100과를 옥단에게 바쳤다. 옥단이 사양하며 받지 아니 하고, 이에 명주 1과만을 취하여 머리에 꽂는 장식품에 걸어서 남쪽 변방을 정벌한 것의 기념으로 삼았다.

남만 왕이 인사하고 헤어져 자기 나라로 돌아가니, 남방의 기운이 조용하고 평안하게 다스려졌다. 양회(兩淮)의 장졸과 운남(雲南)의 사졸들이 모두 어사와 옥단의 신묘한 계략과 귀신같은 꾀에 감복하여 싸우지 않고도 평정한 것을 칭송하였다. 양회군(兩淮軍)의 장수들이 개선가를 부르며 회군할 때, 어사가 그 지역의 백성들을 어루만져 회유하며 한 해 동안에 내는 조세를 면제하고, 장수와 병졸에게 크게 상을 내려 금과 비단을 보내니, 군인들과 백성들이 뛸 듯이 춤추고 즐거워하며 기뻐하는 그 소리

가 하늘과 땅을 울렸다. 어사와 옥랑은 따르는 자들을 거느리고 도성을
향해 돌아왔다.

제27회
어사가 의금부에서 처벌을 기다렸고, 국부인으로 옥단을 봉하였다.(御史待金吾, 夫人封玉娘)

어사와 옥단이 돌아오는 길 내내 무사해 도성에 도달하여 의금부에서
처벌을 기다렸다. 의금부가 임금에게 말씀을 올렸다.

"도어사(都御史) 왕경룡이 의금부에서 황제의 처분을 기다리고 있습
니다."

황제께서 놀랄 정도로 의아하게 여기고 대궐의 전 숙위장군(前宿衛將軍)
에게 명하여 사자(使者)로 가서 묻게 하였다.

"경(卿)이 세상에 보기 드문 큰 공로를 세웠는데, 함부로 한 사람이라도
보내지 않으면서 남쪽 변방을 깨끗하게 했으니 나라를 위해 세운 공로가
이보다 큰 것이 없거늘, 어찌 곧바로 들어와 처리 결과를 보고하지 않고
또 뜻밖의 거조를 행한단 말인가?"

어사가 엎드려 아뢰었다.

"신(臣)의 죄는 왕법에 따라 처벌을 받아 죽는 것이 마땅하여 만 번 죽
더라도 용서받을 수 없을 것이니, 당연히 표문(表文)으로 진술하여 처벌을
청하나이다."

즉시 자기의 죄로 여기는 표문을 올리니, 황제가 태극전(太極殿)에서 신
하들을 대하면서 그 표문을 보도록 하시었다. 그 표문은 이러하다.

죽을 죄 지은 신(臣) 왕경룡은 황명을 받들어 남쪽 변방을 정벌하러 가서 전세(戰勢)를 살피니 싸움이 자주 불리하고, 만일 싸움에서 승리를 거둘지라도 마음으로 복종하지 않으면 남쪽 변방을 태평하게 할 수가 없는지라, 이로 인해 신(臣)이 황제의 명령이라고 속이고 왕화를 펼쳐서 비록 깨끗하게 했을지라도 신이 저지른 죄는 진실로 마땅히 용서받을 수 없으니, 신은 지금 처벌하라는 명을 기다리고 부월(斧鉞)의 주벌(誅罰)을 기다리나이다.

황제는 이에 형부상서(刑部尙書)에게 명하여 특별히 그 죄를 용서하게 하시고 특명으로 입궐하게 하시었다. 어사가 대궐 뜰 앞으로 기어가서 남쪽 변방을 평정했던 일을 아뢰고 이어 죄의 처벌을 청하였다. 황제께서 크게 기뻐하여 위무하시며 궁중의 술을 내리시고 특별히 병부시랑 겸 한림원 태학사 자금어대(兵部侍郎兼翰林院太學士紫金魚袋)에 승진시켰는데, 어사가 표문을 올려 사직하였지만 황제께서 윤허하지 않으셨다.

때마침 문연각 학사(文淵閣學士) 장시명(張時鳴)이 군사들을 위로하는 사신[勞軍使]으로서 운남(雲南)을 향해 갔다가 도성으로 되돌아와 옥단이 공을 세운 사실을 아뢰자, 황제가 가상하게 여기시어 평남국 부인(平南國夫人)에 봉하시고 문서를 내리시니, 옥단이 대궐에 들어가 그 은혜에 사례하였다. 이날 밤에 황제는 후비와 동궁, 여러 시신들과 함께 옥화루(玉華樓)에서 잔치를 베풀었다. 황제께서 옥단을 불러 말했다.

"네가 신묘한 검술로 나랏일을 도운 큰 공이 있다 하니, 너는 짐의 면전에서 한 번 그 검술을 시험해 보여라."

옥단이 황명을 받들고 칼춤을 한참 동안 추자, 한 줄기 흰 무지개가 상림원(上林苑)에 있는 은행나무를 에워싸더니 삽시간에 그리 높지 아니한 공중으로 빛나다가 이슥하여서야 흰빛이 점차 없어지고, 옥단이 돌아와서 대궐 뜰에 엎드려 있었다. 황제와 후비가 심히 칭찬하셨는데, 황제께서 황금 10,000근을 하사하시고 황후께서 황금 50근을 하사하시니, 옥단이 그 은혜에 사례하고 대궐을 물러나왔다. 다음날 황제께서 큰 저택을 하사하여 시랑(侍郎) 경룡의 살림집으로 삼으시니, 부귀영화가 온 조정에서도 지극하였다.

이때 각노(閣老)가 시랑이 공훈 세운 것을 듣고 기쁨을 이기지 못하여 노부인에게 말했다.

"아이가 출세하여 공훈은 높아 1등이고 벼슬은 아경(亞卿)에 이르렀으니, 우리 집안의 영예는 이미 지극히 두려울 정도이오. 다만 아직도 부인이 없고, 옥단은 벼슬이 국부인에 이르렀으나 정실(正室)에 있을 수가 없으니, 이를 장차 어찌해야 한단 말이오?"

노부인이 말했다.

"인륜의 요체를 바로잡지 않을 수 없으니, 원컨대 상공께서는 도성에 올라가서 표문을 올려 질정(質定)을 청하소서."

제28회
황제가 심원의 꽃 속에서 혼인하게 하였고, 봄날 금당에서 시를 읊조리는 잔치가 열렸다.(賜婚沁園花, 侍宴金堂春)

각노가 말했다.

"부인의 말씀이 심히 아름답소. 원컨대 함께 도성으로 가서 아들의 부귀영화를 보고, 또 혼인 문제를 정하여 집안의 법도를 바로잡는 것이 옳겠소."

그 날로 행장을 꾸리고 노부인과 곧장 도성으로 향하니, 시랑과 옥단이 100리 밖까지 영접하러 나가 기쁨과 즐거움이 넘치도록 극진히 받들어 모셨다. 각노가 이에 시랑에게 말했다.

"이번 우리들의 행차는 너의 혼인 문제 때문인데, 정실(正室)을 짝지어야 할 것이로되 옥단이 특별히 화려한 벼슬에 올랐으니 위세가 매우 맞지 않는구나. 내가 장차 표문을 올려 황제 폐하께 그 혼인 문제를 질의한 연후에 집안의 법도를 바로잡을 것이니라."

곧 이어서 대궐에 표문을 올렸는데, 황제께서 표문을 읽으시고 즉시 금빛 글자로 내리신 비지(批旨)는 이러하였다.

"짐에게 공주가 있으니 의당 시랑에게 시집갈 것이오, 옥단은 그 다음으로 시집가게 하라."

각노가 그 은혜에 사례하였는데 황송하고 감격스러움을 이기지 못하였다.

황제가 이에 태사(太史)로 하여금 길일을 택하게 하니, 그 날은 바로 성화(成化) 30년 춘삼월(春三月) 15일이었다. 공주는 황후의 셋째 딸 옥화공주(玉華公主)로, 이때 나이가 20세이다. 얼굴은 꽃처럼 아름다웠으며 성품은 옥같이 맑았고, 어진 행실은 곧고 조용하였으며 재주와 지혜는 밝고 통달하였으니 군자의 좋은 배필이라 할 만하였다. 그리하여 취화궁(翠華宮)을 상림원(上林苑)의 동쪽에 세웠다. 그 택한 길일이 다다르자, 성대하게 의장(儀仗)을 설치하고 대례(大禮)를 취화궁에서 행하였다. 시랑을 승진시켜 부마도위(附馬都尉)로 삼았다. 부마와 공주는 1쌍의 전혀 흠이 없는 화벽(和璧)이 해와 달처럼 비추는 것 같았다. 황제와 황후는 매우 사랑하시고 기뻐하셨으며, 각노 부부는 황송하고 감격스러워 기뻐하는 것을 거의 이기지 못하는 듯했다.

이날 황제는 또 명하여 평남국 부인(平南國夫人)을 특별히 옥영공주(玉英公主)로 봉하여 둘째부인이 되게 하라 하시었다. 옥화는 옥영을 매우 사랑하고 옥영도 옥화를 공경하여 화목한 기운이 흘러넘쳐서 온 집안에서 봄기운이 생겨났다. 시랑이 이에 구련당(龜蓮堂)에서 화려한 잔치를 크게 베풀어 두 공주와 함께 각노 부부에게 오래 살기를 비는 뜻으로 술잔을 올렸다. 육궁 비빈(六宮妃嬪)들이 내연(內宴)에 차례로 참여하고, 온 조정의 공경대부들이 외연(外筵)에서 축하하니, 신선의 음악이 가득하고 술잔이 어지러이 오갔다. 빛나는 별 아래의 풍악 소리, 노래와 춤, 축하 시문은 진실로 천하에서 처음 있는 성대한 잔치이었다. 곽분양(郭汾陽 : 곽자의)이 누렸던 즐거움과 배진공(裴晉公 : 배도)이 세웠던 공업이 시랑의 부자에게 겸했다고 할 것이다.

이날 두 공주와 함께 밤에 금벽봉(金碧鳳)에서 주연을 베풀었는데, 술이 세 순배 돌 즈음에 옥화공주가 벽화지(碧華紙)를 펼치고 시(詩) 1수를 지으니 옥영공주가 그것에 화답하고 시랑이 또 그것에 화답하였다. 시는 주옥을 이루었고 글씨는 구름과 연기를 일으키는 듯해 갑을의 우열을 정할 수가 없었다. 황제가 들으시고 시문을 들이도록 특명을 내려 친히 직접 품평하리라 하시었다. 시랑이 두 공주와 함께 공경히 시를 담은 상자를 받들어 황제가 계신 자리에 입시하여 두 손으로 올렸다.

제29회
황제께서 시 상자를 살피셨고, 궁궐에서 상품을 하사하였다.
(玉手考詩函, 金殿頒賞品)

황제께서 그들의 시를 보았더니, 옥화공주의 시는 이러하다.

관저의 덕화는 집안을 바르게 할 범절일러니   關雎聖化正家風

화목한 기운이 한없음은 사해가 똑같을레라.　和氣洋洋四海同
불어오는 봄바람 따라 맛좋은 술을 따르나니　綠酒斟來春風斜
명나라의 해와 달이 술동이 속에서 빛나네.　大明日月照樽中

옥영공주의 시는 이러하다.

몸에 칼 한 자루 지니고서 임금의 은혜 갚으려니　身留一釗答君恩
골수에는 두루 우로에 흠뻑 젖은 흔적이로구나.　骨髓偏霑雨露痕
견마로는 대대로의 보복을 그치게 할 수가 없어　犬馬不能終世報
구슬로 변해 진한 피로 하늘과 땅에 맹세케 했어라.　化珠碧血誓乾坤

부마의 시는 이러하다.

금봉루 앞의 달빛이 환히 비추는데　金鳳樓前月色多
봄바람은 심원의 꽃들에 떠 움직이네.　春風浮動沁園花
만년천지의 은혜가 바다와 같으니　萬年天子恩如海
곳곳마다 모두 격양가가 들리누나.　處處皆聞擊壤歌

　황제께서 보시고 나서 용안에 희색이 감돌더니 소리 내어 읊조리시고 손에 주필(朱筆)을 쥐고서 차례로 비평하셨는데, 옥화공주의 시를 평하셨다.
　"화락한 기운이 어리고 엄숙하여, 집안을 바르게 하는 주남(周南)의 시풍이 있도다."
　옥영공주의 시를 평하셨다.
　"강직하고 굳세며 불의에 개탄하여, 임금을 위해 적개심을 불태우는 기운이 있도다."
　부마의 시를 평하셨다.
　"넉넉하고 귀하며 화평하여, 태평시대에 재상의 기품이 있도다."

그 시들의 우열을 가리는데 미쳐서는 누가 뛰어난지 누가 뛰어나지 않은지를 알지 못하겠는지라, 황문(黃門 : 환관)에게 명하여 상품 두 종류를 걸어놓게 하셨다. 하나는, 파사국(波斯國)에서 조공한 따뜻한 옥장자(玉障子)로 모시정문(毛詩正文) 1통을 새겼는데, 글자가 파리의 머리만 하여 광채가 눈을 어지럽게 하며 차가운 날씨에도 항상 따뜻하였다. 또 하나는, 월군(越郡)에서 조공한 용문칠성검(龍文七星劍)으로 오금(五金)을 거듭거듭 많이 단련한 것인데, 뭍에서는 무소와 코끼리를 베고 물에서는 교룡과 악어도 벨만하였다. 모두 온 세상의 신비로운 보물이었다. 그리하여 갑(甲)과 을(乙) 두 개의 제비를 뽑게 하되, 갑으로 뽑힌 사람은 따뜻한 옥병풍을 상으로 줄 것이고 을로 뽑힌 사람은 용문검을 상으로 줄 것이나, 병으로 뽑힌 사람은 꼴찌인지라 벌로 큰 술잔의 술을 마셔야 하리라 하였다. 부마와 두 공주로 하여금 뽑게 하니, 부마가 먼저 제비 하나를 뽑고 두 공주가 각각 제비 하나씩 뽑았는데, 옥화공주는 갑을 뽑았고 옥영공주는 을을 뽑았으니, 부마는 병인 것이 당연하였다. 두 공주는 모두 상을 받고 그 은혜에 사례하였다. 부마는 두 공주보다 아래 등급에 있게 된 것을 부끄러워하며 먼저 뽑은 것을 한스럽게 여겼다. 황제께서 금초(金蕉)의 큰 잎 모양을 한 술잔에다 임금이 마시는 죽엽춘(竹葉春)을 하사하여 따르게 하고는 부마로 하여금 그것을 마시게 하니, 부마가 무릎을 꿇고 마셨다. 황후가 곁에서 말했다.

"대장부가 아녀자보다 뒤졌으니 너무나 부끄럽도다. 마땅히 벌로 큰 잔의 술을 더 마셔야 하리로다."

소용(昭容)에게 명하여 구룡 무늬가 있는 백옥 국자로 가득 일품 민괴향(玫瑰香)을 따라서 마시도록 하니, 부마가 또 무릎을 꿇고 마셨다. 육궁비빈(六宮妃嬪)들과 환관 표당(豹鐺)은 모두가 절로 웃음을 지었고, 척리(戚里)와 시신(侍臣)들이 손뼉 치며 부마가 벌주 마시는 것을 놀리지 않음이 없었다.

황제께서 이에 척신(戚臣)으로 하여금 모두 그 시에 차운하여서 시문을 짓도록 시험을 보이되, 가장 먼저 짓는 사람이 장원이라 하셨다. 부마가 일곱 발자국 걷기도 전에 붓을 들고 문장을 지어 어탑(御榻) 앞에 올리니, 여러 척신들이 감히 입을 열지 못하고 모두가 쓰던 글을 멈추고 붓을 놓았다. 황제께서 그리하여 급제자 명단에 갑(甲) 글자를 써서 하사하시니, 부마가 옥화공주를 돌아보며 말했다.

"내가 장원임은 황제께서 친히 하사하신 것이오. 갑(甲)이라고 쓴 제비를 뽑아 취한 것이 아니니 의당 장원이오."

옥영공주가 말했다.

"옥화공주가 갑이 된 것은 곧 세 사람 중에 으뜸이요, 은공(恩公)께서 갑이 된 것은 곧 시문을 짓도록 한 시험에서 제일 먼저 제출한 것이거늘 어찌하여 그 갑이 나란할 수 있겠습니까?"

황제와 황후는 크게 웃으시고 기뻐하시며 금주(金硃), 옥백(玉帛 : 옥과 비단), 필연(筆硯 : 붓과 벼루), 지묵(紙墨 : 종이와 묵) 등 진귀한 물품을 대상으로 내리시고서 즐거움을 다한 뒤에 흩어졌다.

제30회
가정에서는 규범이 훌륭하였고, 자손들에게는 길상과 번창함이 주어졌다.(家庭美規範, 子孫錫吉昌)

부마와 두 공주는 지극히 즐거움을 누리며 날마다 술 마시고 시 읊었다. 부모를 섬김에는 노래자(老萊子)의 효심을 다하며, 임금을 섬김에는 범공(范公 : 범중엄)의 충절을 다하고, 집안을 다스림에는 온공(溫公 : 사마온공)의 모범을 다하여 부귀가 하늘을 뒤흔들만하나 교만하지 않으며, 공훈이 세상을 덮을만하나 자랑하지 않으니, 진실로 맑은 조정의 재상(宰相)이요 고상하고 우아한 척신(戚臣)이었다. 자자손손 대대로 매우 번다하고 매우 창대하여 교목(喬木)의 봄날을 잇는 것이 이로부터 무궁하리로다.

본 기자가 평한다.

"금화산인(金華山人)이 본사에 초고(草稿) 하나를 보내었는데 그 패관이 실리지 않고 누락된 것을 애석해 하니, 우리들은 이에 그 글을 부연하여 30회 회장체로 만들어서 여기에 싣는다. 대개 패관씨(稗官氏)도 또한 사가(史家)의 무리와 같을 것이라, 그 훌륭한 일과 기이한 행적, 기인(奇人)들의 특별한 행위 등을 가려 모아서 석실에 간직될 부류로 보태니, 또한 족히 착한 일을 권장하고 악한 일을 징계하는 일종의 훈계 거리로 삼을 수 있다.

비록 그러하나, 패관의 잘못은 간혹 괴이한 일에 치우치거나 간혹 공허한 일에 빠져서 후세 사람들의 불신을 야기하는 것이 특히 그 하나의 결함이다. 왕경룡과 옥단의 일에 이르러서는 또한 요즈음의 음란한 풍속을 징계해야겠다. 어째서인가? 남자는 색계(色界)에 빠져서 마음을 잃고 뜻을 잃어 방탕한 데로 흘러 돌아오지 못한 자가 있으며, 창기가 여우같이 아첨을 떨고 음식에 독약을 섞어 죽이는 것에 이르러서는 오히려 논의할 것도 없고, 이른바 방으로 끌어들이는 첩실의 요즈음 행위라고 하는 것이 아침에 만나 저녁에 헤어지는 경우도 있고 동쪽에서 소리 내고 서쪽에서 응하는 경우도 있어서 갖가지 추태와 온갖 음탕한 정분을 사람의 도리로 일컫기에 불가하기 때문이다.

그렇다면 개돼지와 서로 희롱하다가 서로 헤어진 무리들과 동일하거늘, 왕경룡은 하루아침에 뱃길 돌리듯 하여 천하의 사업을 성취하였고, 옥단은 창기의 집에 잘못 떨어졌으나 한결같은 마음으로 절개를 지키고 맹세코 죽더라도 어기지 않아 끝내 천하의 명예와 절조를 성취하였으니, 지금 세상에 있어서 연약한 심장의 대장부와 경박한 행실의 첩실로 하여금 이 용함옥(龍含玉)을 한번 보게 하면 족히 부끄러워 죽고 싶어 할 것이다. 지금은 인간 세상의 풍습을 교화하는데 크게 관계되고 근래에 나쁜 풍속에 아주 빠져드는 데에 더욱 긴절하게 관계되므로, 이 용함옥 30회 소설을 게재하여 권선징악의 일대 보잠(一大寶箴)으로 삼도록 할 것이오, 또한 패관을 계속 실어서 애독자들의 탐독거리를 제공하노라.

〈용함옥〉 끝 ♣

한문필사본〈용함옥〉

원문과 주석

龍含玉

緒言

宇古宙今에 無論英雄烈士와 文章才子와 風流冶郎[1]이 未嘗不留戀[2]於色而多有喪其志者ᄒ니 吁可嘆也로되, 至於玉娘之貞靜奇節은 可謂色界之卓犖超絶者라 不可以一流而歸之. 故로 好事者傳其事ᄒ야 庸述讚美之意ᄒ며 荐戒世人之好色者ᄒ노니 如玉娘者ᄂ 果非千古之罕有歟아.

第一回
魏公命收銀　奴僕諫看花

却說. 浙江紹興府ᄂ 山川之明麗와 人物之淸楚와 風土之佳良이 自古以江南으로 擅名者라. 華族[3]王姓家에 有一個靑年才子ᄒ니 其名曰慶龍이라.

其尊爺魏公이 以崇勳重望으로 嘉靖末에 位至閣老러니 會以論事忤旨ᄒ야 罷歸田里者累年이러니 與其夫人戚氏로 感其無育ᄒ야 互相永歎이러라. 一日夢蒼色龍이 入懷ᄒ고 偶然有身[4]ᄒ야 誕生奇男ᄒ니 仍此錫其名曰慶龍이라. 生得面

---

1) 冶郎(야랑) : 유흥이나 도박 따위에 빠진 사람. 난봉꾼.
2) 留戀(유연) : 차마 떠나지 못함. 그리워함.
3) 華族(화족) : 지체가 높은 사람이나, 나라에 공훈이 있는 사람의 집안과 그 자손들.
4) 有身(유신) : 임신의 다른 말.

如冠玉[5]ᄒ고 犀角豊盈[6]ᄒ야 聰明穎悟에 才思過人이러라.

魏公이 曾有恩賜黃金一百斤ᄒ야 貸與東市[7]富商ᄒ야 往販於楊州而返이라. 魏公이 携眷[8]ᄒ고 將浩然長歸[9]於紹興府, 皁裘[10]之故園ᄒ야 將爲終身計일ᄉ 時에 慶龍의 年이 十八이라. 勤勉學問ᄒ야 足不出門者凡有年이러니 魏公이 命之曰東市銀貨ᄅ 令可收徵ᄒ야 爲宗社子孫之計ᄒ니 不可使蒼頭로 徵還이라 汝其收來ᄒ라. 慶龍이 受命ᄒ고 與一老僕一靑驢로 發行至京師ᄒ야 留之月餘에 商人乃還ᄒ야 歸其息銀이어ᄂᆞᆯ.

龍이 收拾行李ᄒ야 逐向浙江일ᄉ 路次徐州라 忽念此地ᄂᆞᆫ 素稱繁華ᄒ니 思欲一觀ᄒ야 乃謂老僕曰我在家時에 庭訓이 嚴重ᄒ야 局束書籍ᄒ니 年齒方長에 閉門闊世ᄒ야 所謂紅爐靑樓에 豪侈佳麗之風流冶遊ᄅ 一未閱眼ᄒ니 令欲小停征驂ᄒ야 暫得游覽이 未知如何오. 老僕跪進曰公子公子아! 愼勿爲也ᄒ소서. 酒是狂藥이라 着口心盪이오, 色爲妖狐라 入眼魂迷ᄒᄂ니 公子ᄂᆞᆫ 英年[11]書生으로 志氣未定ᄒ니 若使兩物로 一寓心目이면 不爲彼祟所動者幾希矣라 不如不見之爲愈也ᄂ이다. 용이 應承其語而自謂一者游賞이면 豈至於喪心이리요 ᄒ고 逐不聽老僕ᄒ고 乃自西館으로 便閱東館ᄒ니

---

5) 面如冠玉(면여관옥) : 얼굴이 마치 관을 꾸미는 옥 같다는 뜻으로, 주로 남성의 용모가 아름다움을 이르는 말.

6) 犀角豊盈(서각풍영) : ≪戰國策≫〈中山策〉에 의하면, 相法에 이마에 犀角(물소 뿔 모양의 뼈)이 솟아 있으면 장래 매우 귀하게 된다는 말이 있음.

7) 東市(동시) : 중국 각 지역의 특산품이 넘쳐나던 시장. 西市는 서역의 온갖 진귀한 물품이 모이던 시장이다.

8) 携眷(휴권) : 가족을 동반함.

9) 浩然長歸(호연장귀) : 마음 푹 놓고 기분 좋게 길이 전원으로 돌아가 삶.

10) 皁裘(조구) : 菟裘의 오기인 듯. 늙어서 은퇴하여 고향에 돌아가고 싶은 소망을 이르는 말. ≪춘추좌씨전≫ 隱公11년에 춘추시대 魯나라 隱公이 桓公에게 자리를 물려주고서 도구 땅으로 돌아가 살고 싶다고 말한 고사에서 유래한 것이다.

11) 英年(영년) : 한창나이.

第二回
東館宴朝雲　南樓見玉娘

龍이 周覽東西兩館ᄒᆞ니 靑旗金榜은 隱暎於花柳之中ᄒᆞ고 綠衣紅粧[12]은 來往於臺榭之間ᄒᆞ야 歌管迭奏ᄒᆞ고 樽酒交錯이라. 龍이 徇道泛觀ᄒᆞ야 曾不介意러니 至南樓ᄒᆞ야 將欲小憩ᄒᆞ야 登樓倚欄ᄒᆞ야 買茶而飮之ᄒᆞᆯᄉᆡ.

適於數十步에 有特起高樓ᄒᆞ니 樓下에 見周道如砥ᄒᆞ고 平江如練ᄒᆞᄃᆡ 遠近彩舫이 泊於芳洲ᄒᆞ야 錦帆蘭槳이 伊軋瀁漾ᄒᆞ고 兩三白馬를 繫于垂楊ᄒᆞ야 金鞍玉勒이 躑躅啼嘶ᄒᆞ며 樓上見綺紈年少가 方張宴樂일ᄉᆡ 紅簾半捲ᄒᆞ며 紗窓敞開ᄒᆞ고 玉爐에 焚蝙蝠香ᄒᆞ야 碧篆成霧ᄒᆞ고 金樽에 斟玫瑰酒ᄒᆞ니 翠蟻生波라 紅粉如月ᄒᆞ며 綺羅成林ᄒᆞ니 哀綠豪竹은 縹緲凝露ᄒᆞ고 妙舞淸歌ᄂᆞᆫ 賓紛[13]竟日이라.

遺中有一位紅娥ᄒᆞ야 手把碧芙蓉一朶ᄒᆞ고 超班獨立ᄒᆞ야 若有所思ᄒᆞ니 精曜華矚[14]이 望若天上仙娘焉이라. 龍이 不覺注目ᄒᆞ고 思欲一見이로ᄃᆡ 但恨無以爲緣이라. 偶見樓下에 有賣瓢子老嫗어ᄂᆞᆯ 龍이 招之前ᄒᆞ야 殷勤而擧手問曰那樓中에 這娘子ᄂᆞᆫ 是誰也오? 嫗曰東館養漢的名은 朝雲이라 ᄒᆞ야ᄂᆞᆯ 言未已에 衆賓이 各自散去라. 龍이 乃於手袋[15]에 出二十兩銀子一錠ᄒᆞ야 贈嫗曰此物雖小나 聊以致情ᄒᆞ노니 嫗能爲我ᄒᆞ야 招此佳兒否아? 嫗謝其賜而笑拜曰彼以悅人爲業이라 招之則來로ᄃᆡ 但公子欲見彼娥者ᄂᆞᆫ 徒以美貌故也니 尤爲超絶於彼者亦在焉이라. 乃彼娥之少妹也니 其名玉檀이오 年今十四에 姿色이 傾國이라 討盡兩館에 無出其右者로ᄃᆡ 但年少未售ᄒᆞ니 若略重貨면 必得好因緣이라 ᄒᆞ야ᄂᆞᆯ, 용曰我之所以欲得一見者ᄂᆞᆫ 但耽其絶色而已라 非有意於合歡이로다. 嫗曰我與娥로 素相善ᄒᆞ니 當一揣其意라 況感君之惠ᄒᆞ니 敢不惟命이리요? 卽投其家ᄒᆞ야

---

12) 綠衣紅粧(녹의홍장) : 綠衣紅裳의 오기.

13) 賓紛(빈분) : 繽粉의 오기.

14) 精曜華矚(정요화촉) : 精曜華燭의 오기인 듯. 漢나라 班固의 〈西都賦〉에 "紅羅颯纚, 綺組繽紛. 精曜華燭, 俯仰如神."이 참고가 된다.

15) 手袋(수대) : 손가방.

久而不還이어늘.

　용이 恐爲嫗의 所賣ᄒ야 將信將疑ᄒ며 或坐或立ᄒ야 翹首凝望이러니 忽從櫻
桃花林中으로 有一道放光이어늘 용이 驚視之ᄒ니 嫗手携一娘子ᄒ고 緩緩而來
ᄒ야 歛容入門ᄒ니 光彩動人ᄒ야 天姿仙態가 百勝朝雲ᄒ니 眞世間所未有之國
色이라. 香風一陣에 坐未接語ᄒ고 飄然起身이어늘 屢爲老嫗之挽執而竟不肯留
ᄒ니 蓋羞被老嫗之紿而誤赴公子之召也러라.

第三回
金燭和新詞　玉枕拒合歡

　龍이 見此絶艶ᄒ고 心不定情ᄒ야 卽銓銀三千兩ᄒ야 送其家ᄒ고 使老嫗로
使辭於佳人之母曰物雖不典[16]이나 敢備一見之贄耳로다. 其母利之ᄒ야 邀龍公
子ᄒ니 용니 至其家ᄒ니 盛設筵席이라 金屏交回ᄒ고 繡幕高搴ᄒ디 玉醴激灩ᄒ
고 香羞錯落ᄒ며 紅粧은 執其絲竹[17]ᄒ며 翠黛ᄂᆫ 奉其盃樽ᄒ니 潤席之物과 助
歡之具은 窮極華侈於日午之宴矣러라.

　玉檀이 淡掃蛾眉[18]ᄒ고 天然艶粧으로 悄悄[19]就坐ᄒ니 蘭姿帶羞ᄒ고 玉貌含
態ᄒ야 掠削雲鬟ᄒ며 整頓花釵ᄒ니 服翠羽金縷衣ᄒ고 表以天竺細彩衫ᄒ며 着
紅毛朱網襦ᄒ고 覆以蜀川貝錦裙ᄒ니 皆以鬱金香署之ᄒ며 瑞龍腦薰之ᄒ야 奇
艶照席ᄒ며 異香滿堂ᄒ니 龍이 見玉嶺[20]儀飾이 似非塵世之人이라 尤不覺驚喜

---

16) 典(전) : 典重. 언행이 법도에 맞고 점잖음.
17) 絲竹(사죽) : 현악기와 관악기의 총칭. 거문고와 퉁소를 말하기도 하고, 또는 음악을 일반
　　적으로 이르는 말이기도 하다.
18) 淡掃蛾眉(담소아미) : 당나라 張祐가 지은 〈虢夫人〉의 "괵국부인은 임금님의 은총을 받아
　　/ 새벽에 말 타고 궁문으로 들어간다. 연지 분이 얼굴을 더럽힌다고 / 눈썹만 엷게 그리
　　고 임금님께 향한다.(虢國夫人承主恩, 平明騎馬入宮門. 卻嫌脂粉污顔色, 淡掃蛾眉朝至尊.)"에
　　서 나오는 말. 괵국부인은 楊貴妃의 언니로 얼굴이 고와서 언제나 분단장을 하지 않고
　　맨 낯으로 玄宗을 대했다고 한다.
19) 悄悄(초초) : 조용히. 은밀히.

悅服이러라.

酒至半酣에 龍이 滿酌一盃竹葉春[21]ᄒ고 請朝雲·玉丹曰誰意遠客이 到此仙
界ᄒ야 得取瓊液ᄒ고 暫聞仙樂ᄒ니 可謂平生之幸이로되 但所欠者ᄂ 兩娘子綺
語雲章爾라 是以爲恨이로다. 朝雲이 離席而坐ᄒ야 遂製齊天樂一章ᄒ야 歌以
侑酒ᄒ니 용이 卽和之ᄒ고 乃令玉娘으로 繼和ᄒ니 玉이 乍嬌乍耻ᄒ야 低眉不
應이어ᄂᆞᆯ 其母及朝雲이 並力勸之ᄒᆞᆫ디 玉이 辭以未能이어ᄂᆞᆯ 朝雲이 攬玉袂而懇
懇勸之曰旣售傾城之身ᄒ니 何客驚人之詞리요 速做新詞ᄒ야 以娛佳賓ᄒ라. 玉
이 勉强從命ᄒ야 避席而卽製暮雨曲一章ᄒ니 詞曲中에 隱有佳旨라. 용이 恐玉
娘이 難與爲歡ᄒ고 自切疑懼ᄒ야 遂和其曲ᄒ야 微觀其意ᄒ니 玉이 聽歌畢에
始開靑蛾[22]ᄒ고 暗注秋波ᄒ야 時送龍公子眉畔ᄒ니 龍亦意馬心猿[23]이 往來于
玉娘身上이러라. 時夜將半에 盡歡而席散이라. 其母令玉娘으로 薦枕ᄒᆞᆫ디 龍이
就其錦茵ᄒ야 欲做陽臺之夢[24]이어ᄂᆞᆯ 玉이 辭之甚緊曰妾之違命이 有意存焉이
니 若欲强之면 有死而已로다. 용이 疑問其故ᄒᆞᆫ디 玉이 太息而言曰妾은 素以良
家女子로 早失怙恃ᄒ고 又無朞시ᄒ야 率一老僕ᄒ고 行乞於市러니 此家倡母가
察我才貌ᄒ고 取以子之ᄒ야 政爲今日取直之資ᄒ야 使妾으로 得至於此ᄒ니 妾
이 嘗慕汝墳之貞操ᄒ며 每惡河間之淫風ᄒ야 今若一媚公子면 誓不適他라 恐公
子以妾으로 爲路柳墻花ᄒ야 一折永棄故로 不敢從命이라. 向者席間之詞에 亦
寓微意ᄒ니 公子도 想已理會라. 見公子風丰[25]神秀ᄒ고 才詞淸高ᄒ니 非不欲
奉事巾櫛이로디 妾之所蘊이 若是ᄒ니 公子ᄂ 其思之ᄒ라.

---

20) 嶺(영) : 容의 오기.
21) 竹葉春(죽엽춘) : 竹葉酒. 술 빛깔이 죽엽과 같다고 함.
22) 靑蛾(청아) : 靑眼의 오기인 듯.
23) 意馬心猿(의마심원) : 뜻은 날뛰는 말과 같고 마음은 떠도는 원숭이와 같다는 뜻으로, 사
    람의 마음이 욕심 때문에 항상 어지러움을 비유적으로 이르는 말.
24) 陽臺之夢(양대지몽) : 남녀간의 密會나 情交를 일컬음.
25) 風丰(풍봉) : 살찌고 아름다운 용모.

第四回

嬌娘誓一心　老僕諫五罪

龍이 聞玉娘言호고 驚喜起拜曰恭聞千金之言호니 不勝欣悅이라。若非素性貞靜이면 何以至此리요? 僕이 雖無醮三之禮나 娘은 宜守從一之義호니 誓與玉娘으로 終身偕老호되 互相背誓면 神明在彼라 혼디 玉이 笑曰若能如此면 共誓一心이라 호고 遂與就寢호니 魚水和諧之樂을 從可知矣로다。

龍이 自此之後로 縱情[26]溺愛호야 欲去不去호며 耽歡取樂호야 靡日靡夜호야 有忘返之意어늘 老僕이 乘間進曰公子은 不厭[27]老僕之忠告於公子者乎아? 용이 以實告之曰新情이 未洽호야 自難割愛호니 汝姑遲之호라。老僕이 他日切諫者再三曰疇昔賂銀之時에 老僕이 非不欲止之로디 見公子傾心注意호니 知不可諫호고 只冀公子自悟러니 一向[28]流連之至于此歟아? 曾是老僕之不意也로소이다。용이 不悅于色曰我年踰志學호고 未有室家호니 此娘이 名在妓籍이나 曾不汚身호고 蘭心수質이 可配君子라。況願與偕老호야 誓未適他호니 雖使良媒伐柯[29]라도 救之不得者乎아? 老僕曰公子아! 有命不復이 罪一也오 不告而娶가 罪二也오 樂而忘返이 罪三也오 浪費重貨가 罪四也오 耽淫喪志가 罪五니 老僕이 不敢與公子로 共之니 請今辭歸호노이다。용이 遽怒曰這畜生은 胡不遄歸오? 更命左右逐出호니 老僕이 出門嘆曰吾與若으로 俱受閣老之命호야 收銀子二萬兩而還이라가 不意中路에 爲妖物所祟호야 遽至於此極호니 銀子는 不足惜이로디 固限[30]公子之陷於不義也라 호고 遂行至中路에 適逢浙江同里之商販客호야 泣而告之曰汝當替我호야 歸告我閣老호라。老僕이 無狀호야 不能善護公子호니 罪合萬死라 호고 遂自刎而死호니 商客이 救之不及호고 歸告閣老혼디 閣老憤恨

---

26) 縱情(종정) : 실컷. 마음껏.
27) 不厭(불염) : 不念의 오기.
28) 一向(일향) : 줄곧. 내내.
29) 伐柯(벌가) : 도끼 자루를 도끼로 벤다는 뜻으로, 혼인에는 중매가 있어야 한다는 비유.
30) 限(한) : 恨의 오기.

ᄒ야 欲爲窮尋이로디 杳不知所在ᄒ야 但怒罵而已러라.

用이 自逐奴之後로 專心留連ᄒ야 若將終身而不返焉일시 厭娼樓之煩擾ᄒ며 忌遊客喧塡ᄒ야 別構一書樓於北園之下ᄒ니 雖不壯麗나 極其淸灑ᄒ야 滿樓金碧31)과 盈庭花石이 依然如春風燕子樓32)러라. 用이 與玉娘으로 把酒論文ᄒ며 對月學琴ᄒ야 足其滿心之樂ᄒ니 春花秋月33)과 朝雲暮雨34)가 駸駸然35)爲數年星霜之已改矣러라.

第五回
玉娘進善言　朝雲獻密計

玉娘이 乃於一日에 乘其從容ᄒ야 正色以告曰妾以靑樓賤品으로 猥蒙君子不棄ᄒ야 別治一室ᄒ야 爲妾之栖ᄒ니 恩孰大焉이리요? 感則深矣로디 妾이 旣與君子로 共誓一心ᄒ니 非不欲甘與子同處로디 奈公子가 以妾之故로 得罪於親庭ᄒ고 貽議於士友ᄒ니 何? 須展丈夫之壯心36)이리요 勿顧兒女之情ᄒᄉ셔. 妾欲隨君潛往이니 恐爲主母의 所拒오. 況公門은 有禮有法ᄒ야 家訓嚴肅ᄒ니 大人이 使賤妾으로 豈有可畜之理也리요? 公若與妾으로 久留遺絶이면 恐公家大人이 積怒於公子오. 且娼家는 利盡而情踈ᄒ니 主母待公子를 豈能如初乎리요? 爲公子計컨디 莫如懷未盡之寶ᄒ고 悟迷道於將半ᄒ야 還鄕省親ᄒ고 讀書勤業을 不撤晝夜ᄒ야 速取英年黃

---

31) 金碧(금벽) : 금빛과 푸른빛이라는 뜻으로, 아름다운 빛깔을 비유적으로 이르거나 울긋불긋한 단청을 이르는 말.
32) 燕子樓(연자루) : 당나라 貞元 연간에 조정의 대신 張愔이 徐州를 지키고 있을 때 그의 애첩 關盼盼을 위하여 지은 누각. 누각의 처마 끝이 제비가 날아가는 듯해서 연자루하고 하였다 한다.
33) 春花秋月(춘화추월) : 봄철의 꽃과 가을철의 달이라는 뜻으로, 자연의 아름다움을 이르는 말.
34) 朝雲暮雨(조운모우) : 아침에는 구름이 되고 저녁에는 비가 된다는 뜻으로, 남녀 간의 애정이 깊음을 비유적으로 이르는 말.
35) 駸駸然(침침연) : 거침없이 마구 달리는 모양.
36) 壯心(장심) : 마음에 품은 장하고 큰 뜻.

甲37)ᄒ야 早登洛橋38)青雲이면 公有立揚之譽ᄒ고 妾遂團藥之約矣니 此豈非兩全之策乎오? 公去之後에 妾當死守ᄒ야 以待後期ᄒ리니 妾之愚計ᄂ 固如是也라 高明所揣ᄂᆫ 以爲何如오? 龍이 服其高見ᄒ고 拜昌言而謝之로ᄃᆡ 自念若欲帶去면 自多掣肘39)오 如玉娘所戒인ᄃᆡᆫ 人必奪志ᄒ야 恐玉致命이라 ᄒ야 遂不聽從ᄒ고 乃號其樓曰北樓라 ᄒ야 盡其歡娛러라.

自是, 娼母見公子有久留計ᄒ고 托以供需之計ᄒ야 日微金銀ᄒ니 如是五六年間에 囊橐이 已空이라 無物可繼ᄒ고 反將寄食於其家ᄒ니 娼母私語于玉曰王公子 資産이 已盡ᄒ고 更無零利ᄒ니 汝若小避면 公子必去矣라. 豈可守一貧漢ᄒ야 虛負高價乎아? 玉曰王公子 以女之故로 已輸萬金ᄒ니 金盡背情은 人所不忍이라 何敢如此리오? 其母知玉不避ᄒ고 思其用計ᄒ야 問于朝雲曰取玉檀養育者ᄂᆫ 一歡取直이 猶患千金之不多어ᄂᆞᆯ 今者에 豈可以玉兒로 空作王家之物乎아? 朝雲이 尋思一計曰如此如此라 ᄒ니 娼母乃給40)玉娘與公子曰某日은 西館義女的가 除其孝服之日이니 吾家老少가 禮所當赴나 玉兒도 亦不可不去라 ᄒ야ᄂᆞᆯ 龍이 難之ᄒᆞᆫᄃᆡ 娼母曰亦不可, 同駕否아? 龍이 欣然許之ᄒ니 翌日에 擧家啓行ᄒ야 行未至數十里에 有曰蘆林口ᄒ니 娼母知其行計之井經口41)러라.

第六回 누락

---

37) 黃甲(황갑) : 과거의 甲科에 급제함을 뜻함. 갑과에 급제한 사람의 성명을 黃紙에 기록한 데서 온 말이다.
38) 洛橋(낙교) : 洛水橋. 과거에 급제한 사람들이 넘는 다리 이름이다.
39) 掣肘(철주) : 팔꿈치를 잡아당긴다는 뜻으로, 간섭하여 마음대로 하지 못하게 함을 비유적으로 이르는 말.
40) 給(급) : 給의 오기.
41) 井經口(정경구) : 井陘口의 오기. 죽을 곳을 이르는 말. 漢나라 韓信이 井陘口에서 배수진을 치고 싸워 趙나라에 대승을 거두었는데, 諸將이 그 연유를 묻자, 한신이 "병법에 말하지 않았던가. 죽을 곳에 빠뜨려야 살아나고, 멸망할 곳에 놔두어야 보존된다고(兵法不曰? 陷之死地而後生, 置之亡地而後存.)"라고 대답한 고사가 전한다.

第七回
行乞滄海村　幸逢賣瓢媼

那村에 有叩更籌[42]ᄒ야 食於里人ᄒ니 爾若往赴則庶可得活이오 不然이면 必餓死矣리라. 誰料千金之貴公子가 一朝爲乞丐也리요? 龍이 聞其言而謝其恩ᄒ고 艱難往赴村里ᄒ니 萬戶人烟에 繁華一都會라. 然이나 海村水賊[43]이 往往入掠ᄒ니 村中豪富가 設警夜所ᄒ고 以叩更籌로 聚集乞食人ᄒ야 使克其任이라. 龍이 往乞其任호ᄃᆡ 乞人輩曰後來者不可同參於社會니 爾當叩三夜更籌然後에 可以克食牌라 ᄒ야ᄂᆞᆯ 龍이 許之ᄒ고 往其更所ᄒ야 因其夜儆ᄒ야 渾渾[44]倒睡라가 誤失更點之籌ᄒ니 乞人이 以怠其責任으로 攻黜之어ᄂᆞᆯ.

용이 啼飢匍匐ᄒ야 轉轉乞食ᄒ야 路入楊州, 行乞於人ᄒ야 苟延歲月이라가 適値除夕ᄒ야 有儺役於公府어ᄂᆞᆯ 용이 傭力於人ᄒ야 爲盲優奴ᄒ야 方戲於庭際러니 堂上에 有一官人이 據胡床而坐라가 引領熟視ᄒ고 怪而問之曰爾是何人고 龍이 往之ᄒ야 實對其名氏호ᄃᆡ 其官人이 驚起下庭ᄒ야 愕然着手曰不意! 公子何故賤辱之如此오? 泣問其故ᄒ고 與之歸家ᄒ야 分其衣食ᄒ고 遣綌甚至라. 此官人은 乃王閣老舊時胥吏라 姓韓名偓이니 今擢爲漕運郎中ᄒ야 來任於此府者也라. 용이 居韓邸數月에 韓之妻屢訴於韓曰君之不忘舊恩이 可謂厚矣로ᄃᆡ 但此凶歲에 家貧俸薄ᄒ니 妻孥도 尙且飢寒이라 我躬不閱에 遑恤我後아? 頗自厭語ᄒ야 頻頻於耳ᄒ니 용이 乃辭於韓曰離親歲久ᄒ고 思家日切ᄒ니 期欲轉轉歸覲ᄒ노라. 韓亦不得挽留ᄒ고 辦給行資ᄒ니.

용이 遂登程ᄒ야 先往關帝廟ᄒ야 將卜吉凶일시 路中에 逢一老媼ᄒ니 乃昔時樓下賣瓢的子老媼也라. 媼驚且泣曰王公子ᄂᆞᆫ 鬼耶人耶아? 吾能料死오 不能料生이어ᄂᆞᆯ 何以得保今日耶아? 妾이 受君厚恩ᄒ야 每一念及에 不覺墮淚러니 不意今朝에 相逢於此ᄒ니 無乃天之所賜耶아? 王娘一家ᄂᆞᆫ 詐赴西館ᄒ고 遁在山

---

42) 更籌(경주) : 순시하는 군사가 관청이나 초경, 2경, 3경 등의 시각을 보고하는 것.
43) 水賊(수적) : 배를 이용해서 바다나 큰 강 따위를 거점으로 남의 재물을 빼앗은 도둑.
44) 渾渾(혼혼) : 아득한 모양.

店이라가 料公子已死于蘆林ᄒ고 還于其家ᄒ야 居之如舊로되 但玉娘은 不預具
謀ᄒ고 至今寃號哀泣ᄒ야 以公子必死로 誓不改節ᄒ고 常處北樓ᄒ야 足不下樓
者久矣라. 若聞公子在此면 不遠千里而到ᄒ리이다. 용이 噫嘻梗咽ᄒ야 俱道蘆
林之厄과 飢寒漂泊之苦ᄒ더.

第八回
喜接公子書 佯罵老嫗言

老嫗曰我以販酒로 乘舟到此라가 今將回棹ᄒ니 不久에 又當復來라. 公子ᄂ
幸計程小留면 當以消息으로 往報于玉娘ᄒ리라 ᄒ고 又以數兩銀子로 與용曰願
公子ᄂ 姑備留待之資ᄒ라. 용이 亦有行賫ᄒ야 可支旬月이라 ᄒ야 辭以不受ᄒ
고 遂得紙筆ᄒ야 修書于玉娘ᄒ야 付之老嫗ᄒ고 殷勤申囑ᄒ야 討答遄歸ᄒ야 快
慰我望ᄒ라. 老嫗拜受其書ᄒ고 與龍泣別而登舟ᄒ야 歸于徐州ᄒ야 潛見玉娘ᄒ
고 具道王公子之事ᄒ고 傳其書牘而幷告復去之意ᄒ되 玉娘이 手接王公子之書
札ᄒ야 犯手披閱ᄒ니 其書에 曰

蘆林餘肉이 漂到楊州ᄒ야 悲號行乞ᄒ야 尙保殘喘이라. 每恨娘子가 薄情
太甚이러니 不圖隣母를 逢此路上ᄒ야 聞得娘子가 深在北樓ᄒ야 不復接人ᄒ
니 然則殺我者ᄂ 非娘子也로다. 相望千里에 無路逢拜ᄒ니 自念此生에 何日
重逢고? 歸舟臨發에 付書陵遽ᄒ니 和淚濃墨에 戰手緘辭라. 滿腔悲懷를 言
之何盡이리요? 惟願玉容은 千萬保重ᄒ라.

某月日不死人王慶龍은 拜告于玉娘
芳卿[45]香案下[46]라 하얏더라

---

45) 芳卿(방경): 남편이 젊은 처를 부르는 말. 사랑하는 사람을 부르는 옛 호칭.
46) 案下(안하): 책상 아래라는 뜻으로 흔히 편지 겉봉에 상대자를 높이어 그 이름 아래 쓰
는 말.

玉娘이 讀未至半에 雙淚汪汪ᄒᆞ야 濕紙已盡ᄒᆞ고 喉門鳴咽ᄒᆞ야 不敢出聲이라。始知王公子死生ᄒᆞ고 殆若天上消息ᄒᆞ야 拜謝于老嫗曰非老母之有信이면 何以得溺水千里之奇音이리요? 乃出雲錦一端ᄒᆞ야 謝其殷勤ᄒᆞ고 從容密囑曰來日之夕에 當令侍婢로 傳簡ᄒᆞ리니 母且歸去ᄒᆞ라。倘緣老母ᄒᆞ야 復見公子면 無非老母之賜也니 所可報也인ᄃᆡ 粉骨猶輕이로다。且私相出入이 恐致疑山[47]ᄒᆞ니 老母乞不再來ᄒᆞ라。倡母知其人到北樓ᄒᆞ고 覘於窓外어ᄂᆞᆯ 玉이 覺之ᄒᆞ고 乃目老嫗而佯罵曰初以王郞으로 媒於我而不幸王郞이 誑於蘆林ᄒᆞ야 已葬於烏鳶之腹ᄒᆞ니 自守深盟ᄒᆞ야 以死爲期ᄂᆞᆫ 嫗之所宜矜悼也어ᄂᆞᆯ 反以巧言으로 又復紹介於誰耶아? 豈知嫗之無良이 至於此耶오? 嫗佯答曰吾憐娘子의 紅顔虛老故로 欲令梳粧ᄒᆞ야 將睹新歡이어ᄂᆞᆯ 這畜娘子ᄂᆞᆫ 故罵老物고? 娼母聞之ᄒᆞ고 排窓而入曰嫗之言이 是矣라。汝何不思而反爲罵人이 若是無禮오? 又尾其言ᄒᆞ야 反復開諭ᄒᆞᆫᄃᆡ 玉이 緘口不答ᄒᆞ고 蒙被而臥어ᄂᆞᆯ 老干及倡母嗟嘆而下樓러라。

第九回

下樓誘甘言　買舟致血書

翌日에 玉이 忽下北樓ᄒᆞ야 就其母而告之曰中夜不寐ᄒᆞ고 枕上思量ᄒᆞ나 昨日之言이 甚似有理라。妾本倡家所養으로 豈有貞操리요? 章臺楊柳은 自分千人之爭折이요 玄都桃花ᄂᆞᆫ 何厭萬馬之成蹊리요? 金鞍駿馬ᄂᆞᆫ 惟其所嚘而赴之오 錦衾瑤席은 隨其所挽而留之ᄒᆞ니 雖未得一笑之千金이나 亦可睹五陵之纏頭라 一以榮吾身ᄒᆞ며 一以富吾家則是父母之所喜라。不幸向者에 得王郞留情ᄒᆞ야 一朝分離ᄒᆞ니 情思頗惡ᄒᆞ야 或冀生還ᄒᆞ야 以續舊歡터니 今則時移歲變ᄒᆞ고 消息

47) 疑山(의산) : 九疑山. 지금의 호남성 寧遠縣 남쪽에 있는 朱明・石城・石樓・娥皇・舜源・女英・蕭韶・桂林・梓林 등 아홉 봉우리의 산으로 모두가 모양이 같이 생겨서 보는 사람이 누구나 어느 봉이 어느 봉인지 어리둥절하여 의심을 내게 되므로 九疑라 이름했다 한다. 여기서는 의심이 많다는 뜻이다.

永絶ㅎ니 王郎之死的矣라。日月如流ㅎ고 韶顔不留ㅎ니 他日白髮에 後悔莫及이라。縱使王郎在生이라도 豈可復悅而更續前緣이리요? 欲挽靑春之未暮ㅎ야 以埒紅樓之高價ㅎ노라。娼母大喜曰汝能回迷而自返ㅎ니 吾家之福也라 ㅎ고 欣悅不已러라。玉이 歸北樓ㅎ야 潛修書札ㅎ고 銓私藏銀百兩ㅎ야 使侍婢로 乘墨夜ㅎ야 抵老嫗曰母其努力ㅎ고 傳此書角[48]ㅎ고 伴送銀子는 母取其半ㅎ고 半與王郎ㅎ야 留連數月ㅎ라。老嫗懷其書ㅎ고 買舟歸到楊州則龍이 留在江頭ㅎ야 忍飢佇待ㅎ야 已逾半月이라。老嫗傳其書어늘 龍이 見其手迹ㅎ고 掩泣開緘ㅎ니 一幅白雪鮫綃[49]에 嚼破指頭ㅎ야 以血書之라。그書에 曰

背夫玉檀은 再拜于王郎足下ㅎ노니 妾이 初以賤質로 誤公子於花樓ㅎ고 後以巧計로 紿公子於蘆林ㅎ니 妾雖無情於其間이나 事甚甚惡은 妾之所媒라。自念厲階가 是誰禍胎오? 當誓一死ㅎ야 以答重愆일시 丹心所存은 白日可質이라。或冀公子가 萬一脫禍면 庶幾賤妾이 他日陳情이라 故로 不能自靖ㅎ고 偸生至此러리 豈意隣母가 傳此手墨이리요? 知公子가 不肉於蘆林而將悔於花樓也니 一喜一悲에 唯贈飮泣이라。夫有一計ㅎ야 可報舊恩이니 公子는 於某月某日에 潛到徐州ㅎ야 徑入關帝廟ㅎ야 伏於卓下라가 以待妾至ㅎ라。片言千里에 恐失機關이니 秘之愼之ㅎ야 毋令違期ㅎ라。聞公子處涸方急故로 姑送濡沫之資ㅎ노라。

玉檀은 再拜

龍이 觀書畢에 悲喜交集ㅎ야 如醉如狂이러니 乃

---

48) 書角(서각) : 편지를 달리 이르는 말.
49) 鮫綃(교초) : 비단 이름. 南海에 산다는 전설 속의 鮫人, 즉 인어가 짠다는 얇고 가벼운 비단이다.

第十回

焚香拜南廟[50]　騎馬過北樓

賣銀治行ㅎ고 計日登程ㅎ야 潛到徐州ㅎ야 待其約日而秘入關帝廟ㅎ야 一如其言이리라.

玉이 自送嫗之後로 凝粧盛飾ㅎ고 談笑自若ㅎ야 或遊隣里ㅎ며 罕處北樓ㅎ니 同郡大賈姓趙者年雖已老나 夙慕才貌ㅎ야 及聞放節에 欲得一觀ㅎ야 以千金으로 賂其娼母ㅎ니 娼母授之大喜ㅎ고 勸玉獻眉ㅎ되 玉遂快諾ㅎ고 與之爲期ㅎ니 期在半月之後라 其母怪問其故ㅎ되 玉이 笑而答曰我往日與王公子로 情誼頗深ㅎ야 共成約誓일시 告于神祇ㅎ니 今不破盟而適人이면 非徒有愧於心이라 恐有神罰이니 欲往關帝廟ㅎ야 卜吉日破盟故로 延期如此로다. 母然之ㅎ니 玉이 遂齋戒薰沐ㅎ고 赴關帝廟일시 假托名香金燭ㅎ고 潛懷金銀數百兩ㅎ야 至于廟外ㅎ야 告其從者曰破盟告辭에 多有所諱ㅎ니 不可使聞於他人이라 汝輩는 留此等候ㅎ라. 乃辟人ㅎ고 入廟登殿ㅎ야 揷香禮拜訖에 使向卓下ㅎ야 潛呼王公子在此否아? 龍이 從香卓下錦帳中ㅎ야 匍匐而出ㅎ니 玉이 凝立卓前이라 死生契闊之懷를 如何禁得이리오? 不覺抱持慟哭이러늘 玉이 急止之曰倘使吾從者로 得以聞之면 今日之禍가 甚於蘆林이니 愼之愼之ㅎ라. 因叙舊日之寃曰當時西館之行에 妾與公子로 俱落奸計而妾之欺公子者亦有一線[51]焉이라. 其時隔在數日ㅎ야 娼母令妾少避ㅎ야 欲祛公子어늘 妾이 拒之甚苦[52]而吞之不告于公子者는 恐公子煩惱ㅎ야 妾自忍之而徒堅金石之志러니 豈意凶計가 至於蘆林之毒者乎아? 不告公子而先處者는 是妾欺公子之罪니 萬死何惜이리요? 事已往矣라 言之無及이어니와 請以奇筭으로 欲開前路ㅎ노니 卽以金銀秘計로 授之曰如此如此ㅎ라ㅎ고 使令公子로 還入卓下ㅎ고 乃呼其從者ㅎ야 列拜於殿下而同爲歸去러라.

龍이 卽赴隣邑之市共[53]ㅎ야 賣其金銀ㅎ야 買綺紈而服之ㅎ고 求駿馬而乘之

---

50) 南廟(남묘) : 관왕묘 가운데 서울 남대문 밖에 있는 사당.

51) 一線(일선) : 어떤 분야나 계통에서 직접 일을 다루거나 처리하는 위치.

52) 甚苦(심고) : 甚固의 오기.

ᄒᆞ며 又買空皮箱數百枚ᄒᆞ야 實以瓦礫ᄒᆞ고 鎖之金銅ᄒᆞ야 扮粧金銀彩帛之包ᄒᆞ고 貰夫馬一百匹䭾之ᄒᆞ야 使先行北樓大路ᄒᆞ고 龍은 極其華飾ᄒᆞ고 金鞍玉鞭으로 揚揚策馬ᄒᆞ야 百花春風에 意氣軒齾ᄒᆞ야 向玉檀家라가 自南而北ᄒᆞ야 如向京師者然ᄒᆞ야 至玉娘家巷口ᄒᆞ니 隣人會集ᄒᆞ야 見龍卽之駁馬如龍⁵⁴⁾ᄒᆞ며 輜重如雲ᄒᆞ고 擁途而羅拜曰公子一去에 頓無形響이러니 未知今日에 使從何處而猶享巨萬之財富乎아?

第十一回
隣人羨龍富　老娼叩馬言

龍이 笑曰公等이 不聞李白詩乎아? 千金散盡還復來라 ᄒᆞ니 豈得有怪리요? 今適定婚於北方故로 方自浙江而來矣라 ᄒᆞ니 衆皆欽羨稱嘆이러라. 娼母家奴僕이 爭相望見ᄒᆞ고 奔告其家ᄒᆞᆫ디 玉이 聞其語ᄒᆞ고 佯驚失色曰噫라 王公子不死ᄒᆞ니 豈可破盟而再嫁乎아? 遂向北樓ᄒᆞ야 挽香巾而自縊이어늘 侍婢가 急呼娼母ᄒᆞ야 救而得止러니 龍이 軒昂風采로 揚揚策馬ᄒᆞ야 過玉檀家ᄒᆞ야 不顧而去어늘 娼母與朝雲으로 覰得裘馬財寶之盛ᄒᆞ고 相與密議曰玉檀이 知王郎不死ᄒᆞ고 恨其破盟ᄒᆞ야 至欲自決ᄒᆞ니 自此之後로ᄂᆞᆫ 必不再嫁라. 若失此時면 更無所得이라 彼無心公子ᄅᆞᆯ 若以溫辭善諭之면 必不忘而復來矣리니 豈不因此ᄒᆞ야 圖其財寶리요. 遂追走一路ᄒᆞ야 叩馬而語曰公子公子아! 何無情若是오? 蘆林一散之後에 不知公子가 在於何處ᄒᆞ야 日望其歸러니 竟無音信키로 擧家老少가 號泣度日이러니 不圖今日에 復見公子어늘 公子ᄂᆞᆫ 何恨之深而過門而不入也오? 龍이 按

---

53) 市共(시공) : 市井의 오기.
54) 馬如龍(마여용) : 보기에 아주 성대하고 화려한 것을 말함. 중국의 어진 황후 가운데 대표적인 인물로 칭해지는 後漢 明帝의 明德馬皇后가 일찍이 친정집으로 문안 인사를 가는 사람들이 타고 가는 수레가 물이 흐르는 것처럼 밀려들어가고 수레를 끄는 말들이 모두 용과 같이 뛰어난 말들인 것을 보고는, 친정집의 위세가 지나치게 성대해지는 것을 경계하여, 화를 미연에 방지하였다는 데서 나온 것이다.

彎而答曰是誠何言고? 始余於娼家ᄒ야 財盡不歸故로 爾畜牛輩가 絀我於蘆林ᄒ야 必欲除之나 福慶未艾ᄒ고 皇天陰騭ᄒ샤 遇賊不死ᄒ고 還鄕治産ᄒ야 欲求良妻ᄒ야 方有所適일시 自鄕取路ᄒ야 不得捨此ᄒ니 尙恨過汝門之不幸이어늘 豈可復趨而再辱이리요? 娼母放聲大哭曰往者蘆林之日[55]에 始覺房子룰 忘未下鎖ᄒ야 請公子送之ᄒ고 我等이 乃等候多日에 日已暮矣라. 意謂公子不返ᄒ고 四顧仿偟에 四無依泊ᄒ야 不得已捨蘆林而投近店一泊ᄒ고 以待公子之來러니 豈料公子가 冒夜馳還ᄒ야 直入蘆林而陷於賊窟也리요? 跟尋公子ᄒ야 無處不搜라가 徘徊屢日에 計無所施ᄒ야 慘慘還家則家間所藏이 蕩失無餘ᄒ니 必是隣人及守奴之所爲也로다 不恨財産之見失이오 惟憂公子之存沒ᄒ니 雖以老婢之無良으로도 唯自乃爾어든 況玉娘이 矢死秉節ᄒ야? 日夜號泣ᄒ야 不下北樓者有二年矣라. 公子若詢於隣人이면 亦詢其吾家之戀公子가 可謂切矣어늘 公子何其誤蒙若是오? 若曰與玉으로 情緣已盡ᄒ야 不可更顧則已어이와 豈以無忘之言으로 加諸苦待之人乎잇가? 窃爲公子不取也ᄒ노라. 公子佯答曰

第十二回
玉娘獻奇計　碧樓設大宴

母之言이 如是ᄒ니 當見玉娘而更詰之ᄒ리라 ᄒ고 乃旋馬就其第ᄒ니 娼母朝雲이 自以爲得計로디 隣人은 皆笑龍卿之愚痴러라. 龍이 至其門ᄒ니 娼母迎之樓上ᄒ야 令玉娘으로 出見ᄒ디 玉이 不肯出曰誰招王公子來오? 彼雖强來나 豈忘蘆林之恨而一如前日之歡이리요? 不如不見이라 ᄒ디 娼母入來ᄒ야 再三勸誘ᄒ고 仿偟而不忍去ᄒ야 顔色이 七靑八黃[56]이어날 玉이 曰彼以堂堂公卿之令男으로 誤落於娼家ᄒ야 居纔數歲에 散盡萬金ᄒ니 可謂厚矣어날 不思其恩ᄒ고 反

55) 日(일) : 口의 오기.
56) 七靑八黃(칠청팔황) : 푸르락누르락의 표현 어구인 듯.

陷死地 호니 彼公子 노 幸而全生 호야 再享豪富 호니 渠雖不言이나 吾豈靦然相對리오? 母曰我以權辭解之 호니 渠亦渙然氷釋[57]이라 故로 得之于此 호니 汝何固執若此오? 玉이 曰人非木石이라 皆有是心 호니 豈有給死蘆林而遽忘其怨者乎아 龍亦以玉之久不出로 若將起身而去어놀 母勸玉尤懇 호야 十分着急[58]이어놀 玉이 曰母欲强出則須用一計 호야 以給公子然後에 乃可出로다. 母曰何也오? 玉이 曰宜以公子前所口來金銀及公子所辦器玩을 陳列於前 호고 又設大宴 호야 爲壽公子曰家間財寶을 盡失於前日이러니 惟公子所贈金銀玩寶器物를 適以玉兒深藏於北樓로 幸而有焉 호니 無非公子之福也라. 敗家風霜에 尙留此物 호고 忍之不賣者 노 待公子他日之光臨[59]也니 吾之待公子가 可謂至矣라. 公子反以蘆林之事로 疑之乎아? 請以此로 爲壽云則彼釋其感而反有所賂 호리니 然則以昔日之財寶로 爲釣新財之芳餌라 호디 娼母以爲然 호야 乃設宴陳寶于春碧樓 호고 周旋歡迎을 一如玉言이어놀

玉이 乃出拜公子而猶背面而坐 호야 不敢正對라 龍이 問其故 호디 玉曰公子 노 不知蘆林之無情而疑我所給 호야 過門不顧 호니 妾以何面目으로 以對公子乎잇가? 龍이 擧杯而笑曰曩時遭禍 노 不無疑恨이로디 今見主母誠款之甚至 호니 不覺宿恨之永消라 호고 乃壽於娼母及朝雲 호야 勸之極懇 호니 娼母與朝雲이 喜其中計 호고 竟夕爲宴 호야 盡歡而飮이라. 玉이 先爲約束於侍婢 호야도 尌於龍郎 호니 娼母與朝雲이 放情泥醉어놀 扶入於寢室內 호고

龍與玉娘으로 盡收其財寶 호야 歸寢於北樓 호니 阻懷歡情이 非一宵可敍라 如醉如狂 호며 如夢如寐 호야 靑鸞紫鳳이 耽耽歡愛[60]而已러니

---

57) 渙然氷釋(환연빙석) : 의심스럽던 것이 얼음 녹듯이 마음에 한 점의 의혹도 남기지 않고 풀려 없어짐.
58) 十分着急(십분착급) : 매우 조급함.
59) 光臨(광림) : 남이 찾아오는 것을 높여 이르는 말.
60) 歡愛(환애) : 남녀가 기뻐하며 나누는 육체적 사랑.

第十三回
春夜和情詞　曉天訴別恨

龍이 見屏間에 有玉娘手題一絶詩호니 其詩曰

> 北樓春日又黃昏　　濕盡紅巾洗淚痕
> 回首蘆林烏啼散　　不知何處可招魂

龍이 見其詩中哀怨호고 不覺墮淚호야 卽援筆和之曰

> 舊客登堂日又昏　　紅燈相對拭淚痕
> 蘆林風雨今如夢　　萬樹春花已返魂

時夜將半호고 四顧無人이라。玉이 一聲太息曰公子는 相家千金之子라 宜繼箕裘之業호야 上而翊贊國家호며 下而不墜家聲이 是乃公子本分이어놀 見一娼女호고 迷而不返호야 流連數年호고 賣盡萬金호야 終使不貨之身으로 落於不測之禍호니 雖曰不死나 其厄孔慘이라。不如乘此機會호야 收彼財貨호고 歸省親庭則庶弛父母之怨而終免薄行之名이라 호고 乃扶而起之호야 涕泣相對라가 遂製悲歌而別之호니 其調는 乃滿庭芳也라。

> 深情未攄，　淸夜曉，　此生何日重相歡
> 蘆林孔邇，　安可失機關
> 嗚呼良人一去對明鏡，　長作孤鸞好歸
> 專心黃卷，　愼勿憶紅顔
>
> 佳期在何時，　萬里風塵，　一去難還
> 悵相看白髮，　共誓心丹

自此北樓無人，　見孤倚欄干
江南消息難傳，　望望多靑山

龍이　繼和曰

千里生還，　半夜將離，　紛紛一心悲歌
歡征鞍欲動，白雲迷楚關
虛員一雙玉簫，　望秦臺幾時乘鸞
慘[61]子裙不忍相釋，　壯士凋朱顏

有約雖金石，　無路重逢，　何日得還
怕石腸成灰，　玉顏消丹
隙駒流光幾廻，　添相看淚欄干
倘未死再續前緣，　轉海更移山

而已오 晨鷄一聲에 靑燈이 已淺이라。玉이 急令侍婢로 潛呼公子之從者ᄒᆞ야
盡取皮箱來ᄒᆞ라 ᄒᆞ야 棄其瓦礫ᄒᆞ고 以娼母所壽之金銀器玩과 幷其私藏寶玩而
納其中ᄒᆞ야 封鎖如舊ᄒᆞ야 使行前路ᄒᆞ고 請龍乘馬ᄒᆞ니 龍이 不忍捨去ᄒᆞ야 慘慘
嗚咽ᄒᆞ야 抱持玉娘ᄒᆞ고 飮泣不已어늘 玉이 以手推龍ᄒᆞᆫ디 龍이 黽勉相別曰何時
에 乃有重逢之期乎 玉曰歸覲之後에 專意讀書ᄒᆞ야 題名鴈搭[62]ᄒᆞ고 得刺此州면
是爲相逢之日이리라 不然이면 見妾이 亦難矣로다 ᄒᆞ야늘

---

61) 慘(참) : 摻의 오기.
62) 鴈搭(안탑) : 唐나라 때 새로 뽑힌 進士는 曲江에서 연회를 한 뒤에 안탑에 제명하였는데,
후에는 진사에 급제한 사람을 이름.

第十四回
自行縛虎計　故作訟烏事[63]

妾當以死爲節ᄒ고 誓不再媚他人ᄒ리라。龍이 雖知玉娘之節이 堅如金石이
로ᄃᆡ 娼母强奪其志則玉必決死而不從ᄒ리니 平生恐不得重逢ᄒ야 乃把玉手ᄒ고
泣而告之曰玉娘之誓不他適은 儂非不知로ᄃᆡ 其於主母之强脅에 何哉오? 然則必
有死而已니 人生一死에 安得復生이리오? 以吾所見으로ᄂᆞᆫ 不若降志毀節ᄒ야 以
遂他日重逢之約이니 玉娘은 勿爲汎聽ᄒ고 以副至願ᄒ라。玉曰忠不事二어든
烈豈有異리요? 若有權術則固不徒死라 不必渠慮此身이로다。龍이 遂與相別ᄒ
니 曉天疎星에 恨緒萬重이라。龍이 潛行登程ᄒ야 遂向浙江而去리라。玉이 送
龍卽啓行ᄒ고 嘆曰靑山隔送行疎林不做美[64]一句가 爲我準備語也ᄅᆞ라。掩泣上樓
ᄒ야 與侍婢相約ᄒ야 各取衣絮ᄒ야 互索其口ᄒ고 以條索으로 背縛其手足ᄒ야
俱倒床下러니 翌朝에 娼母家僕이 見龍卽一行이 杳無去處ᄒ고 來告娼母ᄒᆫᄃᆡ 娼
母扶起醉頭ᄒ야 驚就玉娘寢所而觀之ᄒ니 玉娘及侍婢가 皆脈脈爲氣絶之狀이
라。娼母驚呼而救之ᄒ니 良久에 乃得甦面어ᄂᆞᆯ 急灌之茶水ᄒᆫᄃᆡ 察其精神而告
之曰吾不欲見王郎之良由此也어ᄂᆞᆯ 母自招邀ᄒ니 夫誰咎乎리오? 王公子雖曰無
心이나 豈忘蘆林之恨而有如土偶人哉리오? 夕間寢席에 不爲交歡을 私自怪之러
니 至夜將半에 潛呼從者ᄒ야 盡搜金寶ᄒ고 將吾與侍婢ᄒ야 皆欲殺之어ᄂᆞᆯ 公子
尙止之ᄒ야 只如此而已라。女之見辱은 不可恨也로ᄃᆡ 但恨寶財을 又從而失之
ᄒ니 不可不追奪其財니 吾之就縛時에 暫聞其約語컨ᄃᆡ 恐我跟追ᄒ야 欲入東府
而留避云ᄒ니 須速追捕ᄒ라。娼母遂呼聚隣人及家僕ᄒ야 乘馬疾馳而追之ᄒ야
至徐州公門外ᄒ니 玉이 遽下馬ᄒ야 拿其娼母而下之ᄒ고 大叫公府胥吏及隣里
告之曰我本良家女子로 少失怙恃어ᄂᆞᆯ 此嫗見我姿色ᄒ고 取而養之ᄒ야 使之悅
人而取利ᄒ니 焉有母子之義也리요? 頃者浙江王閣老之子慶龍이 適過吾家ᄒ야

---

63) 烏事(오사) : 烏鳥之私情. 까마귀가 자라면 그 어미에게 먹이를 물어다 먹이듯, 길러준 은
　　혜에 대한 일이라는 의미.
64) 做美(주미) : 일이 잘 되도록 도와줌.

見而悅之ᄒ고 賂盡萬金ᄒ야 娶以爲婦ᄒ고 治第別居ᄒ야 擬將偕老러니 此嫗巧
作奸謀로 欲殺於蘆林이라가 王公子幸而得脫ᄒ야 赤身還鄕而戀妾甚盆ᄒ야 載
寶重來어늘 昨嫗更欲攘財而殺之어늘 王公子日之夕에 此知機遁去故로 此嫗恨
未得奪其財ᄒ야 今者率隣人追之ᄒ야 將欲殺掠이어늘 妾이 佯若同謀而來로디
實欲擧訟於官也니 此事首尾ᄂ 隣人之所共知而難諱也라 ᄒ고 因自慟哭ᄒ야 挽
娼母而欲赴於訟庭ᄒ디

第十五回
乞米守苦節　略金行陰計

　隣人은 素知蘆林之事라 故로 亦信夜間之謀ᄒ야 皆是玉而非嫗曰詐稱王公子
盜財而去故로 我等이 應從而來어니와 若知殺掠之情이면 豈可從來리오? 胥吏等
이 亦嘗聞蘆林之語ᄒ고 皆罵嫗曰獷賊 嫗雖欲自明이나 人不可信이라 ᄒ고 咸勸
玉娘入訟이어늘 娼母哀乞ᄒ디 玉娘曰嫗雖有殺夫之謀이나 尙有養我之恩ᄒ니
如不起訟인디 嫗能使我守節ᄒ야 終不相脅乎아? 嫗許諾이어늘 請胥吏輩作書帖
以記之ᄒ고 使隣人으로 皆着署然後에 懷其書券ᄒ고 還。
　上北樓ᄒ야 只令侍婢로 乞米ᄒ야 以供朝夕ᄒ고 不籍於娼母ᄒ니 其婢亦艱辛
乞米ᄒ야 以奉其主ᄒ야 少不厭苦러라。侍婢名蘭英이라 亦有姿色ᄒ고 性不喜
與人交歡ᄒ야 或有求狎이면 罕與相應ᄒ고 只侍玉娘ᄒ야 不離其側ᄒ니 盖玉娘
이 自良家率來者也라。娼母疾玉娘이 當欲殺之러니 恐爲隣人所知而不可焉이
러라。
　前日趙賈者知玉不可求ᄒ고 乃推所略於娼母ᄒ디 娼母惜還其金ᄒ야 相監密
議曰如此如此ᄒ라 ᄒ야 糾糾團束이러라。居數月에 娼母叱玉娘曰汝以王郎之故
로 背我爹養之恩ᄒ고 終不母我ᄒ니 雖在吾家나 更無所利ᄒ니 不如空北樓而處
朝雲이라 ᄒ고 遂驅迫逐出ᄒ디 娼母先時에 陰與商嫗로 略以重貨ᄒ고 以秘計約

之러니 及玉娘被黜에 率一少婢ᄒ고 窮無所歸ᄒ야 沿道而哭이어날 其商嫗遇於
道ᄒ야 問其故而伴泣曰吾每憐娘子苦守貞節ᄒ고 乞米糊口러니 今又避黜ᄒ니
何所依賴오? 若無所歸면 姑往陋栖歇泊이 未知如何오? 玉이 喜得居停ᄒ야 拜其
恩而謝之ᄒ고 遂隨同往ᄒ야 居之月餘에 嫗曰吾見娘子不背所天ᄒ고 久而愈戀
ᄒ니 必65)實矜惻이라. 我爲娘子而傾出貨財ᄒ고 賃得人馬ᄒ야 率娘子歸浙江州
ᄒ리니 能令王公子로 厚報而還送否아? 玉이 幸其言ᄒ야 乃謝曰倘得如此면 敢
不竭力報德이리오。

第十六回
毒手中欺詐　假面做歡喜

　　商嫗大言諾之ᄒ고 賃人治裝ᄒ야 卜日啓行일시 行至一境ᄒ니 有衆人이 徂伏
於路라가 擁玉娘驅迫而去어날 玉이 顧呼商嫗ᄒ니 商嫗已不見矣라. 玉이 乃謂
衆人曰儞輩ᄂ 緣何脅去오? 衆曰我們은 爲趙大買所使ᄒ야 迎娘子而去ᄒ노라.
何脅去之有리오? 玉이 失聲痛哭曰吾爲畜婆의 所賣라 ᄒ고 遂墮馬ᄒ니 衆이 復
迫上馬ᄒ야 蜂擁而前이어늘 玉이 悲呼哀乞曰容我暫緩一息ᄒ라. 衆이 憐之ᄒ
야 停馬小休ᄒ니 玉이 思欲自決이라가 不能自由ᄒ고 旣而潛思曰我今徒死면 空
負前約이니 不如權往ᄒ야 以省其機ᄒ리라 ᄒ고 遂掣其臂帛ᄒ야 潛令蘭英으로
掛於路左樹枝ᄒ야 或有過客好事者면 必傳播於南路ᄒ야 未久得達於慶龍ᄒ야
爲報我消息이라 ᄒ고

　　復被衆迫ᄒ야 至于趙家ᄒ니 趙買出門跂待라가 見玉娘來ᄒ고 扶而下馬ᄒ야
喜而慰之曰娘子與老僕으로 亦有佳緣矣라. 此實天與之시니 夫豈人謀리오? 玉
이 伴笑曰中道改路ᄒ야 亦遂佳期로다. 趙買以玉之守死秉節로 大爲疑慮라가
得聞媚語ᄒ고 不覺欣忭이어늘 玉이 與趙買로 同處談笑ᄒ야 相愛相悅에 極其親

---

65) 必(필) : 心의 오기.

近이로디 但欲交歡則輒辭之曰王郎在時에 與妾相約ᄒ야 今年必當來訪이로디 若過此期면 任汝他適이라 ᄒ니 妾亦許諾ᄒ야 已爲成誓矣라. 今王郎이 不來ᄒ고 餘日이 無幾ᄒ니 假令新歲에 王郎이 重來라도 妾已適他면 豈可從之리오? 所不從命者ᄂ 欲畢其約ᄒ야 不欺吾心이라. 新歲新歡이 豈不樂哉며 令妾事君이면 復守此心을 有如金石矣리니 幸勿奪吾之心이면 是爲君之福이로다. 趙賈恐其忤意ᄒ고 不敢强狎이로디 若欲歸寢於舊妻則佯妬挽留ᄒ니 人不能知其不相狎이로디 趙賈語時其親戚知舊ᄒ야 或有知其事者러라.

適有浙江商人이 過來其隣舍ᄒ야 有買香者緞이어늘 玉令蘭英으로 取其一端ᄒ야 以厚價贈之ᄒ고 繡出四韻一絶ᄒ니 趙賈ᄂ 目不識丁이라 不知書意ᄒ고 但稱美而已러라.

第十七回
趙賈中毒計　楚獄[66]成疑案

繡畢에 潛夏商人曰爾須帶此ᄒ고 去紹興王閣老宅이면 必有少年公子ᄒ야 厚直而賣之ᄒ리니 爾須勿違ᄒ고 其直은 爾自取之ᄒ라. 商人謝之ᄒ고 直向紹興去러라.

玉이 居數月에 審其舊妻가 雖有姿色이나 素無貞操ᄒ고 又見隣家巫夫妻가 日相交游此家而其巫夫가 亦無行檢이오 惟耽酒好色而已어늘 玉이 乃僞作舊妻相邀期會之書ᄒ야 依手跡而模之ᄒ야 以投巫夫ᄒ고 又作巫夫書ᄒ야 以投舊妻ᄒ니 兩人이 各以爲信ᄒ고 相會和奸ᄒ야 俱不悟矣러라. 自此晨去暮來ᄒ야 輒

---

66) 楚獄(초옥) : 後漢 明帝 때 楚王 英이 모반한 옥사. 이에 억울하게 연루되어 죽거나 유배된 자가 수천 명이나 되었으며, 옥에 갇힌 자가 무수히 많아 여러 해 동안 판결하지 못하고 있었다. 이때 馬皇后가 옥사가 만연하여 억울하게 사람들이 죽어 나가는 것을 불쌍히 여기어 한밤중에 명제에게 이들을 풀어 주라고 간언하자, 명제가 밤중에 일어나 고민하다가 직접 洛陽의 옥에 나아가서 많은 죄수들을 소결하여 석방하였다.

以爲常ㅎ니 玉於一日에 乘其來會ㅎ야 覘於窓牖ㅎ야 顯示窺見之狀ㅎ니 兩人이 恐玉이 告其夫ㅎ고 相與謀計ㅎ야 欲殺玉娘ㅎ야 以滅其口어날 舊妻曰玉雖殺之라도 老夫猶在면 心不自安이니 以殺玉之力으로 去其老夫면 豈非長遠之計也리오? 巫夫曰不如幷去之라 ㅎ야 密謀旣同에 趙賈出宿於他라가 翌朝而還이어날 舊妻以珍味作粥ㅎ야 寘毒於中ㅎ고 進于其夫ㅎ니 玉이 方梳頭라가 見其粥色이 疑有鴆毒而又慮其只毒於玉ㅎ고 乃曰問其粥香이 甚美ㅎ니 吾欲取其多者라 ㅎ야 換其所進而寘于趙賈之前ㅎ고 托以粧梳ㅎ고 遷延不食이러니 趙已飮之어날 佯作觸手而覆于地ㅎ니 於焉間趙已仆地ㅎ야 嘔血而死矣라。玉이 出呼隣人曰 舊妻與巫夫作謀ㅎ야 鴆殺其夫라 ㅎ니 里人이 顚到聚集ㅎ야 捕縛其舊妻與巫夫 及玉娘ㅎ디 玉이 告其鑽穴窺覘之事ㅎ고 又以粥餘로 哺狗ㅎ니 狗立見之[67]라。 舊妻曰玉以奪節之怨으로 寘毒于粥이라 ㅎ야날 里人이 拿此三人及奴僕比隣而 告之於官ㅎ디 舊妻·玉娘이 互相下詰ㅎ야 俱無明證이라。隣人은 或供舊妻·巫 夫가 素無相奸之驗이라 ㅎ며 或供趙賈는 與玉娘으로 未嘗相狎之語ㅎ니 遂成疑 獄ㅎ야 官不能決이러라。

却說龍이 自徐州로 半夜別玉之後에 收其財寶ㅎ고 渡浙江歸紹興ㅎ니 閣老聞 其來ㅎ고 大怒拿入ㅎ야 綑打罵之曰汝返父忘歸一可殺也오 耽色敗身이 二可殺 也오 減財覆業이 三可殺也라 ㅎ야날 龍이 泣對曰忘歸敗身은 固難卞白이로디 至於減財ㅎ야는 無失錙銖ㅎ고 今已輸來矣니이다。閣老性本嚴峻ㅎ야 猶令杖之 ㅎ니 閣老女婿吏部員外郎趙志樂臯이 以公事到此ㅎ니 乃閣下之所敬愛라

第十八回
浙江拜爺孃　徐州寄詩札

趙員外方侍閣老而坐라가 遂[68]起下庭ㅎ야 手扶慶龍ㅎ야 泣告于閣老曰此兒

---

67) 見之(견지) : 死之의 오기.

가 年少迷色ᄒᆞ야 自不能逃歸나 豈無愛親之心이리요? 今日得返은 可見良心이
라. 況其財寶를 今盡載來ᄒᆞ니 不溺於酒色界가 明矣라. 閣老乃命免杖ᄒᆞ고 計
其財寶於庭中ᄒᆞ니 厥數有剩이라 閣老心自怪之러라. 龍이 入拜其母堂ᄒᆞᆫ디 其
母夫人이 撫背而泣曰不見爾面이 久矣라. 何其滯歸也오? 龍이 以實對之ᄒᆞ야
俱陳玉娘之顚末ᄒᆞᆫ디 夫人歎曰玉兒不養於良家ᄒᆞ니 雖欲爲婦나 安可得乎아?

數月之後에 閣老責龍曰汝積年猖披ᄒᆞ고 專廢藝業ᄒᆞ니 無復望於功名이라.
將爲農乎아? 將爲商乎아? 汝願何事오? 龍이 猶願讀書어널 閣老乃抽左右之書ᄒᆞ
야 試其可敎ᄒᆞᆫ디 龍이 在徐州時에 受玉娘之忠告ᄒᆞ야 專事文墨者五六年이라 所
試經史를 觸處融解ᄒᆞ야 無所不通이어늘 閣老疑或講於平日ᄒᆞ고 轉輔諸書이試
之ᄒᆞᆫ디 隨試隨講ᄒᆞ야 誦如河流라. 閣老雖不許與나 心自喜之ᄒᆞ야 欲試製述ᄒᆞ
야 方欲出題일ᄉᆡ 適有鳴鴈飛來어늘 乃命以此賦之ᄒᆞᆫ디 龍이 即就席成章ᄒᆞ야 跪
而進之ᄒᆞ니 筆法이 龍蛇飛動이라. 其詩曰

昨夜西風動鴈群,　　　散空千點亂紛紛
影過青塚三更月,　　　聲落蒼梧萬里雲

萊罷零陵悲白首,　　　燈殘長信泣紅裙
冥冥誰寄南來札,　　　唯催寒衣送北軍

閣老覽之喜曰汝之此가 足以贖忘歸之罪라. 入告于夫人曰夫人之子가 久而不
返은 中道耽讀之故야오 非好色也로다 ᄒᆞ고 遂搆書樓ᄒᆞ야 以處龍郎ᄒᆞ니 龍이
居書樓數年에 長念玉娘所戒ᄒᆞ고 讀書做業을 不撤晝夜러니 適一日에 鄕人이 得
玉娘所傳帛書以投之어늘 龍이 見其書ᄒᆞ니 曰

徐州玉檀은 奉寄紹興王秀才慶龍ᄒᆞ노니 妾이 送君之後에 常處北樓러니 豈
意娼母가 迫以逐出일ᄉᆡ 遇得隣嫗ᄒᆞ야 幸留數月이러니 誤信嫗言ᄒᆞ고 遂啓南

---

68) 逐(수): 遽의 오기.

行이라가 不意中道에 爲人所脅ᄒ니 是亦妾之不早自靖ᄒ고 徒守舊約이라가 誤落於兩嫗之奸計也라. 何惜微命이 以効溝瀆이리오만ᄂ 第以臨別之語로 耿 耿在耳ᄒ니 若行小諒이면 恐負前盟이라. 今將權赴其家ᄒ야 隨機而處變矣리 니 公子ᄂ 其諒之어다. 聊占一律ᄒ야 以寓微悃ᄒ노니 詩曰

離鸞千尺向南飛,　　雲外寧知暗設機
生入雕籠還有意,　　會將新翮掣絛歸

　　　　　　　　　某月日 玉檀은 在徐州境 再拜

第十九回
和繡詩成疾　作御史按獄

龍이 視其書ᄒ고 知玉이 爲人所占이라가 謂已必死ᄒ야 不覺長慟ᄒ고 寢食俱 廢者累日이러니 乃和其詩以自遣ᄒ니 其詩曰

鏡裡孤鸞對鏡飛,　　舞餘啼血落寒機
奇絞自作相思曲,　　曲到江南對影飛

失侶鴛鴦一隻飛,　　逐사誤上錦人機
怨懷化作徐州魄,　　血灑殘花歸未歸

自此之後로 歲已暮矣라. 消息已絶ᄒ고 生死無知러니 適有商人이 賈繡段於 其家ᄒ니 家人이 見而不貴ᄒ고 只以繡字之故로 持示龍公子ᄒ더 龍이 審其語詳 其字ᄒ니 疑是玉娘所作ᄒ고 招問其商人ᄒ더 商人이 以實對之曰如此如此라 ᄒ 니 龍이 竟知玉娘所寄ᄒ야 買以重貨ᄒ고 乃次其韻ᄒ야 欲付贈商人ᄒ더 商人이 辭以不歸ᄒ니 遂不果焉이러라. 玉娘繡字詩에 曰

雲羅千里打孤鸞,　　一落塵寰歲已闌
翠羽復令仙鶴伴,　　金毛寧與野鳧歡

雖從烟渚朝遊幷,　　却向風枝野宿單
潛識鮮條矯翮日,　　應將惡鳥墮金丸

龍이 和其詩曰

金柵爲籠鎖彩鸞,　　秦臺歸夢幾時闌
高枝巢穴思連理,　　團扇丹靑憶合歡

千里靑眼天外遠,　　二秋寒影月中單
塞鴻何日能傳信,　　欲寄茅山藥一丸

龍이 一見繡字詩以來로 審玉娘이 定在趙賈之家이나 慣娼母之奸謀ᄒᆞ며 懷玉娘
之冤懷ᄒᆞ야 尤切憂惱ᄒᆞ야 便成心恙ᄒᆞ야 或讀書之際에 依希見玉娘而狂叫其名ᄒᆞ고
旣而自悔曰吾若成疾이면 殆將死矣라. 安得復見乎리요? 握釖正心ᄒᆞ야 端坐讀書라
가 見玉娘이 眩於目中이면 乃揮釖而叱曰汝以登第之計로 別於我ᄒᆞ고 又以重逢之
誓로 寄於我而何今日之撓我如是耶오? 居數月에 厥疾이 瘳矣러라.

龍이 力業三年에 得選解元ᄒᆞ고 又中會元ᄒᆞ고 終占壯元及第ᄒᆞ야 爲翰林修撰
이라. 時朝廷이 以徐州殺夫疑獄이 年久未決로 請以御史로 考之ᄒᆞᆫ디 龍이 求爲
其任ᄒᆞ니 玉이 聞御史下來ᄒᆞ고 疑是龍公子ᄒᆞ고 使蘭英으로 詳探其鄕里族氏年
甲이로디 亦未能詳知ᄒᆞ야 十分鬱鬱이나 亦無可奈何ᄒᆞ야 但仰天而已러라.

第二十回
繡衣採民情　蘭娥識行色

明皇帝特命王慶龍으로 爲徐州直指御史[69]ᄒ시고 乃賜紫繡衣一領과 金馬牌一套ᄒ
샤 凡官吏之黜陟과 獄案之取決과 罪人之生殺을 幷皆自斷ᄒ라 ᄒ시니 御史受命謝恩
ᄒ고 乃卽日發行ᄒ야 行行至徐州境ᄒ야 採訪人民之疾苦ᄒ며 探問官吏之行政ᄒ야
周歷數月에 至于北樓近處ᄒ야 遙望其翠甍粉墻과 柳陌花扉가 依然如舊로듸 但不見
玉娘之音容ᄒ니 懷思頗惡ᄒ야

探其徐州疑獄之未決ᄒ니 村老野翁이 欷歔然曰娼女玉檀이 苦守貞節이라가
誤落娼母之奸計ᄒ야 留於趙賈之家ᄒ야 玉不受汚ᄒ며 蓮不染泥ᄒ야 執操愈堅
ᄒ고 强售媚笑ᄒ야 消磨歲月[70]이러니 干連於趙妻之殺夫ᄒ야 不能自明ᄒ고 受
其苦楚를 于今三年이라。今聞朝廷으로 欽差[71]御史가 方爲下來按獄云而亦未知
其明斷疑讞ᄒ야 卞其玉石이로다。傍人이 止之曰吾輩ᄂ 漁樵者流라 豈知朝廷
之事也라오? 老人은 亦未詳知而但爲風聞傳說이 似甚不當이로다。御史轉問他
處ᄒ야 探聞其事ᄒ되 四處所說이 一般皆同이라。御史深知其無罪ᄒ고 尤極憤
惱ᄒ야 乃使從者로 大書于榜木曰明日徐州御史按事라 ᄒ야 掛于徐州城樓上ᄒ
고 先是播令於處理未決之審 獄官[72]與明査官査覈[73]巡撫等官ᄒ야 某日에 會于
徐州官衙ᄒ라 ᄒ야 踏馬牌而期會已定이러라。

御史夜入徐州獄ᄒ야 以銀兩으로 賂其獄吏ᄒ고 苦苦懇乞曰在囚玉檀은 卽我
受恩家處子라 一自賣身爲娼으로 不聞消息이러니 今聞在獄ᄒ니 不禁悵懷ᄒ야
欲爲一面而寄附如干食債ᄒ야 以敍一時之困窘케 ᄒ노니 願垂寬惠ᄒ라。獄吏許
之ᄒ야 引御史潛見ᄒ니 玉娘이 蓬首鬼面으로 一見龍公子ᄒ니 弊袒破冠이 懸鶉

---

69) 直指御史(직지어사) : 국왕의 명령을 직접 받아 파견된 어사. 암행어사를 달리 이르는 말
　　이다.
70) 消磨歲月(소마세월) : 별로 하는 일없이 헛되이 세월을 보냄.
71) 欽差(흠차) : 임금의 명령으로 파견된 사신.
72) 獄官(옥관) : 감옥에서 죄수들을 감시하는 일을 맡은 衙前을 이르던 말.
73) 査覈(사핵) : 실정을 자세히 조사함.

百結[74]ᄒ야 目不忍見이라 汪然泣下曰公子何困之如此오? 妾之冤을 更雪於何地而見其天日乎리오? 龍이 默然良久에 曰[75]袖出碎銀三四兩ᄒ야 以手傳之曰此是行乞于市ᄒ야 所得이 不過如此니 願備數日菽水ᄒ라. 玉이 不受曰妾은 尙有公子之所贈金環一箇ᄒ야 藏在身邊者尙有之ᄒ야 售于市ᄒ야 以備春服一套면 妾이 雖死나 可以瞑目이로다. 御史曰丈夫雖困이나 猶行行乞食則志氣난 可得自由之活潑이어니와 憐彼福堂人[76]所賜之物을 何可携去ᄒ야 新備春服이리오 ᄒ고 快然不受而去어늘 玉이 見其行色이 蒼茫ᄒ고 一層悲凉ᄒ야 淚下滂滂이어늘 蘭英이 從傍曰公子行色이 必富貴也로다. 昨見徐州城樓上榜木에 掛明日徐州御史按事八字ᄒ니 似是公子之所爲也로다. 玉曰何以知之오?

第二十一回
府下大開獄　籠中細聞語

蘭英對曰見其顔色則明潤黃紫[77]ᄒ고 聞其辭氣則宏敞活潑ᄒ니 必非乞人之狀이니 願娘子ᄂ 茅第待其福音[78]ᄒ소셔. 且說。御史翌日에 現出于徐州府ᄒ야 大開公座ᄒ고 請會査官ᄒ며 大集郡民父老于衙前ᄒ야 方爲公開裁判일시 御史先閱其獄案之供辭ᄒ고 審問其罪人ᄒᄃ 罪人等曰玉檀이 被掠而來로 未嘗與趙賈로 交歡은 一郡之所共知오 至於置毒之事ᄒ야ᄂ 不可自明이오 亦無明驗이니 不可直招[79]也라 ᄒ니 御史亦盤詰[80]無計라 乃命嚴囚玉檀於別獄ᄒ고 指舊妻與

---

74) 懸鶉百結(현순백결) : 옷을 백 군데나 기웠다는 뜻으로, 누덕누덕 기워서 짧아진 옷을 이르는 말.
75) 曰(왈) : 불필요한 글자임.
76) 福堂人(복당인) : 옥에 갇힌 사람. 복당은 감방을 일컫는 말이다.
77) 黃紫(황자) : 희귀해서 귀중하게 여겨지는 모란꽃의 색깔을 일컬음.
78) 福音(복음) : 매우 반갑고 기쁜 소식.
79) 直招(직초) : 지은 죄를 사실대로 바로 말함.
80) 盤詰(반힐) : 자세히 캐어물음.

巫夫等曰玉檀은 當先誅之라 固不可問이어니와 汝輩를 亦以緩刑으로는 不可得情이니 今夜에 必用酷刑ᄒ야 嚴鞠得情ᄒ야 明斷此獄ᄒ고 明日에 便可復命[81]이라 ᄒ고 亟令公府로 盛陳拷掠之具ᄒ야 極其嚴肅ᄒ고 又命行李諸具을 自房中而搬出ᄒ야 置於庭中曰遠行衣具가 必多雨露之熏濕이니 晒之於日광ᄒ야 以便歸裝이라 ᄒ고 乃屛出吏卒與傍聽人民於門外而聚鬧之ᄒ고 只留罪人輩於庭中ᄒ고 御史上樓ᄒ야 垂帳而不出이어늘 干連諸罪人이 覘其空庭無人ᄒ고 遂相議曰玉檀은 無論有罪無罪ᄒ고 死已判矣어니와 但我輩는 因緣於巫夫之賂物ᄒ야 抵賴[82]至今에 千萬辛苦라도 尙不直供이어니와 今夜에 倍前嚴刑이면 何以保殘命이리요? 不若直招ᄒ야 吾等이 幸得蒙放이로다. 舊妻與巫夫哀乞曰我若得生이면 當以全家之財로 報其厚恩이니 願乞不直供招ᄒ야 歸之疑案이면 獄必不成이니 幸垂大恩大德ᄒ라. 諸人이 或諾或否어라. 良久에 御史出坐命鞠曰汝等은 莫諱其情ᄒ라. 吾已知某也某也相議之說ᄒ니 罪已直招에 案已明斷이로다. 諸人이 相顧驚疑之際에 御史命開鑰晒日行李之兩衣籠ᄒ니 忽有兩人이 各自籠中出來라 一是本府主事오 一是御史家丁이라. 兩人이 向罪人ᄒ야 俱言其所議曰汝之所言은 如此如此ᄒ고 彼之所言은 如此如此라 ᄒ니 罪人이 慌懼語塞ᄒ야 各服其罪라. 遂以舊妻巫夫로 宣告以處絞ᄒ고 遂放玉檀等諸干連罪人曰罪人을 斯得ᄒ니 無辜當釋이라 ᄒ더 其官吏及一府之人이 咸服其摘發如神이러라.

第二十二回

出金賞俊猊　和詩宴鴛鴦

御史按獄旣斷ᄒ고 放送玉檀等干連人호더 干連人中名爲黃俊猊者以趙賈之比隣으로 橫被拘囚나 本是義俠男兒라. 熟知玉檀之見賣於商婦가 出於娼母之奸

---

81) 復命(복명) : 명령을 받은 일에 대하여 그 처리 결과를 보고함.
82) 抵賴(저뢰) : 발뺌함. 변명을 하며 신물에 복종하지 않음.

謀호고 乃發憤而請訴其獄情之根因호디 御史乃請本府刺史吳白圭按之호라 호
디 刺史大開公座호고 聽審黃訴호니 黃的訴曰此獄이 雖已明斷이나 但除其惡草
而不除其根이면 必將復害嘉禾瑞草矢리니 當初玉檀之見瞞於商嫗호야 惹起一
大疑案者는 出於娼母之奸計也니 今若不除其惡이면 其害不去라 願治其娼母商
嫗호야 以除其根焉호소셔. 刺史乃令差撥[83]호야 押致其娼母與商嫗호야 乃嚴拷
商嫗호디 商嫗招曰娼母與銀三十兩호고 要我瞞玉檀호야 被奪于趙賈케 호라 호
기로 但起一時之慾火호야 所以售其計也오 無他所犯이라 호야늘 乃拷娼母호디
娼母知不可脫호고 乃自蘆林之計로 至于玉娘之事호야 從頭至尾을 自服無餘어
늘 刺史乃斷案[84]曰二罪俱發로 處以終身懲役호고 商嫗는 笞一百放送호고 乃賞
黃的銀二十兩曰爾是發憤出首[85]호야 爲民除害호니 賞爾義心호노라. 刺史乃報
于御史러라. 御史將復命啓行일시 刺史乃設餞宴于拱北樓호니 是日郡縣이 畢集
이라.

刺史先知玉娘이 與御史有未忘之約호고 乃欲紹介其佳緣호야 別設席於鴛鴦
樓호고 乃令東西兩妓로 周旋於前호고 乃請玉娘于是樓호야 與御史로 相會호니
御史知其刺史之好意호고 目有戀戀玉娘之意호야 乃會見於樓上일시 舊恨新歡
이 互不得禁이라. 御史擧盃호고 先吟一律호야 以慰夙昔之情호니 其詩曰

> 海轉山移總有身[86],　　叙還釖合[87]豈無因
> 蘆林殘骨乘孥馬,　　　楚獄餘魂上錦茵
> 黃卷尙能逃白髮,　　　紅鉛猶帶得靑春
> 相逢却是尋盟日,　　　把酒那禁淚滿巾

玉娘아 揮淚把毫호야 卽和其詩호고 擧白玉盃호야 以侑之호니 其詩에 曰

---

83) 差撥(차발) : 하급관리.
84) 斷案(단안) : 죄를 판단하여 결정을 내림.
85) 出首(출수) : 남의 범죄 행위를 고발함.
86) 身(신) : 神의 오기. 번역문에는 바로잡은 글자로 표기함.
87) 叙還釖合(차환일합) : 釖還鏡合의 오기인 듯. 번역문에는 바로잡은 글자로 표기함.

芳魂元不托梅身,　　宿約寧知踐舊因

舊日悲呼嫛木索,　　今朝淸宴醉瓊茵

誰憐荊璧完歸國,　　自笑薇花老占春

堪曳綠衣隨井臼,　　莫聽金縷謾沾巾

第二十三回
奉詔都指揮　開戰大敗衂

御史與玉娘으로 酌酒和詩ᄒ고 令東西官妓로 唱歌起舞ᄒ야 極其歡娛ᄒ니 兩
館妓生이 咸仰玉娘之貞操孤節이 誓死彌堅ᄒ야 竟至於重逢仙郞[88]에 富貴雙全
ᄒ고 莫不欽羨而悅服이러라. 是日刺史宴畢에 大治車馬ᄒ야 從者如雲이라.

政發行間에 驛使[89]奉命傳詔ᄒ니 御史設香案四拜跪讀ᄒ니 其詔에 曰

今南蠻이 不服ᄒ야 命將出征일ᄉᆡ 朕이 特命徐州御史王慶龍ᄒ야 爲征南軍
指揮都御史ᄒ노니 直向雲南ᄒ야 六軍[90]進退를 汝皆統轄ᄒ야 撫綏南方而歸
服王化ᄒ라. 勗哉어다.

原來御史按徐州獄旣畢에 馳報決獄之由ᄒ더 皇帝大加歎賞ᄒ시고 欲爲大用
이러니 雲南夷八[91]胡酋가 率其部落ᄒ고 入寇南方ᄒ야 殺史掠民ᄒ고 據奪城池
ᄒ야 響應而叛者凡四十二郡이오 蠻兵이 十餘萬이라 邊烽이 日急이어늘 皇帝大
御群臣ᄒ시고 命兩淮摠督花珍ᄒ야 出師征服ᄒ라 ᄒ시고 乃命王慶龍ᄒ야 爲指
揮都御史ᄒ사 使之撫綏ᄒ시니 御史承命乃向雲南일ᄉᆡ 玉娘亦隨之러라.

---

88) 仙郞(선랑): 귀한 집의 자제.
89) 驛使(역사): 역참에서 공문서나 서신을 전달하는 사람을 말함.
90) 六軍(육군): 천자가 통솔한 여섯 개의 軍. 다섯 명을 伍, 5오를 兩, 4양을 卒, 5졸을 旅, 5
　　여를 師, 5사를 군이라 하였다. 1군은 12,500명이므로 6군은 75,000명이다.
91) 夷八(이팔): 九夷八蠻 또는 四夷八蠻을 일컬음. 중국 九州 밖의 여러 蠻夷를 통틀어 말한다.

御史乃張高牙大纛92)ᄒ고 行行至三旬에 始達雲南境上ᄒ니 兩淮軍이 已到ᄒ야 設陣結營ᄒ고 戰數不利ᄒ야 方欲請援일ᄉᆡ 摠督花珍이 聞王御史行駕가 來到ᄒ고 諸軍將卒이 拜迎於郊홀ᄉᆡ 御史受軍禮已畢에 問征蠻之策ᄒ더 摠督이 極言其地理不利ᄒ며 人心不服ᄒ야 戰和不便ᄒ야 未決勝算ᄒ니 願御史ᄂᆞᆫ 指揮神籌ᄒ야 以便決勝ᄒ라. 御史應承ᄒ고 退休別館ᄒ야 令從者로 探其蠻陣之動靜이러라.

數日에 蠻軍이 大開營寨ᄒ고 投下戰書ᄒ야 鼓譟吶喊에 聲動天地ᄒ니 王師大振이라. 蠻將木訥兒ᄂᆞᆫ 有萬夫不當之勇이라 全身鎧甲으로 手執開山斧93)ᄒ고 坐下鐵駿馬ᄒ야 沽勇陣前ᄒ야 左右顧眄ᄒ니 勢若猛虎ᄒ야 王師不敢向敵이어ᄂᆞᆯ 木訥이 連敗三陣ᄒ고 手斬八將ᄒ야 乘勝長驅ᄒ니 先鋒이 摧折ᄒ고 中軍潰亂ᄒ야 王師退走三十里下塞ᄒ니 摠督이 大爲擾憫ᄒ야 請議于御史ᄒ더 御史曰 吾見今日之戰勢ᄒ니 可以智勝이요 不可以力拒라. 摠督은 須高壘堅壁ᄒ야 以緩其勢ᄒ라.

第二十四回
玉娘能進言　虎將不傳詔

御史深思其智勝之策ᄒ야 展地圖於案上ᄒ고 秉燭達宵ᄒ야 若有憂悅之色이어ᄂᆞᆯ 玉娘이 從傍進曰相公이 近見神彩94)가 頗減前日ᄒ니 未知有何所憂而決勝策이 果出於何筭也오? 御史曰按見地圖則山川이 甚惡ᄒ고 水土不便ᄒ야 無進退之宜ᄒ며 蠻兵이 猙强ᄒ고 先據地理ᄒ야 有難制勝之便ᄒ니 是以深憂也ᄒ노라. 玉娘曰自古獷猂猺蠻95)之俗이 勁猂貪鷲ᄒ야 見利則進ᄒ며 遇剛則退ᄒ야

---

92) 高牙大纛(고아대독) : 象牙 장식을 붙인 높은 牙旗와 소의 꼬리로 꾸민 큰 장식물. 장군의 本陣에 세우는 높은 牙旗와 큰 纛旗이다.
93) 開山斧(개산부) : 禹임금이 치수 때 사용했다는 도끼.
94) 神彩(신채) : 정신과 안색.

出沒無常호고 勝敗不關호야 爲國家邊庭之憂者甚於北胡호니 是以馬伏波[96]가 南征越裳[97]호야 先示威武호고 後施恩惠호야 標立銅柱而返호며 諸葛武侯가 南伐孟獲[98]일시 五月渡瀘예 深入不毛호야 七縱七擒而南人이 不復叛焉호니 由是觀之라도 南蠻은 可以心服이오 不可以力勝이라. 妾有一得之見호니 依南越王尉佗[99]故事하야 相公이 矯詔而投之호야 使之感服皇靈호야 歸守巢穴이면 南方이 無復憂矣리니 相公은 何不試之오? 御史曰策雖甚妙나 但無使者之承其任者호니 是所難也로다. 玉娘曰王師遠至에 猛將如林호며 智士如雲호니 豈可無一個使价之任者리오? 御史然其言호야 乃密作撫綏詔一道호야 裝置金函亟호고

翌朝與摠督으로 會見于大營[100]일시 文武將十環列左右호야 金鼓三通에 指揮都御史與兩淮摠督으로 相見畢에 御史乃言于衆曰蠢彼南蠻이 不服王化호니 廟堂이 雖命將出師호야 以奮武威로디 聖天子有憂其人道之慘禍호사 特降撫綏詔호사 使尒職으로 期圖歸化호신니 今當先送使价호야 先致詔命於蠻陣이니 擇其智勇兼備호며 善爲說辭者一人호야 欽傳詔函호라. 摠督이 令參謀將으로 擇其人호야 擧出一員大將호니 卽當遇春[101]之孫常如虎라. 勇撼泰山호고 狀貌堂堂이어늘 御史大喜호야 出轅門[102]送之호니 常如虎往蠻陣前호야 號砲一通에 大呼蠻王은 欽奉聖詔호라 호니 忽自蠻陣으로 一聲梆子[103]響에 矢下如雨라. 常如虎

---

95) 獷㹠猺蠻(광통요만) : 㹠은 광서 귀주 지방 부족, 猺는 중국 서남방 부족으로 八蠻 부족을 일컫는 듯. 여기서는 통칭하여 南蠻으로 번역한다.

96) 馬伏波(마복파) : 後漢의 伏波將軍 馬援을 일컬음. 建武 중에 交趾를 쳐서 평정하고 銅柱를 세워 공을 기록하고 돌아왔다.

97) 越裳(월상) : 越裳氏. 베트남 일대에 있던 나라이다.

98) 孟獲(맹획) : 南蠻王. 劉備가 죽은 뒤 지역의 大姓 雍闓와 함께 촉나라에 반기를 들었다. 諸葛亮이 南征하자 일곱 번 붙잡혔다가 일곱 번 풀려난 뒤 항복하여 심복이 되었다.

99) 尉佗(위타) : 前漢시대 남월 지역을 차지하고 위세를 부린 인물. 漢高祖 때 陸賈는 구변으로 위타를 설득하여 그로 하여금 한나라에 臣服하게 하였다고 한다.

100) 大營(대영) : 군대가 대규모로 주둔하는 곳.

101) 當遇春(당우춘) : 常遇春(1330~1369)의 오기. 元末 明初 때 무장. 용맹 과감하여 당할 이가 없었다. 원나라 順帝 15년(1355) 朱元璋에게 귀순했다. 前鋒을 자청하여 배위에서 뛰어나가 牛渚磯에 올라 采石을 함락하니 공이 제일이었다. 나중에 徐達을 따라 鎭江과 常州를 함락시키고, 서달의 牛塘의 포위를 풀었으며, 陳友諒을 물리치고 太平을 수복했다. 주원장을 따라 鄱陽에서 진우량을 격파했고, 전투 때마다 역전하여 적을 물리쳤다.

102) 轅門(원문) : 軍營이나 陣營의 문.

知不可奈何ᄒ야 不接一語ᄒ고 跟踵而返ᄒ니 御史與摠督이 見其光色ᄒ고 頗甚
煩惱어날

第二十五回
敗績守安南　舞釖入蠻宮

蠻兵이 大開陣門ᄒ고 蜂擁而來ᄒ야 惠罵[104]撓戰ᄒ니 勢甚猖獗이어날 摠督
이 問諸軍中이 誰可出戰ᄒ야 以挫其勢오? 左右先鋒이 應聲而出ᄒ야 戰未數合
이 忽然狂風이 大作ᄒ야 飛沙走石ᄒ고 虎豹犀象之屬이 萬千成群置도 王師ᄒ니
淮軍이 土崩尾解[105]ᄒ야 首尾不相應이라。摠督이 乃退入安南ᄒ야 收拾敗殘兵
ᄒ니 殆折其半이라。御史謂摠督曰向言高壘堅壁ᄒ야 以緩其勢者良有以也라。
何爲冒鋒而敗衂也오? 摠督曰不奉聖詔ᄒ야 梗化肆暴ᄒ니 和之不便이오 戰之亦
難이니 將何以制敵耶오? 御史曰觀勢而圖ᄒ며 隨機而應이라 ᄒ고 遂退別館ᄒ야
對玉娘曰奉詔之事가 不得入蠻陣ᄒ고 昨日이 又摧大軍ᄒ야 王師退守安南ᄒ니
危機如髮이라 此將奈何오? 玉娘曰妾有一計ᄒ니 昔에 曹沫[106]이 挾匕而登齊壇
ᄒ고 華元[107]이 帶釖而入楚營ᄒ야 俱成其功ᄒ니 今日之勢가 不可與敵其鋒銳ᄒ
니 妾雖不才나 舞三尺蓮鉋[108]ᄒ야 直入蠻王宮ᄒ야 宣諭聖詔ᄒ야 幸爲歸化則兵

---

103) 梯子(방자) : 나무나 대나무로 만든 타악기.
104) 惠罵(혜매) : 怒罵의 오기인 듯.
105) 土崩尾解(토붕미해) : 土崩瓦解의 오기.
106) 曹沫(조말) : 魯나라의 장수. 魯나라와 齊나라가 서로 이웃해 있으면서 여러 번 전쟁할
　　때마다 항상 노나라가 졌는데, 조말도 세 번 패배를 당하여 그 원한을 풀 기회를 엿보
　　다가 제나라와 노나라 두 임금이 강화하기 위해 柯라는 곳에서 회합할 때, 조말이 노
　　나라 임금을 모시고 가 제나라 桓公을 만난 자리에서 직접 칼을 들이대고, 몇 번의 싸
　　움에서 빼앗아간 국경의 땅을 도로 내놓으라고 협박했다.
107) 華元(화원) : 宋나라 장수. 楚나라 군사가 송나라를 포위하여 다섯 달 동안 갇혔는데, 성
　　안의 식량까지 바닥나자 밤에 초나라 軍陣으로 들어 가 초나라와 화의를 논의하여 맹
　　약을 맺고, 자청하여 초나라에 볼모로 잡혀갔다.
108) 三尺蓮鉋(삼척연포) : 三尺秋蓮의 오기인 듯. 秋蓮은 秋蓮刀를 일컫는다.

氣을 可收오 不然이면 取其蠻王頭ᄒ야 號令於陣前이면 蠻兵이 必無心戀戰ᄒ야 倒戈[109]而服ᄒ리니 未審相公句意何如오? 御史曰此計甚妙로다 卿卿[110]이 何時 能學釖術而行此險計耶아? 妾在北樓時에 逢公孫[111]女冠[112]ᄒ야 學得神術ᄒ니 可化白猿[113]이오 可作蒼鷹이라 願相公은 勿慮ᄒ소셔。御史大喜許之ᄒ니 玉娘 이 以匹帛으로 纏身ᄒ야 深藏詔書ᄒ고 雙手에 持龍文釖ᄒ고 起舞數回에 忽作 一道白虹ᄒ야 寒光이 漫漫ᄒ야 凜乎不可犯이라。

　玉娘이 直入蠻王宮ᄒ니 蠻王禿鹿兒與群酋로 相議策應之計러니 忽見一道金 光이 從白虹中閃閃而來ᄒ야 壓任蠻王肢體麻木[114]ᄒ야 目瞪心慌이라。玉娘化 現本身ᄒ야 仗釖厲警而言曰汝是南荒藩服[115]으로 不受皇化ᄒ고 擧兵犯境ᄒ야 抗衡王師ᄒ니 王師ᄂ 猛將千員이오 勇兵百萬이라 可以掃平巢穴이로디 大明皇 帝陛下仁德如天ᄒ샤 憂其人道之孔慘ᄒ시고 特下聖詔ᄒ시니 蠻將이 梗化不納 ᄒ니 罪合萬戮이라。我奉指揮都御史命ᄒ고 欽奉聖詔ᄒ야 帶至于此ᄒ니 蠻王 은 欽受詔命ᄒ야 收兵歸服이면 天子當封汝南服ᄒ야 永享福祿이어니와 不然이 면 五步之內에 取汝首領ᄒ야 懸于北闕下ᄒ리니 汝擇自從ᄒ라。蠻王이 聽言良 久에 乃命近侍ᄒ야 設香卓于大幕中ᄒ고 北向跪而受詔ᄒ니

---

109) 倒戈(도벌) : 창끝을 돌려서 거꾸로 자기 군대를 공격하는 것을 말함.
110) 卿卿(경경) : 아내를 옛날 중국인 부부가 서로 친근하게 불렀던 말.
111) 公孫(공손) : 당나라 때 敎坊의 기녀였던 公孫大娘인 듯. 그녀는 특히 칼춤을 잘 추기로 유명하였다.
112) 女冠(여관) : 여자 도사.
113) 白猿(백원) : 옛날 검술로 유명했다는 白猿公을 지칭함.
114) 麻木(마목) : 마비됨. 말을 듣지 않음.
115) 藩服(번복) : 九服의 하나로 중국에 복속된 가장 먼 지방. 구복은 周代에 王畿 1천 리 사방 밖을 5백 리마다 세어 나가는 구획 명칭으로, 候服・甸服・南服・采服・衛服・蠻服・夷服・鎭服・번복이다.

第二十六回
蠻王歸王化　淮師唱凱歌

其詔에 曰

　　咨爾蠻王은 臣服南藩ᄒ야 山茅海琛이 久供厥職러니 遽梗王化ᄒ야 弄
兵[116]抗師ᄒ니 唯朕宵旰[117]에 爲念孔酷ᄒ야 遣使撫諭ᄒ니 收兵歸伏이면 爾
子爾孫이 當享厥福이오 不綏不服이면 戡用干戈ᄒ야 掃清不職ᄒ리오 爾其無
底于悔ᄒ라。

蠻王이 拜讀訖에 設宴入享ᄒ고 叩頭謝罪曰天神劇臨ᄒ야 降此聖詔ᄒ니 忝職
이 雖曰左袵이나 敢不服從聖化ᄒ야 世世生生에 伏其皇靈이리오。一邊修上謝
表ᄒ야 令玉娘回行ᄒ고 一邊令武管[118]酋長으로 持節乘驛ᄒ고 召還八胡酋長ᄒ
라 ᄒ니 玉娘이 身帶謝表ᄒ고 舞釖騰空而去어날 蠻王이 與后妃諸臣으로 向天
百拜ᄒ야 歸其仙威ᄒ고 唯恐八胡酋長之不班師[119]ᄒ야 乃與四百酋로 乘千里馬
ᄒ고 直向戰地ᄒ야 大饋壯士ᄒ고 亟日援寨ᄒ며 直向王大營ᄒ야 要請謝罪于都
御史麾下어라。

玉娘이 歸報于御史ᄒ야 枚其顚末ᄒ고 獻其謝表ᄒ디 御史大喜曰南方이 平矣라
ᄒ고 即令總督營ᄒ야 大陣[120]兵威ᄒ고 御史與總督으로 相會ᄒ야 語其蠻王歸化之幸
ᄒ며 又曰蠻王이 必自來謝罪矣이라 ᄒ든니 言未畢에 守門將士入告蠻王이 含璧[121]

---

116) 弄兵(농병) : 제멋대로 군사 행동을 하는 것을 말함.
117) 宵旰(소간) : 날이 새기 전에 옷을 입고 해가 진 뒤에야 밥을 먹는다는 宵衣旰食의 준말.
　　　침식을 잊고 나랏일에 열중함.
118) 武管(무관) : 武官의 오기인 듯.
119) 班師(반사) : 군사를 거느리고 돌아옴.
120) 陣(진) : 陳의 오기.
121) 含璧(함벽) : 항복할 때의 의식으로, 스스로 손을 묶고 예물인 옥을 입에 물고 나아가
　　　항복한 것에서 유래된 말. ≪左傳≫의 僖公 6년에는 "남자는 얼굴을 마주하고 손을 뒤
　　　로 묶은 채 구슬을 입에 무는 것을 허락하였는데, 대부는 상복을 입고 사는 관을 가마
　　　에 올려놓는다.(許男面縛衘璧, 大夫衰絰, 士輿櫬.)"라 하고, 그 주에는 "손을 뒤에서 묶고

自縛ᄒ고 謝罪于麾下라 ᄒ야날 御史乃命入帳ᄒ고 親自解縛ᄒ고 以賓禮로 優待ᄒ니
蠻王이 不勝感謝ᄒ야 四十二郡所掠財寶牛馬와 與其城池人民幷皆還納ᄒ며 請以謝罪
ᄒ니 御史乃慰諭曰嘉乃歸服ᄒ야 特赦前咎ᄒ노라。當奏于天陛ᄒ야 封其南服ᄒ야
世世爲王ᄒ리라。蠻王이 拜謝叩頭ᄒ고 請見傳詔大神ᄒ더 御史召玉娘相見ᄒ라 ᄒ
니 蠻王이 乃以黃金百斤明珠百顆로 獻于玉娘ᄒ더 玉娘이 辭而不受ᄒ고 乃取明珠一
顆ᄒ야 標其首飾而爲南征之記念이어라。

蠻王이 拜辭還國ᄒ니 南氣이 淸靖이라。兩淮將卒과 與雲南士卒이 咸服御史
玉娘神算鬼策ᄒ야 頌其不戰而平이러라。兩淮軍將이 唱凱班師ᄒᆯ시 御史撫懷士
民ᄒ야 甄其年租ᄒ고 大賞將士ᄒ야 金帛以饋ᄒ니 軍民이 蹈舞歡喜ᄒ야 聲動天
地러라。御史與玉娘으로 率其從者ᄒ고 向還京師ᄒᆯ시

第二十七回
御史待金吾　夫人封玉娘

御史與玉娘으로 一路無事ᄒ야 得達京師ᄒ야 待罪于金吾[122]ᄒ더 金吾上奏都
御史王慶龍이 胥命[123]金吾라 ᄒ야놀 皇帝驚訝ᄒ샤 命殿前宿衛將軍으로 持節問
曰卿이 建不世之功ᄒ야 不妄致一人ᄒ고 戡淸南荒ᄒ니 功勳이 莫大於是어놀 何
不直入復命ᄒ고 行且意外之擧耶? 御史服奏[124]曰臣罪當伏王法ᄒ야 萬死無赦
니 當以表章으로 陳請伏法이라 ᄒ고 卽上引罪之表ᄒ니 皇帝御群臣於太極殿ᄒ
야 覽其表ᄒ시니 其表에 曰

그 얼굴만 본다. 구슬을 예물로 삼고, 손이 묶였기 때문에 그것을 묻다. 츤은 관으로서
죄를 받아 죽을 것이기 때문에 상복인 것이다.(縛手於後, 唯見其面. 以璧爲贄, 手縛故衛之.
櫬棺也, 將受死, 故衰絰.)"고 하였다.

122) 金吾(금오) : 義禁府.
123) 胥命(서명) : 임금의 명령이나 처분을 기다림.
124) 服奏(복주) : 伏奏의 오기.

死罪臣王慶龍은 奉命南征ㅎ야 察其戰勢ㅎ니 戰數不利ㅎ고 如獲勝捷이라 도 非心腹則南荒을 不可平矣라 是以로 臣이 矯詔宣化ㅎ야 雖歸淸戢이나 臣 之犯罪는 固當無赦라 臣今胥命ㅎ야 以待斧鉞之誅ㅎ노이다.

皇帝乃命刑部尙書ㅎ샤 特赦其罪ㅎ시고 特命入闕ㅎ시니 御史匍匐於玉陛下 ㅎ야 奏陳平南之役ㅎ고 仍請伏罪혼딕 皇帝大悅慰撫ㅎ샤 乃宣法醞125)ㅎ시고 特陞兵部侍郞兼翰林院太學士紫金魚袋ㅎ시니 御史上表辭職이어늘 皇帝不允이 러라.

時文淵閣學士張時鳴이 以勞軍使로 前往雲南이라가 回還京師ㅎ야 上奏玉娘 建功之事實혼딕 上이 嘉之ㅎ샤 乃封平南國夫人ㅎ시니 冊牒旣下에 玉娘이 入闕 謝恩혼딕 是夜에 皇帝與后妃東宮諸近臣으로 賜宴於玉華樓ㅎ시고 皇帝招玉娘 曰汝有神妙之術ㅎ야 翊贊國家之大功ㅎ니 爾當於朕面前에 一試其術ㅎ라 玉娘 이 奉命ㅎ고 舞釖良久에 一道白虹이 繞匝於上林苑銀杏樹ㅎ야 霎時에 放光半空 이라가 移時白光이 漸消ㅎ고 玉娘이 還伏于玉陛혼딕 皇帝后妃極加賞讚ㅎ시고 帝賜黃金萬斤ㅎ시며 皇后賜金五十斤ㅎ시니 玉娘이 謝恩而退러라. 翌日에 皇 帝賜一大甲第ㅎ야 爲侍郞第宅ㅎ시니 富貴榮華가 極于滿朝러라.

此時閣老聞侍郞之建勳ㅎ고 不勝欣喜ㅎ야 謂老夫人曰兒子出世에 勳高一等 ㅎ고 位至亞卿126)ㅎ니 門戶榮耀는 已極慄惕이나 但尙無配室ㅎ고 玉娘이 位至 國夫人이나 不可以居正室이니 此將奈何오? 老夫人曰人倫大體를 不可不正이니 願相公은 上于京師ㅎ야 上表質請焉ㅎ소셔

---

125) 法醞(법온) : 임금이 신하에게 내려 주던 술.
126) 亞卿(아경) : 參判 등의 벼슬을 일컫는 말.

第二十八回
賜婚[127]沁園[128]花　侍宴[129]金堂春

閣老曰夫人之言이 甚復佳矣라. 願與同往京師ᄒ야 以觀兒子之榮貴ᄒ며 且
定其婚事ᄒ야 以正家道가 可也라 ᄒ고 卽日治行ᄒ야 與老夫人으로 直向京師ᄒ
니 侍郎與玉娘이 出迎百里外ᄒ야 極其怡愉[130]之養이러라. 閣老乃言于侍郎曰
今回吾行이 爲汝婚事ᄒ야 配其正室이로되 玉娘이 特進華爵ᄒ니 勢甚郎當[131]이
라. 吾將上表ᄒ야 質其婚事於皇帝陛下然後에 可以正其家道라 ᄒ고 乃上表于
丹陛[132]ᄒ되 皇帝覽表ᄒ시고 卽以金字批旨[133]曰朕有公主ᄒ니 當下嫁[134]于侍郎
이오 玉娘은 其亞之ᄒ라 ᄒ시니 閣老謝恩ᄒ고 不勝惶感이러라.

皇帝乃令太史[135]擇吉ᄒ니 時政成化[136]三十年春三月十五日이라. 公主은 皇
后之第三女玉華公主이시니 時年이 二十이오. 容顔如花ᄒ며 性情如玉ᄒ야 淑
德貞靜ᄒ며 才機明達ᄒ니 可謂君子好逑라. 乃建翠華宮于上林之東ᄒ고 趣其期
日ᄒ야 盛陳儀仗ᄒ고 行大禮于翠華宮ᄒ고 進侍郎爲附馬都尉ᄒ니 附馬與公主
ᄂ 如一雙和璧이 光映日月이라. 兩殿이 甚爲敬愛嘉悅ᄒ시고 閣老夫婦ᄂ 惶感
歡忭ᄒ야 殆若不勝이러라.

是日에 皇帝乃命平南國夫人ᄒ샤 特封玉英公主爲亞室ᄒ라 ᄒ시니 玉華ᄂ 甚

---

127) 賜婚(사혼) : 임금의 명령에 따라 하는 혼인.
128) 沁園(심원) : 東漢 明帝의 딸 沁水公主가 소유한 田園. 당시 권력자인 竇憲에게 빼앗긴 일
이 있었으나, 그 뒤로 공주의 소유지를 일컫는 말로 쓰였다.
129) 侍宴(시연) : 대궐 잔치에 모든 신하가 배석하는 일. 여기서는 詩宴의 오기인 듯.
130) 怡愉(이유) : 어버이를 옆에서 모시면서 기쁘고 즐겁게 해 드리는 것을 말함.
131) 郎當(낭당) : 옷이 헐렁헐렁하다는 뜻으로, 여기서는 서로 맞지 않는다는 의미로 쓰임.
132) 丹陛(단폐) : 천자가 있는 궁궐의 뜰은 殿階를 붉게 칠하므로 궁궐의 섬돌을 단폐라고
한바, 전하여 대궐을 뜻함.
133) 批旨(비지) : 상소에 대해 임금이 내리는 답변.
134) 下嫁(하가) : 지체가 낮은 데로 시집을 간다는 뜻으로 쓰이던 말로, 공주나 翁主가 귀족
이나 신하에게로 시집가던 일.
135) 太史(태사) : 天文曆法을 관장하는 벼슬.
136) 成化(성화) : 중국 명나라 憲宗의 연호(1465~1487). 원문의 30년은 가상의 시기이다.

愛玉英ᄒ며 玉英은 且敬玉華ᄒ야 和氣融洽ᄒ야 一家生春이러라. 侍郞이 乃大
設華宴于龜蓮堂ᄒ야 與兩公主로 獻壽于閣老兩位ᄒᆯ시 六宮妃嬪이 參列于內
宴137)ᄒ며 一朝公卿이 祝賀于外筵ᄒ니 仙樂融融ᄒ며 花籌紛紛ᄒ야 綺羅絲竹과
歌舞賀章이 眞天下創有之盛宴이라. 郭汾陽138)之行樂과 裴晉公139)之勳業이 於
侍郞父子에 兼之矣러라. 是日에 與兩公主로 夜宴于金碧鳳ᄒᆯ시 酒至三巡에 玉
華公主展碧華餞140)ᄒ고 題一首詩ᄒ니 玉英公主和之 ᄒ고 侍郞이 又和之 ᄒ니
詩成珠玉ᄒ고 筆起雲烟ᄒ야 不能定其甲乙焉이라. 皇帝聞之 ᄒ시고 特命奉入
ᄒ야 親自評批ᄒ리라 ᄒ시니 侍郞이 與兩公主로 敬奉詩函ᄒ고 入侍玉座ᄒ야
雙手進呈ᄒᄃᆡ

第二十九回
玉手考詩函　金殿頒賞品

皇帝乙覽141)其詩ᄒ시니 玉華公主詩에 曰

　　關雎142)聖化正家風,　　和氣洋洋四海同
　　綠酒斟來春風斛,　　　大明日月照樽中

---

137) 內宴(내연) : 대비, 중궁, 공주 등의 內賓 및 內命婦와 外命婦의 부인들을 위하여 베푸는
　　잔치.
138) 郭汾陽(곽분양) : 당나라 때의 名將 郭子儀. 安祿山과 吐蕃을 쳐서 공을 세우고 汾陽王에
　　봉함을 받는 등 부귀공명을 고루 갖추었다고 하는 인물이다.
139) 裴晉公(배진공) : 당나라 명재상 裴度. 憲宗 때 蔡州에서 吳元濟가 반란을 일으키자 朝臣
　　들의 반대에도 불구하고 헌종을 도와 토벌을 강행해 끝내 성공하여 晉國公에 봉해진
　　인물이다.
140) 餞(전) : 紙의 오기인 듯.
141) 乙覽(을람) : 임금이 글을 봄.
142) 關雎(관저) : 《시경》 周南의 맨 처음에 나오는 편명. 文王의 후비의 덕을 노래한 시이다.

玉英公主詩에 曰

身留一釰答君恩,　　骨髓偏霑雨露痕
犬馬不能終世報,　　化珠碧血[143]誓乾坤[144]

附馬詩에 曰

金鳳樓前月色多,　　春風浮動沁園花
萬年天子[145]恩如海,　　處處皆聞擊壤歌

皇帝覽畢에 喜動八彩[146]ᄒ샤 玉聲朗吟ᄒ시고 手擧朱筆ᄒ샤 次第批評ᄒ시시 評玉華詩曰雍肅端整ᄒ야 有周南正家之風이라 ᄒ시고 評玉英公主詩曰剛毅慷慨ᄒ야 有爲王敵愾之氣라 ᄒ시고 評附馬詩曰富貴和麗ᄒ야 有太平宰相之韵이라 ᄒ샤 及其優劣은 未知誰甲誰乙이라 乃命黃門[147]ᄒ샤 掛賞品二種ᄒ니 一是波斯國所貢暖玉障子一習이니 刻毛詩正文一通ᄒ야 字如蠅頭에 光彩眩目ᄒ며 寒天常溫ᄒ고 一是越郡所貢龍文匕星釰一口니 百鍊五金[148]ᄒ야 陸剸犀象ᄒ고 水斷

---

143) 碧血(벽혈) : 정의를 위해 흘린 피. 周나라 萇弘이 晉나라 范中行의 난에 죽었는데 그 피를 3년 동안 보관해 두니 나중에 푸른색으로 변했다는 고사에서 유래한 것이다.

144) 犬馬不能終世報, 化珠碧血誓乾坤(견마불능종세보, 화주벽혈서건곤) : 《呂氏春秋》〈審爲〉의 "태왕단보가 빈 땅에 살고 있는데 적인이 침공하니, 가죽과 비단으로 섬겼으나 받지 않고, 주옥으로 섬겼으나 받으려고 하지 않았다. 적인 구하는 것은 땅이었다.(太王亶父居邠, 狄人攻之, 事以皮帛而不受, 事以珠玉而不肯, 狄人之所求者地也.)"는 구절과 《맹자》〈梁惠王章句 下〉의 "옛날에 대왕이 빈땅에 살 적에 적인 침입해오므로 가죽과 비단으로 섬겼으나, 침략을 면할 수가 없었다. 견마로 섬겼으나 침략을 면할 수가 없었다. 주옥으로 섬겼으나 마찬가지였다.(昔者, 大王居邠, 狄人侵之, 事之以皮幣, 不得免焉. 事之以犬馬, 不得免焉. 事之以珠玉, 不得免焉.)"는 구절을 염두에 둔 표현임.

145) 萬年天子(만년천자) : 만년토록 강녕한 복을 받을 천자라는 뜻. 《시경》〈大雅·江漢〉에서 "召虎가 엎드려 절하고 천자의 만년을 빌었다.(虎拜稽首, 天子萬年.)"라고 하였다.

146) 八彩(팔채) : 八彩眉. 여덟 가지 빛이 나는 눈썹으로, 제왕의 용안을 비유하는 말. 堯임금이 태어나면서부터 눈썹에 여덟 가지 색채가 났다는 고사에서 나온 것이다.

147) 黃門(황문) : 원래는 궁중의 禁門을 가리키는 말이었으나, 후에 환관의 대명사가 됨. 황제의 시종, 문서 전달, 내외 연락, 儀式의 진행, 后妃나 공주에 대한 위문 등 궁정 내의 사무를 맡았다.

蛟鼉어니 皆是一世之神寶也라。乃拈甲乙二闔ᄒᆞ야 甲者ᄂᆞᆫ 賞暖玉屛ᄒᆞ며 乙者ᄂᆞᆫ 賞龍文釖ᄒᆞ고 丙者ᄂᆞᆫ 居末149)ᄒᆞ야 罰一大白ᄒᆞ리라 ᄒᆞ고 令附馬與兩公主로 拈之ᄒᆞ니 附馬先拈一拈ᄒᆞ고 兩公主各拈一拈ᄒᆞ야 玉華난 拈甲ᄒᆞ고 玉英拈乙ᄒᆞ니 可知附馬之居丙이라。兩公主一受賞謝恩ᄒᆞ고 附馬ᄂᆞᆫ 耻居於兩公主之殿150)ᄒᆞ야 恨其先拈ᄒᆞ니 皇帝命金蕉大葉杯에 酌黃封151)御醞152)竹葉春ᄒᆞ야 令附馬飲之ᄒᆞ시다 附馬跪飲ᄒᆞ니 皇后從傍曰大丈夫居于女子之後ᄒᆞ니 甚可愧也로다。宜加罰一大酌이로다 ᄒᆞ시고 命昭容153)ᄒᆞ사 九龍白玉斗154)에 滿酌一品玫瑰香ᄒᆞ야 令飲之ᄒᆞ시니 附馬又跪飲이라。六宮妃嬪과 黃門豹鑣은 皆爲自笑ᄒᆞ고 戚里155)近臣이 無不拍掌ᄒᆞ야 以嘲其罰飲ᄒᆞ니 皇帝乃令戚臣으로 並次其韵ᄒᆞ야 以試應製156)ᄒᆞ되 首成者ᄂᆞᆫ 居甲이라 ᄒᆞ시니 附馬七步之內에 援筆成章ᄒᆞ야 進于御榻前ᄒᆞ니 諸戚臣이 不敢開口ᄒᆞ니 並皆閣筆157)이러라。皇帝乃於金榜158)에 題甲字以賜之ᄒᆞ시니 附馬顧謂玉華公主曰僕之居甲은 乃玉手159)親賜也오。非拈取之甲이니 當居壯元이라 ᄒᆞ되 玉英公主曰玉主取甲은 乃三人之居頭요 恩公160)取甲은 乃應製之拈先이어날 胡爲乎並取其甲也오? 皇帝皇后大笑欣歡ᄒᆞ사 大賞金硃玉帛筆硯紙墨等珍貴物品ᄒᆞ시고 盡歡而散이러라。

---

148) 五金(오금) : 쇠붙이의 총칭. 쇠장식.
149) 居末(거말) : 성적의 평가에서 끝에 있다는 뜻으로, 꼴찌를 이르던 말.
150) 殿(전) : 아래 등급.
151) 黃封(황봉) : 下賜酒. 임금이 내려주는 술.
152) 御醞(어온) : 임금이 마시는 술.
153) 昭容(소용) : 內命婦의 정3품 품계.
154) 白玉斗(백옥두) : 백옥으로 만든 국자.
155) 戚里(척리) : 예전에, 임금의 內戚과 外戚을 아울러 이르던 말.
156) 應製(응제) : 임금의 명령에 의하여 詩文을 짓던 일.
157) 閣筆(각필) : 글 쓰는 붓을 깍지에 꽂는다는 뜻으로, (글을 지을 때 남의 글이 뛰어나므로) 쓰던 글을 멈추고 붓을 놓음.
158) 金榜(금방) : 과거에 급제한 사람의 이름을 쓴 榜.
159) 玉手(옥수) : 임금의 손.
160) 恩公(은공) : 목숨의 은인이나 은혜를 입은 사람을 높여 부르는 말.

第三十回
家庭美規範　子孫錫吉昌

附馬與兩公主로 極其歡娛ᄒ야 日事觴詠이로디 事親에 盡老萊[161]之孝ᄒ며
事君에 盡范公[162]之節ᄒ고 處家에 盡溫公[163]之範ᄒ야 富貴가 掀天而不驕ᄒ며
功勳이 盖世而不伐ᄒ니 眞淸期[164]之宰相이오 戚里之文雅라。子子孫孫이 克繁
克昌ᄒ야 紹其喬木[165]之春이 由是而無窮焉이리라

本記者評曰金華山人이 遺一草稿於本社ᄒ야 惜其稗官之遺漏者ᄒ니 吾儕乃
演其辭而爲三十回ᄒ야 登載于此ᄒ니 盖稗官氏도 亦一史家者流라 採撫其勝事
異跡과 奇人特行ᄒ야 以附石室[166]之餘流ᄒ니 亦足爲懲惡創善之一種箴戒라。
雖然이나 稗官之失이 或流於吊詭[167]ᄒ며 或馳於虛無ᄒ야 惹起後人之不信者特
其一瑕疵耳라。至於王郎玉娘事ᄒ야는 亦可以懲近世鄭衛之風焉이라。何者오?
男子는 沈溺於色界而喪心失志ᄒ야 流迭而不返者有之ᄒ며 至於娼妓之狐媚[168]
蠱毒[169]은 尙矣勿論ᄒ고 所謂引室妾婦之近世行爲기 有朝逢而夕散者ᄒ고 東響

---

161) 老萊(노래) : 楚나라 은사 老萊子. 70의 나이에도 부모님을 기쁘게 해 드리기 위하여 색
　　동옷을 입고 재롱을 떨었다는 고사가 있다.
162) 范公(범공) : 宋나라 范仲淹인 듯. 〈岳陽樓記〉의 "높은 廟堂에 있을 적에는 백성을 걱정
　　하고 먼 江湖에 있을 적에는 임금을 걱정한다.(居廟堂之高, 則憂其民, 處江湖之遠, 則憂其
　　君.)"는 구절이 참고가 된다.
163) 溫公(온공) : 宋나라 司馬溫公. 〈溫家公議〉의 "무릇 가장이 된 자는 반드시 삼가고 예절
　　과 법도를 지켜 자제와 가족을 다스린다.(凡爲家長 必謹守禮法 以御群子弟及家衆)"라는
　　구절과 "무릇 모든 집안의 아랫사람들은 일의 크고 작음에 관계없이 제 마음대로 해서
　　는 안 되는 것이니 반드시 웃어른께 아뢰고 여쭈어 해야 하느니라.(凡諸卑幼, 事無大小,
　　毌得專行, 必咨稟於家長.)"는 구절이 참고가 된다.
164) 淸期(청기) : 淸朝의 오기인 듯. 맑은 조정.
165) 喬木(교목) : 몇 대에 걸쳐서 크게 자란 나무라는 뜻으로, 누대에 걸쳐 卿相을 배출한 名
　　家를 비유할 때 쓰는 말.
166) 石室(석실) : 史料 등을 남이 모르게 감추어 두거나 소중이 간직하는 곳을 이르는 말.
167) 吊詭(조궤) : 매우 기이한 일을 말함.
168) 狐媚(호미) : 여우의 눈썹이라는 뜻으로, 알씬거리어 아양을 떨고 아첨함.
169) 蠱毒(고독) : 음식 가운데 독약을 섞어 남몰래 사람을 죽이는 것.

而西應者ᄒ야 百般醜態와 萬般淫情을 有不可以人類로 稱焉者라。然則與狗彘
之相狎相敚으로 同一流也로디 如王郎者ᄂ 一朝回棹[170)ᄒ야 成天下之事業ᄒ고
玉娘은 誤落靑樓ᄒ야 一心秉節ᄒ고 誓死不違ᄒ야 竟成天下之名節ᄒ니 足使今
世丈夫之軟腸과 爲妾婦者之薄行者로 一見此龍含玉一通則足可以愧死矣라。此
時人世風化之大關係而尤切於近日之最入惡俗故로 揭此龍含玉三十回小說ᄒ야
以爲創善懲惡之一大寶箴云爾오 且續載稗官ᄒ야 供愛讀者耽玩焉ᄒ노라。

龍含玉 終

---

170) 回棹(회도) : 가던 배가 돛대를 돌리는 것과 같다는 뜻에서, 병이 차차 나음을 비유하여
이르는 말.

한문필사본 〈왕경룡전〉·〈옥함옥〉

간략 해제

왕경룡전(王慶龍傳)

1

〈왕경룡전〉은 중국을 배경으로 하여 기생과 귀족 자제 간의 사랑을 다
룬 작품이다. 시대배경은 명나라 가정(嘉靖) 연간으로 되어 있다.

저 당나라 시대의 전기소설(傳奇小說) 중 원진(元稹)의 회진기(會眞記)라고
도 하는 〈앵앵전(鶯鶯傳)〉, 백거이(白居易)의 동생인 백행간(白行簡)이 지은
〈이와전(李娃傳)〉, 진홍(陳鴻)의 〈장한가전(長恨歌傳)〉 등도 애정이 제재가
된 작품들이다. 〈앵앵전〉은 최앵앵과 장생(張生)의 비극적 사랑을 그린 것
이며, 〈장한가전〉은 백거이가 당나라 현종(玄宗)과 양비귀에 관한 이야기
를 소재로 지은 〈장한가〉를 바탕으로 제왕(帝王)의 비극적 사랑을 그린
것이며, 〈이와전〉은 거족(巨族)의 아들과 기생 간의 사랑을 그린 것이다.
대개 당시의 문인들이 소설의 체재를 빌려서 자신의 문재(文才)를 드러내
었던 작품들이다.

특히, 〈이와전〉은 형양(滎陽)의 거족의 아들이 장안(長安)의 기생 이와에
게 빠져서 재물을 모두 탕진하여 급기야 상여꾼으로까지 영락(零落)하였
는데, 포주(抱主)의 압력 때문에 알거지로 만들어 내쫓았던 그를 이와가
그 뒤에 다시 재회하게 되어 지난날을 사죄하며 학문을 닦도록 권면하였
다. 그로 인해 드디어 과거에 급제하고 아버지로부터 허락을 받아 이와
와 정식으로 혼인했다는 내용이다. 곧 남주인공이 기녀에게 빠져서 가지

고 있던 재물을 모두 탕진하고 냉대를 받다가 쫓겨났지만, 뒤에 다시 그 기녀를 만나 도움을 받게 된다는 기본 줄거리를 지녔다. <왕경룡전>도 〈이와전〉의 이러한 기본 줄거리와 많이 닮아 있다. 따라서 기생과 귀족 자제 간의 사랑은 오랜 연원을 지닌 문학적 제재라 할 것이다.

그런데 〈이와전〉은 ≪태평광기(太平廣記)≫ 484권 '잡전기류(雜傳記類)'의 제1편에 수록되어 있다. ≪태평광기≫는 이미 고려 때에 수입되었던 서적이다. 이 때문에 명나라 풍몽룡(馮夢龍, 1574~1646)이 편찬하여 1624년 간행한 ≪경세통언(警世通言)≫의 24권에 수록된 백화체 화본소설(白話體話本小說) 〈옥당춘낙난봉부(玉堂春落難逢夫)〉가 〈왕경룡전〉의 번안 대본일 것으로 보는 견해에 대해 이견이 있다. 따라서 〈왕경룡전〉의 성립 과정에서 〈옥당춘낙난봉부〉가 바로 직접적 원천이 되었는지 여부는 한번쯤 재고해야 할 문제가 아닌가 한다. 여러 가지 관련 서사의 복잡다단한 전승 과정을 살펴보아야 할 듯하다.

2

이 책의 〈왕경룡전〉은 국립중앙도서관(청구기호 : 古3736-66) 소장본으로 합철본이 아니라 단일 작품으로만 된 필사본이다. 표제는 그림 1)처럼 '옥선규사(玉僊閨詞)'로 되어 있다. 표제 앞에 있는 '임진납월일(壬辰臘月日)'이라는 기록이 무엇을 뜻하는 것인지 분명치 않으나 필사를 마친 시기의 기록으로 보이는지라, 그 필사 시기는 적어도 1652년 이후일 것으로 생각된다. 〈왕경룡전〉의 말미에 있는 '만력 기해년

〈그림 1〉

간(萬曆己亥年間)'이란 서술문면을 주목할 필요가 있기 때문이다. 만력 기해
년은 1599년이다. 이미 이를 작품의 출현시기의 상한선을 알려주는 언표
로써 적극적으로 해명하여, 창작시기가 그 이전으로는 결코 소급할 수 없
다는 사실을 구체적으로 알려주는 징표로 받아들인 견해가 있다. 또 임형
택본도 '임진팔월서(壬辰八月書)'로 되어 있으며, 이현조본에는 '康熙二十七
年戊辰(1688)十月念日畢書終'으로 되어 있다고 한다. 특히, 이현조본에서만
작품의 본문을 다 적은 뒤에, 줄을 바꿔서 이 필사기가 기록되어 있다고
하는바, 유일하게 필사기로서 본연의 모습을 갖춘 것으로 보인다.

그리고 ≪신독재수택본전기집(愼獨齋手擇本傳奇集)≫의 〈왕경룡전〉 뒤에
는 〈그림 2〉와 같은 교열기(校閱記)가 있는데, 다음과 같다.

나는 본래 학문을 좋아하면서도 잡기(雜
記)를 더욱 좋아하여 이 책을 빌려와서는
깊이 파고들기로 마음먹고 꼼꼼하게 상세
히 읽으니, 누구의 손에서 베껴져 전해오는
지 알 수 없었으나 더러는 군더더기 글귀
가 있는데다 잘못 쓴 글자가 많았고 또 빠
진 글자가 있어서 문리(文理)가 통하지 않
아 이어질 리가 없었다. 그리하여 글 때문
에 뜻을 해치고 뜻으로써 글을 해치는 곳
이 파다하게 있었다. 이 때문에 한갓 지니
고만 있다가 간혹 외람되게 내 뜻을 붙이
기도 했는데, 여러 책을 상세히 살펴 그 번
잡한 것들은 다듬고 그 잘못된 글자는 바
로잡았으며 그 빠진 글자는 보충하였다. 그
러하므로 저 문리가 이어진다는 것은 상세

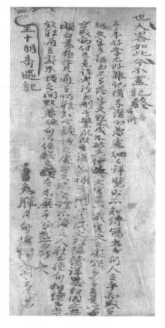

〈그림 2〉

함과 간략함이 서로 긴밀히 어울려서 글이 아주 명백하고 뜻이 극히 잘 통하는 것이니, 어찌 알기 어려운 말과 의아한 곳이 있겠는가. 또 문리가 갖추어지지 못한 사람이 위아래의 구절을 끊고 서로 잇는 것을 어려워할까봐 염려하였기 때문에, 뜻이 통하기 어려운 곳과 이해가 안 되는 사이에는 점을 찍고 구절을 끊어 후일의 읽을 사람을 기다리니, 이에서 도움이 되기를 바란다.

□묘 납월 순 신독재 주인 서

予本好學, 尤好雜記, 備來此冊, 潛心着慮, 細細詳覽, 則不知傳寫出於何人之手, 而或有衍文, 字多誤書, 又有落字, 文理不成, 不能連續。故以文害義, 以義害文之處, 頗多有之。是以空守, 或窃付己意, 詳考諸書, 刪其繁亂, 改其誤字, 補其闕字。然彼文理接續, 詳略相因, 文甚明白, 義極貫通, 有何難知言疑訝之處乎? 又恐文理不該之人, 難於絶句相續於上下, 故難通之處, 未該之間, 點著絶句, 以俟後之讀者, 則庶乎有益於斯矣。

□兎臘月旬 愼獨齋主人書

이 교열기에서 신독재(愼獨齋)를 일단 김집(金集, 1574~1656)의 아호(雅號)라고 보지만, 과연 그러한가에 대해 단정할 수는 없는 만큼 보다 확실하고도 분명한 논거가 확보되어야 할 것이다.

또한, 간지를 나타내는 '□兎'에서 □ 속의 글자를 정밀히 검토되어야 한다. 갑자(甲子)를 나타내는 '□卯'의 별칭일 것인데, □ 속에 들어갈 수 있는 글자는 '청(靑), 백(白), 적(赤), 흑(黑), 황(黃)' 등 다섯 글자이다.

〈그림 3〉

〈그림 4〉

〈그림 5〉

〈그림 3〉은 흐릿하게 남은 자형(字形)의 모습이다. 이를 보건대, 들어 갈 수 있는 다섯 글자 중 그나마 가능성이 있는 글자는 청(靑)과 황(黃)인 바, 『행초대자전(行草大字典)』(赤井淸美 편, 교육출판사, 1992)에서 비슷한 글자 를 찾은 것이 〈그림 4〉와 〈그림 5〉이다. 자체(字體)가 심하게 번지고 뭉 개져 자형을 판독하기가 어렵지만, 무엇보다 글자의 아랫부분이 그림 4) 와 유사하며, 글자의 윗부분에서도 검은 점이 없고 밑으로 내리는 선이 조금 오른쪽이었다면 〈그림 4〉와 유사하다. 검은 점은 영인 자료를 보면 의미 없는 것으로 보인다. 그렇지만 있다 하더라도 지금까지 학계에서 용인해온 '황(黃)'의 자형일 수가 없다. 글자의 중간부분도 가로로 세 선 및 아래로 새로이 월(月) 모양으로 써내려간 것이 〈그림 4〉와 거의 유사 하다. 따라서 '청'에 오히려 더 가깝다고 할 수 있다. 결국 청토(靑兎)는 을묘년으로 김집의 생몰연대를 고려하건대 1615년이다.

이로써 교열기는 〈왕경룡전〉이 1615년 이전에 이미 필사되어 널리 유 통되었다고 하는 것인바, 실상이 이러하다면 〈왕경룡전〉이 〈옥당춘낙난 봉부(玉堂春落難逢夫)〉의 번안 개작이라고 단선적으로 보는 견해는 근본적 인 재고가 이루어져야 할 것이다. 〈옥당춘낙난봉부〉는 명나라 풍몽룡(馮 夢龍)이 1624년 편찬한 ≪경세통언≫의 24권에 수록된 백화체 화본소설 이기 때문이다. 선후관계가 전도된 것을 고려하지 않고, 〈왕경룡전〉에 대해 흔히 원작을 개성 있게 개작하여 조선적 특징을 갖추었다고 평가하 는 것은 조심스러울 수밖에 없다.

3

이 책에 수록된 〈왕경룡전〉의 표제는 '옥선규사(玉僊閨詞)'로 되어 있고, 내제(內題)는 '왕경룡전'으로 되어 있다. 그런데 〈그림 6〉을 보면 그 내제

하단에 저자를 '주지번(朱之蕃, ?~1624)'으로 기록하면서 '명나라 신종 때 사람(明神宗時人)'으로 부기하고 있다. 그의 생년은 1548년 또는 1558년으로 보고 있어 확정지을 수가 없다. 또한 ≪선현유음(先賢遺音)≫의 수록본도 저자를 주지번으로 밝히고 있지만 그 밝히는 방식이 차이가 있는데, 작품집의 목차에서만 해당 작품명 밑에 주지번이라 표기하였다. 그러나 두 이본은 결말 부분과 후지(後識) 등이 서로 다르다. 이 판본들은

〈그림 6〉

어찌되었든 필사자가 〈왕경룡전〉을 중국소설로 인식한 증좌로 보이는데, 〈왕경룡전〉의 이본사(異本史)에 있어서 독특한 위상을 점할 것으로 짐작된다. 이러한 인식에 대해서도 여타의 이본들과 비교하면서 천착해야 하는 것이 아닌가 한다.

반면, 〈그림 7〉은 부산대본 〈왕경룡전〉으로 21장본이다. 〈상사동전객기(想思洞餞客記)〉·〈주생전(周生傳)〉과 합철되어 있다. 내제의 하단에 최립(崔岦, 1539~1612)이 기록되어 있다. 본관은 통천(通川), 자는 입지(立之), 호는 간이(簡易)·동고(東皐)이다. 사신으로서 여러 차례 명나라를 다녀왔는데, 당시 명나라 문단의 대표적 문인인 왕세정(王世貞)을 만나 문장을 논하면서 그곳 문인들로부터 명문장가로 격찬을 받았다고 한다. 이러한 명성을 지닌 그의 문장에 대해 장유(張維)는 〈간이당집서(簡易堂集序)〉에서 "김수온(金守

〈그림 7〉

溫)보다 문기(文氣)는 졸렬하나 법도(法度)는 낫고, 김종직(金宗直)보다 이치는 떨어지나 말[辭]은 더 낫다.”고 하여 조선 전기의 김수온, 김종직에 필적할 만한 문장가로 평가한 것처럼, 선조(宣祖) 때의 많은 문사들 가운데 제일가는 문장가로서 꼽혔다. 아울러 기괴한 글자와 글귀를 모으는 흠이 있다는 비판도 받았던 인물이다.

따라서 〈왕경룡전〉의 말미에 있는 ‘만력 기해연간’이라는 서술문면과 《신독재수택본전기집》의 신독재 교열기에 나타난 유통 상황을 고려하면 〈왕경룡전〉의 작자로서 최립일 가능성을 한번 정도는 살펴볼 일이 아닌가 한다.

4

〈왕경룡전〉은 한문필사본, 한글필사본, 한문현토필사본, 한문현토활판본, 한글활판본, 한문목활자본 등 27종의 이본이 다양한 형태로 전하고 있어 많은 사람들로부터 크게 사랑받았음을 알 수 있다. 이본간의 차이는 크지 않다. 이 책에 실린 것은 한문필사본으로 1책 26장본이고, 매면 10행이며, 1행당 27~28글자이다. 명나라 가정(嘉靖) 연간을 시대배경으로 삼아 왕경룡(王慶龍)과 옥단(玉檀)의 사랑을 다룬 작품이다.

중국 절강(浙江) 왕각노(王閣老)는 낙향하게 되자 거상에게 빌려준 은자를 아들 경룡에게 받아오라고 하였다. 경룡은 그 은자를 돌려받아 귀가 길에 강소성 서주에서 묵게 되었고, 그곳 기생집에서 옥단을 만나 사랑하여 동거하는 동안 기생어미의 계략과 술책에 빠져 모든 재물을 탕진한다. 이에 기생어미는 경룡을 쫓아내려 하지만 옥단이 말을 듣지 않자, 이사하는 것처럼 꾸며 이사 간 곳을 찾지 못하도록 해 쫓아내고야 만다. 또한 경룡은 기생어미가 보낸 도적들에게 맞아 기절했다가 마을 노인에게 구출되어 겨우 목숨을 건진다. 결국 쫓겨난 신세가 된 경룡은 알거지가 되어 방랑하며 걸식하다가 양주 지방에서 광대가 된다. 그곳에서 전일 왕각노의 서리였던 지방관의 도움을 받는다. 그 후에 옛적 옥단과의 인연을 주선해준 노파를 만나 옥단에게 편지를 전하고 다시 상봉한다. 그리하여 경룡과 옥단은 계책을 꾸며 기생집의 보화를 훔쳐 나오고 이튿날 관청에 기생어미를 고발한다. 이때 기생어미에게 돈을 주고 옥단을 첩으로 삼으려던 조 상인이 옥단을 납치한다. 조 상인의 처가 옥단을 시기해 남편과 옥단의 죽에 독을 넣어 독살하려 했지만 남편만 죽게 되고, 조 상인의 처와 옥단은 살인죄로 옥에 갇힌다. 옥단과 헤어지게 된 경룡은 집에 돌아와 부친의 엄한 꾸지람을 듣고 학업에 정진한다. 마침내 과거에 응시해 장원급제하여 암행어사가 된 경룡은 서주땅에 내려가게 되고, 그곳에서 조 상인의 살인사건을 처결하였다. 그래서 옥단을 다시 만나 행복한 삶을 살았다.

이에서, 귀족 자제는 기녀와 사랑하나 타인의 계략에 빠져 몰락했다가 그 기생의 도움으로 출세하고, 기녀는 그 정절을 지켜 귀족 자제와의 사랑을 이루는 기본 줄거리를 간취할 수가 있는데, 이는 〈이춘풍전〉, 〈청년회심곡〉, 〈부용상사곡〉, 〈채봉감별곡〉 등에 전적으로든 제한적으로든 영향을 미친 것으로 보여 〈왕경룡전〉이 조선후기 애정소설의 형성에 기여한 측면이 없지 않다 할 것이다.

참고 문헌

간호윤, 『先賢遺音』, 이회출판사, 2003.

송하준, 「〈왕경룡전〉 연구」, 고려대학교 석사학위논문, 1998.

엄기영, 「〈왕경룡전〉 이본고 : 이헌홍 소장본을 대상으로」, 『비평문학』 38, 한국비평문학회, 2010.

이대형 외 3인, 『삼방록(三芳錄)』, 보고사, 2013.

이헌홍, 「조선조 송사소설 연구」, 부산대학교 박사학위논문, 1987.

장효현 외 4인, 〈왕경룡전〉, 『교감본 한국한문소설 傳奇小說』, 고려대학교 민족문화연구원, 2007.

정명기, 「고소설 유통에 대한 새로운 시각 : 목활자본 〈왕경룡전〉의 출현을 통해서 본」, 『열상고전연구』 33, 열상고전연구회, 2011.

정학성, 『역주 17세기 한문소설집』, 삼경문화사, 2000.

정학성, 「≪신독재수택본 전기집≫의 17세기 소설집으로서의 성격과 위상」, 『고소설연구』 13, 한국고소설학회, 2002.

용함옥(龍含玉)

안세현(강원대학교 한문교육과 교수)

1. 정의

〈용함옥(龍含玉)〉 필사본 1책은 금화산인(金華山人)이 1906년 2월 23일부터 4월 3일까지 30회에 걸쳐 『대한일보(大韓日報)』에 연재했던 회장체(回章體) 한문소설을 필사한 것이다. '龍含玉'이란 제목은 남녀 주인공들의 이름인 '경룡(慶龍)'과 '옥단(玉檀)'에서 한 글자씩을 따서 남녀 주인공의 결합을 상징하였다. 〈용함옥〉은 여주인공 옥단이 지기와 용기로 모진 고난을 이겨내고 왕룡과 결연하는 과정을 그렸는데, 여성 주인공의 형상에 초점이 맞추어져 있다. 이 소설은 17세기 한문소설인 〈왕경룡전(王慶龍傳)〉을 개작한 것으로, 남만(南蠻) 토벌을 다룬 후반부 8회분이 새롭게 덧붙여진 것이다. 이 소설은 현재 국내 한국연구원에 소장되어 있는 『대한일보』에 연재 당시 형태로 남아 있긴 하나, 별책의 형태로 필사된 것은 버클리대학교 동아시아도서관 아사미문고 소장본이 유일하다. 애국계몽기 한문소설의 존재 양상을 연구하는 데에 중요한 자료이다.

2. 편저자 사항

금화산인(金華山人)은 필명으로 1906년에 『대한일보(大韓日報)』에 〈용함옥〉이란 한문현토 소설을 연재했던 작가이다. 당시 신문에 연재되었던 소설은 대부분 서명이 없었고, 있더라도 필명인 경우가 많아서 정확히 누구인지는 알기 어렵다. 이 시기 '금화산인'이란 필명은 쓴 사람으로 시인이자 평론가로 활동하였으며 〈악마도(惡魔道)〉라는 다다이즘 소설을 쓴 방준경(方俊卿, 1905~1970)이란 자가 있다. 그러나 방준경의 생년은 1905년으로 1906년부터 신문에 소설을 연재했다는 것은 이치에 맞지 않는다. 따라서 〈용함옥〉의 저자에 대해서 현재로서는 확인할 수 없으며, 필명인 금화산인으로 할 수밖에 없다.

3. 구성 및 내용

버클리대학교 동아시아도서관 아사미문고 소장 〈용함옥〉(이하 버클리대본)은 필사본 1책 17장으로, 『대한일보(大韓日報)』에 1906년 2월 23일부터 4월 3일까지 총 30회에 걸쳐 연재되었던 한문현토 회장체(回章體) 소설을 1책으로 필사한 것이다. '龍含玉'이란 제목은 남녀 주인공들의 이름인 '경룡(慶龍)'과 '옥단(玉檀)'에서 한 글자씩을 따서 남녀 주인공의 결합을 상징하였다. 서두에 서언(緖言)이 있고, 각 회마다 5언 2구의 소제목(小題目)이 달려 있으며, 말미에 이 소설에 대한 기자(記者)의 평이 실려 있다. 내용상 『대한일보』에 연재되었던 것과 큰 차이는 없으나, 서두의 서언은 버클리대본에만 있다. 참고삼아 서언의 전문을 띄어쓰기만 하여 원문 그대로 인용해 둔다.

"宇古宙今에 無論英雄烈士와 文章才子와 風流冶郞이 未嘗不留戀於色而
多有喪其志者ㅎ니 吁可嘆也로되 至於玉娘之貞靜奇節은 可謂色界之卓犖超
絶者라 不可以一流而歸之故로 好事者傳其事ㅎ야 庸述讚美之意ㅎ며 荐戒世
人之好色者ㅎ노니 如玉郞者는 果非千古之罕有歟아"

본문은 총 30회로 한문에 한글로 토를 달았는데, 대강을 줄거리를 소
개하면 아래와 같다.

중국 절강(浙江) 소흥부(紹興府)에 사는 왕각로(王閣老)의 아들 경룡(慶龍)
이 아버지의 명을 받고 2만량에 달하는 재물을 싣고 오다가, 어떤 높은
누각에서 녹의홍상(綠衣紅裳)의 절세가인(絶世佳人) 옥단(玉檀)을 만났다. 경
룡은 창모(娼母)의 주선으로 옥단과 인연을 맺고 기식하는 동안, 창모에게
재산을 다 빼앗기고 무일푼이 되자 창모의 구박을 받았다. 창모는 마침
내 경룡 부부를 갈대숲으로 유인하여 경룡을 처치하고 옥단을 빼돌렸다.
도적에게 잡힌 경룡은 겨우 생명을 보존하여 거의 기아지경에 이르렀다.

경룡을 잃고 두문불출하던 옥단은 노구(老嫗)를 통해 경룡의 소재를 파
악해 내고 몰래 편지를 보내 서주(徐州)의 관제묘(關帝廟)에서 기다리라는
연락을 하였다. 상인 조씨(趙氏)가 창모에게 천금을 주고 옥단을 핍박하였
으나, 옥단은 요행히 빠져나와 서주에서 경룡과 해후하였다. 창모에게 복
수할 계획을 꾸민 그들은 기와조각을 재물인 것처럼 위장하여 우마(牛馬)
에 싣고 창모의 집을 찾아갔다. 재물에 눈이 먼 창모로부터 환영을 받아
기식하다가, 경룡과 옥단은 전에 빼앗긴 재물을 모두 되찾아 도주한 다
음 서주의 관가에 이르러 창모의 죄상을 고발하였다. 그런데 옥단은 절
강을 찾아가는 도중에 조대고(趙大賈)에게 팔려 또 시련을 겪었다. 조씨의
전처가 간부(間夫)와 짜고 조씨를 암살한 후, 옥단에게 살인의 누명을 씌
워 하옥시켰다.

한편 경룡은 집에 돌아가 부모에게 사죄하고 학문에 진력하여 장원급제하였으며, 한림원에 천거되어 어사가 된 뒤에 서주에 이르렀다. 옥단은 비단에 절구(絶句)를 수놓아 상인을 통해 자신의 신상을 알렸다. 경룡은 서주의 의옥(疑獄)을 백방으로 수소문하여 걸인으로 변장하고 옥단을 만나 그간의 사정을 듣고는 옥사를 처리하여 옥단을 구해냈다. 옥단과 재회한 경룡은 황제의 신임을 얻어 옥단을 아내로 맞이하였다. 황제는 경룡을 시켜서 남만을 토벌하게 하니, 옥단의 검술과 기지로 적을 굴복시키고 큰 공을 세웠다. 황제는 그들을 치하하여 경룡은 병부시랑에 오르고 옥화공주(玉華公主)의 부마(駙馬)가 되었으며, 옥단은 특별히 공주에 봉해지고 아실(亞室)이 되어 경룡과 해로하였다.

1회에서 22회까지는 17세기 한문소설인 〈왕경룡전(王慶龍傳)〉을 거의 그대로 답습한 것이며, 남만(南蠻) 토벌을 다룬 후반부 8회분이 새롭게 덧붙여진 것이다. 〈용함옥〉은 여주인공 옥단이 지기와 용기로 모진 고난을 이겨내고 경룡과 결연하는 과정을 그렸는데, 여성 주인공의 형상에 초점이 맞추어져 있다. 〈왕경룡전〉에 해당되는 전반부는 애정소설적인 성격을 지니며, 남만을 퇴치하는 후반부는 영웅소설적인 성격을 지니고 있다.

4. 자료가치

① 서지적 가치

〈용함옥〉은 현재 재단법인 한국연구원(서울 종로구 평동 소재)에 소장되어 있는 『대한일보』에 연재 당시 형태로 남아 있다. 『대한일보』는 1904년 3월 10일 인천항에 위치한 조선신보사(朝鮮新報社)에서 일인(日人) 추곡주부(萩谷籌夫)가 발행한 한주국종(漢主國從)의 일간지이다. 동년 12월에 사옥을 서울로 옮겼으며 1907년 10월 17일 폐간될 때까지 통감정치의 어용기관지로 이용되었다. 이 신문에는 〈용함옥〉을 비롯하여 일학산인(一鶴散人)의 〈일념홍(一捻紅)〉, 백운산인(白雲山人)의 〈여영웅(女英雄)〉 등의 한문 현토 회장체 소설도 연재되었다. 이 중에서 〈일념홍〉은 1906년 1월 23일부터 2월 18일까지 연재되었는데, 현재 남아 있는 『대한일보』는 결락부분이 많아서 제6회에서 8회까지는 확인할 수 없었다. 그런데 버클리대학교 동아시아도서관 아사미문고에 필사본 1책 〈일념홍〉(청구기호 : 38.16)이 소장되어 있어 그 전모를 확인할 수 있다.

　버클리대본 〈용함옥〉은 연재 후에 필사된 것으로 보이는데, 필사자나 필사시기를 정확히 알 수 없다. 다만 〈일념홍〉과 비슷한 시기에 필사된 것으로 보인다. 버클리대본 〈용함옥〉은 『대한일보』에 연재된 것과 내용상 큰 차이는 없으나 서두에 서언이 더 있다. 또한 『대한일보』에 연재된 것은 현재 1회, 7회, 8회의 소제목을 확인할 수 없으나, 버클리대본에는 1회 "魏公命收銀, 老僕諫看花", 7회 "行乞滄海村, 幸逢賣瓢嫗", 8회 "喜接公子書, 佯罵老嫗言"으로 온전히 기록되어 있다. 현재로서는 버클리대본 〈용함옥〉이 작품의 전모를 알 수 있는 유일한 자료라 하겠다.

　② 내용적 가치

　〈용함옥〉은 조선시대 회장체 한문소설의 전형적인 형식과 주제를 보여준다. 더욱이 1회에서 22회까지는 17세기 한문소설인 〈왕경룡전〉을 거의 그대로 답습한 것이다. 이를 통해 이 소설이 고소설의 전통 속에서 탄생된 작품임을 알 수 있다. 특히 주목할 것은 여성 주인공의 형상화에 초점이 맞추어져 있다는 점이다. 남성 주인공 왕룡은 여성 주인공 옥단에 비해 그 존재가 미미하며, 두 주인공의 결연이나 남만 토벌에서 주도적인 역할을 하는 것은 옥단이다. 한문소설에서 여성 주인공에 대한 적극적 형상화는 소설의 창작층과 향유층이 부녀자층으로 확대된 조선후기의 일반적 현상이다. 문제는 고소설의 문법과 주제를 다룬 이러한 작품이 1906년에 대중 독자를 대상으로 하고 있는 신문에 연재되었다는 사실이다. 이를 통해 이 시기에도 고소설이 독서물로서의 생명을 여전히 지니고 있었음을 알 수 있다. 요컨대 〈용함옥〉은 애국계몽기 신문연재소설의 존재 양상과 향유, 고소설의 개작 양상 등에 대해 알 수 있는 중요한 자료라 하겠다.

참고 문헌

송민호, 『한국개화기 소설의 사적연구』, 一志社, 1975.

한원영, 『한국개화기 신문연재소설 연구』, 一志社, 1990.

정환국, 「愛國啓蒙期 漢文小說의 성격 규명을 위한 試論 : 『大韓日報』 연재소설을 중심으로」, 『한국한문학연구』 21, 한국한문학회, 1998.

▶ 역주자의 추기

이 해제에서 버클리대본 〈용함옥〉이 작품의 전모를 알 수 있는 유일한 자료라고 하였으나 6회분이 누락된 상태로 필사되었으며, 1회에서 22회까지는 17세기 한문소설인 〈왕경룡전〉을 거의 그대로 답습한 것이라고 하였으나 20회는 새로운 내용으로 채워진 것이다.

찾아보기

[영인] 왕경룡전(王慶龍傳)

국립중앙도서관 소장본 〈왕경룡전〉

여기서부터는 影印本을 인쇄한 부분으로 302페이지부터 보십시오.

一天嘗同寢絕若他人爲至是發言其妻以檀爲婦檀歎稚

起拜白娼家賤寶受直媚君身已累矣巧言令色瞞人守約

新亦里矣欲圖生還陰謀殺人可謂善乎人在艱危爲世而

則可謂吉乎妾之所以忍而已矣而不死至今日者徒欲更得君

子涓芥巾術以逐平生之偶而已矣可謂賤妻之言乎而公子之

保也宜以萬蕤之微遽兀顛蒸華之奉乎兀見內子眞操

雖愍其合家母美公子離而慮之彼家父母乎壽其不儀

則內子之不欲丰花他人者猶檀之不敢媚花其道賣也以我等

人誠甚裕惻若誰內子丰亦當退龍國甚言豈不違之

厥婦亦感玉檀之恩待之如婦娇然龍野其內子侯檀

49

矣到家之日復命以後設筵中堂乗酒相邀酷及慶難不捗暢

喜龍先成律曰

海鶴山移抱有神釣還兒合宣身因羔秋辭情詞眼馬建賦

餘生工錦首眞巻西歸逃白髮紅釵栖得帶青春相逢卻

是尋盟日把酒所禁淚滿巾

植成淚濡電即和其律曰

芳親元不托梅神當約宇知賤未自舊日悲吶叟禾沐令朝

清讌醉渡首誰潚荊重兄歸同自笑後抱老占春揮戦

綵衣随舞皂莫龍金綬沾巾

龍帝登之後迫花閣先之命贈忽靈碳其氏支萬妻高以合檀骰

48

乃屏列庭吏卒於門外而闔之只當罪人於其庭衙吏入房聽命食人而不

出其罪人聖在庭下如無人迭相讓曰玉禮有罪吾無罪吾已決矣不須言矣

但我輩僭前嚴鞫何以得滿不如直告巫夫旦妻王誅而吾可得相

西百妻並夫食毛曰我若得此當以孝報諸人飲諸盛否良人衙吏雖旺

命朝曰沒奪其諸甚情吾已知薑也、之所議諸人相顧驚訝

之際衙吏遂命下吏黨用於于中兩礼籠巳入自散中趁恨曰迭甚

辛釗門主締其一衙吏辛良于兩人相向罪人優說其所禍每曰迭一

之所言如此、衆人煌惧話蹇各伏其罪莲誅旧妻及至夫妾玉

禮諸令罪人斷得爹辜滿禮府二人驚服具首龍梅俄聲

回命即潛令房于給馬戴玉禮出放開樞乎于玉龍㕙三九

47

於朝元又申會元終得任元友箭為翰林修撰時朝廷以徐州秩夫

起徵久而不決請遷御史考之上俞元龍求為其任遂倒徐州秩夫

聞王慶龍為御史便蘭英詳問鄉里族氏知衙史果為慶龍撼

後潛作書陳其兒封史訴為慶龍親旧書樣使蘭英為兩女

因慶龍家丁建之乳姆按獄聞其保辭招異人等曰玉檀禔拒而來

械而稲遷口妾歪夫等謙人於庭下曰玉檀富殊之圄不可同此輩未以候利之

以不得其政今日此頂嚴鞠盡設此輩明曰便可而東遠命公府國

設敬㭑之具極其嚴南夭命行李諸具自房而振　聖於

庭下曰速行水服諸县　多西霽之沾涅　侍月方申禱　曙

46

鴇潮日應將惡鳥陷金元

龍亦和詩曰

金織為籠鎖彩鸞羞甚歸愛幾時開高桉業穴憑連

理團扇丹青憶合徵千里清音天外遠三秋寒影月中寒

鴻何日餘傅信發寄音等山藥无

龍見縧詩之後審檀之兄在趙買家憤母之奸計憐王檀之

冤懷尤用憂憑將成心狩武讀書之際休佛見檀而往身其名旣

而自悔曰吾若成疾殆將免矢安得復見玉檀乎遂勳定心端坐

讀書若檀賦於目中則乃揮刀而呪曰汝以登第之言戒我重違之

誓寄我今何以挑我如是耶髮月廢疾乃痊龍刀業三年浮遊遠

45

又

失侶鴛鴦一旦飛隨楼誤上錦機懷寃化作西川晲血

瀟殘花敗未故

自此之後歲已暮矣消息復絶生兒莫知適有商人賣錦緞

於其家人見而不知貴只以繡字之故持示於龍之當其詩詳

其字題是玉檀所作觀閱於商人以賣對曰如共之緩後龍

果知玉檀所寄買以重貨乃次其韻欲付贈商人漸以不收遂

又果為檀繡字詩曰

雲羅千尺打孤鸞一落座寰歲已開翠羽涸令仙鶴伴金

毛寧與野鳥散雖從烟渚朝遊並却向鳳枝輾鷫鸘識則冣

44

不意中道為人所費所可恨者百千自決待舊約而竟落於兩嫗之奸

謀也何惜微嫗以綻某聞濟慕以臨別之語耳亡在耳若行小蘇照

賀前盟今將權卦其辰以覿其機勢若可緣則不可徒先至若相

濟則豈殺偷生聊占一絕以寫微惘詩曰

離碧千里向南飛雲外身如暗設機生人雕籠遠有意會將

衆翮刷羽絲敏其月日玉檀拜

龍見其書知為人所占謂已差免不覺長慟寢食俱廢者果

曰乃和其詩以自遣曰

鏡裏孤鸞舞餘啼血落寒機音殺自依想思

曲~到江南身未歸

43

方欲出製過有鳴鴈初来乃命以此賦之龍側曰

晩夜西風動鴈羣散空千點亂紛～影通青塚三更月瞽落

蒼梧萬里雲～羅羅塞陵啼白首燈殘長信江紅裙～難

崎南未礼猶促寒永送巫軍

閣老聴之甚喜曰淡之此作足續恳敗之責矣語其夫令夫人之子

龠而不逯者以中道眹讀之故非好色也逯拼書樓山屬之龍當書

楳長念玉櫃之所戒讀書做業不輟晝夜通一日得行子所傳玉

櫃書帛而授之龍見其所書曰

徐州玉櫃奉喬絽與玉秀才慶龍妾送君之後常廃業稱豈

料主毌迫而賦之偶囚滯妲得留旬月信此妲言而逯啓甫

42

閣老而喹遽起下堂手扶慶龍涳曰此兒年火逆色自不能逛歸

豈無愛親之心今日之逛可見其良心之況甚財寶今盡賣運畋

花酒色者亦明矣閣老乃命止其枝計財壅於中庭戶爭之歷竖不

耗而有剩閣老自悲之龍人拜其母之無龍背泣問其由龍對之以

寶具陳玉檀之事其母歎曰恨其檀兒不養於良家雖欲而婦

安得乎居發月閣老責龍曰汝積歲倡搜瘼瀆其藝業無復壇

术乭汝顡為何事將為農乎為商乎龍徊顡瀆書閣老乃抽

座右之書歲其可教龍在徐州五六年與檀專事文墨故所試書

義翩嫩庬觧閣老謂其武講習於前見者轉抽諸書覈之

通試隨講無不貫通閣老雖未許可心自喜異而又敎武⋯⋯

事興正夫作謀謀殺其夫里人顯倒割腰集捕曰吏興正夫反玉檀

縛之檀告其鎖氏願見之狀又心弼興甫抱之即免旧吏前曰檀心尋

即坐怒嘉花粥里人會此三人弄其奴僕比鄰皆拍官蕩吏檀玉相朝

告俱惡明籠濟人威供至夫興謀妻相奸之臉或趙買燕檀未相

兩之諾遂成就獄皆不能决矣却說慶龍自徐州華夜別玉檀之

後輸其財寶渡浙江故紹興前閣老聞其兼夫怒會人細打曰波

咿父足獄工可殺也眺色敗財二可殺也滅財覆業三可殺也龍皿對曰

亏敗身固難卡白至花滅財覆業某則不然反欠鋤鍊今日輪秀矣

閣老之性嚴峻猶令枝之會閣老之女婿更即員外卽趙元妻某事

有閑過至花此乃閣老之所且激愛乃亦興龍觀慶者也方侍

歸賈周光家檀屋賤月審其薔妻雖有姿色壹無貞操且
郭家覡夫妻目相交遘於此家而其覡夫亦勞行檢惟耽酒色鋞方
偽作薔妻相邀期會立書係其手迹乃檀之以技亞夫又作至夫置書
亦如此以技薔妻而人各以為信而相會私通個不睹矣自此晨去暮
來靴以為常檀於一日乗其來會覗於窓外手鏬怒罵顧示突見
之怒尚人恐檀苔其夫相與謀欲滅其途金其夫出宿于郭家畫圍
而逐田妻以玲味俯俙買妻於中進子甚夫及玉檀方梳顋見其粥
寂有為阿又慮只妻柅已万白見其粥甚美白首欲取其多換箕肝
進乃置於肯耟以粗梳還遅不食食俊信若鵬手而
覆其粥妻之粥趙賈俄以亣於地嘔血而死檀走出呼郭人胡曰薔

39

得聞婚語不覺欣幸檀興趙賈同慶談笑相況極其觀恒

欲矣歎則辭之曰王慶龍言時與妾相說約於今年春滿未話若

過此期聽從他通妻亦辭諧淺哲言矣全已歲暮王子不未麻

指所許餘日母義妾令今歲王子重未妾已人他內豈不敢復

出所未從命者歡畢其約不期吾心耳新歲新歡豈不樂敢趙

賈恐其性意不敢强伊而趙賈若欲歸窟於舊畫則檀傷婚

抱否人不知檀之不相伊南趙賈時語其觀故或得以知其事適者

浙江商人未富其鄰賣有繼檀令蘭莫亞一般以幸便貿餇

刺巴韻音越賈目不知書唯補笑已飾畢潜還其通商合商

縣賣未紹興王閣光家及有五年倍其高買之其兩人如莫一言

38

裝卜日啓行之未出徐州境忽有人屏眾徂於路擁玉檀驅去

而去檀顧呼商姬之已去於笑乃謂眾曰吾蕈綠何費我已歸眾

曰我爲趙大賈西使馳娘子而歸何負之有檀失聲痛哭曰吾

爲兩簡老婆所賣遂墮馬衆復擁迫上馬檀悲啼良久曰盞我

必休眾憐之暫殺檀恩欲自決不能自由既而潛思曰我若徒死

必賈前約不如權住以省其檄遂製衣其曆帛此指出血書於帛

潛令蘭英掛於道左樹林或有過客好事者傳掛於南路夫人

浮遊花慶龍檀被迫歸趙賈之家趙賈方出門忽得見檀

來扶下馬喜慰曰娘子於老漢亦有補矣此賈天牲夫必主人謀

檀佯笑兩谷曰中道段路亦遂佳期趙賈方以玉檀歸之爲報

37

歎發之恐為諸人所知傷不累喬前日趙賓者知檀不肯永乃推金賂
於媼母之惜其金相奬之陰紿如此、屈髮月媚身此玉檀曰澄玉
即之故非我參養之恩終不冒我笑雖在吾家更妥所利不如坐
北樓為屬朝雲逐驅跑賺之媚母先時陰與同里商家實賣媼
賂重貨以密計約之反檀幸其一婢嘗無所歸吾道為娶其商
媼遇於道問其如佯泣曰吾多憐娘子行貞節者毛未糊口今
又被騙何所依賴若無所故往姑止檀喜得屋得揮其屋多
謝之逐隨歸周屋月餘媼見娘子不首所夭久為愈德江寶稻柳
我為娘子傾財償人馬幸娘子歸淅江能令王公子厚報為運送
吾檀幸其言乃謝曰倘淂如此彼不竭力報德媼許諾償馬君

36

丙未質欲訟於官也此事首尾溝人所共知而難講者也因自斷

哭再挽其娼母欲赴控訟溝人等皆知盧林之事以亦伈夜間

之謀皆是檀而非媱曰此媱詐補弓子盜財而去以我等在請

丙来將欲奪還若知發掠之情則豈致後之者乎史等亦濟間

芳林之絕於皆以皆罵媱以縝賦媱雖欲自明今不信之咸勸玉檀乞

曰媱雖有殺夫之謀尚有養我之恩以姑不新訟媱能使我等

節欲不相負乎媱許諾檀請若史等誓貼而記之遂使溝會

署名敞後悔其書還其家上业楼只令一待媱乞未可奪其业示

不屈此婢名蘭莫亦有姿色不當與人交歡雖或来押莫相応只

侍檀娘不雅甘側盖玉檀自良家所率来者也媱母嫉玉檀將

35

寶將女與婢欲殺之子尚止之只如此而已女之所辱縱不可恨財室

又從失之不可不推奪其財女龍縛時潘聽其語底我跟道笶

本府承留避云洞建道捕娼母逐呼潘人峯烏栗家疾毗室直

之至徐州山口外檻下馬拿其娼母多下之大呼於五府皆吏及隣人

兩告之曰我本以良家子失良考妣告此嬬見我婆色取烏養色之婆

悅人今取百日爲利家堂有母子之義性者浙江閑老之子慶龍

遇過吾家見含悅之賭念萬金娶以爲婦泮爭頭屈觀將俗老

此嬬巧作謀計殺我女兄林王之子幸而得脫赤身星速鄕市遠妾

孟浹載寶重業昨之夕此嬬更欲揮財西殺之王之子知機道

去此嬬恨未得財今者率隣人追理將欲殺揀妾倖若同謀

34

然則必有死而後已人生一死之後安淂復見不如降志屈節
遂他日重逢之約娘手勿以吾言爲之以副王彌禮曰忠不事二
烈覽獨異若有擢路則可母徒危至歡相續則有冤尚已乾
別潛行登程向折江禮送亂掩迮還推與侍婢相紹各取衣察
塞口以條索肯將其手足俱倒於床下其望娼家奴僕見乾
一行夫爲愛玉處耒告娼母即扶聊頤驚就玉禮復哃乃觀之
玉禮及侍俾皆依鮪氣絕之狀娼母即驚呼而救之良久俓若
淂甦而告曰吾昨日不欲見王即者良以此也母遂拮逞夫龍答
孚王即者難曰身心豈忘蘆林之恩尚有如上偶者武夕開跪復
不興交歡私自忻之至夜偹羊豬呼其從者奄自圓全盡捨金

33

危有續情緣轉海更移山
已而隣鷄一聲青燈已殘檀急令侍婢潛呼玉子之從者盡取
皮箱來覆其右以娼母所壽金銀及并其於藏寶既而納其中封鎖
之顧謂龍曰松藏寶明年護衛在江南以充盤費之數急令馱載
而去龍惘其分離慘慘嗚泣抱扶玉檀不忍捨去檀手推龍而出門
龍罷勉相別曰何時乃有重逢之期檀曰公子歸覲之後專意
詩書異日登第得刺此州則是妾相逢之日不然見妾難
矣妾則以死為君秉節誓不有婿於他人龍計娼母必奪玉
檀之志檀必守以危之約然則平生恐不得重逢乃扣玉檀泣
而告之曰娘子之誓不婿人者可謂至矣而其於主母之強奪倚

32

浹情未攄清夜將闌此坐何日重歡蘆林死遍空可失微闕、

嗚呼良人一去對明鏡長作孤鸞好歸喜專心萬處慎

勿憶紅顏佳時在何時萬里風塵一玉難還悵相看髮白

共誓心毋自此业樓一與人日之夕孤倚闌干邈江南消息遠

傳望〇〇多青山

龍即和曰

千里生還半夜將闌紛〇心悲歡征鞍執動由壹迷

楚闕層霄一展玉蕭鼓桑祜歎時東鸞抹子禍不忍相

禪坐玉潤朱顏有酌褪金石妙蹤重逢何日相逢還劫悔石

膽照灰玉且消丹陳駒流年敢許徠相視渝瀾干儔來

少樓春日又黃昏淚盡紅巾拭淚痕回首共林烏龍亂不知

何處可招魂

見其詩中靜意氣應不覺隨淚即授筆和之以題屏曰

舊客登堂日已昏點燈相對拭淚痕蘆林風雨今如許惆

悵應存未返魂

時夜將半四顧無人檀一聲太息話於龍曰以相家千金之子宜

徒其來之業而見一娼女還不返勇建數年費盡萬金終使

不肖之身落於不測之禍雖曰不死其尼孔慄不少素此秘祿恨

俟財寶歸觀親庭則庇絕死父母之恩猷免薄行之名乃扶而起

之資淚相對遼製悲歌以別其調滿庭芳也詞曰

30

壽之云彼必釋其憾而反以所賭煦則以舊財為新財之勞餌耳

娼母深然之乃設宴陳寶一如檀言檀乃出拌以子而已猶貪而而

坐不敢正對龍間其以檀曰此子不知盧抹之為情疑我所給過片

不顏妾何而目以對此子乎龍舉盃而失曰妾時遭禍不為怨恨今

見妾每誠款之甚至不覺宿恨之畫消乃壽於娼母及朝雲勸之

極慇娼母女喜其匿訴竟夕寥宴畫歡所飲檀先時陰令侍

婢掛酒而於慶龍則知水而遽之況龍酒量豈量得不醉而娼母

朝雲放情泗醉扶入子內龍與檀畫岐其付齊寶器玩歸寢於妝

樓嶽情泗懷非一宵耳畫畫之不眠況若夢寐龍通見屛間

玉檀手題一絕詩曰

29

家屋絲穀歲賦盡萬金可謂厚矣而不愼甚愚不肖反令汝陷

於死地而使汝子幸而浮生有享汝屬寨雖不言吾豈覷然相

對乎母曰我以權斷解之寨亦釋然故得全於此何遇愚如此檀

曰今非木石豈有殆於芽林而遷忌其然我說亦以玉檀久而不

出若附怠去媌母勸檀龍懇檀曰母親我強出則須用一詩以贈

王曰子然後乃可母曰何檀曰且以汝前所賣金銀及公子所辨罷

玩盡陳於前又設大宴以壽曰吾向附財寶盡失於前者而惟汝所

聽金銀珎玩器物適以檀龍此地藏於此樓之坡而得富爲吾氷

此子之福也朋屬之後尚有此物忍而不賣者待公子他日之臨耳

吾家得此子可謂至美而汝子反以芽林爲情之事豈之乎請還

28

處矣枝徘徊累月計無所施悵然還家則家間所畜蕩滿失業
餘奴是隣人時出之所爲也而不眠財寶之見窃惟憂之存沒
雖以奴伊之無良猶自歸慕於子況玉檀失死棄節日夜呼泣在
業後不下者二年必子若詢於滿里亦可立驗矣吾家戀玉子可
謂功矣而必子何其托辭如是歟若曰玉檀情緣已盡不可更顏
云則是負以無妄之言加於苦待之人乎龍俛諾曰母之言既如是
當見玉檀而更諧之乃旋馬龍甚喜娟母朝雲自以爲得計聖
人皆笑龍之爲痴龍主門娟母迎上廳事呼玉檀出見檀若不
肯出曰誰招王必子彼雖強要豈忘蓬林之恨更必以所日之歡乎
不如不見而送之娼母入來觀自攬出檀曰彼必阁老之子誰魔娟

27

而復兼美不如因此圖其財遂逞輝扣兩呂言曰公子之何薄情若是

蘆林一散之後不知公子去於何處且望歸未而竟無音信峯兒老

此時過度日不圓今日復見公子而過家不人何然龍變而多曰是誠何

言姑余逃於媚樓財盡不歸家等相載拒蘆林死歌院之西福慶

老文皇天淪陷遇賦不死還鄉治產欲永良妻方有人適自鄉

取路不得捨此尚恨過汝門之不幸宜可訪尓姑司厨媚母歌

聲佯哭曰往者蘆林之言姑始覺房子之不鎖請公子而送之我等

候多時日已暮笑謂公子曰不逞而闔闥蘭絶四無依處不淂已捨

芳林取近庭而投宿以待公子不至收翠日之臨寶意公子冒夜

馳還直入芳林逼於賦中也其翠日待公子不至收眼另公子無

26

之又曾登皮箱三百簡處以弄鋤以黄金若藏金寶擇賣夫而百

匹而駄之使先行龍君使人徐州塊向玉檀家自南而此如向京師賑

至玉檀家巷隣人見慶龍皆驚駭姓擁簟而抨曰公子一去踰母派

繡衣不知今日未有何處重此鉅萬之財果邸龍曰公等未聞孝子乎

天生我才必有用千金散盡還復來今適之婚於豊氏方自浙陽來

羙衆皆補歡娼家奴僕爭告其家檀即其言佯爲曰噫

王公子不尢宣可破盟而娶人子逐趂此樓而蹤侍婢此娼母敎而

得此龍過玉檀家不顧而去娼母與朝雲覘見其夾來爲財寶之

武相興密議曰玉檀知卽君不尢恨其破盟玉發旨夾自此之後並不

司娘君失此財更勞所得後為公子以温辭善辭之則必不棄玉檀

王公子龍從卓子下出檻在卓前兒契潤之懷如何禁得不覺
抱持痛哭檻急止之曰倘使吾從者得以間之今日之禍有甚
於盧林慎之〻因敘舊日之寃曰當時西罏之行妾與公子俱
落奸謀而妾之𤞤𤞤公子者亦存焉何數日之前主母令妾火
避欲公子自出耳妾摧之甚固而其時不告公子者恐公子心下煩惱
故妾自知之而徒與金石之志而已竟意出計至於盧林之甚畧
乎不告公子而免虜者是妾欺公子之罪萬死何繼事邑佳矣
言之無及請以奇貨喬欲囬前路即以金銀與㰱詐授之曰如此如
此便全慶龍運隱卓下乃呼其徒行者列拜於潤王兩同時出
去龍即敞隣邑之市而賣其金銀買紈綺戶服之駿馬兩騎

24

聞公子慶涸方當故姑送薄冽之資未月其日王檜尋拜

龍觀書畢賈興治行計曰登程潛到徐州至約曰秘人関願知其

言却説王檜自送之後疑粧盛歸談笑自茾或逗鄉里坐廣北樓同

邸有大賈姓趙者年雖已老風某恭王檜之才色故今聞放卸欲送一歡

以千金略媚母之受之勸王檜送許諾與之為期而但期在某月

之後其母問其故檜笑而答曰我往者與王公子情深其成歡約

告于神祇今不復盟而適人則有愧於心欲往関王廟卜言破盟

故後期如此耳母亦從之檜遂厲沐赴関廟潛帳金鑪聲音

兩而去至廟外謂其徒者曰吾破盟告辭時又有夷譚不可便闆

於汝必筆汝其留比等候本漬辟人乃入廟稱関王到卓子前呼

23

飢留待已喻半月矣還傳其書物龍觀其手跡搯泣開緘其

書曰

背夫人主檀尋拜啓妾初以陋質娛公子於娼樓後以丙訐

絶公子於蘆林妾錐無情於其間而其間事實妾之

昕媒自念屬誰是禍胎當招一死以替重泉芽以丹心

耶存白日可質或慮公子萬一脫禍則房成賤妾他日陳

情故不敢自夫偷生至此豈意誹毋傳此手墨知公子不

肉於蘆林而將悔於娼樓也一喜一悲惟增歔泣妾有愚

誹可報舊恩公子於某月某日潛到徐州徑入關廟伏於

卓下以待妾至尼言千里恐失機關秘之母令遑誤

22

十人之爭折玄都之花何嚴萬福之暌金鞍後馬惟恥視而赴
之歸余瑤席随耶抚而留之雖未得一笑千金亦可贈五陵之纏
頭以榮吾身一以富吾家是乃父母之耶喜而不幸而未得遇
王即留情屢年一朝分雖情事頬惡或此冀生還以續舊回綠
今則時梭歲變消息永絕王即之死的实日月如流韶顏不遇
日白髮後悔莫及縱令王即復生豈復悅手歡赴青春之末
暮以傲紅楼之高價其娼毋大喜曰汝能迷而自返吾家之福也
欣悅不已檀歸业楼潛修書札盒松藏銀百兩便侍婢乘黑
夜抵隣母曰媹其努力傳此萬金今送銀子媹取其半與王
即屈毀曰隣媹懐其書物買舟到楊州慶龍在江頭巳

21

當令侍婢傳間媼且物付王之子俱領媼復見王之子曰今作媼之賜
也吾可報也將粉其骨且私相與人有戲媼曰復素食媼母氣看
人到此樓覘衣處外檀乃洗之乃目媼而伴罵曰媼初以王即嫌衣
我而王即不幸見托蘆枝巳羹拾烏篤之腸笑妻自守涯慍以
死為期媼之所矜悼者也而反以驚復欲妹誰漠姚堂知遍江不
良至於此極守媼亦伴老曰壹請娘子紅額盧老於歡念糠梳更
賊新歡畓何娘子罵我之甚尒媼母聞之排瘥烏入曰媼之言是矣
汝何不更內反罵金尾其言反開諭檀不笑內顏卧順史滂媼媼母
肯下樓而去罡曰之午檀忽下樓就其母曰中夜不寐枕上思量眼
日之言亦大有理女本媼虔喁養堂忠員悚章垢之柳自分

20

乎然則發我者勿非娘子也相聖千重之亡路得恔自念一生何日重逢

欲舟臨發付書甚忙滴淚研墨戰手織辭滿紙悲懷言之何盡

某月日慶乾拜

修畢以付其姐〻愛其書與慶乾別遂登舟歸徐州滿見玉檀

具近玉郎之事傳甚書牘而弃昔復去之意却說玉檀先見有

蘆林分散之後悲號良泣以此皆卽還康之後卽上業樓想玉郎

慶食之虜搏玉郎服用之物輒自驕哭父兩蒲均一不下樓悽〻慶

月俱廢疵枕唇顏止覺更人之未見者每不逗下遂客之往過

者不敢相问至是得玉郎手札知玉郎不死消息悲不自勝捧

頤嗚咽以謝娘曰非婚有信何以傳天上音枕地中人乎未日之夕

19

及不覺菌淚何羞今朝此地相逢可惜玉檀一家詠起西雛之後吾

他虐戮月乃遂于家屋之功為但玉檀篤初事不顧其謀切至今寃

獅狼淫獅子死兇誓不毅節常處飛此楊上呈不復書者久矣

若爾子丑此石遂于車內務到龍曰唉俱道若梾之厚做寃濡

轉之若嬶曰我以販酒乘舟到此今且四樽天又當復兼拿韓訴

程尖多當以消旦牲遷於玉檀又以毅加銀子與慶龍曰願此子以此

姑俗多待之道龍曰我点有行資可支旬日辭而不受已覓他筆

暫修書於玉檀曰

蘆林餘岡澤到楊州悲歸行乞尚保禎嗨多恨娘子薄情太甚

不圖濤母達此路上閩娘子在此樓不復娟人云其俠堂其綾

18

熟視高問曰甫是何地人角名甚酌龍狀之實對甚名氏地方其個者
即驚起下庭捧手語龍曰不知即君何以賤辱之至此涇閒其申牲之
歸來分其衣食縫繕甚至此官者乃王閣老旧時書吏姓韓名
嚬今擢爲漕運即中未在此府者也龍居韓第數月韓之妻子
屢訴於韓曰君之不忘旧恩而待王即者可謂臺矣俱此荒年家貧
倖薄妻好尚且飢寒不閱我躬而死恤他人乎頗有厭語頻聞於
耳龍乃辭於韓曰離親戚久患歸日切縱使轉展行乞亦欲歸覲
浙江韓爛亦不悅畧給行資龍遂登程尢往闕王五廟將下吉山
踏上逢一老嫗即昔時樓下賣瓢子者也嫗驚且泣曰以子兒耶人
耶吾飽料先不能料生歸何來此遠裏妾亦受君恩多矣無一念

17

中有人喪而欲之只細縛手足搏取衣緊暫塞其口使不得出聲而

已遂推蘆林而去翌朝通過去聞草木中有氣息微〻

聲尋聲入未解其縛考其塞良人得逃間其所以照貝陳首尾

翁曰吁可公自取之天雖谷乎扶全到此可滿也卽解衣而使食在里

荒糊口徑難前頭數十里許有間里乞食箪扣更黔而使食在里

人甬亦赴徒麻可得活不厭甬乞矣龍艱難得行赴其里間乞人

等曰甬以後来不可見安然同泰不當柿扣三更然後可許龍其夜

因困憊倒賦誤下更黔乞食人等以息職束攻而賦之龍呼餓甸

闕處〻乞食轉入楊州苟近時月通値歲夕有儺俊於公府龍備

後於人為盲優二奴方戲於庭際堂上有一宦者據胡床而坐引頸

16

美吾離不敢王即由我而免矣僕徒聞其言衆甚亦爲之垂涙却說

慶龍還到其家見家徒四壁無物見在又爲守家奴僕出詣潛

人余嘗不忘潛人皆曰笑曰癡武兄壹丈夫乃爲兒女而賣若是

嫩渠家況時暗輸財寶於何地潛合衆旣潛道凖告其方乱尤

不勝憤只欲追捕玉檀而語之是還蘆林則玉檀一行不知去處收

踦徘徊日已盡黑四家人皆蘆林蘇夫慶龍猶慮玉檀行正未遠

遂投蘆林而前進蘆林者在江頭多之境周回數十里闇閬潤絶

盜賊此衆非白晝而過者例被搶掠殺戮況婦家毋先以賊逆之

納給慶龍求屬使之必殺西龍行蘆林永年果有賊輩執慶

龍操且鞍馬脫其衣袴將欲殺之龍擖手悲鄙乞保一命賊

15

慶千金之不多爭者宜可以檀兒空作王公之物乎乃相與設謀紿王檀爰
慶龍曰某日西館養漢的某闊其子服吾家老必禮而當赴玉檀亦
豈可不從慶龍難之娼母曰若公子難其獨送則亦奇縣偕遊乎龍
未時行色怨邊藏財房中忘来得鎖多夫財貨誰煮拘偷乃請於龍
喜高許諾翌月峯家啓行。未數千里許至蘆林甚娼母伴驚曰吾
曰吾欲還去下鎖而未老嫗筋刀不堪驅馳乎可鏊蕩否龍不覺其
說遂請行娼母以金鎖授之曰連下鎖以迓吾當為待慶龍逐以單騎
欲逐王公子當令自去到此人貂不仁甚矣遂自随車僕徒擁猴而妝
之檀又庆聲猶哭曰吾素聞此林逸賊之毅為子票夕兩逞之投廐曰

14

約長公子去之後妾當為公子守志以待後期妾之愚計固此是高明

所量以為何此龍脉姓為見拜昌言而謝之自念若歌市言則事

每難慶如檀所言若欲捨去則人必辱志恐檀此致遂不聽任以設

其役大起高樓與檀常來樓在家此以人積此樓自起樓之後媚

母當慶龍有久多之計功謀欲去之托以供給之費日徵金銀耶數勤

笑如見者五六年龍裹棄已盤身物可徐友將寄食於其家甚

媚母祐語玉檀曰玉出子資產已盡更無所利汝若火避公子必

且去笑汝當守貪漢處貪高價乎檀曰玉合子安之故盈餘數

歲已輸萬金盡棄背惜所不忍何敢此其每忽玉檀不可遍恩

欲除去慶龍遂與朝雲謀曰取玉檀韵肓者非他一歡取直循

13

之後專志當著若干時然老少嚴榻樓之煩接是遊室之喧闐每愛
銀物別搆西樓至檀乃於一日乘其獨處以告之曰妾心榻嘗蒙君
子不棄賤陋一室為妾之所恩熱大為感則非真妾乎今子成誓
此老歡甘與子以慶其榮吾子以妾之心得光於熱庭贈答於士林伊誰
展丈夫之壯志勿顧此女之情妾欲潛行隨君則或恐事泄而害家
妻女致責於君笑恆々得遂於彼之家有注禮嚴倣丈人見賤妾
堂溜之可為也五子善臟妾久為州又恐其談此家大人甚憤於妾矣
不特有愚於此也偶家支歌刺盡情疎毒之待此子妾保甚矣初手勢
子以莫甚慎俊來畫之重宝悟世将半之迷遊還鄉着熱讀書勤
業速取妙年官舜早得出陛事君則公有立楊之祭妾遂閨圍之

12

學未有室家而此女名雖為媤曾不適人蘭心蕙質可配君子況乎
與偕老矢靡他遂縱使良媒求妻安所以得乎老僕曰即登
車決矣老僕請令辭歸龍遽然曰這漢、朝不遍敏便令驅
遂老僕出門嘆曰吾與若俱受闥老丁寧之命收銀子幾萬此逸
不意中路為妖物二案遷至於此極也銀子不足惜、張之陷於不
我也遂引去行未至浙江適達旦里人商販者汪而告之曰汝先恠告言
闥老、僕亦狀陪即君湯後不能口道引諭終使即君感於妖物中
直送近而老失銀子又失即君之罪豈誅將何而目歸拜闥老秀僂
扳訇有物商人救之為僕已免矣商人歸見闥老具告所由闥老憤恨
不已王欲償尋但未舍慶龍仁在何地泡馬已、却說慶龍逐遯

11

河間之淫節今若一婿今子誓不更事他人恐公子以我為路柳墻花一
枝永棄以不秫任令為向者六席玄之詞亦寫翻是以子想已理會見
江子風裁神秀才調清為此不敢奉事中柳尒妾之以權若是尒子汝
恩之龍驚喜起拜曰某聞尒言不勝歡喜者以素性貞靜伊以至此
僕豈無賴三之禮娘未守從一之義耶誓與揖子緩浮偕老禮笑帝應
曰若能如此為賜不淺龍遂與揖托柁喜而知美龍自此之後遂情溺
愛散去而去眈歡取樂處月慶夜老僕棄進曰尒君不舍老僕之前
以戒托尒君者乎龍以賓昔之曰新情未洽自雜未去汝姑遲之老僕他
日切諫尒百三尒晴蒨賂銀之際老僕以不欲止之而見尒君頗心淫意知右
尒諫以尺冀尒君之自恨一何為過之尒於此耶慶龍不悅曰我年輸志

杷荒苔枝眯垜後青簾綠篆靄中香嗜語奇芳客莫比花柳傷

聲甚清迷調又凄婉況其詞中多有微吟龍恐檀難具而歡心自誕

惧逐和其曲以觀其意其詞曰

朝尋芳暮尋芳攤盡一城花卉東問竹西問梅踏破萬山蓋首

洪園賁仙標使髓開國香既能顧署遍繭將移一陽

檀聽其歌罕始開青娥脂注秋波明夜將央盡歡而罷其意便含

王檀薦枕龍舵後將欲相押檀辭甚堅曰妾之進命有志存為若歟

強押有尤吃已龍款同贄以檀太恩而咨曰妾素以良家子早失怙恃又

無親戚可依者牽一次婢行乞於滿此家媚母寮我才貝取之子之正

為今日取直之顧耳以便妾得主於此然妾南慕汾壞之南援每惡

9

昔披瑤篋學神仙燒盡金丹、洞庭蘭香鐘陵裵鸞、你知月下
有綠今夕相逢美白玉、簫蓉綠綺酒酣更殘一杷宜兩藍鵠眠、
一登瓊墖綺窓睹佳人、蘭蕙相連天姿綽約、仙態宛轉挺足
紅蓮映白蓮詞婉調清珠明滄海日玉閏藍田烟切怕此身羽
化經到蓬萊邊、
歐家兼全玉檀緒和檀作嬌衣耻低顔不應其母及朝雲芽刀
閏之檀以謝不能朝雲攬玉槍之狹关而抑勸曰敢舊情城之貞
何苦驚人之詞建做新詞以誤佳寶檀勉强從命遇座斂袵附製
暮雨詞一関欷之丹詞曰
江有梅山有竹清檽肯同兄亦秋不落春不凋貞姿謾

8

非此上之人无不勝驚惋酒酣龍特峯一爵請朝雲玉檀曰誰

意逞客逢此勝真得醉後液僧閒仙集可謂一大盛西所多者

兩娘子綺語雲云朝雲云離席而坐遂製春天樂一闋以侑

其酒詞曰

華陽洞裏失童仙謫來方國戏年紅梅玉頬碧腮花家惣作

為子好緣不樂何為看桂堂硬渡玆鳳管鵾絃夜閒春暖

唐宣高畫成醉眠高樓利設筆追對明姝煥舞裳丙酒連

風流公子踰冤佳人怡似白鷺侍齊蓮今夕何夕老催銀燭斜篆

缺金爐烟春夢敵酧玉叙金細橫施邊

龍卽和之曰

末畢家人白光熟動人天姿仙態百勝名雲其色一羊有之閨色也

吐未接語族自起身累為先煓之挹執而免不肯面盖為救老

煓之給而謗赴公子之招也龍見氏絶艶心不之情卽銀三千如遺

其察侯之悃致謝於甚女之母曰媚艷不孝敢値見之贅其毋利之

邀慶龍玉家盛設邃席全研交酯紀萋萋爲馨玉醒欲瀲者

義銘落江征魁景翠黛奉杯潤席而逍歡之其於爲奢極

修又悟於日午之宴奕行金檀龍吐檀蘭姿世厚爲玉顗倉

懲惊削雲鬘整頓花紉服翠翔金徘永素以天竺釗彩

衣菁紈毛珠網禍覆川蜀貝錦裙皆用捧金香一看之隔

龍肪薰之奇艶照席異香滿室龍見檀家華儀歸似

舞清歌繚紛競日其中一妓手把芙蓉一朵超群獨立精攬華
麗髻若神仙為慶就不覺汪目秋韻一見但限無此為徐偶見樓下
有賣瓢子老握招之前問指之曰郎樓中亦樣者誰乎嫗曰東
觀養漢的名朝雲迴

以廿兩銀子

　　犀投各目相去龍即

　　挑偉光否嫗謝甚頗夕善

見他嫩者若以甚美食之㕇刖美

　　　　玉檀年今十四姿色

絕人討盡肥瘠亨出其若者俱以年少時未崔儷若賸重貨妍肴好

綠龍曰我之際以該一見者只歎觀絕色而已非有意於合歡此嫗

我要娶娥素相善況威君之惠聚不唯命即授貨家久吾不肯託恐

為嫗以賣將代特龍或武立嘗侍之際嫗手携一丁裘裏復之而

5

王慶龍傳　朱之蕃　明神宗時人

慶龍姓王字時見浙江紹興府人也幼時聰敏才思過人父覦今嘉
靖末位聞光見時龍年十八以勤學勵意娶聘是不出門終日而
讀者果年重覦以以論事恃肯罷歸田里而覦公電有貸銀鞍
万両於都市富商、適興販江南而不逆於覦今將行別慶龍語
曰銀而發万家之重貨不可使一人頭賣其徵還仙取其僕受
今居後牽一毛僕酒京師月徐商八万還畫帽息銀龍即沈名事
逐向浙江路次徐州忽念此比素徘篁草思欲一觀乃潛其僕曰我
秉時家及嚴訓局東长書籤年些已長牢開於門開世之將
兩辞楊梅寿修住虺者來余果何以耶今欲小傳徑驕省洋逆

2

왕경룡전(王慶龍傳) 影印

작자 미상, 국립중앙도서관(古3736-66) 소장 한문필사본

[영인] 용함옥(龍含玉)

버클리대학교 동아시아도서관 소장본 〈용함옥〉

여기서부터는 影印本을 인쇄한 부분으로 376페이지부터 보십시오.

史家者流라採摭其勝事異跡과奇人特行ᄒ야以附石室之餘에流ᄒ니亦足

爲懲惡創善之一種箴戒라雖然이나稗官之失이나武流於弔詭ᄒ며或馳

於虛無ᄒ야惹起後人之不信者ᄂ特其一瑕疵耳라至於王郎事ᄒ야ᄂ

亦可以懲近世鄭衛之風이라何者오男子ᄂ沈溺於色界而喪心失志ᄒ

야流迷而不返者有之ᄒ며至於娼妓之狐媚蠱毒은尙矣勿論ᄒ고所謂引室

妾婦之近世行爲가有朝逢而夕散者ᄒ고東鄕而西應者ᄒ야百般醜態와

萬般淫情은有不可以人類로稱焉者라然則與狗彘之相押相散으로同一

流也已라如王郎者ᄂ一朝回棹ᄒ야成天下之事業ᄒ고王娘은誤落靑樓

ᄒ야一心秉節ᄒ고誓死不違ᄒ야竟成天下之名節ᄒ니足使今世夫之軟

腸과爲妾婦者로一見此龍含玉ᄒ면可以愧死리此是人

世風化之大關係而尤切於近日之最入惡俗故로揭此龍含玉三十回小說ᄒ

야以爲創善懲惡之一大寶箴云雨오且續載稗官ᄒ야供愛讀者耽玩焉ᄒ노라

取其甲也오皇帝皇后大笑飲歡を야大賞金珠玉帛筆硯紙墨等

珍貴物品をり畫歡而散이러라

葬 三十田

家庭美規範

子孫錫吉昌

附馬與兩公主로極其歡娛を야日事觴詠이로디事親에畫老萊之

孝をり事君에畫范公之節をユ處家에畫溫公之範をや富貴가掀

天而不驕をり功勳이盖世而不伐をり眞情期之寧相이오戚里之文

雅臥子々孫々이克紹克昌をや紹其喬木之春이由是而無窮焉이

더라

本記者評曰金鰲山人이遺一草稿於本社をや惜其禆官之遺漏

者をり吾儕乃演其辭而爲三十田をや登載于此をり盖禆官氏오亦一

拈一拈ᄒ야玉華ᄅᆞᆯ拈甲ᄒᆞᆯᄭᆡ玉英拈乙ᄒᆞ니可知附馬之居丙이라兩公主一受

賞謝恩ᄒᆞ고附馬ᄅᆞᆯ居於兩公主之殿ᄒᆞ야恨其先拈ᄒᆞ니皇帝命金焦

大葉杯이酌黃封御醞竹葉春ᄒᆞᄆᆞ令附馬飮之ᄒᆞ시니附馬跪飮ᄒᆞ니皇

后從傍曰大丈夫居于女子之後ᄒᆞ니甚可愧也로다宜加罰一大酌이로다

ᄒᆞ시고命昭容ᄒᆞ샤九龍白玉斗에滿酌一品玟理香ᄒᆞ야令飮之ᄒᆞ시니附

馬又跪飮이라六宮妃嬪과黃門貂鐺은皆爲之咲ᄒᆞ고戚里近臣이

無不拍掌ᄒᆞ야嘲其罰飮ᄒᆞ니皇帝乃令戚臣으로並飮次其韻ᄒᆞ니

以試應製ᄒᆞᄆᆡ首成者ᄂᆞᆫ居甲이라ᄒᆞ시니附馬七步之內에援筆成章

ᄒᆞ야進于御榻前ᄒᆞ니諸戚臣이不敢開口ᄒᆞ고並皆閣筆이러라皇帝

乃於金榜에題甲字以賜之ᄒᆞ시니附馬顧謂玉華公主曰僕之居甲은

乃玉手親賜也오非拈取之甲이니當居壯元이라ᄒᆞ니玉英公主曰玉主

取甲은乃三人之居頭오恩公取甲은乃應製之古先이어늘胡爲乎並

身留一飼答君恩骨髓偏霑雨露痕犬馬不能終世報化珠碧血誓乾坤

附馬詩에曰

金鳳樓前月色多 春風浮動沁園花 萬年天子恩如海庵 廐聞擊壤歌

皇帝覽畢에喜動八彩ᄒ야 玉聲朗吟ᄒ시고 手擧朱筆ᄒ야次籌批評

ᄒ시ᄊ評玉華詩曰雍喈端正ᄒ야有周南正家之風이라ᄒ시고 評玉英公詩

曰剛毅懷慨ᄒ야有王敵懷之氣라ᄒ시고 評附馬詩曰富貴和麗ᄒ야有

太平宰相之韵이라ᄒ야 及其優劣은未知誰甲誰乙이라乃命黃門ᄒ야掛

賞品二種ᄒ니一是波斯國所貢暖玉障子ㅣ習이니刻毛詩正文一通ᄒ야字

如蠅頭에光彩眩目ᄒ며寒天常溫ᄒ고一是越郡所貢龍文七星釰一口ㅣ니百

鍊五金ᄒ야陸剸犀象ᄒ고水斷蛟鼉어니皆是一世之神寶也라乃拈甲乙

二閣ᄒ야甲者ᄂ賞暖玉屛ᄒ며乙者ᄂ賞龍文釰ᄒ고丙者ᄂ居末ᄒ야罰

大白ᄒ리라ᄒ고令附馬與兩公主로拈之ᄒ니附馬先拈一拈ᄒ고兩公主各

花籌紛々ᄒ야綺羅綵竹과歌舞賀章이員天下ᄒ야劃有之盛宴이러라郭

汾陽之行樂과裴晉公之勳業이於侍郎父子에無之矣러라是日에與

兩公主로夜宴于金碧鳳ᄒ실ᄉ酒至三巡에玉華公主展碧華牋ᄒ고題一首

詩ᄒ니玉英公主和之ᄒ고侍郞이又和之ᄒ니詩成珠玉ᄒ고筆起雲烟ᄒ야

不能定其甲乙焉이라皇帝開之ᄒ시고特命奉入ᄒ야親自評批ᄒ리라

ᄒ시니侍郞이與兩公主로敬奉詩函ᄒ고入侍玉座ᄒ야雙手進呈ᄒ니

第二十九回

玉手考詩函

金殿頒賞品

皇帝乙覽其詩ᄒ시니玉華公主詩에曰

關雎聖化正家風和氣洋々四海同綠酒斟來春風斛大明日月照樽中

玉英公主詩에曰

其家道라호고乃上表于丹陛호되皇帝覽表호시고卽以金字批旨曰朕

有公主호니當下嫁于侍郞이오玉娘은其亞之호라호시니閣老謝恩호고不

勝惶感이러라皇帝乃令太史擇吉호니時政成化三十年春三月十五日이라公主

은皇后之第三女玉華公主이시니時年이二十이오容顏이如花호며性情如玉

호야淑德貞靜호며才機明達호니可謂君子好逑라乃建翠華宮于上林

之東호고趣其期日호야盛陳儀仗호고行大禮于翠華宮호고進侍郞

爲附馬都尉호니附馬與公主눈如(雙和璧이映日月이라兩殿이

甚爲敬愛嘉悅호시고閣老夫婦눈惶感歡忭호야殆若不勝이러라是

日에皇帝乃命平南國夫人호샤特封玉英公主爲亞室호라호시니玉華눈

其愛玉英호며玉英은且敬玉華호야和氣融洽호야一家生春이러라侍郞

이乃大設華宴于龜蓮堂호야與兩公主로獻壽于閣老兩位호시六宮

妃嬪이參列于內宴호며一朝公卿이祝賀于外廷호니仙樂融々호며

閣老聞侍郎之建勳ᄒᆞ고不勝欣喜ᄒᆞ야謂老夫人曰己兒子出世에勳高一

等ᄒᆞ고位至亞卿ᄒᆞ니門戶榮耀ᄂᆞᆫ已極懷愴이나但尙無配室ᄒᆞ고且

娘이位至國夫人이나不可以居正室이니此將奈何오老夫人曰人倫大體

ᄋᆞᆯ不可不正이니願相公ᄋᆞᆫ上于京師ᄒᆞ야上表質請焉ᄒᆞ노라

第二十八回

賜婚沁園花
侍宴金堂春

閣老曰夫人之言이甚復佳矣라願與同徃京師ᄒᆞ야以觀兒子之榮貴ᄒᆞ며且

定其婚事ᄒᆞ야以正家道가可也라ᄒᆞ고即日治行ᄒᆞ야與老夫人ᄋᆞ로直向京師

ᄒᆞ니侍郎與玉娘이出迎百里外ᄒᆞ야極其怡愉之養이러라閣老乃言于

侍郎曰今回吾行이爲汝婚事ᄒᆞ야配其正室이로ᄃᆡ玉娘이特進華爵ᄒᆞ

니勢甚郎當이라吾將上表ᄒᆞ야質其婚事於皇帝陛下然後에可以正

皇帝乃命刑部尚書호샤 特赦其罪호시고 特命入關호시니 御史甸亶於王

陛下호야 養陳平南之後호고 仍請伏罪호디 皇帝大悅慰撫호샤 乃宣法醞

호시고 特陞兵部侍郞無翰林院大學士紫金魚袋호시니 御史上表辭職南

이어늘 皇帝不允이러라 時文閣學士張時鳴이以勞軍使로 前徃雲南

이러가 回還京師호야 奏玉娘建功之事實호디 上이嘉之호샤 乃封平南國

夫人호시니 丹牒旣下에 玉娘이入關謝恩호디 是夜에 皇帝與后妃諸

近臣으로 賜宴於玉華樓호시고 皇帝招玉娘曰 汝有神妙之術호야 翊贊国

家之大功호니 甫當於朕面前에 一試其術호라 玉娘이奉命호고 舞劍良久에

一道白虹이繞匝於上林苑杏樹호야 霎時에 放光半空이러가 移時白光

이漸消호고 玉娘이還伏于玉陛호디 皇帝后妃極加賞讚호시고 帝賜黄

金萬斤호시며 皇后賜金五十斤호시니 玉娘이謝恩而退러라 翌日에 皇帝

賜一大甲第호야 爲侍郞第宅호시니 富貴榮華가極于滿朝러라 此時

御史待金吾

夫人封玉娘

第二十七回

御史與玉娘으로 一路無事ᄒ야 得達京師ᄒ야 待罪于金吾ᄒ니 金吾上奏都

御史王慶龍의 膂命金吾타ᄒ야ᄂᆞᆯ 皇帝驚ᄒ샤 命駕前宿衛將軍으로

持節問曰卿이 建不世之功ᄒ야 不妄致一人ᄒ고 戢清南荒ᄒ니 功勳이莫大

於是어ᄂᆞᆯ 何不直入復命ᄒ고 行且意外예 擧耶아 御史復奏曰臣罪當王

法ᄒ야萬死無赦니 當以表章으로 陳請伏法이라ᄒ고 即上引罪之表ᄒ니

皇帝御輦臣於太極殿ᄒ야 覽其表ᄒ시니 其表에曰

死罪臣王慶龍은 奉命南征ᄒ야 察其戰勢ᄒ니 戰數不利ᄒ고 如獲勝

捷이라도 非心服則 南荒을 不可平矣라 是以로臣이 矯詔宣化ᄒ야 雖歸清

戢이나 臣之犯罪ᄂᆞ 固當無赦라 臣今膂命ᄒ야 以待斧鉞之誅ᄒ노이다

自來謝罪矢이야호드리 □未畢에 守門將士ㅣ 入告蠻王이 令壁自縛호고

謝罪于廳下ㅣ어눌 御史乃命入帳호고 親自解縛호고 以賓禮로 優待호니

蠻王이 不勝感謝호야 四十二郡 財寶牛馬와 與其城池人民을 盡皆還

納호며 請以死罪호니 御史乃封其南服을야 世ㄴ爲王호니

奏于天陛호야 封其南服을야 世ㄴ爲王호니 蠻王이 乃以黃金百行明珠

傳詔大神호니 御史呂玉娘相見호야 蠻王이 乃以黃金百行明珠

慰諭曰 嘉乃悃服호야 特赦前咎호고 當

百顆로 獻于玉娘호니 玉娘이 辭而不受호고 取明珠一顆호야 標其

首歸而爲南征之記念이어눌 蠻王이 拜辭還國호니 南氛이 清靖이라 兩

淮將卒과 與雲南士卒이 咸服御史玉娘神算鬼策호야 其不戰而平

이러라 兩淮軍將이 唱凱班師홀시 御史撫恤士民호야 蠲其年租호고 大

賞將士호야 金帛以饋호니 軍民이 蹈舞歡喜호야 聲動天地러라 御史與

玉娘으로 率其從者호고 向還京師호시니

抗師ᄒᆞ니唯朕이宵旰에萬念孔酷ᄒᆞ야遣使攜論ᄒᆞ니取兵惜伏이며甫子

甫孫이當享厥福이오不綏不服이면戢用干戈ᄒᆞ야掃淸不職ᄒᆞ리오甫其

無底于悔ᄒᆞ라

蜜王이拜讀訖에設宴ᄉ享ᄒᆞ고叩頭謝罪曰天神劇臨ᄒᆞ야降此聖詔ᄒᆞ니秊

職이雖曰在祉이나敢不服從聖化ᄒᆞ야世ᄉ生ᄉ에伏其皇靈이리오一邊修

上謝表ᄒᆞ야令玉娘回行ᄒᆞ고一遍令武管酋長으로持節秉驛ᄒᆞ고還入胡酋

長ᄒᆞ卧ᄒᆞ니玉娘이身帶謝表ᄒᆞ고舞鞀騰空而去에ᄲᅵᆯ蜜王이興后妃諸臣

으로向天百拜ᄒᆞ야慎其仙威ᄒᆞ고唯恐入胡酋長之不班師ᄒᆞ야ᄭᅥ與四百酋

으로秉千里馬ᄒᆞ고直向戰地ᄒᆞ야大驅壯士ᄒᆞ고ᄯᅩ日按察ᄒᆞ며直向王大營ᄒᆞ야

要請謝眍于都御史麾下에서玉娘이歸報于御史ᄒᆞ야枚其顚末ᄒᆞ고獻其

謝表ᄒᆞ디御史大喜曰南方이平矣라ᄒᆞ고即令總督營ᄒᆞ야大陣兵威ᄒᆞ

고御史與總督으로相會ᄒᆞ야語其蜜王悔化之章ᄒᆞ며又曰蜜王이必

호야抗衡王師호니王師ᄂ猛將千員이오勇兵百萬이라可以掃平巢穴이로디

大明皇帝陛下仁德이如天호샤憂其人道之孔慘호시고特下聖詔호시니蠻將

이梗化不納호니罪合萬戮이라我奉指揮都御史命호고欽奉聖詔호야

帶至于此호니蠻王은欽受詔命호야掉兵歸服이면天子富封汝南服호야

永享福祿이어니와不然이면五炊之内에取汝首頷호야懸于北關下호리니

汝擇自從호라蠻王이聽言良久에乃命近侍호야設香卓于大幕中호고

北向跪而受詔호니

第二十六回

蠻王歸王化

淮師唱凱歌

其詔에曰

咨爾蠻王은臣服南藩호야山茅海琛이久供嚴職터니遠梗王化호야弄兵

又擁大軍ᄒ야王師退守安南ᄒ니危機如髮이라此將奈何오王娘曰妾有一計

ᄒ니昔에曹沫이挾匕西登齊壇ᄒ고華元이帶鈎而入楚營ᄒ야俱成其功ᄒ니

今日之勢가不可與敵其鋒鏑ᄒ니妾雖不才나舞三尺蓮鉅ᄒ야直入蠻王官ᄒ야

宣諭聖詔ᄒ야幸爲歸化則兵氣를可收오不然이면取其蠻王頭ᄒ야號令於陣

前이면蠻兵이必無心戀戰ᄒ야倒戈而眼ᄒ리니未審相公旬意何如오御史

曰此計甚妙로디卿之이何時能學劍術而行此險計耶아妾在北樓時에逢公孫

女冠ᄒ야學得神術ᄒ니可化白猿이오可作蒼鷹이라願相公은勿慮ᄒ소서

御史大喜許之ᄒ니玉娘이以四帛으로纏身ᄒ야深藏詔書ᄒ고雙手에持龍

文釼ᄒ고起舞數回에忽作一道白虹ᄒ야寒光이漫ᄒ야凜乎不可犯이라玉

娘이直入蠻宮ᄒ니蠻王禿鹿兒與群酋로相議籌應之計러니忽見一道

金光이從白虹中閃ᄒ야而來ᄒ야壓任蠻王肢體麻木ᄒ야目瞪心慌이라玉娘化

現本身ᄒ야伏釼厲警而言曰汝是南荒藩服으로不受皇化ᄒ고舉兵犯境

敗績守安南
舞釼入蠻宮

蠻兵이大開陣門ᄒᆞ고 蜂擁而來ᄒᆞ야 惠ᄅᆞᆯ擁ᄒᆞ야 挑戰ᄒᆞ니 勢甚猖獗이어ᄂᆞᆯ摠

督이開諸軍中이 誰可出戰ᄒᆞ야 以挫其勢오 左右先鋒이 應聲而出

ᄒᆞ야 戰未數合이 忽然狂風이大作ᄒᆞ야 飛沙走石ᄒᆞ고 虎豹犀象

之屬이萬千成群 直至王師ᄒᆞ니 淮軍이土崩瓦解ᄒᆞ야 首尾不相應

이라 摠督이乃退入安南ᄒᆞ야 收拾敗殘兵ᄒᆞ니 始折其半이라 御史

謂摠督曰向言高壘堅壁ᄒᆞ야 以綏其勢者 良有以也라 何爲冒

鋒而敗衄也오 摠督曰 不奉聖詔ᄒᆞ야 梗化肆暴ᄒᆞ니 和之不便이오戰

之亦難이니 將何以制敵耶오 御史曰觀勢而圖ᄒᆞ며 隨機而應이라

ᄒᆞ고 遂退別舘ᄒᆞ야 對王娘曰奉詔之事ㅣ不得入蠻陣ᄒᆞ고昨日이

承其任者ㅎ니 是'誰也오 卜玉 娘曰王師遠至예새 猛將如林ㅎ며 智士如雲ㅎ니

豈可無人個使价之任者이오 御史然其言ㅎ야 乃家丁撫綏詔一道ㅎ야새 裝置全

函ㅎ고 翌朝與摠督으로 會見于大營헐새 文武將十環列左右ㅎ야 金鼓三

通ㅎ새 指揮都御史與兩淮摠督으로 相見畢새 御史乃言于衆曰吾蠢彼南蠻

이不服王化ㅎ야 廟堂이 雖命將出師ㅎ야 以奮武威호대 聖天子有憂其入道

之慘禍ㅎ야 特降撫綏詔ㅎ야 使泰職으로 期圖歸化ㅎ니 今當先送使价

ㅎ야 先致詔命於蠻陣ㅎ니 擇其智勇兼備ㅎ며 善爲說辭者一人ㅎ야 欲傳

詔函ㅎ야 抱揭이 令叅謀將으로 擇其人ㅎ야 擊出一員大將ㅎ니 即當遇喜之

孫常如虎往蠻陣前ㅎ야 號砲一通새 狀貌堂ㅎ여새 御史大喜ㅎ야 出轅門送之ㅎ니

陣으로 一聲邪乎響새 矢下如雨ㅎ야 常如虎 知不可犯이라 何오ㅎ야 不接一語ㅎ고 跟隨

而返ㅎ니 御史與摠督이 見其光色ㅎ고 頻甚 煩惱어날

御史探思其智勝之策ᄒᆞ야展地圖扵案上ᄒ고秉燭達宵ᄒᆞ야若
有憂悗之色이러ᄂᆞᆯ玉娘이從傍進曰相公이近見神彩가頻减前日
ᄒᆞ니未知有何所憂而決勝筹이果出扵箕也오御史曰換見地
圖則山川이甚惡ᄒ고水土不便ᄒ야無進退之宜ᄒᆞ며兵이得强ᄒ고先據
地理ᄒ야有誰制勝之便ᄒ리是以深憂也오ᄒ니玉娘曰自古獲桐猺虜之
俗이勁得貪鷙ᄒ야見利則進ᄒ며遇剛則退ᄒᆞ야出没無常ᄒ야勝敗
不関ᄒ야爲國家邊庭之憂者甚扵北胡ᄒᆞ니是以爲伏波가南越裳
을作先示威武ᄒ고後施恩惠ᄒᆞ야標立銅柱而返ᄒᆞ며諸葛武侯가南伐孟獲
ᅌᅥᆫ이오五月渡瀘川深入不毛ᄒ야七縱七擒而南人이不復叛馬ᄒᆞ니由是觀之
ᄒᆞ고ᄆᆞᆫ南蠻을可以心服이오不可以力勝이라妾有一得之見ᄒᆞ니依南越王尉
佗故事ᄒ야相公이矯詔而授之ᄒ야使之感服皇靈ᄒ야歸守巢穴이면南
方이無復憂矣리니相公은何不試之오御史曰策雖甚妙가但無便者之

別舘ᄒ야 令從者로 探其臺陣之動靜이러라 數日에 臺軍이 大開營寨
ᄒ고 投下戰書ᄒ야 鼓譟吶喊에 聲動天地ᄒ니 王師 大振이라 臺將 木
訥児ㅣ 有萬夫不當之勇이라 全身鎧甲으로 手執開山斧ᄒ고 坐下
鐵駿馬ᄒ야 沽勇陣前ᄒ야 左右顧眄ᄒ니 勢若猛虎ᄒ니 王師不敢
向敵이어ᄂ 木訥이 連敗三陣ᄒ고 手斬八將ᄒ니 乘勝長驅ᄒ니 先
鋒이 摧折ᄒ고 中軍이 潰乱ᄒ야 王師退走三十里下塞ᄒ니 摠督이
大爲憂悶ᄒ야 請議于御史ᄒ야 御史曰 吾見今日之戰ᄒ니 勢ᄒ니
可以智勝이오 不可以力扺라 摠督은 頂高壘堅壁ᄒ야 以緩其勢
ᄒ라

茅二十四回
玉娘能諌言
虎将不傳詔

輯ᄒ야 撫綏南方而帰服王化ᄒ야 晶武여다

東ᄎ 御史按徐州獄ᄒ이 畢에 馳報決獄之由ᄒᆫ 皇帝大加歡賞ᄒ시고

欲爲大用이러니 雲南夷八胡酋가 率其部落ᄒ고 入寇南方ᄒ야 殺虜吏掠

民ᄒ고 攘奪城池ᄒ야 邊警而叛者가 凡四十二郡이오 蠻兵이 十餘萬이라

邊烽이 日急이어늘 皇帝大御軍臣ᄒ시고 命兩淮搃督花珍ᄒ야 出師

征服ᄒ라ᄒ시니 乃命玉慶龍ᄒ야 爲指揮都御史ᄒ야 使之撫綏ᄒ야 出師

니 御史承命乃向雲南일시 玉娘乘隨之러라 御史乃張高牙大纛ᄒ고

行三至三旬에 始達雲南境上ᄒ니 兩淮軍이 已到ᄒ야 設陣結營ᄒ고

戰數不利ᄒ야 方欲請援일시 搃督花珍이 聞王御史行駕가來到

ᄒ고 諸軍將卒이 拜迎於郊ᄒᆡ 御史受軍禮已畢에 問征蠻之策

ᄒᆡ 搃督이 摭言其地理不利ᄒ며 人心不服ᄒ야 戰和不便ᄒ야 未決

勝算ᄒ니 願御史ᄂᆫ指揮神籌ᄒ샤 以便決勝ᄒ다 御史應承ᄒ고 退休

芳塊元不托梅身宿約寧知踐舊因舊日悲呼嬰求索今朝清宴醉瓊茵

誰憐荊壁完歸國自笑薇花光占春堪曳綵衣隨幷白莫聽金縷謾沾巾

第二十三回

奉詔都指揮

開戰大敗衄

御史與玉娘으로酌酒和詩ᄒ고令東西館妓로唱歌起舞ᄒ야極其歡娛

ᄒ니兩館妓生이咸仰玉娘之貞操孤節이誓死彌堅ᄒ야竟至於重逢仙郎

에富貴雙全ᄒ고莫不欽羨而悅服이러라是日刺史宴畢에大治車馬ᄒ야從

者如雲이라政發行間에驛使奉命傳詔ᄒ니御史設香案四拜跪讀ᄒ니

其詔에曰

令南蠻이不服ᄒ야水將出征일ᄉᆡ朕이特命徐州御史王慶龍ᄒ야

爲征南軍指揮都御史ᄒ노니直向雲南ᄒ야六軍進退를次皆視

史乃斷案曰二罪俱發혼 處以終身懲役혼고商姻는啻一百放送혼고乃賞

黃的銀二十兩曰甫是嚴憤出首혼야爲民除害혼니賞甫義心혼노다刺史乃

報于御史더라御史將復命啓行일시刺史乃設餞宴于拱北樓혼니是日郡縣이

畢集이라刺史先知玉娘이與御史有未忘之約혼고乃欲紹介其佳緣혼야別設

席於鴛鴦樓혼고令東西兩妓로周旋於前혼고乃請玉娘于是樓혼야與御

史로相會혼니御史知其刺史之好意혼고目有情혼고玉娘之意혼야乃會於樓

上일시舊恨新歡이呈不得禁이라御史擧盃혼고先吟一律혼야以慰凤音

之情혼니其詩曰

海轉山移總有身釼遷釧合豈無因蘆林殘骨乘馬楚微餘塊上

錦茵黃卷尚能逃白髮紅鉛猶帶得青春相逢却是尋盟日把酒邧

禁族滿中

玉娘이揮淚把毫혼야卽和其詩혼고舉白玉盃혼야以侑之혼니其詩에曰

御史按覈旣斷ᄒᆞ고放送王禮等干連人ᄒᆞ되干連人中名爲黃俊猊者ᄂᆞᆫ趙

賈之此隣으로橫被拘囚나本是義俠男見ᄭᅡ熟知玉禮之見賣於商婦ᄭᅡ

出於娼母之奸謀ᄒᆞ고乃發憤而請訴其獄情之根因ᄒᆞ되御史乃請本府

刺史吳白圭按之ᄒᆞ다ᄒᆞ되刺史大開公座ᄒᆞ고聽審黃訴ᄒᆞ니黃的訴曰

此獄이雖已明斷이나但除其惡草而不除其根이면必將復萌ᄒᆞᆯᄉᆡ嘉禾瑞草

笑ᄃᆞ리니當初玉禮之見瞞於商姬ᄒᆞᅣ惹起一大疑案者ᄂᆞᆫ出於娼母之奸計

也니今若不除其惡이면其害不去ᄃᆞ願治其娼母商姬ᄒᆞᅣ以除其根焉ᄒᆞ

ᄂᆞ여刺史乃令差撥ᄒᆞᅣ押致其娼母與商姬ᄒᆞᅣ嚴拷商姬ᄒᆞ되商姬招

曰娼母與銀三十兩ᄒᆞ고要我瞞玉禮ᄒᆞᅣ被奪于趙賈州ᄒᆞ다ᄒᆞ기도但起一時

之慾火ᄒᆞ야所以售其計也오無他所犯이라ᄒᆞ야ᄂᆞᆫ乃拷娼母ᄒᆞ되娼母ᄂᆞᆫ知不可

脫ᄒᆞ고乃自蘆林之計도至于玉娘之事ᄒᆞᅣ從頭至尾ᄅᆞᆯ自服無餘이ᄂᆞᆯ刺

이면 何以保殘命이리오 不若直招ᄒ야 吾等이 幸得蒙放이로다 舊妻與

巫夫哀乞曰 我若得生이면 當以全家之財로 報其厚恩이니 顏乞不直供招

ᄒ야 歸之疑案이면 徹必不成이니 幸需大恩ᄒ라 諸人이 或諸 或否이라 良

久에 御史出堅命鞫曰 汝等은 莫諱其情ᄒ라 吾已知某也某也相議之說ᄒ니

罪已直招에 案已明斷이로다 諸人이 相顧驚疑之際에 御史命開鑰 晒日行李

之兩衣籠ᄒ니 忽有兩人이 各自籠中出來라 一是本府主事오 一是御史家

丁이라 兩人이 向罪人ᄒ야 俱言其所議曰 汝之所言은 如此如此ᄒ고 彼之所言은

如此如此라 罪人이 慌懼語塞ᄒ야 各服其罪라 遂以舊妻巫夫로 宣告以

處絞ᄒ고 遂放王檀等諸干連罪人曰 罪人을 斷得ᄒ니 無辜當釋이라ᄒ니

其官吏及一府之人이 咸服其摘發如神이러라

第二十二回

出全貴俊兒

老于衙前호야方為公開裁判일시御史先閱其獄案之供辭호고當問其罪人

호딕罪人等曰王檀이被掠而來로딕未嘗與趙賈로交歡은一郡之所共知오至於

置毒之事호야는不可自明이오亦無明驗이니不可直招也라호니御史亦盤

詰無計라乃命嚴囚王檀於別獄호고指舊妻與巫夫等曰王檀은當先誅之

라固不可問이어니와汝輩를亦以緩刑으로는不可得情이니今夜에必用酷

刑호야嚴鞫得情호야明斷此獄호고明日에便可復命이라호고乃令公府로

盛陳拷掠之具호야極其嚴肅호고又命行李諸具을自房中而搬出호야

置於庭中曰遠行衣具가必多兩露之薰濕이니晒之於日光호야以便歸裝

이라호고乃屏出吏卒與傍聽人民於門外而緊閤호고只留罪人輩於庭

中호고御史上樓호야童帳而不出이어늘干連諸罪人이覷其空庭無人호고遂

相議曰王檀은無論有罪無罪호고死已判矣어니와但我輩는因緣於巫夫之

賂物호야抵賴至今에千萬辛苦라도尚不直供이어니와今夜에倍前嚴刑

一套叫妾이雖死나可以瞑目이로다御史曰丈夫雖困이나猶行乞食

則志氣止可得自由之活潑이써니外情彼福堂人所贈之物을何

可携去로써新備春服이되오로고快然不受而去어늘玉이見其行

色이蒼茫로고一層悲凉로써淚下潸然이어늘蘭英이從傍曰公子

行色이必冨貴也로다昨見徐州城樓上榜木써掛明日徐州御史楼

事八字로니似是公子之所爲也로다玉曰何以知之오

第二十一回

府下大閱獄

籠中細聞語

蘭英對曰見其顏色則明潤蒼紫로고聞其聲氣則宏敞活潑로

니必非乞人之状이니顧娘子는莫待其福音을소서且說御史컬

日써現出于徐州府로써大開公座로고諸會查官로써大集郡民父

御史深知其無罪호고无極憤惱호야乃使從者로大書于榜木曰明日徐州

御史按事호야掛于徐州城樓上호고先是播令於處理未決之審獄官與

明查官査覈巡撫等官호야某日에會于徐州官衙호야踏馬牌而期

會己定이러라御史夜入徐州獄호야以銀兩으로略其獄吏호고苦乞懇乞曰

在囚玉檻은即我受恩家慶子라自賣身為娼으로不聞消息이러니今

聞在獄호니不禁悵懷호야欲為一面而寄附如干金債호야以叙一時之

困窘케호노니願重寬惠호라微吏許之호야引御史潛見호니玉娘이逢

首兒面으로一見龍公子호니樊裡破冠이懸鶉百結호야目不忍見이라

汪然涕下曰公子何困之如此오妾之冤을更雪於何地而見其天日乎曰

龍이黙然良久에日袖出碎銀三四兩호야以手傳之曰此是行乞于市호야

所得이不過如此니願備數日蔬水호라玉이不受曰妾은尚有公子之

所贈金環一箇호야巖在身邊者尚有之호야售于市호야以備春服

明皇帝特命王慶龍으로爲徐州直指御史ᄒ시고乃賜紫綃衣一領과

金馬鞭一套ᄒ야凡官吏의黜陟과獄案의取決과罪人之生殺을并皆自斷

ᄒ라ᄒ시니御史受命謝恩ᄒ고卽日發行ᄒ야至于徐州境ᄒ야採訪

人民之疾苦ᄒ며探問官吏之行政ᄒ야周歷數月에至于北樓近處ᄒ야遣

望其翠薨粉墻과柳陌花霏가依然如舊로ᄃᆡ但不見玉娘之音容ᄒ니懷

思頻惡ᄒ야探其徐州疑獄之未決ᄒ니村老野翁이歡然曰娼女玉檀이苦

守貞節이라가誤落娼母之奸計ᄒ야曾於趙賈之家ᄒ야歡差御史가方

染泥ᄒ야執操愈堅ᄒ고強售媚笑ᄒ야消磨歲月이러니干連於趙妻之殺

夫ᄒ야不能自明ᄒ고受其苦楚가于今三年이라今聞朝廷으로欽差御史가方

爲下來按獄云而亦未知其明斷疑讞ᄒ야卜其玉石이로ᄃᆡ傍人이止此曰吾輩

ᄂᆞᆫ漁樵者流라豈知朝廷之事也라오老人ᄋᆞᆫ亦未詳知而但爲風聞傳說이似

其不當이로다御史轉問他處ᄒ야探聞其事ᄒᆞ니四處所說이一般皆同이라

玉娘之寃懷ᄒ야无功憂惱ᄒ야便成心恙ᄒ야或讀書之際에依希見玉娘而

往咤其名ᄒ고旣已自悔曰吾若成疾이면殆將死矣라安得復見乎리오握釣

定心ᄒ야端坐讀書라가見玉娘이睍於目中이면万揮釣而叱曰汝以登籌之

計로別於我ᄒ고又以重逢之誓로寄於我而何今日之境我如是耶오居數

月에厥疾이廖矣러라龍이力業三年에得選於解元ᄒ고又中會元ᄒ고

終占壮元反籌ᄒ야爲翰林院修撰이라時朝廷이以徐州殺夫疑獄이年久

未決로請以御史로考之ᄒ니龍이未爲其任ᄒ니玉이聞御史下来ᄒ고

疑是龍公子ᄒ고使蘭英으로詳探其鄉里族氏年甲이로되亦未能詳知

ᄒ야十分疑訝ᄒ이나亦無可奈何ᄒ야但仰天而已러라

第二十回

繡衣採民情

蘭娥識行色

失侶舊之 一隻飛逐야誤上錦人機 悲懷化作徐州眦血灑殘花歸不歸

自此之後로戲已暮矣라消息已絶ᄒ고生死無知러니適有商人이買繡段

於其家ᄒ니家人이見而不貴ᄒ고只以繡字之故로持示龍公子ᄒ니龍이審其

語詳其字ᄒ니疑是玉娘所作ᄒ고招問其商人ᄃᆡ龍이以實對曰如此如

此라ᄒ니龍이竟知玉娘所寄ᄒ야買以重貨ᄒ고乃次其韻ᄒ야欲付贈商人

ᄒ더니商人이解以不歸ᄒ니遂不果焉이러라 玉娘繡字詩에曰

雲羅千里打孤鸞 一落塵裳歲已闌 翠羽復令仙鶴伴 金毛寧與野鳶

歡雖從烟渚朝遊 却向風枝野宿 單潛識解條矯 翮日應將悲鳥隊金丸

龍이和其詩曰

金栅爲籠鎖彩鸞 秦臺歸夢幾時闌 高枝巢穴思連理 團扇丹青憶

合歡千里青眼天外遠 二秋寒影月中單 寒鴻何日能傳信欲寄茅出藥一丸

龍이一見繡字詩以來로審玉娘이定在趙賈之家이나 慣娼母之奸謀ᄒ며懷

宣意娼母가迫以逐出알새遇得陽姬하야幸留數月이러니誤信媒言하고遂啓南行이

卧가不意中道에爲人所脅하니是亦妾之不早自靖하고徒守舊約이라가誤落於兩

嫗之奸計也라何惜微命이以効溝瀆이리오다만第以臨別之語로在耳하니若

行小諒이때悲負前盟이라今將赴其家하야隨機而處變矣리니公子는其諒

之어다聊占一律하야以寫微悃하노니詩曰

設機 生入雕籠還有意　會將新關制條歸
雕鶯千尺向南飛　雲外寧知暗

某月日玉檀은在徐州境再拜

第十九回

和繡詩成疾
依御史按獄

龍이視其書하고知玉이爲人町占이라가謂已必死하야不覺長慟하고寢食俱廢者累日

이러니乃和其詩以自遣하니其詩曰

鏡裡孤鸞對鏡飛　舞餘喘血落寒機　奇紋自作相思曲으로　到江南對影飛

호야 無眄 不通이어늘 閣老 疑或 講於 平日호야 轉輔 諸書이 誐之호딕 隨試隨講호

야 誦如河流터니 閣老 雖不許與나 心 自喜之호야 欲試製述호야 方欲出題일셔 適

有嗚鴈飛來어늘 乃命以此賦之호딕 龍이 即就席成章호야 跪而進之호니 筆

法이 龍蛇飛動이라 臥 其詩曰

北軍

昨夜西風鴈散空 千點亂紛ㄷ影過青塚三更月 聲落蒼梧萬里

雲 基罷零陵悲白首燈殘 長信法紅裙 其ㄷ誰寄南來札 雄催寒衣送

閣老覧之喜曰汝之作此ㅣ 足以贖志歸之罪 卧入告于夫人曰夫人之子가久而不返

ㄴ中道眈讀之故也오 非好色也오니 且外호야 遂携書樓호야以慶龍節호니 龍이居

書樓數年에 長念玉娘眄호고 讀書做業을 不撤晝夜러니 適一日에 鄉人이

得玉娘眄傳帛書以授之어늘 龍이 見其書호니曰

徐州玉櫃ㄴ 春寄絹興王秀才 慶龍호노니 妾이 送君之後에 常處北樓러니

趙負外方待閣老而坐卧가遂起下庭ᄒ야手扶慶龍ᄒ야泣告于閣老曰此
兒가年少迷色ᄒ야自不能遄歸나豈無愛親之心이리오今日得逐ᄒᆫ니可
見良心이라ᄒ며其財寶를今盡載来ᄒ니不溺於酒色界가明矣라閣老
乃命免枚ᄒ고計其財寶於庭中ᄒ니厥數有剩이라閣老心自恠之러라龍
이入拜其母堂ᄒ니其母夫人이撫背而泣曰不見爾面이久矢라何其滯歸也오
龍이以實對之ᄒ야俱陳玉娘之顚末ᄒ니夫人歎曰玉兒不養於良家ᄒ니
雖欲為婦나安可得乎아數月之後에閣老責龍曰汝積年猖披ᄒ야五專
廢藝業ᄒ니無復塋於功名이라將為農乎아將為商乎아汝願何事
오龍이猶頋讀書어늘閣老乃抽左右之書ᄒ야試其可教ᄒ되龍이在徐
州時에受王娘之忠告ᄒ야專事文墨者五六年이라所試經史를觸處融解

舊妻與巫夫及玉娘호디玉이告其鑽穴窺見之事호고又以鬻餘呈哺狗호니

狗立見之호디舊妻曰玉以奪節之怨으로實妻子讎이라호눈야里人이이拿

此三人及奴僕比隣而告之於官호디舊妻玉娘이互相下詰호야俱無明證

이라隣人은或供舊妻巫夫小素無相奸之驗이라호며或供趙賈と與玉

娘으로未嘗相狎之語호니遂成疑獄호야官不能決이러라却說龍이自

徐州로半夜別玉之後에攻其財寶호고渡浙江歸紹興호니이閣老聞其

來호고大怒拿入호야細打罵之曰次逆父志호야一可殺也오聰邑敗身이

二可殺也오滅財覆業이三可殺也라호야乏龍이拔對曰忘帰敗身은固難

下白이나弖引至於滅財호고並無失鎦鐽호고令已輸來호니이外閣老性本

嚴峻호야猶令枕之호니閣老女婿吏部貢外即趙志樂이以公事到此호

니乃閣下之所敬愛라

第十八回

色而已어늘玉이乃僞作舊妻相邀期會之書ᄒᆞ야依手跡而模之ᄒᆞ야以投

巫夫ᄒᆞ고又作巫夫書ᄒᆞ야以投舊妻ᄒᆞ니兩人이各以爲信ᄒᆞ고相會和奸ᄒᆞ야

俱不悟矣러라自此晨去暮來ᄒᆞ야輒以爲常ᄒᆞ니玉於一日에來會ᄒᆞ야

覘於窓牖ᄒᆞ야顯示窺見之狀ᄒᆞ니兩人이恐玉이告其夫ᄒᆞ고相與謀計ᄒᆞ야欲殺

玉娘ᄒᆞ야以滅其口러빋舊妻曰玉雖殺之나玉老夫猶在旽心不自安이니以殺

玉之力으로去其老夫ᄒᆞ면賞非長遠之計也리오巫夫曰不如幷去之ᄒᆞ야密謀

訖同州趙賣出宿於他ᄒᆞᆯ새쩡立朝而還이어늘舊妻以珍味作粥ᄒᆞ야宜妻

於中ᄒᆞ고進于其夫ᄒᆞ니玉이方抏頭ᄒᆞᆯ새見其粥邑이頗有鴆毒而又慮其

只毒於玉ᄒᆞ고乃曰聞其粥이甚美ᄒᆞ니吾欲取其父者라ᄒᆞ야換其耶進

而宜于趙賈之前ᄒᆞ고托以粧抾ᄒᆞ고遷延不食이러니趙已飲之어늘俳作

觸手而覆于地ᄒᆞ니於焉間趙已仆地ᄒᆞ야嘔血而死矣러라玉이出呼隣人曰

舊妻與巫夫作謀ᄒᆞ야鴆殺其夫라ᄒᆞ니里人이顚倒聚集ᄒᆞ야捕縛其

니幸勿奪吾之心이면是爲君之福이로다趙賈恐其忤意호고不敢強狎이로

디若欲帰寢扵舊妻則佯妬挽留호니人不能知其不相狎이로되趙賈語

時其親戚知舊호야或有知其事者러라適有浙江商人이過來其隣舍호

야有買香者緞이어놀王令蘭英으로取其一端호야以厚價贈之호고繡出四韵

一絶호니趙賈는目不識丁이라不知書意호고但稱美而已러라

茅十七回

趙賈中毒計

楚獄成疑案

繡單에潛喭商人曰甬領帶此호고去紹興王閣老宅이며必有少年公子호야

尊直而賣之호더니甬須勿違호고其直은甬自取之호고商人謝之호고直向

紹興去더라玉이居數月에審其舊妻가雖有姿色이나素無貞操호고

又見隣家巫夫妻가日相交遊此家而其巫夫가亦無行檢이오惟耽酒好

思曰我今徒死嘅空負俞約이러니不如權祉ㅎ야以省其機ㅎ리라ㅎ고遂奔

其臂帛ㅎ야蹔令蘭英으로掛於路左樹枝ㅎ야或有過客好事者ㅣ必

傳播於南路ㅎ야未久得達於慶龍ㅎ야爲報我消息이라ㅎ고復被衆

迫ㅎ야至于趙家ㅎ니趙賈出門跂待라가見玉娘来ㅎ고扶而下馬ㅎ야

喜而慰之曰娘子與老僕으로亦有佳緣笑라此實天與之시니夫豈人謀

리오玉이伴笑曰中道改路ㅎ야亦遂佳期로다趙賈以玉之守死東節로大

爲疑慮라가得聞媚語ㅎ고不覺欣忭이어눌玉이與趙賈로同處談笑ㅎ야

相愛相悅에極其親近이로듸但欲交歡則輒辭之曰玉郎在時에與妾相約

ㅎ야今年必當来訪이로듸若過此期吧任汝他適이라ㅎ니妾亦許諾ㅎ야

已爲成誓라今玉郎이不来ㅎ고餘日이無幾ㅎ니假令新歲에玉郎이

重来라도妾已適他吧豈可從乂라오所不從命者눈欲畢其約ㅎ야不欺吾

心이라新歲新歡이豈不樂哉吧令妾事君이吧復守此心읕有如金石矣曰

矜惻이라 我為娘子호야 傾出此財호고 償得人馬호야 卒娘子歸衛江州호리니

能令王公子로 厚報而還送否아 王이 韋其言호야 乃謝曰僥得如此면 敢不碼

力報德이리오

第十六回

　毒手中欺詐
　假面做歡喜

商媼大言諾之호고 貧人治裝호야 卜日啓行일서 行至一境호니 有衆人이

徂伏挾路호야 擁王娘驅迫而去어놀 王이 顧呼商媼호니 商媼已不見矣어놀 王이

乃謂衆人曰偸輩此 綠何脅去오 衆曰我們은 為趙大賈所使호야 迎娘子而去

호노라 王이 失聲痛哭曰吾為畜婆의 所賣라 호고 逐隨

호노라 王何脅去之 有리오 王이

馬호니 衆이 復追上馬호야 蜂擁而前이어늘 王이 悲呼哀乞曰容我暫緩一息

호야 衆이 憐之호야 停馬小休호니 王이 私欲自決이라가 不能自由호고 既而暫

少不厭苦러라侍婢名蘭英이라亦有姿色ᄒᆞ고性이不喜與人交歡ᄒᆞ야

或有求狎이면窄與相應ᄒᆞ고只侍王娘ᄒᆞ야不離其側ᄒᆞ니蓋王娘이

自良家掌来者也라娼母疾王娘이當欲殺之러니恐為隣人之所知而

不可焉이러라前日趙賈者知王不可求ᄒᆞ고万推所賂於娼母ᄒᆞᆫ대娼

惜還其金ᄒᆞ야相監密議曰如此ᄂᆞᆫᄒᆞ거ᄂᆞᆯ科之團束이러라居數月에娼

母此王娘曰汝以王郎之故로背我養之恩ᄒᆞ고終不安我ᄒᆞ니雖在吾家나

更無昉利ᄒᆞ니不如空北樓而處朝雲이라ᄒᆞ고遂驅迫逐出ᄒᆞ디娼母先

時에陰與商嫗旦賂以重貨ᄒᆞ고以秘計約之러니及王娘被黜州率一少婢ᄒᆞ

ᄭᅩ窮無耶歸ᄒᆞ야沿道而哭이어ᄂᆞᆯ其商嫗遇於道ᄒᆞ야問其故而佯曰吾每

憐娘子苦守貞節ᄒᆞ고즈ᄎᆞ米糊口러니今又避點ᄒᆞ니何所依賴오若無所歸면

姑徙陋栖歇泊이나未知如何오王이喜得居停ᄒᆞ야拜其恩而謝之ᄒᆞ고遂隨

同徙ᄒᆞ야居之月餘에嫗曰吾見娘子不肯耶天ᄒᆞ고久而愈戀ᄒᆞ니必實

知而難諱也라 호고 因自慚愧 호야 挽娼母而欲赴於訟庭 호되

　第十五回

　乞米守莭

　賂金行陰計

隣人은 素知蘆林之事라 故로 亦信夜間之謀 호야 皆是玉而非嫗曰訴

桶王公子盜財而去故이 呈我等이 應從而末이니와 若知殺掠之情이 旦

可從末曰호 晋史等이 亦嘗聞蘆林之語 호고 皆罵嫗曰獷賊嫗雖欲

自明이나 人不可信이라 호고 咸勸玉娘八訟이어늘 娼母 民호는디 玉娘曰嫗

雖有殺夫之謀이나 尙有養我之恩 호니 如不起訟인디 嫗能使我守莭

호야 終不相脅 호야 許諾이어늘 晋史輩作書帖以記之 호고 使隣人

호야 旦此 着 署然後에 懷其書券 호고 還上北楼 호야 只令婢乞米 호

야 以供朝夕 호고 不藉於娼母호니 其婢亦艱辛乞米 호야 以奉其主 호야

將吾與侍婢호야皆欲殺之어놀公子尚止之호야只如此而已라女之見辱은不

可恨也로引但恨實財을又從而失之호니不可不追奪其財니吾之就縛時

에暫聞其約語호디恐我跟逐호야欲入東府而留避云호니須連追捕호라

娼母遂呼聚隣人反家僕호야乘馬疾馳而追之호야至徐州公門外호니王이

遞下馬호야拿其娼母而下之호고大叫公府延吏反隣里告之曰我本良家女

子로되少失怙恃어놀此娼見我姿色호고取而養之호야使之悦人而取利호니

馬有母子之義也며且頃者浙江王閣老之子慶龍이適過吾家호야見而

悦之호고贈盡萬金호야娶以為婦호고治箬別居호야擬將偕老러니此婚

巧詐奸謀로欲殺於蘆林이라가王公子幸而得脫호야赤身還鄉而戀妾

益其호야載實重來어놀昨婚更欲攘財而殺之어놀王公子曰之久에此知

機遁去故로此婚恨未得奪其財호야今有韋隣人追之호야將欲殺掠이

어놀妾이佯若同謀而来로引實欲舉訟於官也니此事首尾上隣人之所共

所見ᄋ로는不若降志毁節ᄒᆞ야以遂(他日重逢之約)이니王娘ᄋᆞᆫ勿爲泛聽

ᄒᆞ고以副至願ᄒᆞ라王曰忠不事二어ᄂᆞᆯ烈豈有異ᄅᆞ오若有權術則固不從

死ᄂᆞ나不必深慮此身이로다龍이遂與相別ᄒᆞ니曉天踈星에恨緒萬重이

ᄡᅡ龍이潛行登程ᄒᆞ야遂向浙江而去ᄒᆞ더니王이送龍卽啓行ᄒᆞ고嘆曰靑山

隔送行踈林不做美一句가爲我準備語也라掩泣上樓ᄒᆞ야與侍婢相約

ᄒᆞ야各取衣裳ᄒᆞ야ᄆᆞᆺ索其口ᄒᆞ고以絛索ᄋᆞ로背縛其手足ᄒᆞ야俱倒床下

ᄒᆞ더니翌朝에娼母家僕이見龍卽一行이杳無去處ᄒᆞ고来告娼母ᄒᆞᆫᄃᆡ

娼母扶起醉頭ᄒᆞ야驚就王娘寢所而觀之ᄒᆞ니王娘及侍婢가皆脈乙爲氣

絶之狀이라娼母驚呼而救之ᄒᆞ니良久에乃得甦回어ᄂᆞᆯ急灌以茶水라ᄀᆞᆺ

㝎其精神而告之曰吾不欲見王卽者良由此也ᄂᆞᆯ母自招邀ᄒᆞ니夫誰咎

乎ᄅᆞ오王公子雖曰無心이ᄂᆞ나豈志盧林之恨而有如王偶人武더오夕聞霜席

에不爲交歡音私自慨之ᄒᆞ더니更夜將半에潛呼從者ᄒᆞ야盡搜金寶ᄒᆞ야

私藏寶玩而納其中を야封鎖如舊を야使行前路を고諸龍이乘馬を니龍

이不忍捨去を야愴㦖嗚咽を야抱持玉娘を고欲泣不已어놀玉이以手推龍

君이龍이勉勉相別曰何時싸乃有重逢之期乎玉曰帰觀之後싸專意

讀書を야題名을搭を고得剃此州면是為相逢之日이리라不然이면見妾

이亦難矣豆다を놀

第十四回

自行縛虎計

故作訟寃事

妾當以死為節を고誓不再婚他人を리라龍이雖知玉娘之節이堅如金

石이로되娼母强奪其志則玉必決死而不從を리니平生悲不得重逢を

야乃把玉手を고泣而告之曰玉娘之誓不他適은儂非不知豆딕其於主

毋의强賀州何武고然則必有死而已니人生一死州安得復生이리오吾

乃扶而起ᄒ야 淚泣相對ᄃ가 製衣悲歌而別之ᄒ니 其調ᄂ万滿庭芳也라

深情未攄清夜曉此生何日重相歡蘆林孔道安可失機關嗚呼良人一

去對明鏡長作孤鸞好帰專心黃卷慎勿憶紅顏佳期在何時萬里風

塵一去難還悵相着白髮共誓心丹自此北樓無人見孤倚欄干江南消息

難傳聖ᄂ多青山

龍이繼和曰

千里生還半夜將離紛ᄂ一心悲歌歡征鞍動白雲迷楚關虛員一雙

玉簫聖秦臺幾時來鴛惨子裙不忍相釋壮士凋朱顏有約雖金石無

路重逢何日得還恒怕石腸成灰玉顏消丹陳駒流光幾迴添相着淚闌

干倘未死再續前緣轉海更移山

而已오晨鷄一聲에青燈이已淺이라玉이意令侍婢로潛呼公子之從者

ᄒ야盡取ᄐ箱来ᄒ라ᄒ야棄其尾礫ᄒ고以娼母所儲之金銀器玩과并其

第十三回

春夜和情詞

曉天訴別恨

龍이見屛間에有王娘手題一絕詩ᄒᆞ니其詩曰

北樓春日又黃昏ᄒᆞ고濕畫紅中洗淚痕回首蘆林鳥啼散不知何處可招塊

龍이見其詩中哀怨ᄒᆞ고不覺墮淚ᄒᆞ야即援筆和之曰

舊客燈堂日又昏紅燈相對拭淚痕蘆林風雨今如夢萬樹春花已返塊

時夜將半ᄒᆞ고四顧에無人이라王이一聲太息曰公子는相家千金之子라宜繼

箕裘之業ᄒᆞ야上而翊贊國家ᄒᆞ며下而不墜家聲이是乃公子本分이어늘

見一娼女ᄒᆞ고迷而不返ᄒᆞ야流連數年ᄒᆞ고費盡萬金ᄒᆞ야終使不肖之身

ᄋᆞ로落拓不測之禍ᄒᆞ니雖曰不死나其危孔慘이라不如乘此機會ᄒᆞ야

收彼財貨ᄒᆞ고歸省親庭則廢弛父母之懲而終免薄行之名이라ᄒᆞ고

卟公子ㅣ以蘆林之事로疑之乎ㅣ아請以此로為壽云則彼釋其感而反

有所賂ㅣ리니然則以昔日之財寶로為釣新財之芳餌卟로디娼世以為

然ㅎ야乃設真陳實于春碧樓ㅎ고周旋歡迎을一如玉言이어늘玉이

乃出採公子而猶背面而坐ㅎ야不敢正對卟龍이間其故ㅎ디玉曰今

此不知蘆林之無情而疑我所給을日昔裏時遺禍ㅣ不無嫉恨이로리今見

以對公子ㅣ卟가舉杯而笑曰且襄時遺禍ㅣ不無嫉恨이로리今見

玉世誠歎之甚至ㅎ니不覺眉恨之永消卧ㅎ고乃壽於娼世及朝雲

ㅎ야勸之甚懇ㅎ니娼世與朝雲이喜其中計ㅎ고竟席衆宴ㅎ야盡

歡而飲이卟玉이先為約束ㅎ야侍婢ㅎ야卟左尉於龍卽ㅎ니娼世此朝

雲이放情泥醉ㅎ以邑扶人於寢室內ㅎ고龍與玉卽으로盡取其財寶

ㅎ야歸艮於业樓ㅎ니阻懷歡情이非一霄可叙卟如醉如夢

如麻ㅎ야青鸞紫鳳이耽二歡愛而已ㅣ리니

誘호고仿徨而不忍去호야顏色이七青八黃이어늘玉이曰彼以堂을公卿之令男

으로誤落於娼家호야屢經數歲에散盡萬金호니可謂厚矣어늘不思其

恩호고友陷死地호니彼公子노幸以全生호야拜享家富호니渠雖不言

이나吾豈醜然相對리오吾豈泰이日我以權辭解之호니渠亦浸然永釋라

故로得至于此호니汝何固執若此오玉이曰人非木石이라旹有是心호니

豈有縊死蘆林而邁怠其惡者乎아龍亦以乆不出호야若將起身而

去어늘世勸玉无懇호야十分着意어늘世日世欲强出則頂用一計호야

以給公子然後에乃可出也라世日何也오玉이日宜以公子前哥賓未金

銀及公子所辦器玩을陳列於前호고又設大宴호야爲壽公子日家間

財寶를盡失於前日이러니惟公子所贈金銀玩寶物을通以玉兒

深藏於北樓요幸而有焉호니無非公子之福也라敗家風霜에尙畱此

物호고忍之不賣者는待公子他日之光臨也니吾之待公子가可謂至矣

之存沒ㅎ니雖以老婢之無良으로도唯自弓爾어든況王娘이矢死東節ㅎ야日

夜號泣ㅎ야不下北樓者有二年矣라公子若詢於隣人이면亦認其吾家之慇

公子가可謂切矣어늘公子何其誤蒙若是오若曰與玉으로情緣已盡ㅎ야不可

更顧則已어이와豈以無忘之言으로加諸苦待之人乎잇가窃爲公子不取也ㅎ

노라公子伴答曰

茅十二回

碧樓設大宴
王娘獻奇計

母의言이如是ㅎ니當見王娘而更詰之ㅎ리라ㅎ고弓旋馬就其茅ㅎ니娼母

朝雲이自以爲得計呈되隣人은皆笑龍即之愚痴러라龍이至其門ㅎ니娼母迎

之樓上ㅎ야令王娘으로出見흐되王이不肯出曰誰招王公子來오彼雖强來나豈

忿廬林之恨西一如前日之歡이리오不如不見이라흐듸娼母入來ㅎ야再三勸

叩馬而語曰公子ᄂ아 어何無情若是오 蘆林一散之後에 不知公子가在於何處

ᄒ야曰 聖其歸러니 竟無音信키오 擧家老少가 號泣度日이러니 不圖今日에

復見公子어늘 公子ᄂ 何恨之深而 過門而不入也오 龍이按轡而答曰 是誠何

言고 始迷於娼家ᄒ야 財盡不歸故로 爾畜牛輩가給我於蘆林ᄒ야 必欲

除之라 福慶未艾ᄒ고 皇天陰隲ᄒ야 遇賊不死ᄒ고 還鄉治産ᄒ야 欲求良

妻ᄒ야 方有所適일ᄉᆡ 自鄉取路ᄒ야 不得捨此ᄒ니 尙恨過汝門之不幸이

어늘 豈可復趙而再辱이리오 娼母放聲大哭曰 徃者蘆林之日에 始覺房子ᄅ忘

未下鎖ᄒ야 請公子送之ᄒ고 我等이 万等候多日에 已暮矣라 意謂公子不返方

고四顧仿偟에 四無依泊ᄒ야 不得已捨蘆林而投近店一泊ᄒ고 以待公子之來

러니 豈料公子가 冒夜馳還ᄒ야 直入綵林而階於賊窟也러오 跟尋公子ᄒ야

無處不搜다가 徘徊屢日에 計無所施ᄒ야 慘之還家則 家間所藏이蕩失

無餘ᄒ니 必是隣人及守奴之所爲也로ᄃᆡ 不恨財産之見失이오 惟憂公子

第十一回

隣人羨龍富

老娼叩馬言

龍이笑曰公等이不聞李白詩乎아千金散盡還復來아호니豈得有恠리
오今適定婚於北方故로方自浙江而来矣라호니衆皆歆羨稱嘆이러라
娼母家奴僕이爭相莖見호고奔告其家호되王이聞其語호고佯驚失色曰
噫라王公子不死호니豈可破盟而再嫁乎아遂向北樓호야挽香巾而自縊이
어늘侍婢가急呼娼母호야救而得止러니龍이軒昂風采로揚之策馬호야
過王檀家호야不顧而去어늘娼母與朝雲으로覷得表馬財寶之盛호立相
與客議曰王即不死호立欲自决호니自此之後
로는必不再嫁마若失此時면更無所得이며役無心公子를若以溫辭善
論之면必不念而復来矢리니豈不因此호야圖其財寶리오遂追走一路호야

甚苦而呑之를不告于公子者노恐公子煩惱ᄒ야妾自忍之요徒堅金石之志ᄅ니

豈意凶計가至於蘆林之毒者乎아不告公子而先慮者ᄂ是妾敗公子之

罪니萬死何惜이리요事已往矣라言之無及이어니와請以奇籌으로欲聞前

路ᄒ노니即以金銀秘計로授之曰如此如此ᄒ라ᄒ고便令公子로還入卓下

ᄒ고仍呼其從者ᄒ야列拜於殿下而同爲歸去ᄯᅡ라龍이即赴隣邑之市

共ᄒ야賣其金銀ᄒ야買綺紈而服之ᄒ고求駿馬而乘之ᄒ야又買空安

箱數百枚ᄒ야實以瓦礫ᄒ고鎖之金銅ᄒ야扮粧金銀彩帛之包ᄒ고賣

夫馬一百四兩駄之ᄒ야使先行北樓大路ᄒ고龍은極其華飾ᄒ고金鞍玉

ᄉᆞ로揚鞭策馬ᄒ야百花春風에意氣軒豁ᄒ야向玉樽家ᄯᅡ가自南而北

ᄒ야如向京師者然ᄒ야至玉娘家巷口ᄒ니隣人會集ᄒ야見龍卽之賤馬如

龍ᄒ며輜重如雲ᄒ고擁途而羅拜曰公子一去에頓無形響이러니未知今日

에便從何慶而猶享巨萬之財富乎아

玉ㅣ逐快諾ᄒ고與之爲期ᄒ니期在半月之後라其毌ㅣ怪問其故ᄒᆫ디玉ㅣ笑

而答曰我往日與王公子로情誼頻深ᄒ야共成約誓ᄒᆯ시告于神祇ᄒ니今

不破盟而通人이非徒有愧於心이라恐有神罰이니欲徃關帝廟ᄒ야

卜吉日破盟故로延期如此라毌然之ᄒ니龍이遂齋戒薰沐ᄒ고赴關

帝廟ᄒ야假托名香金燭ᄒ고潛懷金銀數百兩ᄒ야至于廟外ᄒ야其

從者曰破盟告辭ᄒ니有所諱ᄒ야不可使聞於他人이라汝輩ᄂ留此等候

ᄒ라乃辟人ᄒ고入廟登殿ᄒ야揷香禮拜龍에便向卓下ᄒ야潛呼王公子在

此否아龍이從香卓下錦帳中ᄒ야圇圇兩出ᄒ니玉이凝立卓前이라死生

契闊之懷를如何禁得이리오不覺抱持慟哭이어ᄂ玉이急止之曰偶使吾

從者로得以聞之면今日之禍ㅣ甚於蘆林이니愼之愼之ᄒ라因舒舊日之

冤曰當時西館之行이妾與公子로俱落奸計而妾之欺公子者ㅣ亦有一

線喬이라其時隔在數日ᄒᆞᆫ디媚姐令妾小避ᄒ야欲稿公子어ᄂ妾이拒之

樓也ㅣ一喜一悲예唯增飮泣이러라夫有一計ᄒ야可報舊恩이니公子ᄂᆞᆫ姑某

月某日에潛到徐州ᄒ야徑入關帝廟ᄒ야伏於卓下ᄒ다가以待妾至ᄒ라片言千

里예恐失機關이니秘之愼之ᄒ야毋令違期ᄒ라聞公子慶涸方惡故로姑送濡

洙之資ᄒ노라玉檀ᄋᆞᆫ再拜

龍이觀書畢에悲喜交集ᄒ야如醉如狂이러니乃

苐十回

焚香拜南廟

騎馬過北樓

賣銀治行ᄒ고計日登程ᄒ야潛到徐州ᄒ야待其約日而秘入關帝廟ᄒ야一

如其言이러라玉이自送嫗之後로凝粧盛飾ᄒ고談笑自若ᄒ야或遊隣里ᄒ며

竿虔北樓ᄒ니同郡大賈姓趙者年雖已老나風慕才貌ᄒ야及聞放節에

欲得一觀ᄒ야以千金으로賂其娼母ᄒ니娼母受之大喜ᄒ고勸玉獻媚ᄒ되

再生이라도豈可復脫而更續前緣이리오欲挽青春之未暮ᄒ야以埋私樓

之高價ᄒ노라母大喜曰汝能回迷而自返ᄒ니吾家之福也라ᄒ고欣悅不已

러라王이歸此樓ᄒ야潛修書札ᄒ고鈴私藏銀百兩ᄒ야使侍婢로乗黑夜

ᄒ야抵老姆曰其努力ᄒ야傳此書ᄒ고伴送銀子ᄒ되母取其半ᄒ고半與

王卽ᄒ라ᄒ고留連數月ᄒ고卧老姆惶其書ᄒ고買舟歸到楊州則龍이留在江頭ᄒ야

忍飢行待ᄒ야已踰半月이라卧老姆傳其書어늘龍이見其手迹ᄒ고掩泣開緘ᄒ니

니一幅自雪皪縞州噬破指頭ᄒ야以血書之라其書에曰

北月夫王槿은再拜于王卽足下ᄒ노니妾이初以賤質로誤公子於花樓ᄒ고後以巧

計로稻公子於蓬林ᄒ니妾雖無情於其間이나事甚々惡은妾之所媒卧

自念屬階가是誰禍胎오當誓一死ᄒ야以答重慾일식丹心所存은日々可質

이라武真公子가萬一脫禍면厥幾賤妾이他日陳情이라故로不骸自靖ᄒ고揄

의라此러리豈意ᄒ야毋가傳此手墨이라오知公子不肉於蓬林而將悔於花

言호야 反覆開諭호디 王이 緘口不答호고 蒙被而臥어늘 老千反倡母嗟嘆而下樓더라

第九回

下樓誘甘言
買舟致血書

翌日에 王이 忽 下北樓호야 就其母而告之曰 中夜不寐호고 枕上思量호니 昨日

之言이 甚似有理라 妾本倡家所養으로 豈有貞操리오 章臺楊柳는 自分

千人之爭折이오 玄都桃花는 何厭萬馬之成蹊리오 金鞍駿馬는 惟其所

嘎而赴之오 錦衾瑤席은 隨其所挽而當之리 雖未得一笑之千金이나

亦可賭五陵之纏頭라 以榮吾身호며 以富吾家則 是父母之所喜라

不幸向者에 得王郎留情호야 一朝分離호니 情思頻惡호야 或貴生還

호야 以續舊歡이러니 今則時移歲變호고 消息永絶호니 王郎之死的矣

라 日月如流호고 韶顔不留호니 他日白髮에 後悔莫及이라 縱使王郎

辭아 蒲腔悲懷를言之何盡이리오惟願王容은千萬保重ㅎ쇼셔其月日不死人王慶

龍은拜告于王娘芳卿香案下ㅎ노라ㅎ얏더라

王娘이讀未至半에驪淚汪ㄷㅎ야濕紙已盡ㅎ고喉門嗚咽ㅎ야不敢出聲이라始知王

公子死生ㅎ고殆若天上消息ㅎ야拜謝于老嫗曰非老母의有信이면何以得溺水千

里의奇音이리오乃出雲錦一端ㅎ야謝其慇懃ㅎ고從容密囑曰来日之夕에當令

侍婢로傳簡ㅎ리니母且歸ㅎ야徜緣老母ㅎ고復見公子吧無非老母之賜也니所

可報也인디粉骨猶輕이로다且私相出入이恐致疑訝ㅎ니老嫗乞不再来ㅎ야倡

母知有人到此樓ㅎ고睨於窓外어늘王이覺之ㅎ고乃目老嫗而伴罵曰初以王郞으로媒於

我而不幸王郞이見誆於蘆林ㅎ야已葬於烏鳶之腹ㅎ니自守深盟ㅎ야以死為期と嫗

之所宜矜悼也어늘反以巧言으로又復紹介於誰耶아豈知嫗之無良이어至於此耶오嫗伴笑

曰吾憐娘子의紅顏虛老故로欲令梳粧ㅎ야將賭新歡이어늘這畜娘子는故罵老物

고娼母聞之ㅎ고排窓而入曰嫗之言이是矣라汝何不思而反為罵人이若是無禮오又尾其

佯罵老嫗言

老嫗曰我以販酒로乘舟到此라가令將回棹ᄒᆞ니不久에又當復來라公子니

幸計程小留ᄒᆞ야當以消息으로徃報于王娘ᄒᆞ리라ᄒᆞ고又以數兩銀子를與ᄒᆞ

曰顧公子ᄂᆞᆫ姑備留待之資ᄒᆞ라龍이亦有行費ᄒᆞ야可支旬月이라ᄒᆞ야不辭

以不受ᄒᆞ고遂得紙筆ᄒᆞ야修書于王娘ᄒᆞ야付之老嫗ᄒᆞ고嚴勤申囑ᄒᆞ

水討答還歸ᄒᆞ야快慰我望ᄒᆞ라ᄒᆞ다老嫗拜受其書ᄒᆞ고與龍으로別而登舟ᄒᆞ

水歸于徐州ᄒᆞ야水潛見王娘ᄒᆞ고具道王公子之事ᄒᆞ고傳其書贖而并告復

去之意ᄒᆞ다王娘이手接王公子之書札ᄒᆞ야披閱ᄒᆞ니其書에曰

蘆林餘肉이漂到揚州ᄒᆞ야悲號行乞ᄒᆞ야尚保殘喘이라每眼娘子가水薄

情太甚이러니不圖隣母를逢此路上ᄒᆞ야關得娘子가深在此樓ᄒᆞ야水不

復接人ᄒᆞ니然則殺我者ᄂᆞᆫ水娘子也로다相望千里에無路逢採ᄒᆞ니自

念此生에何日重逢고歸舟臨發에付書凌遽ᄒᆞ니和淚濃墨에戰手臓

後에 頻自嚴語ᄒᆞ야 頻ㅣ 接耳ᄒᆞ니 용이 乃辭於韓曰離親歲久ᄒᆞ고 思家日切ᄒᆞ

니 期欲轉々歸觀ᄒᆞ고 韓亦不得挽留ᄒᆞ고 辦給行資ᄒᆞ니 용이 蓬登程ᄒᆞᆞ

先從關帝廟ᄒᆞ야 將卜吉凶일ᄉᆡ 路中에 逢一老嫗ᄒᆞ니 乃昔時樓下賣瓢的子

老嫗也라 嫗驚且怒曰王公子ㅣ 是兒耶아 吾骸料死오 不骸料生이어늘 何以得

保今日耶아 妾이 受君厚恩ᄒᆞ야 每一念及에 不覺墮淚러니 不意今朝에 相

逢於此ᄒᆞ니 無乃天之所賜耶아 即一家로 赴西館이라가 遂在山店이라가

料公子已死于蘆林ᄒᆞ고 還于其家ᄒᆞ야 居之如舊ᄒᆞ고 但王娘은 不預具

謀ᄒᆞ고 至今寬號哀泣ᄒᆞ야 以公子死를 誓不敢斷ᄒᆞ고 常慶业樓ᄒᆞ야

足不下樓者久矣라 若聞公子在此ᄒᆞ면 不遠千里而至ᄒᆞ리이다 용이 噫噫

梗咽ᄒᆞ야 俱道蘆林之厄과 飢寒漂泊之苦达더니

第八回

喜接公子書

集乞食人ᄒᆞ야使克其任ᄒᆡ卧龍이往乞其任ᄒᆞ되乞人輩曰後未者ᄂᆞᆫ不可

同衾扵社會니甬當卽三夜更籌然後에可以克食牌卧ᄒᆞ야ᄂᆞᆫ龍이許之ᄒᆞ고

工往其更所ᄒᆞ야因其夜儲ᄒᆞ야渾二倒睡卧니誤失更黙之籌ᄒᆞ니乞人이

以怠其責任으로攷黙之에ᄂᆞᆫ啼匃匃ᄒᆞ야轉轉乞食ᄒᆞ야路八楊州

行乞扵人ᄒᆞ야苟延歲月이卧가適值除夕ᄒᆞ야有儺後扵公府에ᄂᆞᆫ乞人이偹

力扵人ᄒᆞ야爲盲優奴ᄒᆞ야方戱扵庭除卧니堂上에有一官人이據胡床而坐

卧가引頋熟視ᄒᆞ고怪而問之曰甬是何人고ᄒᆞ야往之ᄒᆞ야實對其名氏ᄒᆞ니

其官人이驚起下庭ᄒᆞ야惆然着手曰不意公子何故戱辱之如此고泣問其

故ᄒᆞ고與之偕家ᄒᆞ야分其衣食ᄒᆞ고遣綣甚至卧此官人은乃王閣老舊時

胥吏卧徃韓名이偁이니今擢爲漕運郞中ᄒᆞ야末任扵此府者也卧ᄉᆞᆫ이

居韓卽敎月에韓之妻屢訴扵韓曰君之不忘舊恩이可謂厚矣로되

但此凶歲에家貧俸薄ᄒᆞ니妻孥도尚且飢寒이卧我躬不閱에遑恤北

歡取直이猶患千金을不多어늘令者에豈可以玉兒로空作王家之物乎아朝雲

이尋思一計曰如此如此타호니娼母乃給玉娘與公子曰某日은西館義安的除

其孝服之日이어니吾家老少가禮所當赴라玉兒도亦不可不去라호나는龍이難

之호디娼母曰亦不可同駕否아龍이欣然許之호니翌日에擧家啓行호바行未

至數十里에有曰蘆林口호니娼母知其行計之井經口러라

第七回

行乞滄海村

辛逢賣瓢姬

那村에有叩更簀호나食於里人호니傭若往赴則庶可得活이오不默이

呫呫餓死矢라다誰料千金之貴公子가一朝爲乞丐也리오龍이聞其言

西謝其恩호고艱難往這村里호니萬戶人烟씨繁華一都會라龍이默이

다海村水賊이往三掠호니村中豪冨가設警夜所호고以叩更簀로聚

也라오公若으로久留遺緣이면恐公家大人이積怒於公子오且娼家을利盡而

情跡호니主母待公子를豈能如初우리오爲公子計건디莫如懷未盡之實호고早

迷道於將半호야還鄉省親호고讀書勤業을不撤晝夜호야速取英年黃甲호야早

登洛橋靑雲이면公有立揚之譽호고妾遂團欒之約笑니此豈非兩全之策平오公去

之後에妾當死守호야以待後期호리니妾之愚計는固如是也라高明所揣上以爲何如

오龍이服其高見호고拜昌言而謝오로디自念若欲帶去호믹自多掣肘오如王娘所戒

신則人必奪志호야恐王致命이라호야遂不聽從호고乃號其樓日北樓라호야盡其

歡娛러라自是娼母見公子有久留計호고托以供需之計호야日徵金銀호니如是五六

年間에囊橐이已空이라無物可繼호고反將寄食於其家호니娼母私語于王日王

公子資産이已盡호고更無零利호니汝若小避呪公子必去矣리豈可守一貧漢호야

虛負高價乎아玉日玉公子以女之故로已輸萬金호니金盡背情은人所不忍이라何

敢如此리오其母知玉不避호고思其用計호야問于朝雲日取玉櫃養育者는一

之後로專心留連ᄒᆞ야若將終身而不返焉일ᄉᆡ厭娼樓之煩擾ᄒᆞ며忌遊客喧填

ᄒᆞ야別搆一書樓於北園之下ᄒᆞ니雖不壯麗나極其淸灑ᄒᆞ야滿樓金碧과盈庭花

石이依然如春風燕子樓러라용이與玉娘으로把酒論文ᄒᆞ며對月學琴ᄒᆞ야足其

滿心之樂ᄒᆞ니春花秋月과朝雲暮雨가駸駸然爲數年星霜之已改矣러라

第五回

玉娘進善言

朝雲獻密計

玉娘ᄉᆡ乃於一日에秉其從容ᄒᆞ야正色以告曰妾以靑樓賤品으로猥蒙君子不棄ᄒᆞ야別

治一室ᄒᆞ야爲妾之栖ᄒᆞ니恩孰大焉이리오感則深矣로ᄃᆡ妾이旣與君子로共誓

心ᄒᆞ니非不欲甘與子同慶로ᄃᆡ奈公子가以妾之故로得罪於親庭ᄒᆞ고貽譏於士友

ᄒᆞ니何須展丈夫之壯心이리오勿顧兒女之情ᄒᆞ소셔妾欲隨君潛往이나恐爲主母의

所指오況公門은有禮有法ᄒᆞ야家訓嚴肅ᄒᆞ니大人이使賤妾으로豈有可畜之理

不欲止之로되見公子傾心注意ㅎ니知不可諫ㅎ고只冀公子自悟러니一向流連之至

于此ㅎ야曾是老僕의不意也로소이다용이不悅ㅎ고色曰我年踰志學ㅎ고未有

室家ㅎ니此娘이나名在妓籍이나曾不汚身ㅎ고蘭心수質이可配君子라況頹

與偕老ㅎ야誓未適他ㅎ니雖使良媒伐柯라도亦之不得者俘야老僕曰公子야有命

不復이罪一也오不告而娶가罪二也오藥而忘이罪三也오浪費重貨가罪四也오耽

滿喪志가罪五也니老僕이不敢與公子로共之니請今辭歸ㅎ노이다遽怒曰這

畜生은胡不遄歸오更命左右逐出ㅎ니老僕이出門嘆曰吾與若으로俱受閣老之命

ㅎ야收銀子二萬兩而還이라가不意中路에爲妖物所祟ㅎ야遠至於此極ㅎ니銀子

노不足惜이로되固限公子之陷於不義也라ㅎ고遂行至中路에適逢浙江同里之商

販客ㅎ야江西告之曰汝當替我ㅎ야歸告我閣老ㅎ라老僕이無狀ㅎ야不能善護

公子ㅎ니罪合萬死라ㅎ고遂自刎而死ㅎ니商客이救之不及ㅎ고歸告閣老ㅎ되

閣老憤恨ㅎ야欲爲窮尋이로되杳不知所在ㅎ야但怒罵而已러라용이自逐奴

理會라見公子風采神秀ᄒ고才詞淸高ᄒ니非不欲奉事巾櫛이로되妾은

所蘊이若是ᄒ니公子ᄂ其思之ᄒ라

第四回

嬌娘誓一心

老僕諫五罪

龍이聞玉娘言ᄒ고驚喜起拜曰恭聞千金之言ᄒ니不勝欣悅이라若非素性貞

靜이면何以至此리오僕이雖無醺三之禮나娘은宜守從一之義ᄒ니誓與玉娘으로

終身偕老ᄒ되互相背誓면神明在彼라ᄒ고玉이笑曰若能如此면共誓一心이라

ᄒ고遂與乾寢ᄒ니魚水和諧之樂을從可知矣로다龍이自此之後로縱情溺愛

ᄒ야欲去不去ᄒ며耽歡取樂ᄒ야靡日靡夜ᄒ야有忘返之意어늘老僕이秉閒

進曰公子ᄂ不厭老僕之忠告於公子者乎아용이以實告之曰新情이未洽ᄒ야自

難割愛ᄒ니汝姑遲之ᄒ라老僕이他日場諫者再三曰昔賂銀之時에老僕이非

玉이辭以未能이어ᄂᆞᆯ 朝雲이攬玉袂而懇懇勸之曰能舊傾城之身이어니 何客驚之오

詞다오連做新詞ᄒ야以娛佳賓ᄒ다玉이勉強從命ᄒ야避席而卽製暮雨曲

一章ᄒ니詞曲中에隱有佳旨어ᄂᆞᆯ이恐玉娘이難與爲歡ᄒ고自切疑懼ᄒ야逐和

其曲ᄒ야微觀其意ᄒ니玉이聽歌畢에始開靑蛾ᄒ고暗注秋波ᄒ야時送龍

公子眉畔ᄒ니龍亦意馬心猿이往來于玉娘身上의러라時夜將半에盡歡而

席散이라其母令玉娘으로薦枕ᄒᆞᆫ대龍이就其錦茵ᄒ야欲做陽臺之夢이

어ᄂᆞᆯ玉이辭之甚緊曰妾之遵命이有意存焉이니若欲強之면有死而已로다ᄋᆞᆼ이

疑問其故ᄒᆞᆫ대玉이太息而言曰妾은素以良家女子로早失怙恃ᄒ고又無昆ᄉᆡᄒ야

辜一老僕ᄒ고行乞於市러니此家倡母가察我才貌ᄒ고取以子之ᄒ야政爲今日

取直之資ᄒ야使妾으로得至於此ᄒ니妾이嘗慕汝墳之貞操ᄒ며每惡河間

之滛風ᄒ야今若一媚公子ᄒ면誓不適他라恐公子以妾으로爲路柳墻花ᄒ야

之ᄒ야求棄故로不敢從命이라 向者席間之詞에亦寓微意ᄒ니公子도想已

용이至其泉호니盛設連席이라金屛交回호고繡幕高牽호니玉醞激灩

호고香羞錯落호며紅粧이執其絲竹호며翠黛正奉其盃樽호니潤席之物

과助歡之具一罔極華侈라於日午之宴에日야玉檀이淡掃蛾眉호고天然艶

粧으로稍稍就坐호니蘭姿帶着호고玉貌含態호야掃髣髴整頓花鈿

호니服翠羽金縷衣호고表以天竺細彩衫호며着紅毛朱襦호고羃以蜀川貝

錦裙호니皆以機金香薰之호야瑞龍腦熏之호야異香

滿堂호니龍이見玉顔儀飾이似非塵世之人이라尤不覺驚喜悅服이

라卧酒至半酣에龍이滿酌一盃竹葉春호고請朝雲玉檀曰謝意遠客

이到此仙界호야得取瑰瑜호고暫聞仙樂호니可謂平生之幸이라但所

欠者는兩娘子綺語雲章甫라足以滿恨이로다朝雲이離席而坐호야

遂製齊天樂一章호야歌以侑酒호니용이卽和之호고乃令玉娘으로繼

和호니玉이衣嬌衣耻호야低眉不應이어늘其毋及朝雲이並力勸之호되

눈但耽其絶色而已라非有意於合歡이로다媼曰我與娥로素相善ᄒᆞ니當一搆其

意라况感君之惠ᄒᆞ니敢不惟命이리오卽授其家ᄒᆞ야久不遷이러눈용이恐為

媼의所賣ᄒᆞ야將信將疑ᄒᆞ며或坐或立ᄒᆞ야翹首凝竚이러니忽從櫻桃花林中으로

有一道放光이어눈용이驚視之ᄒᆞ니媼手携一娘子ᄒᆞ고緩緩而來ᄒᆞ야欵容入門ᄒᆞ니

光彩動人ᄒᆞ야天姿仙態가百勝朝雲ᄒᆞ니眞世間所未有之國色이라香風一陣에坐

未接語ᄒᆞ고颯然起身이어눈屢為老媼之挽執而竟不肯留ᄒᆞ니盖着被老媼之

紿而誤赴公子之召也러라

第三回

金燭和新詞

玉枕拒合歡

龍이見此絶艶ᄒᆞ고心不定情ᄒᆞ야卽銓銀三千両ᄒᆞ야送其家ᄒᆞ고使老媼로使

辭於佳人之母曰物雖不典이나敢備一見之資耳로다其母利之ᄒᆞ야邀龍公子ᄒᆞ니

金鞍玉勒이躑躅ᄒᆡ며樓上見繡轘衢ᄒᆞ사方張宴樂일시紅簾半捲ᄒᆞ니紗窓

散開ᄒᆞ고玉爐에焚蝴蝶香ᄒᆞ며碧篆成霧ᄒᆞ고金樽에斟玫瑰酒ᄒᆞ니翠蟻生波라

紅粉如月ᄒᆞ며綺羅成林ᄒᆞ니衰孫豪ᄭᅵᆫ標緻凝霧ᄒᆞ고妙舞清歌에實紛竟日

이라這中有一位紅娥ᄒᆞ사手把碧芙蓉一朶ᄒᆞ고超班獨立ᄒᆞ사若有所思ᄒᆞ니精曜

華曙이聖若天上仙娥焉이라龍이不覺注目ᄒᆞ고思欲一見이豆ᄃᆡ但恨無以爲綠이라

偶見樓下에有賣㽵子老嫗어ᄂᆞᆯ龍이招之前ᄒᆞ사慇懃而舉手問曰那樓中에建娘

子ᄂᆞᆫ是誰也오嫗曰東舘養漢的名ᄋᆞᆫ朝雲이라ᄒᆞ사ᄂᆞᆫ言竟이各自散去라

龍이乃扵手袋에出二手兩銀子一錠ᄒᆞ사贈嫗曰此物雖小나聊以致情ᄒᆞ노니嫗能爲我

ᄒᆞ야招此佳見否아嫗謝其賜而笑拜曰彼以悅人爲業이라招之則來로ᄃᆡ但公

子欲見彼娥者ᄂᆞᆫ徒以美貌故也니无爲超絶扵彼者亦在焉이라乃彼娥之小妹

也니其名曰玉檀이오年今十四에姿色이傾國이라討畫兩舘에無出其右者로ᄃᆡ但

年少未售ᄒᆞ니若賂重貨면必得好因緣이라ᄒᆞ야ᄂᆞᆯ龍曰我之所以欲得一見者

色을爲妖ᄒᆞ야入眼塊迷ᄒᆞᄂᄂᆞ니公子ᄂᆞᆫ英年書生이오志氣未定ᄒᆞ니若使兩物로

一寓心目이면不爲彼崇所動者ㅣ幾希矣라不如不見之爲愈也ㅣ니이다용이應承

其語而自謂一者游賞이면豈至於喪心이리오ᄒᆞ고遂不聽老僕ᄒᆞ고乃自西舘

ᄋᆞ로便閱東舘ᄒᆞ니

茅二回

東舘宴朝雲

南樓見玉娘

龍이周覽東西兩舘ᄒᆞ니靑旗金榜ᄋᆞᆫ隱映於花柳之中ᄒᆞ고綠衣紅粧ᄋᆞᆫ來

往於臺榭之間ᄒᆞ야歌管迭奏ᄒᆞ고樽酒交錯이라龍이徇道泛觀ᄒᆞ야曾不

介意러니至南樓ᄒᆞ야將欲小憩ᄒᆞ야登樓依欄ᄒᆞ야買茶而飲之ᄒᆞᆯᄉᆡ適於

十數步ᄲᅵ有特起高樓ᄒᆞ니樓下에見周道如砥ᄒᆞ고平江如練ᄒᆞ듸遠近彩

舫이泊於芳洲ᄒᆞ야錦帆蘭槳이伊軋蕩漾ᄒᆞ고兩三白馬를擊于垂楊ᄒᆞ야

者累年이러니與其夫人臧氏로感其無育ㅎ야互相承歎이러라一日愛蒼色龍

이入懷ㅎ고偶然有身ㅎ야誕生奇男ㅎ니仍此錫其名曰慶龍이라 生得面如

冠玉ㅎ고犀角豊盈ㅎ야聰明穎悟人이러라魏公이曾有恩賜黃金

一百斤ㅎ야貸興東市富商ㅎ야性販於楊州兩道이라魏公이携春ㅎ고將浩然長

歸控紹興府島裴之故園ㅎ야將為終身計일서時에慶龍이年이十八이라勤勉學問

ㅎ야足不出門者凡有年이러기親公이命之曰東市銀貨물今可收徵ㅎ야為宗社子

孫之計ㅎ니不可使蒼頭로徵還이라汝其收來ㅎ야歸其息銀이어늘龍이受命ㅎ고與[老僕][靑驢

旦發行至京師ㅎ야留之月餘商人乃還ㅎ야帰其息銀이어늘龍이收拾行李ㅎ

水遵向浙江일이路次徐州와忽念此地芒素稱繁華ㅎ니思欲一觀ㅎ야乃謂老僕曰

我在家時에庭訓이嚴重ㅎ야局束書籍ㅎ니年齒方長에閉門關世方ㅎ야不取識紅

爐靑楼에豪俊佳麗之風流와趙물[未開眼]ㅎ니今欲小停征駿ㅎ야暫得游覽

이未知如何오老僕跪進曰公子ㅇㅇ야愼勿為此ㅎ소셔酒是狂藥이라著口心邊이오

龍含玉

緒言

宇古宙今에 無論英雄烈士와 文章才子와 風流冶郎이 未嘗不留戀於色

而多有喪其志者호니 吁可嘆也로다 至於玉娘之貞靜奇節은 可謂色界之

卓犖超絶者라 不可以一流而歸之故로 好事者傳其事호야 庸述讚美之

意호니 爲戒世人之好色者호노니 如玉娘者는 果非千古之罕有歟아

苐一回

魏公命收銀

老僕諫看花

却說浙江紹興府上山川之明麗와 人物之淸楚와 風土之佳良이 自古以江南으로

擅名者라 華族王姓家에 有一個靑年才子호니 其名曰慶龍이라 其尊爺魏公

이 以勳重聖으로 嘉靖末에 位至閣老러니 會以論事忤旨호야 罷歸田里

용함옥(龍含玉) 影印

작자 미상, 버클리대학교 동아시아도서관 아사미문고 소장

이미지는 고려대학교 민족문화연구원 해외한국학자료센터 제공

여기서부터 영인본을 인쇄한 부분입니다. 이 부분부터 보시기 바랍니다.